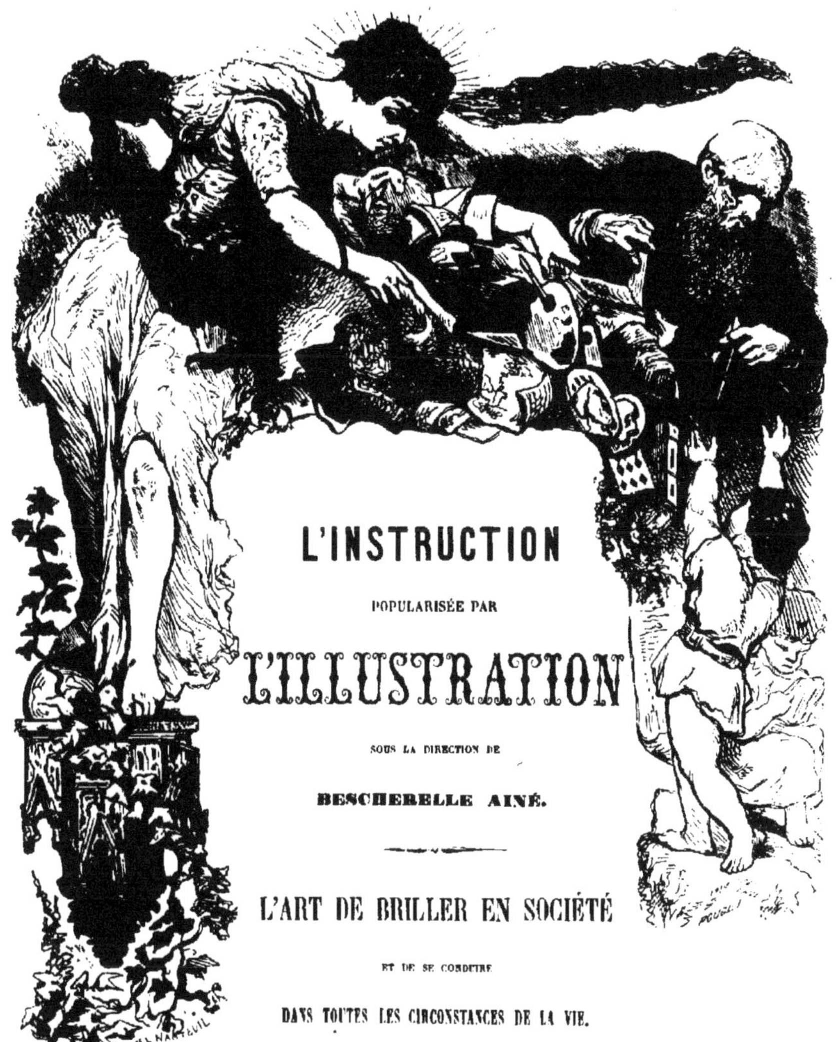

L'INSTRUCTION

POPULARISÉE PAR

L'ILLUSTRATION

SOUS LA DIRECTION DE

BESCHERELLE AINÉ.

L'ART DE BRILLER EN SOCIÉTÉ

ET DE SE CONDUIRE

DANS TOUTES LES CIRCONSTANCES DE LA VIE.

Conversation. — Pureté de langage. — Fautes à éviter. — Défauts à corriger. — Usage du monde. — Convenances. — Gestes. — Maintien. — Partie anecdotique, etc., etc.

PRÉFACE.

Lord Chesterfield, alors qu'il était ministre du roi d'Angleterre, consacrait une partie de son temps à écrire à son fils, âgé de sept ans, sur des sujets qui paraîtraient puérils au plus grand nombre, mais que lui, homme d'État, homme du monde, considérait comme graves, et très-graves. Ses lettres sont remplies d'avis sur la manière d'entrer dans un salon, de s'y asseoir, d'en sortir; sur le maintien qu'on doit avoir à table, au spectacle, à la promenade, à l'église; rien n'est oublié, pas même le conseil de se moucher souvent, *proprement et sans bruit*. Plus d'un lecteur ne pourra s'empêcher de rire à cette dernière injonction. Et cependant il ne faut y voir qu'une sollicitude paternelle qui s'étend à tout, qui détaille tout, et qui veut trouver la perfection dans l'objet de sa tendresse. Sans vouloir renvoyer nos lecteurs à la *Civilité puérile et honnête*, nous avons pensé qu'un livre qui contiendrait toutes les lois, règles, maximes et applications de l'art de plaire et de se conduire dans toutes les circonstances de la vie, ne serait pas un livre tout à fait inutile, à notre époque surtout, où tant de fortunes ont été brisées, tant de positions détruites, et où la confusion des rangs tend de jour en jour à faire disparaître cette urbanité française si vantée et qui nous a valu, dans tous les temps, la sympathie de tous les peuples. Sans doute, vouloir tracer d'une manière complète les règles de l'art de plaire, art si nécessaire dans toutes les situations et à tous les âges, et qui n'est pas aussi frivole qu'on affecte aujourd'hui de le croire, serait une entreprise aussi folle que ridicule. L'art de plaire s'apprend moins dans les livres que dans les salons. Cependant, à défaut de préceptes positifs, il est permis de donner d'excellents conseils, capables de guider l'inexpérience de la jeunesse. Bien certainement les traités de rhétorique n'ont jamais fait et ne feront jamais seuls un homme éloquent; néanmoins cela n'a pas empêché Cicéron, Quintilien et tant d'autres de composer des traités de rhétorique fort précieux et dont l'utilité ne saurait être contestée. L'art de plaire ne paraît demander, en effet, que des talents naturels à la plupart des hommes, ou au moins qu'ils peuvent acquérir sans beaucoup de peine. La nature, qui nous a faits sociables, a donné à tous les hommes la possibilité d'être agréables en société, si elle n'a pas donné à tous le talent d'y briller: il leur suffit, pour cela, de remarquer et d'éviter les fautes auxquelles on se laisse aller dans le monde et de tirer de cette connaissance des maximes qui puissent nous servir de règles de conduite. Ainsi, quoique ceux dont les manières sont nobles et distinguées, et la conversation agréable, intéressante et utile, puissent ne trouver rien de nouveau pour eux dans un ouvrage spécial sur cette matière, on ne peut pourtant pas disconvenir qu'il puisse servir à ceux qui, dans l'âge où l'on apprend encore à conduire son esprit, voudraient perfectionner en eux-mêmes l'art de plaire et de converser, source de beaucoup de plaisir et de bonheur. Cet art, en effet, peut être enseigné jusqu'à un certain point; car les personnes les plus agréables dans la société et la conversation, devant cet avantage à une infinité de réflexions fines et rapides qu'elles ont faites, et qu'elles font continuellement sur les moyens de plaire et sur les défauts qui peuvent nous nuire, réflexions dont elles ne se rendent pas toujours compte, mais qui les dirigent sans cesse, il est clair qu'en rassemblant ces réflexions on peut les suggérer à ceux qui ne les ont pas encore faites, et leur donner ainsi les moyens d'éviter les fautes auxquelles on se laisse aller dans la société et les inconvénients qu'elles entraînent à leur suite.

Telle est l'œuvre que nous avons entreprise. Nous avons voulu réunir quelques préceptes pour l'utilité des personnes qui manquent d'un guide en entrant dans le monde et qui ignorent la manière de s'y présenter convenablement. Au milieu de tant de prétentions ambitieuses, il n'est pas étonnant qu'on ait un peu négligé celle de paraître aimable, et n'y plus attacher de prix, n'est-ce pas y renoncer? Nous avons puisé les matériaux de notre ouvrage aux meilleures sources; nous nous sommes inspiré des écrits de nos moralistes les plus estimés, et nous avons mis largement à contribution tous les livres qui traitaient directement ou indirectement de notre sujet. Plus de cent volumes ont été ainsi explorés; ceux auxquels nous avons fait quelques emprunts en les citant textuellement ou en les modifiant selon nos idées et notre cadre, sont principalement: le *Savoir-vivre en France*, par madame la comtesse de B***; le *Manuel de la bonne compagnie*, par madame Celnart; le *Code de la conversation*, par Horace Raisson, et toutes les *Encyclopédies*, etc. Notre volume, aussi neuf qu'intéressant, présente donc l'extrait, le résumé et le complément de tout ce qu'on a écrit jusqu'ici sur l'art de plaire en général et sur l'art de la conversation en particulier. Le révérend M. Gannel a calculé que chaque individu, terme moyen, fait trois heures de conversation par jour, au taux de cent mots à la minute ou vingt pages d'un volume in-octavo à l'heure; et qu'à ce taux un homme parle la valeur de quatre cents pages par semaine et cinquante-deux volumes par an, calcul qui ne s'applique pas aux femmes, bien entendu (1). Nous serions heureux si la lecture de notre petit dictionnaire pouvait contribuer à rendre ces cinquante volumes parlants moins ennuyeux, moins assommants pour les pauvres auditeurs. Certes, nous n'avons pas la prétention de donner de l'esprit à ceux qui n'en ont pas; notre seul but est de déterminer les convenances qui y suppléent, et dont l'absence fait souvent confondre l'homme spirituel, celui que la nature a doué d'heureuses dispositions, avec le sot ou l'imbécile. Nous avons voulu épargner à la jeunesse française de se faire un jour les reproches que s'adresse un jeune homme dans le *Spectateur* d'Adisson.

« Je suis un jeune homme qui a été longtemps enfermé dans un collége. J'avais beaucoup lu et peu vu; je ne savais rien du monde que ce que la lecture et les mappemondes m'en avaient appris. J'ai fait de grands progrès dans mes études; je me plaisais dans les sciences, mais je déplaisais dans la conversation. A force de m'entretenir avec les morts, je m'étais rendu presque insupportable aux vivants. Enterré depuis longtemps avec les anciens, j'avais contracté une aversion barbare pour les modernes, et, lorsqu'il me fallait parler, je me faisais beaucoup de violence et j'ennuyais fort les autres. On me fit enfin connaître mes défauts; on ne me parlait jamais, ni je ne parlais point, à moins que la conversation ne roulât sur les livres. Je mourais d'ennui. A la fin, je me suis lancé dans le monde: j'ai recherché les meilleures compagnies; j'espérais effacer dans la foule la rouille que j'avais contractée avec moi-même. Par une imitation des mœurs des gens du bel air, je ne suis parvenu qu'à découvrir que je faisais trop l'aimable pour l'être. »

En un mot, indiquer les moyens de se montrer avec avantage dans une réunion, dans un dîner, dans une soirée, ou dans toute autre situation où l'on peut être placé par le hasard, voilà notre unique objet. L'utilité nous a seule déterminé: il nous a semblé qu'un livre qui renfermerait en quelques pages les règles de la politesse et de la conversation, telles que les convenances de la société actuelle l'exigent, serait accueilli avec quelque intérêt. Puisse notre espoir n'être pas déçu!

BESCHERELLE AÎNÉ.

(1) *Morning advertiser.*

ABANDON. Une des premières règles pour plaire et pour entretenir la conversation, n'est pas toujours de ne dire que des choses réfléchies, mais au contraire de se laisser aller à sa première pensée ; car la vérité, même dans les idées sans réalité et qui ne font que peindre les nuances rapides de notre âme, a toujours son charme particulier. D'ailleurs, il ne faut pas l'oublier, on a toujours plus d'esprit et d'agrément, quand on s'abandonne dans la conversation sans faire aucun calcul de vanité ou d'amour-propre. Tout le monde sent combien serait pénible et ennuyeuse une conversation où se ferait sentir le travail d'une phraséologie élégante avec pédanterie, tourmentée par la recherche et l'affectation ; une conversation qui ne serait autre chose qu'un discours académique perpétuel, semé de toutes les fleurs de rhétorique que recommandent les le Batteux et les Rollin aux orateurs apprentis.

AB IRATO. Puisque les lois condamnent le testament fait dans cette disposition, la saine raison devrait prescrire d'annuler de même les discours prononcés dans un mouvement de colère. Attendre vingt-quatre heures pour écouter ce mouvement ou pour tenir compte de ce qu'il a produit, est le résultat fructueux d'une longue suite d'observations. Il serait à désirer que les discours *ab irato* n'eussent jamais de plus fâcheuses conséquences que celles de l'anecdote suivante. M. de B***, homme très-violent, eut une vive querelle avec un particulier d'humeur plus tranquille. Ils étaient placés aux deux bouts d'une longue table. Le premier, perdant patience, dit : « Je vous envoie un soufflet. — Et moi, dit l'autre, je vous tue. »

ABNÉGATION. La première et la plus rare des qualités sociales est l'abnégation de soi-même. Nous devons faire en sorte, par nos paroles et nos manières, que les autres soient contents de nous et d'eux-mêmes. Un échange inaperçu d'idées et de petits services établit dans la société une heureuse harmonie de sentiments et de pensées ; le désir de plaire y inspire ces manières affectueuses, ces expressions obligeantes, ces attentions délicates qui, seules, rendent doux et agréables les rapports de société. En un mot, on ne plaît dans le monde qu'autant qu'on fait un sacrifice continuel de son amour-propre et d'une infinité de choses agréables ou commodes.

ABSENCE D'ESPRIT. Le défaut d'attention, qui est réellement un manque de pensées, est ou une folie ou une manie. On doit non-seulement remarquer chaque chose, mais cette attention doit être vive et prompte, comme d'observer d'un coup d'œil toutes les personnes qui sont dans un salon, leurs mouvements, leurs regards et leurs paroles, et cependant sans les regarder fixement et sans paraître les observer. Cette observation vive, et qui néanmoins ne se fait point remarquer, est d'un avantage infini dans la vie, et l'on doit mettre tous ses soins à l'acquérir ; au contraire, ce qu'on appelle absence d'esprit, qui est une inadvertance et un manque d'attention à ce qui se passe, rend un homme si semblable à un sot ou à un fou, que, « pour moi, dit lord Chesterfield, je n'y vois pas de différence réelle. » Un sot ne pense jamais ; un fou a perdu toute pensée ; et un homme distrait est, pour le moment, sans pensées.

ABSENTS. La justice nous fait un devoir de plaider la cause des absents. Le président Rose savait, ce qu'on ne sait guère à la cour ni ailleurs, défendre ses amis accusés et absents ; mais il joignait au courage de les défendre l'art nécessaire pour ne se point compromettre, et il en donna la preuve dans une occasion délicate. Voici de quelle manière l'abbé d'Olivet raconte cette anecdote curieuse : « Vittorio Siri, connu par son *Mercurio* et par ses *Memorie recondite*, demeurait, sur la fin de ses jours, à Chaillot, où il vivait d'une pension considérable que le cardinal Mazarin lui avait fait donner. Sa maison était le rendez-vous des politiques, et surtout de ministres étrangers, qui ne manquaient guère de s'arrêter chez lui au retour de Versailles, les jours qu'ils y allaient pour leur audience. Un jour, plusieurs de ces ministres s'y trouvant rassemblés, l'un d'eux fit tomber la conversation sur la campagne de Flandre, dont il paraissait attribuer toute la gloire à M. de Louvois. Vittorio, qui haïssait ce ministre, interrompit l'éloge, et avec son jargon, qui n'était ni italien ni français : « Monsu, lui dit-il, vous nous faites ici de votre monsu Louvet il più grand homme qui soit dans l'Europe ; contentez-vous de nous le donner per il più grand commis, et, si vous y ajoutez quelque chose, per il più grand brutal. » Dès le lendemain, M. de Louvois en fut instruit, et ne manqua pas de s'en plaindre au roi. Ce grand prince, qui eut toujours pour maxime, que s'attaquer à ceux qu'il honorait de sa confiance, c'était lui manquer à lui-même, répondit qu'il châtierait l'insolence de l'abbé Siri. Rose, dont le roi se servait pour écrire ses lettres particulières, était en ce moment dans le cabinet de Sa Majesté ; il entendit ce qui se disait. Quand le ministre se fut retiré, il supplia le roi de vouloir bien suspendre sa juste colère jusqu'au soir. Il va promptement à Chaillot ; il se met au fait ; il revient au coucher du roi, et lui ayant demandé un moment d'audience : « Sire, lui dit-il, le fait est à peu près tel qu'on l'a rapporté à Votre Majesté. Vous savez que mon ami Siri a une méchante langue, et se met en colère aisément ; mais il devient fou et furieux lorsqu'il croit qu'on blesse la gloire de Votre Majesté. On s'est avisé, en présence de tous les étrangers qui étaient chez lui, de louer M. de Louvois, comme si la campagne de Flandre ne roulait que sur ce ministre. On l'a voulu faire admirer à tous ces étrangers comme le plus grand homme de la terre. Alors la tête a tourné à mon pauvre ami ; il a dit que M. de Louvois pouvait être un grand commis, et rien autre chose ; qu'il était aisé de réussir dans son métier, lorsqu'avec tout l'argent du royaume on n'avait qu'à exécuter des projets aussi sagement formés et des ordres aussi prudemment donnés que ceux de Votre Majesté... — Ah ! il est si âgé, dit le roi, qu'il ne faut pas lui faire de la peine. » N'est-ce pas le cas de s'écrier, comme Perrin Dandin dans les *Plaideurs : Ce que c'est qu'à propos toucher la passion !*

ACCENT. Les habitudes d'enfance, de petites villes, l'accent de province, sont de fréquents obstacles à la bonne prononciation ; apportons-en quelques exemples. Il n'est pas rare d'entendre dire, même parmi les gens élevés, *t'es* pour *tu es ; c'te* pour *cette ; mamzelle* pour *mademoiselle ; angoizes* pour *angoisses*, etc., etc. Quant à l'accent, chaque province a le sien. Le connaître, s'en défier, le modifier par la disposition contraire, tels sont les moyens d'éviter ces écueils ; mais, quelque ridicule que l'on puisse paraître en donnant sans cesse dans ces défauts, on l'est cent fois moins que ces gens, vrais substituts de maîtres d'école, qui vous arrêtent au milieu d'un récit touchant, pour répéter avec un sourire sardonique la locution vulgaire, le mot mal prononcé, le mauvais accent qui viennent de vous échapper. Non-seulement, avec toutes les personnes de bonne compagnie, il faut condamner le pédantisme en fait de prononciation, mais il faut encore, avec Rousseau, en blâmer le purisme. Il ne peut souffrir, et il a certes raison, ces gens si jaloux de faire sentir la lettre finale de *tabac*, *sang*, *estomac*, etc.

ACCOINTANCE. Ce mot vieilli, peu usité, mais qui, seul, présente l'image du danger de certains rapports, fruits d'habitudes journalières et de rencontres fortuites, tient à notre sujet par toutes ses ramifications. La mauvaise compagnie gâte plus de caractères que la bonne n'en saurait former. C'est donc à éviter la mauvaise compagnie que doivent tendre nos efforts; et, à cet égard, notre instinct nous guide mieux que les préceptes. Tous les honnêtes gens se devinent; ils se soutiennent par l'intérêt de l'ordre, et l'ordre est le pivot du monde : voilà pourquoi les bonnes liaisons, si légères qu'elles soient, durent plus longtemps que les mauvaises : avec celles-ci on n'a que des complices; les autres donnent des amis.

ACQUIS. On démêle aisément dans la conversation ce qui part de la tête d'un homme, ou ce qui est acquis; l'un se présente avec une expression vive et neuve ; l'autre avec des mots maigres qui semblent venir de l'hôpital.

ACTIVITÉ. Il en est une bien malheureuse : c'est celle qui porte à s'immiscer dans les affaires d'autrui, et de tâcher d'ennuyer son voisin pour éviter de s'ennuyer soi-même ; celle dont l'unique but est de satisfaire une curiosité banale; de suppléer à la stérilité d'un cœur privé d'affections, d'un esprit dénué d'aliments ; d'occuper de fadaises, la plupart insipides, et souvent pernicieuses, les femmes désœuvrées, les hommes inutiles ; celle enfin dont l'inquiétude n'a d'autre objet que d'occuper, d'inquiéter, de mystifier tel et tel dont on ne se soucie guère, et qui, de son côté, ne s'est jamais soucié de vous. Dieu vous garde de pareilles gens !

ADRESSE D'ESPRIT. C'est, en général, le talent de conduire ses entreprises d'une manière propre à y réussir. Prise en bonne part, c'est une qualité à l'aide de laquelle on évite des obstacles, on triomphe des difficultés ou l'on se tire de situations embarrassantes. Quand, pour aller à ses fins, on suit des voies secrètes, déguisées, alors l'adresse d'esprit dégénère en finesse et en ruse. Il y a cette différence entre l'*adresse d'esprit* et la *présence d'esprit*, que la première procède d'après un plan savamment combiné, tandis que la seconde n'est qu'une illumination soudaine qui surgit d'une circonstance tout à fait inattendue, et fait naître d'utiles expédients. Ce fut surtout à l'adresse d'esprit qu'il sut déployer que le célèbre ministre anglais, William Pitt, dut la puissante et longue influence qu'il exerça sur les destinées de la Grande-Bretagne. Il est peu d'orateurs politiques qui aient possédé à un degré aussi éminent l'adresse d'employer les raisonnements qui convenaient le mieux au caractère et aux opinions de ceux devant qui il avait à parler; et c'est à cet art plus encore peut-être qu'à ses autres talents qu'il fut redevable de ses succès. Son mérite essentiel, à la tribune, tenait à la présence d'esprit avec laquelle il résumait toutes les idées qui servaient à son but, en écartant toujours, avec la simplicité la plus adroite, celles qui tendaient à s'en éloigner. Son père, l'illustre lord Chatam, qui avait voulu se charger de sa première éducation, avait développé en lui cette précieuse qualité. Sous un tel maître, Pitt avait contracté de bonne heure l'habitude de parler avec facilité. Dès son plus jeune âge, lord Chatam, pour le façonner à l'art de parler dans les assemblées, le faisait monter sur une table quand il avait chez lui nombreuse réunion, et, lui adressant diverses questions à la portée de son intelligence, le stimulait à y répondre en toute liberté. De cette manière, Pitt apprit à un degré remarquable cette assurance et cette présence d'esprit qui le distinguèrent si éminemment, et qui sont si indispensables à un homme d'État. On nous pardonnera sans doute de citer le trait suivant. Un prédicateur ne savait qu'un sermon et l'allait débiter dans les villages. L'ayant prêché dans un endroit, le seigneur du lieu le retint pour le lendemain, qui était fête encore, dans l'espérance qu'il ferait un discours aussi beau que celui de la veille. Cette invitation était glorieuse, mais elle mettait notre pauvre prédicateur dans une assez triste position. Se répétera-t-il ? que pourra-t-il dire qui n'ait déjà été entendu ? pour qui va-t-il passer dans l'esprit des auditeurs? Au lieu de répondre à cette flatteuse invitation qui l'honore, il se rendra la fable d'un auditoire choisi. Que faire, cependant? Il faut prêcher. L'heure approche, il monte en chaire. « Messieurs, dit-il, quelques personnes m'ont accusé de vous avoir débité hier des propositions contraires à la foi, et d'avoir mal interprété quelques passages des livres saints. J'en appelle à cet auditoire éclairé pour les convaincre d'imposture; pour vous prouver la pureté de ma doctrine, je vais vous répéter mon sermon de point en point. Daignez, je vous supplie, m'écouter avec toute l'attention qu'exige une cause dont vous êtes juges. » N'est-ce pas là se tirer habilement d'affaire?

AFFABILITÉ. Caractère de douceur, de bonté, de bienveillance, qui se manifeste dans la manière de converser avec des inférieurs, de les recevoir, de les écouter, d'en agir avec eux. L'affabilité donne toujours une bonne idée des personnes qui en sont douées ; elle inspire de la confiance aux inférieurs qui en sont l'objet. Il ne faut pas la confondre avec la politesse. On doit être poli envers toutes les personnes à qui l'on a affaire, on ne doit être affable qu'envers ses inférieurs ; l'homme poli témoigne des égards, l'homme affable manifeste de la bienveillance. Louis XIV, ayant un jour témoigné à un orateur médiocre qu'il l'entendrait volontiers, en chaire, une autre fois, cet homme s'en retournait, content de lui-même et enchanté du monarque, lorsqu'une princesse, d'un goût aussi sûr que délicat, en témoigna sa surprise : « J'en juge comme vous, lui dit le roi ; mais lorsqu'un mot peut rendre un homme heureux, quel cœur serait assez dur pour ne pas le lui dire? » L'abbé Raynal est présenté à Frédéric le Grand, entouré de ses généraux. Le monarque lui

tend la main, lui offre un siège à ses côtés, et lui dit avec cette simplicité des temps héroïques : « Nous sommes vieux tous deux, asseyons-nous et causons. »

AFFAIRES. Les uns en ont, et n'en parlent pas : ce sont les plus sages. D'autres en ont, et en parlent trop. D'autres enfin, comme le Timanthe de Molière, n'en ont pas, et disent qu'ils en ont, pour dire quelque chose. Que les affaires soient pour nous un fardeau gratuit, ou une charge lucrative, appliquons-nous à les simplifier, le fardeau s'allégera, la charge en deviendra plus lucrative encore. Mais un insupportable ennui, et qu'il dépend de soi d'éviter avec un peu de force d'esprit, c'est de porter dans le monde l'air soucieux et le ton chicaneur des affaires. Il en est du métier où leur embarras nous engage, comme du travail littéraire de certains ouvrages *à tiroirs* : ou le suspend, on le quitte, on y revient avec la même facilité. « Il y a, dit mademoiselle de Scudéry, des gens qui ont toujours l'air occupé comme s'ils avaient mille affaires, quoiqu'ils n'en aient d'autres que de s'occuper de celles d'autrui. » C'est un de ces êtres ridicules que Molière peignait quand il disait :

> Il vous jette en passant un coup d'œil effaré,
> Et sans aucune affaire est toujours affairé.

AFFECTATION. Manie habituelle de plaire, d'attirer sur nous l'attention par un étalage de sentiments, de pensées et de tours d'expressions étudiées; c'est l'opposé du naturel et de la simplicité. Elle prend sa source dans un sentiment intérieur mal réglé, et se fait remarquer dans les personnes d'un esprit médiocre, aussi bien que chez celles d'un mérite distingué. Elle se glisse dans le cœur du sage tout comme dans la tête d'un sot. Partout elle attire les regards; elle domine au barreau; elle monte dans la chaire de vérité; elle brille sur la scène, dans les cercles, dans les promenades, les lieux publics, et dans presque toutes les classes de la société. La malheureuse envie qu'on a de paraître avec avantage et de se faire admirer produit, particulièrement chez les jeunes gens et chez les femmes, cet étrange tour d'esprit qui répand un ridicule plus ou moins marqué dans leur contenance, leurs attitudes, leurs gestes, leur langage, leur habillement ou leur parure. L'affectation donne quelquefois de la défaveur à l'homme en place, et de la laideur à la beauté. Elle diffère peu de l'afféterie. Ne soyons jamais que nous, toujours nous, mais aussi perfectionnés que nous pouvons l'être, et n'oublions pas que l'affectation est le dehors de la contrainte et du mensonge.

AGRÉMENTS. Ils consistent dans un assemblage de traits fins et naturels qui correspondent à notre caractère et contribuent aux jouissances de l'âme. On dit, par exemple, d'une personne, que sa conversation est pleine d'agréments, lorsque cette personne, en parlant, éveille des idées qui récréent l'esprit, ou des sentiments qui touchent le cœur. Il y a cette différence entre les grâces et les agréments, que l'on ne fait qu'admirer et louer les premières, tandis que l'on goûte les seconds et que l'on en jouit réellement. Il n'y a rien, jusqu'à la vérité même, à qui un peu d'agrément ne soit nécessaire.

> L'agrément couvre tout, il rend tout légitime,
> Aujourd'hui dans le monde on ne connaît qu'un crime,
> C'est l'ennui.
>
> (GRESSET.)

Le poëte Poisson était d'une humeur agréable qui le faisait accueillir chez tous les grands, et, s'il leur demandait des grâces, il le faisait avec une urbanité si délicate et si adroite, qu'en accordant le bienfait le bienfaiteur croyait ne payer qu'une dette. Un jour, il présenta des vers au grand Colbert, qui avait été parrain d'un de ses enfants. Le ministre refuse et ajoute : « Vous n'êtes faits, vous autres poëtes, que pour nous incommoder de la fumée de votre encens. — Monseigneur, reprit Poisson, je vous assure que celui-ci ne vous montera pas à la tête. » Plusieurs seigneurs, qui étaient présents, prièrent instamment M. de Colbert de les lui laisser dire; enfin, le ministre y consentit, mais avec la condition expresse qu'il n'y aurait point de louanges. Poisson commença :

> Ce grand ministre de la paix,
> Colbert, que la France révère,
> Dont le nom ne mourra jamais...

« Vous ne me tenez pas parole; cessez, ou je me retire, » s'écria le ministre. La compagnie le retint, et Poisson, après avoir répété les trois vers, ajoute :

> Eh bien! tenez, c'est mon compère.
> Fier d'un honneur si peu commun,
> On est surpris si je m'étonne
> Que de deux mille emplois qu'il donne
> Mon fils n'en puisse obtenir un!

Colbert, sur-le-champ, lui donna, pour son fils, l'emploi

de contrôleur général des aides.

AIGREUR. Celle du caractère est une maladie qui peut tenir à quelque défaut de complexion. Quand elle provient de l'obstination d'un mauvais sort, elle cède à la première impression de bien-être. Mais si les deux causes se réunissent chez un infortuné pour le rendre difficile à vivre, qu'il songe, avant de se livrer aux accès de son humeur noire, qu'être désagréable à tout le monde ne corrigera qui que ce soit, et peut joindre à son dégoût de la société l'embarras de la solitude, dont on ne sait que faire quand on n'est pas meilleur pour soi que pour autrui.

> Que sert une sagesse âpre et contrariante?
> Heureuse la vertu, douce, aimable, liante,
> Dont les ris et les jeux accompagnent les pas!
> La raison même a tort lorsqu'elle ne plaît pas.
>
> (LA CHAUSSÉE.)

AIR. Ce qui est surtout insupportable chez une femme, c'est un air inquiet, hardi, impérieux; car cet air est contre nature; il n'est permis en aucun cas. Quand une femme a des soucis, qu'elle les cache au monde ou n'y vienne pas; quel que soit son mérite, qu'elle n'oublie pas que, si elle peut être homme par la supériorité de son esprit, par la force de sa volonté, à l'extérieur elle doit être femme. Elle doit toujours présenter cet être fait pour plaire, pour aimer et chercher un appui; un aspect affectueux, presque timide, une tendre sollicitude pour ceux qui sont autour d'elle, doivent se montrer dans toute sa personne. Sa physionomie doit respirer la bienveillance, la douceur et la satisfaction; l'abattement, le souci et l'humeur en doivent être constamment bannis.

Un jeune homme doit écouter les autres, non en voulant prendre un air spirituel, ce qui n'arrive que trop souvent, mais avec l'air de s'intéresser à ce qu'ils disent. L'air distrait blesse dans un supérieur et dans un égal; de la part d'un jeune homme, il provoque la moquerie. Quand on s'ennuie, il faut se retirer. Un autre soin qu'on doit avoir, c'est de ne jamais montrer dans la société des impressions fortes. Il ne faut ni prendre un air imposant, ni disputer, contre ceux qui ne sont pas de notre avis, avec une physionomie altérée. La conversation est une arène dans laquelle on doit vaincre à la course, et avec la légèreté d'Atalante; mais il n'est permis d'arrêter son adversaire qu'en lui jetant des pommes d'or; il faut réserver la lutte et tout combat sérieux pour d'autres moments plus réfléchis, et où l'on ne soit pas entouré de spectateurs; car l'amour-propre pardonne souvent les objections fortes, et même sévères, faites dans le tête-à-tête; mais il n'oublie jamais une physionomie trop prononcée, ou des propos imposants et désapprobateurs tenus en public.

ALLUSION. La promptitude à s'en faire une de ce que l'on dit de bon ou de mauvais autour de nous prouve une grande inquiétude d'amour-propre. Ceux qui ne croient pas que l'on s'occupe d'eux sont délivrés de ce tourment. Il est involontaire pour les hommes de génie, pour les belles et pour les rois : consolation pour les princes dépouillés, pour les laides et pour les esprits médiocres. On peut à volonté retrancher de ses écrits ou de ses discours toute allusion offensante : cette précaution sera celle d'un esprit sage guidé par un bon cœur. Un de ces misérables qui sont payés pour nuire, ayant un jour, au spectacle, fait observer un vers qui attaquait fortement un vice commun à plus d'un grand, il s'écria : « L'allusion est frappante, elle est très-punissable. — Très-punissable, s'écria quelqu'un du parterre; mais c'est vous qui la faites; c'est donc vous qu'il faut punir. »

AMABILITÉ. Il semble qu'un des charmes de l'esprit et de la conversation est de pouvoir se plier à l'esprit, à l'amour-propre et aux idées des autres, par ondulation, si l'on peut s'exprimer ainsi, et comme l'accompagnement dans la musique. Cette faculté tient quelquefois au défaut de principes et d'idées fermes et raisonnées; elle dépend quelquefois aussi de certaines qualités et de certains défauts qui ne sont ni souplesse, ni abandon, ni intérêt, mais qui en ont tout le charme apparent. Un homme curieux lit dans vos regards, suit toutes vos paroles; il vous charme de cette manière, sans prendre cependant d'autre part à ce qui vous touche que celle de sa curiosité : ainsi, avec le désir de plaire et de faire effet, on parle et l'on répond sur ce qui intéresse les autres, on montre de l'abandon, de la douceur, de la sensibilité, et l'on ne pense en effet qu'à paraître plus aimable.

AMÉNITÉ. L'aménité est au caractère ce que l'amabilité est à l'esprit; l'une ne s'apprend pas plus que l'autre; mais toutes deux se perfectionnent par l'éducation et des habitudes élégantes. Avec l'aménité, ou une sorte d'aménité dont le plus fréquemment chacun de nous fait l'épreuve, avec la complaisance dont elle emprunte le langage, résident la souplesse qui prend tous les tons, et l'indolence qui élude toute espèce d'efforts. Le moins obligeant des hommes peut, dans le monde, être un modèle d'aménité; mais la sienne, à bien prendre, n'est qu'une modification de l'égoïsme et de la politesse. Il élève rarement la voix, il abrége les discussions, mais c'est uniquement pour ménager sa poitrine; de crainte de se déranger, il ne dérangera personne. Il veut plaire, voilà tout; qu'il plaise, il est content. Mais ses demi-prétentions et ses demi-vertus ne passent par la superficie; c'est le mérite à *fleur de peau*, dont parlait mademoiselle de l'Espinasse : la plus petite égratignure lui enlèverait l'épiderme et détruirait l'illusion. Sous les climats tempérés, en France surtout, l'aménité, cette qualité toujours si précieuse dans le commerce de la vie, est plus fréquente; elle l'est chez les deux sexes et dans tous les états; et ce caractère particulier au peuple de Paris, au peuple *bon enfant*, cette prévenance dont l'étranger se trouve être l'objet même sans le requérir, n'est pas une des moindres causes qui le ramènent tous les ans parmi nous. L'égalité d'humeur est un de ces enchantements au moyen desquels la nature nous affranchit ou nous console de mille chagrins intérieurs : défions-nous toutefois du sourire permanent et des grâces que rien n'altère.

AMOUR-PROPRE. L'amour-propre est plus ou moins prononcé chez tous les hommes. Il n'est personne qui ne soit disposé à se laisser aller à ses atteintes; c'est peut-être le sentiment qui s'accroisse le plus facilement, et qui produise le plus de désagréments dans les rapports habituels. Il s'exalte par les succès et par la louange. Rien de plus dangereux que la flatterie : elle habitue les gens assez faibles pour l'admettre complaisamment à ne pouvoir plus entendre la vérité. L'amour-propre est surtout insupportable chez les gens nuls et médiocres, et il fatigue même et a quelque chose d'insultant et de désagréable chez l'homme de mérite. Lorsque ce sentiment a été inconsidérément exercé dans le jeune âge, il devient d'une irritabilité excessive, trouble les relations les plus intimes, consume au moindre insuccès ceux qu'il tourmente, et peut même altérer profondément la santé. Dans aucune portion de la société il n'est plus vif et plus chatouilleux que chez les auteurs, les avocats, les musiciens, les poëtes, les comédiens, les danseurs, et, en général, chez tous les hommes qui reçoivent des marques d'approbation. L'amour-propre, en effet, ne se borne pas à une simple complaisance intérieure; il veut un théâtre, un auditoire, de l'action au dehors, des appréciateurs. Comme on l'a très-judicieusement remarqué, c'est l'amour-propre qui produit le plus de petites qualités et de petits défauts; c'est lui qui ordinairement travaille moins pour la gloire et le plus pour la gloriole. L'amour-propre se mêle toujours un peu pour quelque chose à nos paroles et à nos actions. « Nous avons beau faire, dit madame Du Châtelet, l'amour-propre est toujours le mobile plus ou moins caché de notre conduite. C'est le vent qui enfle les voiles, et sans lequel le vaisseau n'irait pas. » On voit que l'amour-propre a sa bonne et sa mauvaise part, ses bons et ses mauvais résultats. L'amour-propre est le défaut de tous les âges, mais il se montre surtout dans la jeunesse. Rien de plus mobile : c'est le Protée de la Fable. Tantôt il s'enivre du contentement de lui-même, et se berce dans une plénitude de jouissances idéales; tantôt il se croit blessé, s'attriste, s'irrite et se change en fureur; car, comme l'a dit un poëte, l'amour-propre offensé ne pardonne jamais. Quelquefois il se montre à découvert; plus souvent il se cache et se couvre, comme pour se dérober à tous les yeux; mais les voiles dont il s'enveloppe ne peuvent l'empêcher de percer. Socrate ayant remarqué qu'Antisthène, son disciple, affectait, dans son extérieur, la négligence et le mépris jusqu'à la bienséance, lui dit : « Antisthène, j'aperçois ta

vanité à travers les trous de ton manteau. » Charles IX prenait plaisir à la conversation de Guillaume Postel, qu'il honorait du titre de son philosophe. Ce prince, ayant reçu des lettres du roi d'Ormus, les fit porter à Postel pour les expliquer. Il les interpréta devant toute la cour; puis, fier du savoir dont il venait de faire preuve : « Sire, dit-il d'un ton que ne dictait pas la modestie, je puis aller sans truchement de votre royaume jusqu'à la Chine. Les langues de tous les peuples me sont aussi connues que la vérité. » Notez que cet humble docteur, après avoir longtemps écrit en visionnaire, finit par être aussi fou dans sa conduite qu'il est extravagant dans ses écrits. La duchesse de la Ferté, ayant rendu ses bonnes grâces à madame de Launai, lui dit dans une de ces saillies enfantées par l'amour-propre : « Tiens, mon enfant, je ne vois que moi qui aie toujours raison. »

ANALYSES. C'est là bien certainement la partie la

plus difficile de la conversation, et si vous n'êtes point sûr de classer vos idées avec ordre, de les exprimer avec une grande clarté, une facile élégance, n'ayez jamais la témérité de vouloir analyser un livre, une pièce de théâtre. Vous vous prépareriez une rude mortification qui influerait défavorablement sur votre entrée dans le monde. Vous auriez tort d'en conclure, cependant, que nous vous condamnons pour toujours au silence; nous voulons seulement vous inspirer une défiance salutaire, afin de vous préserver de ce rude échec, et vous mettre en état de pouvoir quelque jour répondre, à cet égard, aux vœux d'une assemblée distinguée et brillante. Commencez par jeter sur le papier l'esquisse rapide d'une pièce de peu d'étendue, comme un vaudeville, une petite comédie. Vous ferez cela jusqu'à ce que, sûr de la manière dont vous embrassez l'ensemble et dont vous disposez les détails, vous puissiez vous produire sans embarras. Parvenu à ce point, abstenez-vous alors de ces sortes d'analyses qui, plus correctes, à la vérité, sentiraient le travail. Elles auraient d'ailleurs moins d'abandon, d'à-propos et de grâce. Sachez-le bien et retenez-le bien, toute autre preoccupation que de penser à ce que vous allez dire, vous ferait acquérir deux défauts intolérables : l'affectation et la roideur. Au reste, nous ne donnons ces conseils qu'aux personnes qui, par un esprit vif et pénétrant, par l'amour des arts, par une aptitude particulière, se trouvent portées à faire des efforts pour parler convenablement des productions littéraires. Celles qui en sont moins occupées se contenteront d'en exposer simplement et brièvement le sujet; de rendre compte de l'émotion qu'elles auront éprouvée; de parler de quelques passages saillants, et d'ajouter qu'elles n'ont pas la prétentieuse pensée de prononcer un jugement.

ANECDOTE. La première condition d'une bonne anecdote est d'être neuve. Un homme est perdu de réputation si l'anecdote qu'il raconte date de plus de huit jours; c'est absolument comme si elle se trouvait dans la *Morale en action*. Il faut que l'anecdote intéresse ou amuse les personnes auxquelles on la raconte. Un homme qui raconte une anecdote très-comique doit surtout se garder de rire; mais une petite larme d'attendrissement est permise, quand le récit est pathétique : c'est une des anomalies singulières, une des contradictions bizarres qu'on trouve assez ordinairement dans le monde. Il faut éviter les longues digressions dans le récit d'une anecdote, et on doit se hâter d'aller au but. Lorsqu'on a le malheur de manquer son effet sur l'auditoire, il faut aussitôt chercher le moyen le plus honnête pour s'esquiver. Une anecdote doit être racontée sans prétention et surtout sans promesses. Les préambules ne servent qu'à rendre les auditeurs plus sévères et plus exigeants; il faut leur laisser le soin de dire : *C'est drôle! c'est intéressant!* Car, si on les prévient qu'ils vont rire ou s'attendrir, ils rient et s'attendrissent alors avec d'autant plus de difficulté qu'on semble leur en avoir imposé la nécessité : ce sont tous gens qui n'aiment pas qu'on leur apprenne ce qu'ils ont à faire. Il faut être très-économe d'anecdotes : c'est une monnaie dont un homme d'esprit et de goût ne se sert que dans les grandes occasions. Duclos aimait beaucoup les anecdotes, les racontait bien, et se plaignait de ceux qui les répétaient mal. *On me gâte mes bonnes histoires*, disait-il.

ANTIPATHIE. L'antipathie est une haine violente, et qui ne raisonne pas.

APARTÉ. Une jeune fille ne va que dans les sociétés où elle est conduite; mais elle doit s'efforcer d'être aimable, en étant réellement bonne et reconnaissante des égards que l'on aura pour elle. Dans un petit cercle, elle pourra causer davantage. Il serait à désirer que, dans les maisons où elle va souvent, les femmes eussent l'habitude de s'occuper d'un travail quelconque, et qu'elle pût avoir un ouvrage des mains : il n'est rien qui donne un meilleur maintien aux jeunes filles. Dans les soirées, une jeune fille doit se défier des personnes de son âge et de son sexe qui se réunissent pour chuchoter et faire de grands éclats de rire dont elles seules savent le sujet. Ces *apartés* sont impertinents, et on prend mauvaise opinion des filles qui ont besoin de laisser ignorer ce qu'elles disent. Ce que nous disons ici des jeunes filles peut et doit tout aussi bien s'appliquer aux hommes. Si, au théâtre, les apartés sont une vraie licence théâtrale, ils sont tout aussi déplacés dans un cercle. Un jour Boileau, Molière, et autres beaux esprits, raisonnaient sur les *apartés*. Les uns se déclaraient pour, les autres contre. La Fontaine était du nombre des derniers. Il s'échauffait beaucoup et prétendait que les *apartés* étaient hors de toute vraisemblance. Pendant qu'il parlait avec tant de chaleur, Boileau, qui était à côté de lui, disait tout haut : « Le butor de la Fontaine! l'entêté! l'extravagant que ce la Fontaine! etc. » La Fontaine poursuivait toujours sans l'entendre. Enfin toute la compagnie part d'un éclat de rire : la Fontaine en demande la cause. « Vous déclamez, lui dit Boileau, contre les *apartés;* vous dites qu'ils sont hors de toute vraisemblance. Il y a une heure que je vous débite, à l'oreille, une kyrielle d'injures, et vous ne vous en doutez pas. »

APOPHTHEGME. Pensée grave et judicieuse d'un homme respectable, exprimée en peu de mots. « Quand vous aurez un conseil à donner à un supérieur, disait le chancelier Bacon, présentez-le comme un apophthegme d'un ancien sage, et la leçon passera beaucoup plus aisément que s'il croyait qu'elle vînt de vous. »

APOSTROPHE. Un prédicateur osa apostropher en chaire Louis XIV. Quand il en fut descendu, le roi lui dit : « J'aime à prendre ma part dans un sermon; mais je n'aime pas qu'on me la fasse. »

APPLICATIONS. Comparaisons, passages, citations que l'on adapte à quelque sujet étranger et de circonstance. Ces sortes d'applications causent toujours une surprise agréable à l'esprit, lorsqu'elles sont justes et faites à propos.

APPRÊT. L'homme apprêté est celui qui veut se donner de la consistance et du lustre; on le reconnait à sa roideur, à sa contrainte, à sa recherche. Il n'a ni la flexibilité, ni le moelleux, ni l'abandon qu'il faudrait avoir. En un mot, les plus sots sont toujours ceux qui n'ont que de l'esprit d'apprêt.

APPROFONDIR. Quelque chose que vous fassiez, faites-le à propos, faites-le avec la dernière exactitude, et jamais superficiellement. Approfondissez, pénétrez jusqu'au fond des choses. Tout ce que l'on ne fait, ou que l'on ne connait qu'à demi, n'est, selon nous, ni fait ni connu. Il en résulte même quelque chose de pis, savoir qu'une pareille connaissance nous induit souvent en erreur. A peine y a-t-il un endroit ou une compagnie où vous ne puissiez, si vous voulez, acquérir quelques connaissances. Il est rare que chaque individu ne possède pas une chose particulière, quelle qu'elle soit, et il est charmé d'en parler. Cherchez donc, et vous trouverez. Voyez tout, examinez tout; votre motif justifiera votre curiosité et les questions que vous pourriez faire; autrement elles passeraient pour impertinentes par votre manière de les proposer, car le mérite de la plupart de nos actions dépend de la manière dont elles sont faites; par exemple, vous pouvez dire : *Je crains de vous importuner par mes questions, mais personne ne peut m'instruire aussi parfaitement que vous*, ou quelque chose de semblable.

A-PROPOS. La Harpe disait un jour à un jeune homme auquel il prenait assez d'intérêt pour lui donner des leçons et des avis : « Mon jeune ami, lorsque vous êtes dans une maison pour y faire une lecture, ou pour y passer la soirée et porter ainsi votre tribut de paroles, regardez; et si vous voyez une expression d'ennui, ne vous fâchez pas; n'ayez jamais l'air piqué : rien n'est plus sot, et surtout n'en a plus l'air. Prétextez un mal de dents, un mal de tête... Si vous causez, et que la conversation faiblisse, conduisez-la jusqu'au point de vous éloigner, sans vous faire remarquer. Enfin, lorsque vous plaisez, saisissez l'à-propos, et dominez fortement. »

ARRANGEMENT Synonyme d'accommodement, l'arrangement doit terminer toute discussion quand il ne l'a pas prévenue : quel avocat peut plaider mieux que soi la cause du repos de la vie?

ARROGANCE. Elle se montre toujours prête à humilier les autres par des paroles dures, et par la supériorité qu'elle croit avoir sur eux. Elle se décèle par un ton impérieux et offensant ; si elle est humiliée, ce qui arrive assez souvent, elle se change bientôt en fureur.

ASSURANCE. Les sots, qui ne doutent de rien, sont ordinairement pleins d'assurance; mais cette assurance n'est en eux qu'un ridicule de plus. Il y a une autre sorte d'assurance qui est, au contraire, une qualité rare, qui témoigne ou d'une conviction éclairée, ou d'un ascendant sûr de lui-même, ou d'une supériorité quelconque, qui se sent et veut se faire sentir aux autres. Mirabeau, paraissant à la tribune, fut un jour interrompu dès les premiers mots par les rires de ses adversaires politiques. Il se reprit alors, et débuta ainsi : « Messieurs, donnez-

moi quelques moments d'attention ; je vous jure qu'avant que j'aie cessé de parler vous ne serez pas tentés de rire.» Bientôt il se fit un grand silence, et il continua son discours.

ATTENTION. Le grand secret de la conversation est une attention continuelle, c'est-à-dire le soin de prévenir et de regarder; car la meilleure manière de s'occuper de soi est d'être continuellement occupé des autres. On ne peut véritablement réussir dans la conversation qu'en conservant du calme et de l'attention, qu'en laissant parler les autres, qu'en prouvant par nos réponses que nous les avons écoutés avec intérêt, et que nos pensées s'enchaînent à leurs pensées. Etre distrait quand les autres parlent et n'apporter dans le dialogue direct qu'un quart de son être, soit lorsqu'on nous adresse la parole, soit dans notre réponse, c'est vouloir ne saisir qu'imparfaitement la pensée des autres en les écoutant faiblement, et rendre mal la nôtre en ne daignant pas nous écouter nous-même. Fénelon s'attira un reproche assez amer un jour que, se trouvant à Versailles à un sermon que faisait devant Louis XIV le père Séraphin, capucin, il s'endormit. Le prédicateur, l'apercevant dans cet état, interrompit son discours et dit : « Réveillez donc cet abbé qui dort et qui sans doute n'est venu ici que pour faire sa cour au roi. » C'était sans doute manquer au souverain que de se permettre une pareille apostrophe devant lui ; mais le monarque ne s'en offensa pas, et ne fit que sourire. Voici un autre trait : Vespasien courut risque d'être condamné à mort pour s'être permis de bâiller tandis que Néron chantait sur le théâtre de Rome. Nous n'approuvons ici la conduite ni de Néron ni du capucin ; nous rapportons des faits qui prouvent jusqu'à quel point la distraction, l'ennui, le bâillement, peuvent indisposer celui qui parle.

ATTENTIONS. Ce sont des témoignages de l'attention particulière que l'on fait aux personnes ; elles consistent dans des soins officieux qui leur prouvent l'envie de leur procurer des agréments ou des avantages, de contribuer à leur satisfaction, de leur plaire et de leur inspirer des sentiments favorables. Elles sont l'effet de l'empressement et du zèle ; et cet empressement est inspiré ou par l'affection, ou par le désir de capter l'affection et la bienveillance des autres, ou par quelque motif secret d'intérêt. Il y a des attentions que les bienséances, les convenances exigent : celles qu'on doit à ses parents, à ses amis, à ses bienfaiteurs. Il y en a qui ne sont que de grâce et de faveur, et qui n'ont pour objet que de plaire. Avoir des attentions pour tout le monde, prouve qu'on est pénétré des véritables principes de la civilité.

AUDIENCE. Il ne faut jamais oublier que lorsqu'on a demandé une audience, c'est afin d'être entendu, et alors, une fois la faveur insigne obtenue, on doit se mettre en mesure d'en profiter. Une chose à laquelle on ne saurait trop faire attention, c'est la connaissance du caractère, des goûts et des habitudes du monseigneur qui daigne vous recevoir dans son cabinet : tâchez donc, avant d'être introduit, d'être initié aux mystères de l'Excellence, considérée sous le rapport moral, afin d'éviter les dangers du contre-sens. Si des renseignements certains vous ont appris que l'Excellence, toujours grave et sérieuse, ne descend jamais de la morgue ministérielle, n'employez jamais avec elle d'expression bourgeoise ou commune ; que tous vos mots soient empruntés du vocabulaire poétique et oratoire ; faites des phrases à longues périodes ; et, comme Pindare, qui tirait si bon parti des digressions, fuyez comme un écueil la simplicité vulgaire; enfin, ayez soin que votre compliment ait l'allure d'un panégyrique et la gravité d'un éloge d'académie. L'Excellence ne s'avisera pas de regarder à sa pendule avant que vous ayez fini. Avez-vous à vous présenter devant un personnage qui croit qu'une aimable bonhomie n'est pas incompatible avec de hautes fonctions, et qu'on peut être ministre sans affectation ridicule et sans impertinente emphase, n'oubliez pas les règles de la politesse, et remplissez-en tous les devoirs; mais dépouillez-la, autant que possible, des formules inutiles, des superfluités monotones, et allez droit au but de votre audience en entrant en matière ; témoignez, par les paroles brèves d'une expression claire et méthodique, que vous connaissez le prix du temps, et que vous ne vous adressez qu'à la justice de l'Excellence : alors vous la verrez sourire à votre demande; et il faudra que vous ayez bien peu de droits ou que des obstacles insurmontables s'opposent à vos vues, pour que vous ne sortiez pas satisfait de l'audience ministérielle. On ne doit jamais oublier qu'une audience, quelle qu'elle soit, ne doit jamais durer plus de dix minutes ; et, pour ne pas paraître indiscret, ou pour que le ministre ne vous mette pas poliment à la porte, ce serait une très-utile précaution que de faire son discours d'avance; on l'improvise ensuite devant le ministre : de cette manière on ne risque pas de ne savoir ce qu'on doit dire, ce qui est assez l'habitude de messieurs les solliciteurs.

AVANTAGEUX. Toujours fortement prévenu d'une grande idée de lui-même, l'avantageux est habituellement porté à s'en prévaloir par ses manières et ses discours.

AVANT-PROPOS. C'est une façon de supplique pour conjurer la critique ou les préventions; ou, si l'on aime mieux, c'est une manière de dire : « J'ai beaucoup de talent; et, si le public n'est pas d'accord avec moi sur ce point, le public est un sot. » Le système si commode des préfaces ou avant-propos a passé des livres dans la conversation : adopté par la fausse modestie, qui sait avec adresse le faire servir à ses succès de société, il est devenu, entre les mains de la sottise importante et prétentieuse, un ridicule de plus pour elle, en la rendant encore plus insupportable. C'était le bon temps, en comparaison du nôtre, que celui où un sot l'était sans préambule; il ne demandait pas, pour ainsi dire, audience à son public, et celui-ci n'était pas condamné à l'entendre, sous peine de manquer aux lois de la politesse ou aux convenances. Aujourd'hui c'est bien différent; comment ne pas écouter un homme qui vous dit d'abord : « Silence, je vous prie, car je vais vous conter une chose qui vous paraîtra sans doute bien surprenante....; » ou bien : « Oh! vous allez rire, apprêtez toute votre gaieté, donnez-moi toute votre attention. » Le tout accompagné d'un gros rire qu'il semble donner pour modèle aux martyrs de sa loquacité. Gardez-vous de ces gens qui promettent tout à leurs auditeurs; ils ne sont point en mesure d'acquitter leurs promesses : fuyez-les, prenez votre chapeau dès que vous entendrez le fatal avant-propos, car ils vous feraient un mauvais parti, si vous n'étiez pas d'humeur à rire ou à admirer. Ces messieurs sont très-susceptibles sur le chapitre de la narration ; il faut, bon gré, mal gré, que vous y trouviez du Tite-Live ou du Scarron. Que si vous vous avisez vous-même de hasarder quelque récit, de risquer une anecdote, ne croyez pas que leur indulgence vous dédommagera de celle que vous aurez pu complaisamment leur témoigner. Prodiguez les saillies, les traits spirituels, ils iront tous mourir dans l'oreille dédaigneuse du sot que vous aurez épargné; trop heureux s'il ne hausse pas les épaules, et n'engage pas une discussion dans les formes, pour prouver que vous n'avez pas le sens commun!

AVENTURE. Lorsque vous faites le récit d'une aventure personnelle dont les circonstances sont honorables pour vous, et qu'une personne très-distinguée en partage l'honneur, vous devez faire mention d'elle seulement, et au lieu de la phrase plurielle : *Nous résolûmes, nous fîmes telle chose*, vous oublier et dire *M. D*** résolut, fit cela*. Ce sacrifice de la modestie doit vous être payé par la délicatesse, et le supérieur, à son tour, doit publier aux dépens du sien votre mérite en cette occasion.

AVIS. Quel que soit le sujet de la conversation, proposez votre avis avec modestie; défendez-le de sang-froid et d'un ton doux si on le combat; cédez de bonne grâce si vous avez tort; cédez encore, bien que vous ayez raison, si la chose qu'on discute est de peu d'importance, et surtout si la personne qui vous combat est une dame ou un vieillard. Cependant, si l'amour de la vérité, ou le désir de vous instruire, vous force à entrer en discussion, faites-le avec ménagement et politesse. Si vous ne ramenez pas votre contradicteur à votre avis, vous vous serez du moins concilié son estime. Mais, si vous avez affaire à un de ces individus qui, possédés de la manie de la discussion, commencent par contredire avant d'écouter, et qui sont toujours prêts à soutenir l'avis contraire, cédez-lui la place; vous n'auriez rien à gagner avec lui. Tenez pour certain que l'esprit de contradiction ne peut être vaincu que par le silence.

BABIL. Babiller, c'est parler beaucoup pour ne rien dire, ou, ce qui revient au même, c'est dire des riens, tenir des discours superflus, insignifiants; c'est causer, jaser, caqueter, bavarder à tort et à travers. Si le Français passe pour le plus babillard de tous les peuples, le Parisien est sans contredit le plus babillard de tous les Français; rien n'égale la volubilité de sa langue, la rapidité de sa prononciation, la facilité de sa conversation. Écoutez les discours de deux personnes qui se connaissent à peine. Après une foule de compliments, aussi peu sincères d'un côté que de l'autre, viennent coup sur coup les questions dont on n'attend pas les réponses. On a beaucoup parlé dans le cabinet, dans l'antichambre; ce n'est point assez, la conversation recommence à la porte, elle se continue du haut en bas de l'escalier; on est trop loin pour s'entendre, et l'on se répète encore ce qu'on s'est déjà dit. Dans les boutiques, dans les marchés, que de paroles oiseuses avant de conclure la plus petite emplette! Dans les cafés, dans les cabinets de lecture, que de lourds et stupides commentaires sur un article de journal! Dans les rues, sur les quais, sur la rivière, quels flux de paroles, quels torrents d'injures précèdent et terminent toujours les rixes et les gourmades! On babille dans les salons comme dans les estaminets; on s'arrête dans les rues pour babiller, au risque

d'être écrasé par les voitures; forcés, par l'omnibus ou le cabriolet, de se séparer, les interlocuteurs se rejoignent bientôt pour reprendre leur frivole conversation. Sur quoi n'a-t-on pas babillé, sur quoi ne babille-t-on pas encore à Paris? car Paris, c'est la France en miniature, en raccourci. Les modes, les chiffons, une couturière en vogue, un coiffeur vanté, un nouveau magasin de cachemires, un peu de ménage, un peu de médisance, où l'on n'épargne ni ses voisines, ni ses amies, voilà d'amples matières au babil des femmes. La forme d'un collet d'habit ou d'un pantalon, des cheveux et une barbe de telle ou telle façon, une promenade au bois de Boulogne, le début d'une danseuse à l'Opéra, voilà pour le babil de nos dandys. Parlerons-nous du babil de la Bourse, des banquiers, des spéculateurs, des agents d'affaires, qui pullulent dans Paris, des pretendants, des parvenus, et du Palais, et de la salle des Pas-Perdus, et des juges, avocats, avoués, commissaires, huissiers, etc., de la Californie, des loteries de bienfaisance, des maisons de jeu, et des autres de la police et de ses suppôts? Mais le babil des gens de lettres, mais le babil des gens du monde, mais le babil des journalistes, des représentants, et tous les babils qui s'y embranchent?... Ma foi, nous n'en parlerons pas; car, s'il nous fallait tracer le tableau de tous les babils, nous n'en finirions pas; plus que jamais le babil se mêle de tout, envahit tout, domine tout, se fourre partout. C'est un sujet inépuisable, et que nous nous hâtons de quitter pour ne pas être accusé à notre tour d'avoir produit plus de son que d'effet.

BABILLARD. On reproche aux femmes d'être babillardes; c'est une injustice et une ingratitude. Il est dans le vœu de la nature que, chargées de l'éducation des enfants, elles cherchent, par un caquet continuel, à imprimer dans ces cerveaux débiles beaucoup de traces idéales, qui, sans leur secours, y resteraient difficilement. Cependant, jusque dans la chaire de charité, on a présenté ce babil des femmes, sinon comme un vice, au moins comme un ridicule. Un capucin, prêchant, un jour de Pâques, devant des religieuses, disait que, si Jésus-Christ apparut d'abord aux femmes, après sa résurrection, c'est qu'il savait bien que, par leur babil, elles ne tarderaient pas à en répandre la nouvelle.

BALOURDISE. La balourdise et l'esprit n'ont rien d'inconciliable, parce que l'esprit peut lui-même se concilier avec la timidité, et que la timidité peut donner lieu à mille balourdises, en ôtant à une personne craintive, quoique spirituelle, la présence d'esprit et la confiance nécessaires dans le commerce du monde. Madame de Staal peint très-bien dans ses Mémoires, écrits d'un style vif et enjoué, les balourdises que cette espèce de timidité lui fit souvent commettre auprès de la duchesse du Maine, où elle était en qualité de femme de chambre. « La première fois, dit-elle, que je lui donnai à boire, je versai l'eau sur elle au lieu de la mettre dans le verre. Le défaut de ma vue, extrêmement basse, joint au trouble où j'étais toujours en l'approchant, me faisait paraître dépourvue de toute compréhension pour les choses les plus simples. Elle me dit un jour de lui apporter du rouge et une petite tasse avec de l'eau qui était sur sa toilette : j'entrai dans la chambre, où je demeurai éperdue sans savoir de quel côté tourner. La princesse de Guise y passa par hasard, et, surprise de me trouver dans cet égarement : Que faites-vous donc là ? me dit-elle. — Eh ! madame, lui dis-je, du rouge, une tasse, une toilette ! je ne vois rien de tout cela. Touchée de ma désolation, elle me mit en main ce que, sans son secours, j'aurais inutilement cherché. Je dirai encore quelques-unes de mes balourdises les plus singulières, et qui semblaient tenir de l'imbécillité. Madame la duchesse étant à sa toilette, me demande de la poudre ; je prends la boite par le couvercle, elle tombe, comme de raison, et toute la poudre se répand sur la toilette et sur la princesse, qui me dit fort doucement : Quand vous prenez quelque chose, il faut le prendre par en bas. Je retins si bien cette leçon, qu'à quelques jours de là, m'ayant demandé sa bourse, je la pris par le fond, et je fus fort étonnée de voir une centaine de louis, qui étaient dedans, couvrir le parquet ; je ne savais plus par où rien prendre. J'en fis encore de même d'un paquet de pierreries que je jetai tout au beau milieu du salon. Je ne finirais pas si je voulais raconter toutes mes balourdises. »

BALS. La danse est de tous les amusements celui qui convient le mieux à la jeunesse; mais ici, comme dans bien d'autres circonstances, le plaisir n'est pas sans quelques épines pour les gens polis Si vous ne savez pas danser, ou que vous ignoriez les danses nouvelles, vous devez vous abstenir de danser : vous vous rendriez ridicule à plaisir. Si vous n'avez pas d'oreille, c'est-à-dire si vous avez l'oreille fausse, vous devez encore vous garder de danser : vous commettriez mille bévues qui vous couvriraient de confusion. Mais, si vous connaissez la danse, mettez-vous à la disposition de la maîtresse du logis, qui, à coup sûr, vous priera de faire danser les abandonnées : ce sont, ordinairement, les femmes dépourvues de beauté, et surtout de fortune. Sans doute il n'est pas agréable de prendre ce que les autres ont laissé mais vous serez amplement dédommagé de ce petit désagrément par la reconnaissance de toutes les femmes, qui feront votre éloge, en dépit de tout, et vous soutiendront dans toutes les occasions. Dites : Madame veut-elle me faire *l'honneur* de danser la première contredanse, le premier galop, etc.? Ne dites pas *le plaisir*, car ce mot vous classerait dans la mauvaise compagnie Si vous ne dansez pas, gardez-vous de vous asseoir à la place d'une personne qui danse quand il n'y a de sièges que pour les dames, restez sur vos jambes, le claque à la main, dussiez-vous attraper une courbature : ainsi le veut la politesse. Autrefois, on avait l'habitude d'offrir aux dames sa bonbonnière, comme Sganarelle fait de sa boite à tabac; cet usage ne se rencontre plus que parmi les provinciaux ou les niais La musique, les lumières, la foule, les parfums, dans un bal, causent une espèce d'ivresse dont il faut se défier. Prenez garde que votre gaieté ne devienne bruyante, confiante, familière : c'est très-souvent le résultat du bruit et des mouvements violents. Le sang se porte vers la tête, et l'on parle sans réfléchir; on agit de même On ne doit pas prier la même femme plus de deux fois dans un bal, fût-elle la plus jolie, la mieux mise, et parût-elle vous distinguer Quand vous offrez la main à une femme, soit pour danser, soit dans toute autre occasion, que cette main ne soit pas ouverte à plat; car la main de la dame ne doit pas être placée dans la vôtre, mais reposer dessus. Si vous valsez, saisissez votre valseuse de manière à toucher sa taille, et non les plis de sa robe ; ne rapprochez de votre poitrine que sa main, et jamais sa personne. En tout, souvenez-vous qu'un homme bien élevé

semble craindre de toucher à la robe d'une femme Toutes ces règles, et bien d'autres que nous pourrions ajouter, ne s'appliquent qu'aux bals de société: car, nous le présumons, nos lecteurs ne mettent jamais les pieds dans les bals publics, celui de l'Opéra excepté. Nous nous contenterons de formuler pour eux cet aphorisme, auquel on ne trouve que peu d'exceptions : la fraicheur y est factice, le masque menteur, l'esprit de contrebande, et les corsets ouatés.

BANALITÉS. La conversation est nécessairement composée d'un grand nombre de choses communes, soit parce que l'esprit n'est pas toujours fécond, soit parce qu'il faut se mettre à la portée de tout le monde. Il est donc important d'apporter le plus grand soin à son style, afin que ce vêtement rende les choses communes agréables, même aux gens supérieurs.

BAVARD. Le bavard est celui qui parle trop et sans discrétion. C'est un des plus grands obstacles aux plaisirs du salon. Avec un bavard, plus de moyen de suivre une conversation qui vous plait. Il se jette à la traverse, et ne quitte plus la parole qu'il ne vous ait instruit de tout ce qu'il a entendu, fait ou dit dans la journée. La plupart de ces détails sont insignifiants; qu'importe! son babil ne vous laisse pas un instant de repos. Tout lui sert de transition et vient alimenter son intarissable loquacité. Gardez-vous bien de l'imiter : parlez *peu*, parlez *bien*, et *à propos*. N'imitez pas non plus ces conteurs d'anecdotes apprises exprès la veille, qui, par ce moyen, monopolisent toute conversation à leur profit, et la rendent somnifère pour les auditeurs. Madame Geoffrin disait des bavards : « Je m'en accommode assez, pourvu que ce soit de ces bavards *tout court*, qui ne veulent que parler, et qui ne demandent pas qu'on leur réponde. Mon ami Fontenelle, qui leur pardonnait quelquefois, disait qu'ils reposaient sa poitrine. Ils me font encore un autre bien : leur bourdonnement insignifiant est pour moi comme le bruit des cloches, qui ne m'empêche point de penser, et souvent y invite. » « Je voudrais, disait encore cette femme d'esprit en parlant d'un bavard, je voudrais que, lorsqu'il me parle, Dieu me fit la grâce d'être sourde, sans qu'il le sût; il parlerait en croyant que je l'écoute, et nous serions contents tous deux. » Un barbier, bavard infatigable, allant pour la première fois raser le roi Archelaüs, et voyant que ce prince ne lui adressait pas la parole : « Sire, dit-il, je rase de différentes manières; comment souhaitez-vous que je vous fasse la barbe? — Sans dire mot. » lui répondit le roi.

BEAUTÉ. Tout acte, tout geste, qui altère la beauté, l'harmonie des formes et des traits, ne convient pas aux femmes. Plutarque nous apprend que Minerve eut honte d'elle-même un jour que, jouant de la flûte, elle aperçut dans l'onde l'affreux aspect que lui donnait le gonflement de ses joues; elle rejeta aussitôt loin d'elle cet instrument, et reprit la sérénité de ses beaux traits. Mais ici nous croyons toute recommandation inutile : l'instinct secret qui veille à la conservation de la beauté des femmes les avertit assez de ne rien faire qui puisse les enlaidir ou leur ôter de leurs charmes.

BÉGAIEMENT. C'est une infirmité fort commune et qui consiste dans une difficulté plus ou moins grande de parler. Tantôt c'est une hésitation, une répétition saccadée d'une ou de plusieurs syllabes; tantôt c'est une suspension pénible et comme convulsive de l'articulation des sons. Tous les bègues ne le sont pas de la même façon; les uns s'arrêtent seulement avant de prononcer la première syllabe; les autres ne sont arrêtés que par certaines lettres; d'autres encore ont à la fois plusieurs vices de prononciation; enfin on en voit quelques-uns, rares à la vérité, chez lesquels l'action de parler s'accompagne de grimaces, de contorsions extrêmement fatigantes, après lesquelles ils ne font entendre encore que des sons presque inarticulés. L'observation nous montre que le bégayement est plus commun chez les individus timides et susceptibles; qu'il se propage par imitation ; qu'il augmente toutes les fois que le sujet est sous l'impression d'un trouble quelconque. Enfin il disparait, temporairement ou pour toujours, dès que le malade est soumis à une volonté énergique, que ce soit la sienne ou celle d'un autre. On remarque aussi que, dans le chant, dans la déclamation, le bégayement cesse en général de se faire sentir; qu'avec l'âge il s'affaiblit; qu'il semble suivre, chez quelques personnes, les variations de l'atmosphère, et qu'il présente des intermittences assez prolongées. L'homme est plus fréquemment que la femme atteint de cette infirmité, qui exerce sur les dispositions morales une influence incontestable. On voit, en effet, les bègues être généralement taciturnes et réfléchis, comme aussi les attaques fréquentes auxquelles ils sont trop souvent exposés les rendent irascibles et violents. Chez les enfants le bagayement n'a pas autant d'inconvénients, et, comme dit Boileau :

> Tout charme est un enfant, dont la langue sans fard
> Sait d'un air innocent bégayer la pensée.

BEL ESPRIT. Les beaux esprits sont des gens qui prennent le contre-pied du véritable esprit; qui n'ont que les défauts de ceux qu'ils veulent singer. Le bel esprit fait de grandes phrases sur des riens, vous adresse en face et à bout portant des compliments emphatiques et ridicules. Les femmes, plus obligées en quelque sorte de les écouter, sont leurs principales victimes. Le bel esprit fait pleuvoir sur elles un déluge de galanteries surannées ou rajeunies, et débitées avec un air de satisfaction difficile à rendre. *Vénus*, les *fleurs*, les *Grâces*, les *sylphides*, les *sirènes*, la *flamme*, les *flèches*, le *carquois;* les mots *charmante*, *ravissante*, et même encore *étourdissante*, le plus stupide de tous, sont à l'usage ordinaire de la fade galanterie du bel esprit. Dieu nous préserve, et surtout le sexe, des continuateurs de Dorat! Rendons justice au mérite et aux charmes des femmes, mais sans les ennuyer par des fadaises et de sots compliments.

BÊTISE. Dépravation du jugement, qui, par défaut d'idées distinctes sur les objets en eux-mêmes, ou sur leurs rapports, fait agir et parler sans justesse, et, pour l'ordinaire, avec entêtement. Ce que la bêtise a de plus triste pour elle-même et de plus affligeant pour les autres, est de se méconnaître, et souvent de s'ériger en juge de l'esprit et des talents. L'académicien Thomas courait après l'esprit, quoiqu'il en eût beaucoup; ce qui a fait dire à une femme aimable, et qui n'en avait pas moins : « Le plus grand défaut de M. Thomas est de n'être jamais bête. »

BIENSÉANCE. La bienséance, qui, à proprement parler, signifie *ce qui sied*, est la convenance des paroles et des actions par rapport aux temps, aux lieux, aux personnes, aux conditions et aux mœurs de la société. C'est le savoir-vivre, c'est la décence, c'est le respect des autres et de soi; en un mot, c'est le mélange heureux de la morale et de la grâce; elle doit, par conséquent, présider à nos plus importants devoirs comme à nos plus frivoles plaisirs. Elle s'appuie sur la sincérité, la modestie, l'obligeance. Sans doute, pour tout ce qui touche aux choses purement de forme, l'habitude de la société, de salutaires conseils, sont utiles; mais le grand secret pour ne pas manquer aux règles de la bienséance, c'est d'avoir toujours l'intention de bien faire. Dans une telle disposition d'esprit, l'exactitude à pratiquer les convenances parait à tous pleine de charme et de pouvoir; et non-seulement alors les fautes sont excusables, mais elles sont souvent touchantes par l'abandon et la naïveté. Sentiment des sacrifices imposés à l'amour-propre par les relations sociales, la bienséance est un besoin pieux de concorde et d'affection. Un baladin ne saurait l'enseigner, l'éducation la donne, et il n'est peut-être pas un signe extérieur, non-seulement de bienséance, mais encore de simple politesse, qui n'ait son principe moral éloigné. Le soin qu'on prend d'observer la bienséance constitue la politesse, et l'enfreindre ou la mépriser serait la preuve d'une mauvaise éducation. Chez nous, les bienséances sont mieux observées que les lois les moins rigoureuses. C'était aussi le défaut de la Grèce polie. Les hommes les plus vertueux, comme les plus instruits, sont sujets à négliger quelques bienséances de détail; ils ne les aperçoivent pas, ils portent leur vue plus haut. Quand on veut plaire, il faut, avant tout, avoir la mémoire des bienséances; par là, on plait et on attache; ce n'est pas seulement une condescendance, c'est une flatterie qui est d'autant plus sûre de réussir, qu'elle est générale et de tous les instants. Transportez dans une assemblée d'élite une personne étrangère aux bienfaits d'une belle éducation, elle en sentira tout à coup le prix, et voudra immédiatement reproduire en elle, autour d'elle, l'urbanité qui l'a séduite.

BIENVEILLANCE. La douceur dans la conversation est un véritable bienfait pour les malheureux, ou pour les gens dont l'imagination est mobile. La bonté naturelle est un bon guide quand on veut calmer les peines des autres, mais il faut aussi se former une petite poétique : par exemple, montrer toujours le remède à côté du mal ; quand on se représente des idées fâcheuses, ne jamais contrarier ceux qui souffrent, et convenir même des critiques qu'ils nous adressent et des défauts qu'ils nous trouvent dans les accès de leur humeur; nous occuper, en leur répondant, de leurs goûts et de leurs sentiments, quand ils n'ont aucun inconvénient, et ne jamais chercher à soutenir les nôtres, ni même à les laisser paraître, lorsqu'ils peuvent blesser. La bienveillance était une des qualités dominantes du roi Stanislas, de ce prince qui consacrait les premiers instants du jour à méditer sur ses devoirs, et le reste de la journée à les remplir. On ne saurait trop louer la sollicitude attentive avec laquelle il se plaisait à encourager les artistes. Il savait que d'un seul mot les princes peuvent étouffer ou féconder le talent. Un jeune peintre, persuadé qu'il avait fait un excellent tableau, obtint un jour la permission de le présenter à Stanislas, qui était connaisseur

Ce tableau n'était pas un chef-d'œuvre; les courtisans le critiquèrent avec sévérité. « Pour moi, dit le prince, je ne juge point ainsi; je pense, au contraire, qu'avec du travail, le pinceau qui a tracé ce portrait peut aller fort loin. Eh! messieurs, ajouta-t-il lorsque le peintre fut sorti, ne voyez-vous pas que, si nous rebutons ce jeune artiste, nous rendons stériles les grandes dispositions qu'il annonce? Aidons toujours les hommes à s'élever, et craignons de les perdre en les décourageant. »

BILIEUX. Un bilieux est presque toujours entier et opiniâtre dans ses volontés, dans ses pensées et dans ses jugements. Il porte un caractère qui ne sait pas plier, et le rend désagréable à la société, dont il n'est pas aimé, et qu'il recherche peu lui-même; il en est de cette antipathie réciproque comme de l'ennui : quand on le donne, on le reçoit.

BIZARRERIE. La bizarrerie de certaines gens est tout à fait incompréhensible : tout les fâche, tout les offusque; on ne sait quelles mesures garder pour entrer dans leurs sentiments; leur humeur contrariante s'oppose toujours à ce que les autres souhaitent. Ennemis des divertissements, ils ont de l'aversion pour ce qui peut inspirer de la joie; ce qui réjouit les autres les met en fureur. De telles gens devraient au moins avoir la discrétion de demeurer seuls, et de ne point aller dans des assemblées, pour y mêler le poison et la noirceur de leur chagrin.

BLASPHÈMES. Philippe-Auguste, dès le commencement de son règne, avait publié une ordonnance contre ceux qui auraient prononcé les mots *tête bleue, corbleu, ventre bleu, sang bleu*. Tous ces jurements étaient qualifiés d'outrages envers Dieu, et les coupables, s'ils étaient nobles, devaient être condamnés à une amende; et à être mis dans un sac et jetés à la rivière, s'ils étaient roturiers. La mère de Louis IX avait fait écheler, nu en chemise, un orfèvre de Saint-Césaire accusé d'avoir juré.

On plaçait alors le condamné sur une échelle; c'était la forme du pilori de l'époque. Là ne se bornaient pas ces lois barbares. Louis IX fit publier une ordonnance portant que tous ceux qui proféreraient quelque blasphème seraient marqués d'un fer chaud au front, et qu'en cas de récidive ils auraient la lèvre et la langue percées aussi d'un fer chaud.

Charles IX, formé à l'école de Gondi et de Duperron, avait, rapporte Brantôme, appris d'eux à blasphémer, à jurer dans ses accès de colère, et s'accoutuma si fort à ce vice, qu'il tenait que blasphémer et jurer étaient plutôt une forme de parole et devis de braveté et de gentillesse que de péché. Aussi ce roi, à tous propos, répétait-il son juron ordinaire : Par la mort-Dieu!

Dufresny avait promis à Louis XIV de ne plus blasphémer au jeu, comme il en avait l'habitude. Quelque temps après, il retourne jouer; il perd, et la tentation le reprend de se soulager à sa manière; mais les menaces du roi le retiennent. Enfin, après s'être captivé quelque temps, n'y pouvant plus tenir, il quitte la partie avec quelques louis qui lui restaient encore, marche au hasard, en se pressant les lèvres, et va s'asseoir auprès du feu, où il aperçoit un pauvre diable à sec, qui se tordait les mains et poussait de profonds soupirs. « Qu'avez-vous? lui dit-il. — J'ai, répondit l'autre, que je n'ai pas un sou sur la terre pour rattraper mon argent. — Tant mieux! s'écria Dufresny, tant mieux! Tenez, voilà dix louis, retournez promptement au jeu; mais, je vous en supplie, jurez bien pour moi, car le roi me l'a défendu. »

BLÉSITÉ. Ce vice de prononciation, qu'on a mal à propos confondu avec le grasseyement, résulte du trop d'épaisseur du bout de la langue, quelquefois même de cet organe entier, et qui fait articuler le *c* comme s'il tenait de l'*s*, et cette seconde lettre avec trop d'épaisseur; en sorte que, quand la blésité est considérable, on entend difficilement les mots qui contiennent des *c* et surtout des *s*. La blésité dépend le plus souvent d'un vice de conformation de la langue, mais elle tient aussi à l'habitude : témoin le Castillan, dans la belle langue duquel c'est une beauté.

BONS MOTS. Les bons mots sont des traits vifs, ingénieux, lancés avec délicatesse et à propos. Ils peuvent renfermer un compliment ou une épigramme, ou simplement une pensée exprimée avec finesse, une repartie d'un tour satirique. Voltaire se trompe quand il dit que la plupart des bons mots ne sont que des redites. Il est sans doute possible de citer quelques mots nouveaux façonnés sur le modèle de paroles mémorables des anciens; mais ces exceptions ne font pas la règle. Les bons mots étant ordinairement des espèces d'impromptus, qui naissent de circonstances soudaines, et doivent par-dessus tout avoir une couleur parfaitement locale, ne peuvent guère convenir qu'à ces circonstances mêmes, et ont par conséquent presque toujours un caractère d'originalité. Il faudrait des volumes pour rapporter tous les bons mots; nous ne citerons que les suivants, qui ont plus particulièrement trait à notre sujet.

Un sophiste grand parleur, pour exalter son art, disait en présence d'Agis II, roi de Sparte, que le discours était la chose du monde la plus excellente. « Quand tu ne parles point, lui répliqua le monarque, tu n'as donc aucun mérite? »

Un avare parlait beaucoup et fort mal. Sa bourse était toujours fermée et sa bouche toujours ouverte. On lui dit : « Mettez votre or dans votre bouche et votre langue dans votre bourse. »

Malherbe dînait chez l'archevêque de Rouen. A peine fut-il sorti de table, qu'il s'endormit. Le prélat, qui devait prêcher, et qui prêchait très-mal, l'éveilla et l'invita au sermon. « Ah! monseigneur, dit Malherbe, dispensez-m'en, s'il vous plaît; je dormirai bien sans cela. »

Un défaut bien grossier, et cependant bien commun, c'est, dans la conversation, de répéter ce qu'on a dit de bon, quand les autres ne le relèvent pas et qu'on doute s'ils l'ont senti. Outre que par là on leur fait une espèce d'insulte, il y a une vanité ridicule et de la petitesse à ne pouvoir pas perdre un bon mot, un trait heureux: c'est, de plus, une marque de pauvreté : quand on est riche, on est indifférent aux petites pertes.

BON SENS. La plupart des hommes naissent avec un entendement, une raison, une intelligence ordinaire, que l'on appelle *sens commun* ou *bon sens*. Le bon sens dénote plus particulièrement la droite raison; le sens exquis désigne pour l'âme une finesse de tact, de perception, et une sagacité supérieure dans le jugement. L'esprit est la raison assaisonnée, ou le bon sens qui brille; mais, séparé de la raison, l'esprit n'est le plus souvent qu'une lumière qui nous éblouit et nous égare. Il ne faut donc pas confondre le bon sens avec l'esprit. L'un a pour but l'utile, l'autre l'agréable; l'un est aussi profond que l'autre est superficiel, aussi simple qu'il est recherché, aussi soutenu qu'il est capricieux, aussi circonspect qu'il est inconsidéré; celui-ci s'élance par bonds, va, vient, sautille; celui-là d'une marche égale, quelquefois rapide, suit une direction constante. L'un est l'art de dire et de faire de jolies choses; l'autre est la science d'en dire et d'en faire de bonnes.

BONTÉ. La bonté est une qualité précieuse de l'âme; c'est elle qui nous porte à faire, autant qu'il est en nous, ce qui est utile et agréable aux autres. Il est assez difficile à l'hypocrite de la feindre. Le méchant qui veut se cacher sous le masque n'est pas longtemps sans se trahir; comment pourrait-il, en effet, soutenir constamment, et avec tout le monde, un rôle qui exige de la complaisance, de l'indulgence, de l'aménité, de la bienfaisance? La vraie bonté, dit Senancour, est de tous les moments; elle règlera toujours ce que vous ferez; elle entrera dans toutes vos résolutions, et elle rectifiera tout dans les fonctions que vous remplirez. La bonté embellit jusqu'à des traits vulgaires; la bonté est déjà presque une beauté; son influence répand sur tous les traits, sur toute la personne, un charme touchant qui parle au cœur. La bouche sourit plus gracieuse, l'œil rayonne plus doux, la physionomie a plus de sérénité, les mouvements plus d'harmonie. De toutes les qualités la bonté de l'âme est celle qui obtient l'estime la plus générale et la plus constante parmi les hommes. Pisistrate étant à table, un des convives, échauffé par le vin, commença à lui dire des injures. Ses amis lui conseillaient de punir cet insolent; mais Pisistrate leur répondit : « Si, lorsque je passe dans la rue, un aveugle venait se heurter contre moi, me conseilleriez-vous de le punir? » Madame Cottin réunissait en elle toutes les qualités qui plaisent à la jeunesse : une gaieté douce, une bonté inépuisable, une indulgence rare, une patience à toute épreuve. Elle répondait, sans jamais se plaindre qu'on la dérangeât, à toutes les questions de l'enfance, qui en fait quelquefois un peu trop. Lors même qu'elle était le plus animée au travail, aussitôt qu'elle entendait une de ses petites voisines frapper doucement à sa porte, elle disait plus doucement encore : *Entrez!* la faisait asseoir près d'elle, ou la mettait sur ses genoux, l'embrassait, pour l'encourager à la confiance, écoutait ses plaintes, lui donnait de tendres conseils, la renvoyait aussi calme qu'elle

était agitée en arrivant, et reprenait sans effort le fil de ses idées, qu'elle avait interrompu sans regret.

BORGNES, BOSSUS, BOITEUX, etc. On donne des raisons très-plausibles de la malignité, pour ne pas dire de la méchanceté qui d'ordinaire caractérise plus particulièrement les borgnes, les bossus, les boiteux : c'est un ouvrage manqué dans sa fonte. Leur complexion faible leur donne de l'humeur; ils cherchent à réparer le défaut de forces par la ruse et la fourberie; leur esprit, aigri par les outrages du sort, semble vouloir se venger sur tout le genre humain; ils contractent une habitude de causticité, de malignité, qui rend leur âme aussi difforme que leur corps. Il existe cependant un grand nombre d'exceptions : souvent ils jouissent de dédommagements bien réels; souvent aussi une bonne éducation corrige les vices auxquels ils sont enclins : alors ils deviennent plus intéressants; on leur tient compte, pour ainsi dire, des efforts qu'ils ont dû faire pour vaincre leur naturel. Mais, en dernier résultat, on doit toujours considérer que ce sont des avertissements donnés par la nature : on se repent souvent de les avoir négligés. On doit surtout être en garde contre ces êtres sans aplomb, à jambes torses ou inclinées, sur qui la nature semble avoir appesanti une main rentrante; contre ces êtres manqués, ces productions avortées, qui n'ont pas reçu un entier développement, qui ressemblent à des plantes de rebut, parmi l'espèce humaine, ou à des arbres rabougris dans une belle forêt. C'est d'eux qu'il a été vrai de dire : qu'un sourd, en les voyant, peut juger de leur esprit; qu'un aveugle, en les écoutant, peut juger de leur stature. Si on se rappelle tous ceux de cette espèce, que l'on connaît, ou que l'on a connus, on conviendra qu'ils avaient tous des défectuosités notables, ou dans l'esprit ou dans le cœur, et souvent dans l'un et dans l'autre. Certes, notre intention n'est point ici d'affliger des êtres déjà disgraciés par la nature; mais, si une expérience constante nous démontre ces vérités, il est inutile de feindre : on doit les en avertir, ainsi que ceux qui sont chargés de leur éducation, de s'occuper à racheter ces vices de leur structure par les perfections de l'âme.

BORNES. Dans la conversation, dès qu'on a senti le bout de l'esprit de ceux avec qui l'on parle, on doit s'arrêter; tout ce qu'on dirait au delà, n'étant plus compris, pourrait passer pour ridicule.

BOUCHE. Il importe fort peu qu'on ait une petite ou une grande bouche, et, comme il n'y a pas moyen de changer celle que la nature nous a donnée, il faut sagement prendre son parti là-dessus, attendu surtout qu'en pareil cas c'est toujours le fond qui emporte la forme. Il est souverainement ridicule de vouloir se faire une petite bouche en parlant : c'est la grimace la plus insupportable qui puisse dénaturer une physionomie. Quand on apprend une nouvelle extraordinaire, il est assez naturel qu'on ouvre la bouche d'où sort quelque exclamation de surprise, telle que *ah! oh!* Alors il faut bien s'observer de manière à ne pas laisser voir l'intérieur de la maison, avec les dents, la mâchoire, la langue et autres accessoires. Il vaut toujours mieux rire du bout des lèvres que de les entr'ouvrir pour laisser passer les sons bruyants d'une grosse gaieté. Quand on écoute un récit qui intéresse ou qui amuse, il faut bien se garder d'avoir la bouche béante; les idiots ne la ferment jamais, c'est de règle. Porter la bouche de côté pour se donner l'air original, la resserrer pour se la rendre petite, imprimer à ses lèvres un tremblement, des mouvements convulsifs, lorsqu'on raconte ou qu'on lit quelque chose de sombre et de terrible, ce sont là des défauts choquants et des grimaces insupportables.

BOUFFON. « J'entends par bouffon, dit Chesterfield à son fils, un homme qui rit fréquemment et avec éclat; ce qui caractérise un fou et un homme sans éducation. Je souhaiterais de tout mon cœur que l'on vous vît souvent sourire, mais qu'on ne vous entendît jamais rire. C'est par ces éclats de rire indécents que la populace exprime sa folle joie pour des bêtises : c'est ce qu'elle appelle être joyeux! Selon moi, il n'y a rien de si ridicule et qui annonce une si mauvaise éducation, que de faire des éclats de rire. Le véritable esprit et le bon sens ne font jamais rire personne, cela est au-dessous d'eux; ils plaisent à l'âme, et répandent de la gaieté sur l'extérieur : mais il n'y a que les bouffonneries basses et des traits absurdes qui excitent toujours le rire. C'est pourquoi les gens de bon sens et bien élevés doivent se montrer au-dessus de ces petitesses. Un homme qui veut s'asseoir, en supposant qu'il y a une chaise derrière lui, tombe à la renverse faute de chaise, cet accident fait éclater de rire toute une compagnie dans le temps même que les choses les plus spirituelles ne le feraient pas; ce qui prouve évidemment, selon moi, combien le rire est bas et déplacé, sans parler du bruit désagréable qui l'accompagne et des contorsions hideuses qu'il occasionne dans le visage. Il est aisé, avec un peu de réflexion, de contenir les ris dans de justes bornes; mais comme, en général, il est lié à l'idée de gaieté, on ne fait pas assez d'attention à son absurdité. Je connais un homme de très-bon sens qui ne peut dire la chose la plus commune sans rire, ce qui fait que ceux qui ne le connaissent point le prennent, à la première entrevue, pour un fou achevé. « Quelques gens, dit Pope, se font une réputation d'esprit par une gaieté étourdie, qui ne mérite pas plus le nom d'esprit que l'ivresse. »

BREDOUILLER. C'est parler d'une manière précipitée et peu distincte, en articulant mal. C'est un défaut qu'il faut éviter avec soin. Lorsque Corneille récitait ses vers, il ne les déclamait pas, il les bredouillait; et, malgré leur force sublime, il fatiguait tous ceux qui l'écoutaient. Aussi, Bois-Robert, à qui ce grand poëte reprochait d'avoir mal parlé d'une de ses pièces, étant au théâtre, lui dit : « Comment pourrais-je avoir blâmé vos vers au théâtre, puisque je les ai trouvés admirables lorsque vous les bredouilliez en ma présence? »

BREVET DE SOTTISE. Dès qu'un homme a été déclaré sot par les jurés experts qui dirigent l'opinion des salons, il est perdu sans ressource. En vain montrerait-il pour sa défense des certificats de capacité, des attestations de profond savoir, et en appellerait-il de cet arrêt sévère à un tribunal plus équitable et plus compétent pour juger les gens d'esprit et les sots ; l'anathème une fois lancé sur une tête, fût-elle même innocente, ne sera jamais levé : c'est une terrible excommunication, un véritable interdit, et ni l'or, ni les concessions ne sauraient en faire fléchir la rigueur. L'homme condamné comme sot aux assises mondaines se voit poursuivi partout par le ridicule; on s'éloigne à son approche, comme s'il portait avec lui la contagion d'un mortel ennui. C'est un autre *væ victis* prononcé par un tyran sans pitié, par un vainqueur sans clémence.

BRIÈVETÉ. Il est de toute nécessité que le langage se prête aux formes diverses qu'exige la narration; mais, sous prétexte d'orner son discours, on ne doit pas s'égarer dans des comparaisons recherchées, d'oiseux détails, d'interminables dialogues. Toute narration doit être brève, et la brièveté consiste ici, non à s'exprimer en peu de mots, mais à rejeter tous les détails inutiles à l'intelligence du fait ou à l'intérêt du récit. On peut faire du même événement une narration courte en quatre pages, longue en dix lignes. Cette seconde narration, en effet, sera longue, si elle contient des redites ou des circonstances inutiles; la première sera courte, si elle ne dit rien de trop, et si elle est attachante depuis le commencement jusqu'à la fin. Un harangueur s'étant présenté devant Henri IV, à l'heure de son dîner, et ayant commencé par ces mots : « Agésilaüs, roi de Lacédémone, Sire,... » le roi, qui craignait, d'après un tel exorde, que la harangue ne fût un peu longue, lui dit, en l'interrompant : « Ventre-saint-gris ! j'ai bien entendu dire quelque chose de cet Agésilaüs, mais il avait probablement dîné, et moi, je vais en faire autant. »

BRUSQUERIE. La brusquerie est un acte spontané et inattendu, qui cause au moral l'impression d'une sorte de saisissement passager. Cependant elle ne blesse pas toujours; loin de là, elle amuse quelquefois; chez un homme qui a une très-grande habitude de la société, elle forme un contraste comique entre les expressions polies dont il se sert et le ton un peu plus vif avec lequel il les prononce. D'un autre côté, ce premier mouvement est à peine échappé, que la physionomie de l'homme du monde en demande pardon; c'est lui qui reste embarrassé. Mais il n'en est pas de même chez les gens auxquels tout élément d'une première éducation manque : leur brusquerie éloigne, parce que rien ne la rachète, ni la politesse du discours, ni la grâce des manières. Aussi, entre les gens du peuple, la brusquerie, lorsqu'elle est poussée loin, occasionne des querelles et des rixes, et elle devient le fléau de toute une famille. Quand on vit beaucoup dans la solitude, on y contracte le germe de la brusquerie : comme alors on ne rencontre pas d'obstacles, on prend l'habitude d'aller toujours droit au but. Se mêle-t-on accidentellement aux hommes, on se cabre à la plus légère contrariété, et on la repousse par une brusquerie qui va jusqu'à la rudesse. On connaît l'humeur brusque et caustique de Malherbe. Ce défaut lui suscita beaucoup d'ennemis parmi les poëtes de son temps; il se brouilla aussi avec Régnier le satirique. Dînant un jour avec lui chez Desportes, celui-ci, lorsqu'on avait déjà servi la soupe, lui offrit un exemplaire de son *Imitation des Psaumes*, qu'il fallait aller chercher dans son cabinet; mais Malherbe l'arrêta en lui disant qu'il avait déjà vu l'ouvrage, et qu'il en faisait moins de cas que de sa soupe. Nous pouvons encore citer à cette occasion Callimax, médecin fier et austère, connu, d'après Galien, pour avoir répondu à un malade qui quittait la vie avec regret : « Patrocle est mort, qui te valait bien ! » Le trait est brusque et malhonnête. Il y en a vraisemblablement eu plusieurs de cette espèce qui ont donné lieu au reproche de dureté qu'on fait quelquefois à ceux qui exercent l'art de guérir; mais il y a des reparties vives et franches qui sont bien éloignées de mériter la critique des âmes les plus sensibles.

CALEMBOUR. Dieu merci, le règne du calembour n'est pas près de finir en France ! il y a tant de gens qui entretiennent son feu sacré, tant de desservants de son culte ! Où n'en fait-on pas des calembours, bons ou mauvais? On en fait à la cour, à la ville, dans les halles, dans les rues, dans les prisons, au bagne; on en fait dans les loges des portiers, dans les coulisses des théâtres, dans les bureaux des ministères et dans les bureaux des journaux. Quand l'occasion d'un calembour se présente à un journaliste, il en fait part au public, qui rit presque toujours, même en s'écriant: Oh ! que c'est mauvais! Mais il a ri, et le voilà désarmé. Si le calembour a ses partisans, il ne manque pas non plus de détracteurs qui deviennent pâles et blêmes en entendant seulement prononcer son nom; d'autres ne comprennent rien, ou affectent de ne rien comprendre à ces jeux de mots, à ces équivoques qui exigent une sorte d'habitude et d'expérience; car, pour dix calembours qui ont une sorte d'à-propos ou de bonheur, et qui, par conséquent, peuvent obtenir le droit de bourgeoisie, il y en a cent qui sont tirés par les cheveux, et tout à fait inintelligibles. Le calembour fait les délices du bel esprit; mais un homme d'esprit et de bon ton se le permet rarement.

CANDEUR. La candeur suppose l'ignorance du mal; elle se peint dans les actions comme dans les paroles, et le silence même la révèle, comme elle s'annonce aussi par les traits et la couleur du visage. Elle est la première marque d'une belle âme, et c'est cette conviction de sa pureté qui l'empêche de penser qu'il y ait rien à dissimuler devant ceux qui font de la dissimulation l'étude de toute leur vie. Les âmes pleines de candeur sont d'ordinaire plus simples dans le bien que précautionnées contre le mal : voilà pourquoi il est si aisé de les tromper. Aussi la candeur est-elle ordinairement le caractère distinctif des jeunes gens qui n'ont pas encore appris à leurs dépens à se mettre en garde contre les embûches de ce monde. La candeur, c'est ce cristal dont le moindre souffle ternit la pureté; un rien l'altère et la fait disparaître à jamais. Elle ne peut guère subsister au milieu du tourbillon du monde et de ses passions. Ah! du moins, quand nous l'avons perdue, sachons la respecter chez les autres! Une jeune personne se trouvait dans une assemblée avec sa sœur cadette, qui sortait du couvent. Quelqu'un se mit à raconter une aventure galante ; mais il la conta en termes si obscurs et d'une manière tellement voilée, qu'une fille sans expérience n'y pouvait rien comprendre. Plus le récit était obscur, plus la cadette était attentive, et elle marquait naïvement sa curiosité. L'aînée, voulant faire voir qu'elle avait plus de pudeur que sa sœur, s'écria : « Hé! fi, ma sœur! pouvez-vous entendre sans rougir ce que ces messieurs disent? — Hélas! répondit ingénument la jeune fille, je ne sais pas encore quand il faut rougir. »

CAQUET. Le plaisir de la conversation, mêlé à celui de la bonne chère, est un préservatif contre l'indigestion. Piron disait, à ce sujet : « Les morceaux *caquetés* se digèrent plus aisément. »

Le caquet au bon sens déroge,
Attendons qu'on nous interroge,
Pour répondre en hommes prudents.
Le silence est la loi du sage,
Et le caquet est le partage
Des insensés et des enfants.

(*Merc. de Fr.*)

CARACTÈRE. C'est l'ensemble des dispositions morales d'un individu, de ses penchants naturels, de ses sentiments, etc.; c'est aussi l'expression résumée de ses mœurs, de ses habitudes et de la manière dont il agit avec ses semblables. Tout ce qui procède de l'esprit et du cœur est [illegible] dans le caractère. M. Necker n'aimait pas les femmes auteurs, et ne voulait faire de sa fille qu'une femme aimable. Il se délassait de ses travaux politiques et financiers en causant avec elle ; ainsi s'établit entre eux cette confiance absolue, mutuelle, qui ne s'altéra jamais. « Je dois à l'incroyable pénétration de mon père, disait madame de Staël, la franchise de mon caractère et le naturel de mon esprit. Il démasquait toutes les affectations, et j'ai pris auprès de lui l'habitude de croire que l'on voyait clair dans mon cœur. » Madame Geoffrin avait réduit sa raison en maximes, afin de l'avoir mieux à son usage. L'abbé Morellet a rapporté plusieurs de ces maximes, qui ont un cachet particulier d'esprit d'observation, sous une forme qui semble parfois un peu paradoxale. En voici une qu'on pourrait joindre à celles qui étaient pour elle l'objet d'une pratique constante : « Les bons caractères ne sont tourmentés que par leurs propres torts; ils ne le sont jamais par ceux d'autrui. Faites des vœux, ajoutait-elle, pour que j'aie des torts envers vous. »

CAUSER. Tout caractère, en causant, se déploie. Ninon disait souvent, après madame de Chevreuse : « Si l'on pouvait croire qu'en mourant on va, avec ses amis, causer dans l'autre monde, il serait doux de penser à la mort. » L'empereur Joseph II, voyageant en France, sous le nom du comte de Falkenstein, fit l'honneur à M. le comte de Broglie de manger chez lui. Placé entre madame de Brionne et le maréchal, il conversait avec ce dernier; mais, toujours interrompu par des dames, qui l'interrogeaient, il leur dit : « Je vous demande pardon, mesdames, mais je ne puis, en même temps, *parler* et *causer*. »

CAUSERIE. Causer et converser sont deux expressions quelque peu distinctes, quoique bien des gens ne se gênent guère pour les confondre. Certes, la causerie est un peu parente, on pourrait même dire qu'elle est cousine germaine de la conversation; mais elles ne peuvent s'employer indifféremment; à chacune son usage, ses lois et ses règles. Prenons un exemple. Un solliciteur arrive à Paris pour obtenir un emploi, une place, fût-ce même un bureau de tabac. Il se présente au ministère ; la première personne qu'il rencontre, ou plutôt qui l'arrête, qui exige le premier l'application de la théorie de l'intrigue, c'est le suisse ou le concierge. Notre solliciteur cause avec lui, et même lui offre une prise de tabac, ce qui ne peut pas nuire; il arrive à l'antichambre, qu'on pourrait appeler l'anti-bureau : là siége le garçon qui veille à la garde du Louvre administratif et bureaucratique ; alors deuxième emploi de la causerie. Un commis expéditionnaire sort-il par hasard et se trouve-t-il sur le passage de notre homme, encore de la causerie. Mais lorsque le cabinet du sous-chef ou du chef vient à s'ouvrir devant l'ambition du solliciteur, alors la conversation est de rigueur, c'est-à-dire que la réserve, le respect, le choix d'expressions mesurées, l'art des convenances, sont absolument nécessaires. Avec le concierge, le garçon de bureau, le commis expéditionnaire, personnages tout à fait secondaires, une sorte de familiarité aimable, qui provoque la complaisance et les renseignements, était, pour ainsi dire, de mise; la scène change, et la parole doit changer aussi. C'est aux solliciteurs de prononcer sur le mérite de cette observation.

CAUSTICITÉ. Inclination à dire ou à écrire des choses mordantes, satiriques. On aime un bon plaisant, mais on abhorre un caustique. La causticité était le caractère dominant de Piron. Aussi Voltaire n'aimait-il pas à se rencontrer avec lui. Un jour une dame l'invita à dîner, et comme il se faisait prier, elle lui désigna les convives qu'elle avait invités, parmi lesquels se trouvait Piron. A ce nom, Voltaire refusa plus vivement encore. « Non, disait-il, je ne veux pas me trouver avec M. Piron : il n'y a que pour lui à parler. — Eh bien! dit la dame, je vous promets qu'il ne dira pas plus de quatre mots. — A cette condition, dit Voltaire, j'y consens. » Le dîner a lieu ; Piron garde le plus profond silence. Après plusieurs services, on apporte un plat de goujons frits. « Je suis fou des goujons, dit Voltaire ; j'en mangerais autant que Samson défit de Philistins ! — Avec la même mâchoire ? » dit Piron d'un petit air malin qui fit rire toute l'assemblée. La dame avait tenu parole, Piron n'avait dit que quatre mots. Nous tenons cette anecdote peu connue d'un homme de beaucoup d'esprit.

CÉDER. On reprochait au philosophe Favorin d'avoir cédé à l'empereur Adrien, dans une circonstance où ce prince soutenait une chose fausse. Favorin répondit : « Comment pouvais-je ne pas céder à un homme qui a trente légions sur pied? » Caton d'Utique voulait qu'on cédât à plus âgé et plus puissant que soi, et qu'on pardonnât pourtant au plus jeune ou au plus faible quand il ne voulait pas céder. Le duc de Bourgogne jouait un jour, tête à tête, avec un de ses gouverneurs. Il y eut un coup douteux. Le duc de Bourgogne soutenait avec chaleur qu'il avait gagné ; le gouverneur soutenait la même chose, et, pour éprouver le prince, il affectait autant d'ardeur et d'obstination que lui. « Vous croyez avoir raison, lui disait-il, et moi aussi; qui est-ce qui cédera? — Ce sera vous, répliqua le duc de Bourgogne d'un ton un peu altéré ; puis, prenant un air serein : parce que vous êtes le plus raisonnable. »

CHALEUR. Les gens qui sont accoutumés à être écoutés mettent ordinairement peu de chaleur dans ce qu'ils disent ; ils parlent bas, comme si chacun devait se taire quand ils ouvrent la bouche ; et cette modération, dont on leur sait gré dans les petites villes, ne réussirait pas dans les grandes, où l'on ne donne de l'attention que quand on y est contraint par tous les moyens imaginables. Les résultats secs, en conversation, sont toujours désagréables; ils supposent qu'on ne veut pas se donner la peine d'alléguer ses raisons et de les faire approuver. Pour plaire dans la société, il faut mettre de l'intérêt à tout ce qui se dit, indistinctement, et en parler avec chaleur.

CHARGES. Ce serait quelque chose d'assez triste qu'un salon, si la mode ne permettait quelquefois qu'un jeu nouveau, un bon mot, une plaisanterie en vogue, vinssent y répandre du comique et du mouvement. On a vu briller les comédiens de société, le règne des poëtes didactiques est passé; les mystificateurs ont disparu ; on ne veut plus de calembours, les chanteurs de romances mettent en fuite les plus intrépides auditeurs. Quelques charges spirituelles sont encore tolérées, pourvu qu'elles soient originales. Rien n'est ennuyeux et dégoûtant comme les charges faites par un sot. Il faut exceller dans ce genre d'amusement, ou s'en abstenir.

CHEMINS DE FER. Libre à chacun de vanter les chemins de fer, d'adorer les chemins de fer; nous,

nous les avons en horreur. Dans une diligence, dans un omnibus même, on peut encore causer avec son voisin, s'il est tant soit peu aimable, ou avec sa voisine, si elle est tant soit peu jolie ou gracieuse. Mais le moyen de causer dans une horrible machine qui court avec une vitesse de vingt, de trente, quelquefois de quarante milles à l'heure, sifflant, lançant de la fumée, du feu et des cendres, ronflant, grognant, aboyant, emportant derrière elle une foule innombrable de voyageurs, tous si complétement séparés les uns des autres par des cloisons rembourrées, qu'ils ne peuvent se parler, ni, *a fortiori*, échanger entre eux ces galanteries d'usage dans les voitures publiques! Ah! combien l'ancienne manière de voyager était préférable! Quelles heures agréables ne passait-on pas en diligence, quand une jeune et jolie femme, accablée de fatigue, vaincue par le sommeil, laissait enfin tomber sa tête charmante sur votre épaule, et dormait pendant une partie du voyage, oubliant et ignorant tout ce qui se passait autour d'elle, vous prenant pour son coussin! Un château gothique, une charmante villa, un beau site s'offraient-ils à vos regards, vous pouviez les faire admirer à votre voisin, et faire là-dessus une dissertation à perte de vue et vous poser comme un connaisseur. Mais, sur un chemin de fer, à peine avez-vous eu le temps de vous écrier : Quel délicieux point de vue! que déjà vous en êtes éloigné de plus d'un mille; l'infernale machine vous emporte si vite loin des collines, des montagnes, des châteaux, des villas, qu'en vérité il semblerait que c'est un crime d'admirer les beautés de la nature. Le mutisme le plus absolu est donc de rigueur dans ces espèces de cellules d'un *rail-coach* ou d'un *rail-wagon*, dans lesquelles le voyageur, soumis au régime d'isolement des maisons pénitentiaires, se voit privé de tous moyens de communication avec son voisin ou sa voisine. Ne vous fâchez donc pas trop contre la mauvaise humeur de ceux-ci, et ne leur en voulez pas s'ils vous regardent de travers; la pensée qu'ils sont peut-être affligés d'une infirmité, et qu'ils n'ont, par conséquent, nul dessein de vous offenser, doit vous rendre plus indulgent à leur égard. Si vous leur adressez la parole, et qu'ils ne vous répondent pas, n'en attribuez la cause qu'au bruit des roues, bruit si horrible qu'il fait grincer les dents et saigner les oreilles. Peut-être nos savants finiront-ils par trouver un remède à un mal si *criant*.

CHOIX DES SOCIÉTÉS. Le monde, en général, et avec beaucoup de raison, se formera une idée de votre mérite sur celle qu'il a déjà de vos amis, et il y a un proverbe espagnol qui dit fort à propos : ***Dites-moi qui vous fréquentez, et je vous dirai qui vous êtes.*** C'est qu'en effet chaque homme devient, jusqu'à un certain point, ce que sont ceux avec lesquels il converse habituellement; il prend leurs avis, leurs manières, et même jusqu'à leur façon de penser. Il est donc de la dernière importance, pour le jeune homme qui veut acquérir l'usage, la tournure et les manières d'un homme du monde, de ne fréquenter que de bonnes sociétés. Toutes ces qualités extérieures qu'il est impossible de ne pas avoir si on les veut, il les acquerra insensiblement en fréquentant la bonne compagnie, et en faisant attention aux caractères et aux manières des personnes qui la composent. Pour peu qu'il les observe avec soin, il les égalera bientôt, et même, à la longue, il contractera l'habitude de leurs manières, sans s'efforcer de les imiter. Il n'est rien dans le monde qu'on ne puisse acquérir avec un peu de soin et d'application. On doit être scrupuleux sur le choix des maisons où l'on est reçu journellement et sans invitation ; c'est là que les dangers de la mauvaise compagnie sont inévitables; c'est là que, par la répétition des mêmes actes, on arrive à parler et à agir avec une grâce, une élégance qui ne coûte aucun effort, et que l'on contracte des manières charmantes, si telles sont celles des maîtres de la maison. N'oubliez pas qu'il est rare que les autres reviennent de l'opinion qu'ils se sont une fois faite de nous, bonne ou mauvaise, vraie ou fausse. Le jeune homme, bien que encore peu instruit des usages du monde, obtiendra certainement plus d'estime si on apprend qu'il fréquente des personnes de mérite, et qu'il jouit de leur confiance. Les bonnes manières sont tellement inhérentes aux individus qui en ont pris l'habitude, qu'ils se trouvent gênés et mal à l'aise quand un hasard fâcheux les jette dans la mauvaise compagnie ou dans une société de personnes [illegible]res, ce qui est fort différent, mais aussi ennuyeux : l'une est nuisible, l'autre insupportable; il faut les éviter toutes deux. « La mauvaise société, dit Sterne, ressemble à un chien crotté, qui salit davantage ceux à qui il fait le plus de caresses.»

CIRCONLOCUTIONS. Que de gens noient dans de longues et fastidieuses circonlocutions ce qui, dit en peu de mots, serait encore superflu !

CIRCONSPECTION. Rien ne demande plus de circonspection que la conversation, le plus ordinaire exercice de la vie. S'il faut du jugement pour écrire une lettre, qui est une conversation méditée, il en faut encore davantage dans la conversation. En effet, en causant, même dans l'intimité, on est assailli d'une foule d'idées dont on ne sait que faire, et quelquefois on reste muet, faute d'avoir le temps de se reconnaître. On n'a pas toujours sous la main l'expression claire et précise, celle qui correspond seule à notre pensée, et on n'est pas libre de la chercher. Souvent, d'ailleurs, cette expression effaroucherait, par son audace, la simplicité d'une conversation familière. On a à craindre d'être arrêté à chaque instant par les réponses de la personne à qui l'on parle. Ces brusques interruptions dérangent le fil de vos pensées, vous jettent à cent pas de l'endroit où vous étiez, et vous amènent quelquefois à dire presque le contraire de ce que vous vouliez dire d'abord.

CITATIONS. La manie des citations est une espèce de ridicule assez commun de nos jours, où il y a tant de gens qui ont appris quelques mots de latin dans les livres ou dans les écoles. Mais quelques mots de latin et même de grec ne sauraient être des preuves d'érudition ; et les gens qui vous jettent à la tête, sans qu'on les en prie, un hémistiche d'Horace, un vers de Virgile, devraient bien se convaincre qu'il n'y a pas au monde de

L'INSTRUCTION

POPULARISÉE

PAR L'ILLUSTRATION

OU

COLLECTION DE PETITS TRAITÉS ILLUSTRÉS

INSTRUCTIFS ET AMUSANTS

COMPRENANT, SOUS FORME DE DICTIONNAIRES,

LA RÉUNION DE TOUTES LES CONNAISSANCES HUMAINES

LANGAGE. — LITTÉRATURE. — HISTOIRE. — BIOGRAPHIE. — SCIENCES. — BEAUX-ARTS. — GRAMMAIRE. — GÉOGRAPHIE. — HISTOIRE NATURELLE. — MORALE. — RELIGION. — CONNAISSANCES USUELLES. — ARTS ET MÉTIERS, ETC., ETC.

OUVRAGE ILLUSTRÉ DE NOMBREUSES GRAVURES

ET INDISPENSABLE AUX INSTITUTEURS ET A TOUTES LES CLASSES DE LA SOCIÉTÉ

A l'aide duquel les jeunes gens, les jeunes filles, les gens du monde, les classes ouvrières, les habitants des villes, ceux des campagnes et les étrangers peuvent acquérir, sans ennui, sans fatigue, et en peu de temps, la connaissance complète et approfondie de tous les termes employés dans la conversation, les sciences et les arts, etc. — LE SEUL qui, par son plan, sa forme et son ensemble, offre à chacun les moyens, *non-seulement* d'étudier les objets qui rentrent le plus dans la sphere de ses travaux, de ses goûts et de ses intérêts, *mais encore* de réparer, de construire et de compléter l'édifice plus ou moins ébauché de l'éducation qu'il a reçue.

Rédigé d'après les autorités les plus compétentes, avec la collaboration d'hommes spéciaux, de gens de lettres, de savants, de professeurs et de praticiens,

PAR M. BESCHERELLE AINÉ

BIBLIOTHÉCAIRE AU LOUVRE,

Auteur du *Dictionnaire national*, de plusieurs ouvrages d'enseignement, etc., etc.

ILLUSTRATION PAR MM. J.-A. BEAUCÉ, STAAL ET H ÉMY, ETC., ETC

POUR PARAITRE SUCCESSIVEMENT :

LES GRANDS GUERRIERS DES CROISADES. — Histoire. — Biographie. — Vie intime — Anecdotes, etc., etc.

LA MYTHOLOGIE ILLUSTRÉE. — Mythologies pittoresques de tous les temps, de tous les lieux et de tous les peuples.

LES ROIS ET LES REINES DE FRANCE. — Histoire. — Biographie. — Vie intime. — Anecdotes, etc., etc.

LES GRANDS CAPITAINES ET LES MARINS ILLUSTRES. — Histoire. — Biographie. — Vie intime. — Anecdotes, etc., etc.

LA MUSIQUE, LE DESSIN, LA PEINTURE, LA SCULPTURE, LA GRAVURE ET L'ARCHITECTURE. — Termes de l'art. — Explications. — Appréciation au point de vue artistique et pittoresque. — Partie anecdotique. — Reproduction par les gravures, etc., etc.

LES EXERCICES DU CORPS ET DE L'ESPRIT. — Équitation. — Danse. — Escrime. — Gymnastique. — Jeux de tous les âges, etc., etc.

LE TOUR DU MONDE A VOL D'OISEAU. — Géographie. — Voyages. — Naufrages. — Découvertes, etc., etc.

LES RÉCRÉATIONS SCIENTIFIQUES. — Histoire naturelle. — Chimie. — Physique amusante. — Astronomie, etc., etc.

L'UNIVERS HISTORIQUE ILLUSTRÉ. — *Histoire* ancienne — Moderne. — Du moyen âge — Sainte. — Des religions et sectes. — Des croisades. — Des hérésies. — De l'inquisition. — Des divers pays, etc., etc. (*Cette partie formera plusieurs divisions.*)

LES PETITS ARTS ET MÉTIERS ILLUSTRÉS. — Cette partie formera plusieurs divisions dont chacune réunira les divers métiers qui s'harmonisent entre eux.

Paris. — Imprimerie Schneider, rue d'Erfurth, 1.

L'ART
DE
BRILLER EN SOCIÉTÉ

ET DE SE CONDUIRE

DANS TOUTES LES CIRCONSTANCES DE LA VIE

CONVERSATION. — PURETÉ DE LANGAGE. — FAUTES A ÉVITER. — DÉFAUTS A CORRIGER. — USAGE DU MONDE.
— CONVENANCES. — GESTES. — MAINTIEN. — PARTIE ANECDOTIQUE, ETC.

SOUS LA DIRECTION DE

M. BESCHERELLE AINÉ.

ILLUSTRÉ PAR MM. J.-A. BEAUCÉ, STAAL, H. ÉMY, ETC., ETC.

A PARIS

CHEZ MARESQ ET COMPAGNIE,
ÉDITEURS DE CET OUVRAGE,
RUE DU PONT-DE-LODI, 5 (PRÈS LE PONT-NEUF).

ET CHEZ GUSTAVE HAVARD.
RUE GUÉNÉGAUD, 15 (PRÈS LA MONNAIE).

1851

métier plus facile que celui de citateur. Ces hémistiches, ces vers des poëtes anciens, on les trouve reproduits partout ; partout ils sont traduits, commentés ; ils servent à décorer les frontispices de la plupart des livres, et il n'est pas jusqu'au méchant romancier qui n'en affuble, sous le titre grec d'épigraphe, le commencement de chacun de ses chapitres. Les cuisinières, les portiers, les femmes de chambre, les courtauds de boutique, les huissiers d'antichambres pourraient très-facilement devenir des prodiges d'instruction s'ils voulaient se donner la peine d'épeler et de graver dans leur mémoire les syllabes cicéroniennes et virgiliennes qu'ils rencontrent dans leurs lectures ; ils citeraient tout aussi bien que maint pédant ; et, s'il était vrai que la réputation de savant coûtât si peu, ils pourraient fort bien entrer à l'Institut. Toutefois nous ne prétendons pas qu'une pensée d'un grand philosophe, un mot piquant d'un personnage célèbre, un vers français, ne puissent être cités quelquefois sous l'égide de l'à-propos ; nous croyons au contraire qu'il y a profit et agrément [illegible] tout le [illegible] dans une [illegible]n. En [illegible]tations, [illegible]nd elles son[illegible] bien choisies, rares et courtes, jettent de la variété dans la conversation, et ajoutent presque à nos opinions un degré de vérité de plus par le mérite de l'autorité. Mais leur usage exige beaucoup de tact et de goût, et nous ne saurions trop recommander la plus grande prudence aux jeunes gens qui veulent se produire avec quelque avantage dans la société ; qu'ils se gardent de faire parade d'une vaine érudition de collége, et de briguer la réputation de savants, par l'emploi de mots empruntés à des idiomes étrangers ou de termes scientifiques inconnus aux gens du monde. Qu'ils n'oublient pas surtout que pour plaire dans la conversation il faut toujours plus tirer de son esprit que de sa mémoire ; car ce qu'il nous suggère se rapporte plus directement aux personnes à qui nous parlons. En général, quand on a de l'esprit, il vaut toujours mieux être soi qu'un *souvenir ;* c'est la différence du passé au présent. Anne de Bretagne répondait savamment à ceux qui la haranguaient. Mais, par une affectation puérile, lorsqu'elle recevait les ambassadeurs, elle ne manquait jamais, pour leur donner une haute idée de ses connaissances, de mêler dans son discours quelques mots ou quelques phrases de leur langue, quoiqu'elle ne la connût point. On parlait à un homme d'esprit d'une personne que l'on désirait lui faire connaître ; et, pour la faire valoir, on lui disait qu'elle savait tout Montaigne par cœur : « J'ai le livre ici, » répondit-il froidement. Ninon de Lenclos ne pouvait souffrir ces savants de profession qui ne peuvent proférer quatre phrases sans vous accabler de citations. Un jour le célèbre peintre Mignard était chez elle. Il se plaignait, devant quelques savants de cette espèce, de ce que sa fille, qui était fort belle, et qui depuis fut la comtesse de Feuquières, manquait de mémoire. « Vous êtes trop heureux, monsieur, lui dit Ninon ; elle ne citera point. »

L'Art de se conduire dans toutes les circonstances de la vie. — LE COLLÉGE.

CIVILITÉ. C'est la pratique de tous les égards, soit en actions, soit en paroles, que nous devons aux autres dans la société. Elle est essentiellement utile, en ce qu'elle resserre les liens de la société par des façons d'agir et de parler qui produisent l'estime et l'affection entre ceux qui la composent. La civilité prend sa source dans les sentiments d'un bon cœur, qui nous porte tout naturellement à avoir du respect pour nos supérieurs, de la bienveillance pour nos égaux, de l'indulgence pour nos inférieurs. La véritable civilité, dans toute l'étendue de ce mot, peut être considérée comme une partie de cette charité toute fraternelle que recommande l'Evangile : tel doit être le motif ou le point de départ de tout acte de civilité. S'affranchir des règles de la civilité, c'est chercher à mettre ses défauts plus à l'aise. La civilité est en quelque sorte une barrière que les hommes établissent entre eux pour arrêter ou diminuer le contact trop facile du vice et le choc des passions. Dans la société, la civilité est le complément indispensable de la vertu ; elle est même l'expression des vertus sociales. L'honnête homme ne peut d'ailleurs que gagner beaucoup à être en même temps un homme honnête.

CLARTÉ. La première qualité du langage parlé comme du langage écrit, c'est la clarté. Il faut que le langage soit clair, c'est-à-dire qu'il rende fidèlement, qu'il fasse voir au grand jour la pensée de celui qui parle. Comme on a pour objet, dans le discours, de communiquer ses idées, il est surtout nécessaire de parler de manière à se faire bien comprendre. Ce n'est pas assez que l'auditeur puisse nous entendre, il faut même qu'il ne puisse en aucune manière ne pas nous entendre. Le philosophe Favorin dit à un jeune orateur qui affectait une grande obscurité dans son style, et se servait de termes anciens et inusités : « Si vous ne voulez pas être entendu, qui vous empêche de vous taire? » Le discoureur qui nous oblige à le suivre avec l'attention la plus soutenue, à nous arrêter et à lui faire répéter une seconde fois sa phrase pour la comprendre, ne peut pas longtemps nous plaire. Que celui qui parle dans le dessein d'instruire, ne croie pas, tant qu'il n'est point entendu, avoir rien dit à celui qui l'écoute. Quoique lui-même comprenne ce qu'il a dit, il n'est point encore censé l'avoir dit à celui qui ne l'a pas compris. La clarté de l'expression est étroitement liée à celle de la pensée. La première condition pour se faire bien entendre des autres, c'est de s'entendre bien soi-même. La clarté du discours et celle des idées ne sont presque qu'une même chose; elle résulte encore de la propriété des mots, de la régularité de leur construction, et de l'ordre naturel des idées, de manière qu'elles forment une suite, une chaîne continue, et qu'elles paraissent naître sans effort les unes des autres. Rien ne contribue plus à la clarté du discours que la liaison des idées. Si la manie de parler avant de réfléchir n'était pas aussi commune, nous n'aurions pas à subir tant de discours obscurs, embarrassés, confus, dont on n'entrevoit ni le but ni l'objet, et que l'on peut assimiler à ces vieilles inscriptions rongées par le temps et dont le voyageur ne parvient qu'avec beaucoup de peine à saisir le sens. Que de bévues ne commet pas celui qui est atteint de cette manie! Tantôt il omet une circonstance importante et d'où dépend l'intelligence du fait qu'il raconte; tantôt il fait intervenir un personnage dont il n'a pas encore parlé; d'autres fois il accouple des choses disparates et qui sont fort étonnées de se trouver réunies; il confond les lieux et supprime Athènes de l'Attique; place Corinthe dans une île; chasse Sparte du Péloponèse; il confond également les temps, et fait converser Alexandre avec Charlemagne, envoie Alcibiade tuer Hector, appelle Aristote et Platon dans le conseil de Clodovis. D'autres fois il change le caractère des personnages, et fait du théologien Origène un guerrier, de Caligula un Marc-Aurèle, et donne à Clodion la sagesse de Salomon. Parfois, arrivé à la moitié de son discours, il en oublie le commencement, et n'en peut retrouver la fin. Ce n'est pas un discours qu'on entend, c'est un ramassis de paroles, de choses, de circonstances, de lieux, de personnes, sans suite et sans lien. Il serait à désirer que Prométhée touchât cette boue, et que Minerve soufflât dessus pour l'animer. Un ecclésiastique de Troyes, prêchant, perdit la mémoire. Un plaisant s'écria : « Qu'on ferme les portes! Il n'y a ici que d'honnêtes gens; il faut que la parole de monsieur l'abbé se retrouve. »

CLASSES. Il y a dans toutes les sociétés trois classes d'individus : des niais, des gens qui ont de l'usage sans esprit, et d'autres qui ont de l'esprit sans usage. Les niais doivent écouter, se taire, et s'estimer fort heureux qu'on veuille bien supporter leur présence à titre de tapisserie. Les hommes qui ont de l'usage ne parlent jamais qu'à propos, et s'ils ne disent rien de remarquable, au moins s'abstiennent-ils de toute balourdise. Ceux qui ont de l'esprit prennent trop souvent pour de l'approbation les éclats de rire que font naître leurs saillies; s'ils pouvaient acquérir un peu de bon sens, cela ne gâterait rien.

CLASSIFICATION MORALE. En considérant l'ensemble de la société, on remarque bientôt un certain nombre de groupes dont les allures, les goûts, les penchants, sont tout à fait différents, ou du moins ont un cachet particulier qui empêche de les confondre. Un écrivain satirique voulant esquisser d'un seul trait la physionomie morale de chacun de ces groupes, en n'ayant égard qu'à la passion dominante qu'ils présentent tous, a cru devoir tracer la classification suivante, à laquelle il donne pour base l'orgueil, sur lequel, dit-il, repose entièrement notre édifice social :

Les nobles. . . . *orgueil du sang.*
Les puissants. . . . *orgueil du pouvoir.*
Les riches. . . . . *orgueil de la fortune.*
Les bourgeois. . . . *orgueil industriel.*
Les pauvres. . . . . *orgueil humilié.*

Laissant à nos lecteurs le soin d'apprécier l'exactitude de cette classification, nous dirons qu'il est bon d'étudier la physionomie morale de chacune des classes sociales, car il importe surtout, quand on se trouve en société, de savoir tout de suite à qui on a affaire.

COLÈRE. Bouillonnement impétueux suscité par la haine, l'injure ou le mépris, l'offense et tout ce qui suppose l'intention de blesser et de nuire. Il y a des individus qui se mettent en colère contre eux-mêmes, par dépit d'avoir fait quelque faute, éprouvé une perte, subi une peine ou un affront par leur propre erreur, par inattention, ou par suite de leurs passions. Le caractère colérique dénonce un symptôme de souffrance ou de mécontentement intérieur. Les personnes les plus vaniteuses sont aussi les plus facilement blessées; aussi les a-t-on comparées à un ballon gonflé de vent, dont une piqûre d'épingle fait jaillir des tempêtes. Voilà pourquoi les prétentions, soit des poëtes et des artistes, soit des savants, soit même des adorateurs de chimères, s'irritent sérieusement ou gardent une rancune implacable contre quiconque ne respecte pas leurs idoles. Comme don Quichotte, ils mettent flamberge au vent pour leur Dulcinée. Si les faibles, les pauvres, se croyant trop souvent l'objet du mépris, deviennent irascibles et jaloux, les grands et les riches, par l'enflure que la fortune inspire à leur orgueil, se choquent du moindre oubli dans les respects qu'ils exigent; enfin, la vive sensibilité des femmes, des enfants, des êtres délicats, engendre de petites picoteries continuelles, entretient des levains d'aigreur, surtout à cause des préférences et des prérogatives sociales, qui répandent tant d'amertume sur la vie. On rencontre tous les jours des hommes chez lesquels l'irascibilité est devenue comme un besoin; ils cherchent querelle à tout le monde; leur plus grand désappointement vient lorsqu'on refuse de contester contre eux, car il faut absolument qu'ils t[illegible]vent moyen de *dégorger* comme un vomitif leur mauvai[illegible]umeur habituelle. A ces caractères violents et qui ne [illegible]nt pas se contenir, il est doux d'opposer le tableau de l[illegible]ération de Louis XIV jetant sa canne par la fenêtre [illegible] pas frapper Lauzun, qui venait de lui manquer [illegible]ement. Ainsi avait agi Socrate : « Je te battrais, si j[illegible]étais pas en colère, » dit-il à un esclave qui l'avait irrité. Leibnitz a consigné dans une épigramme latine une anecdote singulière sur un cordonnier de Leyde. Lorsqu'on soutenait des thèses à cette université, on était sûr d'y voir cet original. Quelqu'un qui s'en aperçut lui demanda s'il savait le latin. « Non, lui répondit l'artisan, et je ne veux pas même me donner la peine de l'entendre. — Pourquoi donc venez-vous si souvent à cette assemblée, où l'on ne parle que latin? — C'est que je prends plaisir à juger des coups. — Eh! comment en jugez-vous, sans savoir ce qu'on dit? — C'est que j'ai un autre moyen de juger qui a raison : quand je vois, à la mine de quelqu'un, qu'il se fâche et qu'il se met en colère, j'en conclus que les raisons lui manquent. »

COMPAGNIE. « La bonne compagnie, dit Duclos, ressemble à une république dispersée; on en trouve des membres dans toutes sortes de classes : indépendante de l'état et du rang, elle ne se trouve que parmi ceux qui pensent et qui sentent, qui ont les idées justes et les sentiments honnêtes. » La politesse étant l'expression ou l'imitation des vertus sociales, le bon ton et le savoir-vivre dépendent surtout de l'esprit d'observation et de l'habitude : à l'aide de l'un, nous sommes attentifs à nous instruire des usages; l'autre nous en rend l'observation facile. Il faut donc, avant tout, s'appliquer à hanter la bonne compagnie; mais où la trouver avec certitude? En vérité, pour notre compte, nous serions assez embarrassé de répondre à cette question, car nous croyons que la bonne compagnie, comme le dit Duclos, est un peu partout. Cependant un écrivain dont nous ne nous rappelons pas le nom n'est pas de cet avis. « Les classes élevées, dit-il, constamment préoccupées des grands intérêts de fortune et d'ambition, apportent dans leurs brillants salons des formes sérieuses, presque diplomatiques, dont la solennité bannit le naturel et la liberté. Les amusements du peuple, plutôt faits pour l'étourdir que pour le distraire, ne sont pour l'observateur qu'un spectacle, rarement avoué par le goût. Les mœurs et l'éducation des grands et du peuple ont d'ailleurs trop de points de ressemblance, pour qu'on y trouve les éléments de la bonne compagnie. Les hommes du peuple végètent dans l'ignorance, faute de moyens de s'instruire; les grands, par mépris pour les sciences. C'est donc dans un juste milieu qu'il faut presque exclusivement chercher la bonne compagnie; dans cette classe favorisée qui, jouissant de l'*aurea mediocritas* d'Horace, n'a pas les idées rapetissées par des travaux serviles, ni la tête tournée par d'ambitieuses idées. Là, les réunions sont pleines de charmes; on y trouve des nuances de caractères, d'opinions, d'intérêts, mais point de couleur dominante, d'usage outré. » Cette opinion sera loin d'être partagée par la généralité de nos lecteurs, et tout homme *pensant* bien et *sentant* bien aura le droit de se croire et de se dire de la bonne compagnie.

COMPARAISONS. La comparaison tend à faire image, à placer sous les yeux l'objet décrit. L'emploi de cette figure demande beaucoup de tact et de goût. Elle serait tout à fait inconvenante si, devant les gens exerçant la profession sur laquelle frappent des comparaisons injurieuses, nous disions : *charlatan comme un médecin; avide comme un procureur; babillard comme un avocat*, ainsi de suite. Enfin, la politesse et le goût ne règlent pas davantage les comparaisons lorsqu'elles sont usées ou triviales; les suivantes sont de ce nombre : *joli comme un cœur*, *noir comme la cheminée*, *haut comme la main*; lorsqu'elles sont boursouflées et prétentieuses, telles que : *savant comme les Muses*, *fraîche comme les prairies*, etc.

COMPASSER. C'est mesurer la pensée et la rendre avec une précision rigoureuse, et pour ainsi dire mathématique :

> J'aime [illegible] mieux un fou qui dit tout ce qu'il pense,
> [illegible] rembrunis, obstinés au silence,
> [illegible] disent rien qui ne soit compassé.
> (DESTOUCHES.)

COMPLAISANCE. C'est une des qualités sociales les plus précieuses. Elle consiste à trouver du plaisir à faire ce qui est agréable aux autres. Sans elle disparaissent les bienséances de la société, les convenances et les agréments de l'intimité. Elle exige le sacrifice de nos goûts, de nos commodités, de nos jouissances, de nos vues personnelles. La complaisance est la marque particulière d'une bonté affectueuse; elle se plaît à prévenir les moindres désirs. Inspirée par le désir de plaire, elle est aussi un moyen infaillible d'y réussir. En un mot, la complaisance est une monnaie à l'aide de laquelle tout le monde peut, à très-peu de frais, payer son écot dans le monde. On vous en tient toujours compte.

COMPLIMENT. Le compliment est un plaisir de vanité que, de son propre mouvement, on cause à autrui. Il résulte de cette définition, qu'une morale rigoureuse condamne tout ce qui est compliment. En réalité, on ne doit aux hommes que justice et vérité. Mais, d'un autre côté, l'esprit de sociabilité qui nous caractérise a fait promptement comprendre que, pour rendre plus attachants même les rapports ordinaires, il fallait que chacun fît valoir son voisin. De là est né l'usage des compliments; ils doivent, pour produire certain effet, jaillir comme à l'improviste; c'est-à-dire que l'à-propos en constitue le mérite. A part quelques exceptions, les compliments entre hommes sont de très-mauvais goût, et rendent aussi ridicules ceux qui les font que ceux qui les reçoivent, à moins qu'une légère teinte de plaisanterie ne les caractérise au passage. Quant aux femmes, douées de tant de perspicacité pour deviner les autres, de tant de finesse et d'habileté pour les entraîner à leur propre volonté, elles cèdent toutes au piége du compliment, surtout lorsqu'il exagère les agréments de leur personne; elles vivent et meurent, à cet égard, dans une enfance perpétuelle. C'est le seul point sur lequel elles ne soient pas choquées par le défaut de mesure et de délicatesse; elles sacrifient la qualité à la quantité. Il ne faut donc pas être trop surpris si des femmes tout à fait supérieures ont été dominées jusqu'à la tyrannie par des hommes médiocres : c'est qu'ils parvenaient à les prendre par le faible des compliments. Dans ce sens, les femmes récompensent la mémoire et sont reconnaissantes de la simple intention. Après avoir signalé leurs périls dans le commerce des deux sexes, il est sage, répétons-le, de ne pas interdire en masse l'usage des compliments; on se réunit dans un salon, non pas précisément pour s'améliorer, mais pour se distraire et se récréer; on doit même chercher à se plaire les uns aux autres. Les compliments, quand ils sont rares et bien tournés, produisent ce résultat satisfaisant; ils jettent une sorte de grâce dans la société, et la grâce, lorsqu'elle est à sa place, ne gâte rien.

COMPLIMENTEUR. Le complimenteur est un caractère qui se perd de plus en plus, et dont il ne restera pas trace à Paris, cette ancienne capitale de la civilisation européenne. Il faut maintenant se risquer en province pour retrouver l'homme complimenteur, et encore n'est-on pas toujours sûr de le rencontrer. Dans le siècle dernier, c'était un des soins principaux de l'éducation du monde, que de rendre complimenteur avec aisance et mesure; on savait allier tous les contrastes, parce qu'il fallait réussir avec tous. Nous avons vu quelques vieillards qui avaient appartenu jadis à la haute société; complimenteurs avec les femmes, toujours respectueux avec elles dans la forme, mais légers dans le ton, ils avaient néanmoins l'air de croire à tout ce qui leur échappait de flatteur. Aujourd'hui, dit un écrivain, au genre complimenteur a succédé le genre grossier. Touche-t-on à l'âge mûr, on ne respire plus que lucre et spéculation; on en devient âpre et dur; de l'âme ces sentiments passent dans les manières. Les jeunes gens, pour mieux se donner l'aspect moyen âge, négligent leurs vêtements, laissent pous-

ser leur barbe, et ne parlent plus aux hommes et aux femmes que pour les rudoyer : ils tiennent la simple politesse pour un contre-sens historique.

CONCERTS. Les concerts publics, qui ne diffèrent en rien d'une représentation théâtrale, ne sont pas soumis à des règles particulières : la conduite qu'on doit y tenir rentre dans les lois générales de l'usage et de la politesse. Il ne peut donc être ici question que des concerts d'amateurs. Et Dieu vous en garde ! Si cependant vous vous trouvez conduit dans une de ces réunions où l'on croit faire de la musique parce que l'on tire des sons discordants de cinq ou six instruments, vous aurez soin que les muscles de votre visage ne trahissent pas les souffrances qui vous déchirent l'oreille. Que si vous avez des nerfs et que vous ne puissiez pas retenir quelques grimaces accusatrices, le front appuyé sur la main, couvrez-vous le visage de votre mouchoir, et jouez l'immobilité extatique d'un *dilettante*. Souvent il arrive qu'après un dîner où vous êtes invité, la maîtresse de la maison promene pendant quelques instants ses doigts sur les touches de son piano ; dans ce cas, ayez un peu de patience et de politesse : il lui est bien permis de vous écorcher le tympan pendant un quart d'heure, après avoir flatté vos autres sens pendant une demi-journée. Si vous savez lire la musique, vous vous tiendrez derrière le fauteuil de l'exécutante, attentif à retourner le feuillet. Amateur de tout genre, faites de la musique chez vous, à huis clos ; mais ne cédez jamais aux instances que l'on emploiera pour vous engager à vous faire entendre dans un salon : songez qu'il entre dans cette prière beaucoup plus de politesse que de désirs.

CONFIANCE. Le commerce des honnêtes gens ne peut subsister sans une certaine sorte de confiance ; elle doit être commune entre eux ; il faut que chacun ait un air de sûreté et de discrétion qui ne donne jamais lieu de craindre qu'on puisse rien dire par imprudence.

CONFIDENCE. C'est toujours un dépôt sacré que l'on doit conserver avec respect, sous peine de se rendre indigne de la confiance de celui qui nous l'a livré. Celui qui reçoit une confidence doit la cacher dans une discrétion absolue ; c'est un secret qui ne lui appartient pas ; le divulguer serait une bassesse, ou peut-être une insigne et lâche trahison. La confidence est la preuve la plus forte comme la plus naturelle de l'amitié. Un babillard vint raconter à quelqu'un qu'il connaissait à peine un secret de grande importance, et lui recommanda de n'en point parler. « Soyez tranquille, lui dit son confident, je serai pour le moins aussi discret que vous. »

CONSEILS. Les conseils sont fort bonne chose, il est vrai ; c'est cependant ce qui, dans le monde, déplait le plus. Un donneur d'avis qui répète sans cesse : *à votre place, j'agirais ainsi*, rebute chacun par son orgueil et son indiscrétion. Cet impertinent devrait savoir qu'on ne doit donner des conseils que lorsqu'ils sont demandés, et que le nombre des demandeurs est fort restreint ; toutefois il ne s'agit point ici de ces réflexions vaniteuses, mais des conseils dont l'obligeance et l'affection font un droit. Il importe d'y mettre infiniment de réserve et de soin, parce que, autrement, vous sembleriez avoir un ton de supériorité qui pourrait armer l'amour-propre de votre ami contre vos plus sages conseils. En pareil cas, les formules de la modestie ne sont pas superflues : *il est possible que je me trompe; je serais bien loin d'avoir le courage que j'exige de vous*, etc., etc. Si l'on fait quelques objections, ne dites pas : *Vous ne comprenez pas*, mais : *Je me suis mal expliqué*, etc. Voici d'autres aphorismes qui pourront vous être utiles : Ne demandez guère de conseils, dans la crainte qu'on ne vous sache mauvais gré de ne les avoir pas suivis. Faites en sorte, si vous ouvrez un avis, que celui qui vous écoute croie l'avoir lui-même donné.

CONSIDÉRATION. On a trop répété qu'une bonne maison et un bon dîner suffisent pour obtenir dans le monde de la considération, car on peut avoir beaucoup de considération sans bonne maison et sans donner à dîner. La richesse attire les parasites et un grand nombre de désœuvrés ; elle obtient des flatteries ridicules ou sans esprit ; voilà tout son empire, quand elle est dénuée de pouvoir ou de mérite. La considération n'est qu'un suffrage universel qui ne se rapporte qu'au ton, à l'esprit, aux manières et à la décence extérieure de la conduite. La vertu n'est pas absolument nécessaire à la considération ; mais le vice sans pudeur ou son apparence l'exclut toujours. Les choses qui s'allient le moins avec la considération sont un mauvais ton, l'indiscrétion, l'impolitesse, l'inexactitude à remplir ses engagements, même les plus frivoles, les mensonges, la fatuité et le dénûment absolu d'esprit. On n'a jamais vu dans le grand monde les sots, les fats, les menteurs et les bavards, acquérir une véritable considération. Le monde, léger dans les entretiens de la société, est toujours sévère, délicat, équitable et moral dans toutes les lois qu'il a lui-même établies. La considération publique était le but de madame Geoffrin, son but continuel ; mais elle la voulait à la fois étendue et tranquille, calculant tout pour que rien chez elle n'excitât l'envie, que le mouvement n'y fût jamais du trouble. Faire tout le bien possible, et respecter les convenances établies, n'est-ce pas se mettre à l'abri de tout reproche, éviter tout écueil ?

CONSONNES. Il fut de mode, dans un temps qui est déjà bien loin de nous, de dénaturer ou de supprimer certaines consonnes comme trop rudes à prononcer et pouvant blesser des organes sensibles et délicats, ce qui ne faisait que brouiller le système des articulations. Ainsi, dans cette phrase : *Ma parole d'honneur, madame, je vous trouve charmante aujourd'hui*, ce qu'on appelait alors un petit-maître prononçait littéralement : *Ma paole d'honneu, maame, ze vous trouve samante auzou-*

d'hui, et cela parce que quelques personnes plus ou moins recherchées dans la société avaient un défaut ou une affectation semblable. Le temps heureusement a fait justice de ces niaiseries, et maintenant le suprême bon ton ne consiste plus à joindre cette manière vicieuse de parler à la sottise trop ordinaire des discours de ceux qui l'adoptaient.

CONTES. Certainement les contes sont un des grands charmes de la conversation ; mais c'est de ce genre surtout qu'on peut dire qu'il a de grandes difficultés et des inconvénients réels qu'il faut éviter sous peine de gâter la conversation. Même avec le talent de bien conter, on peut encore flétrir la conversation, et lui faire perdre une partie de son agrément et de son utilité, soit en contant hors de propos, soit en contant trop, ce qui ne peut guère arriver qu'on ne conte aussi mal à propos. Non-seulement c'est l'à-propos qui fait le principal mérite des contes, mais le conte le meilleur en soi devient insipide et ennuyeux, s'il est fait hors de propos. C'est ce qui rend insipide la lecture des *ana;* les meilleurs mots y perdent presque tout leur sel, parce qu'ils y sont à propos de rien, outre qu'une multitude de contes qui se succèdent ainsi sont d'une monotonie insupportable. Le grand inconvénient des contes est de couper la conversation, et de faire perdre de vue le sujet, ou de conduire d'une manière trop brusque à un sujet différent. On ne doit pas sans doute, en exigeant cet à-propos, aller jusqu'à une pédantesque sévérité ; il faut être indulgent sur la liaison, et un rapport faible et léger avec le sujet qu'on traite, ou avec le conte qu'on vient de faire, en autorise un nouveau. Cependant, si on abuse de cette indulgence, la conversation devient bientôt insipide, et souvent un conte, qui eût été plaisant s'il avait été bien placé, ennuie les auditeurs lorsqu'il ne tient à rien; et, si l'on en fait deux ou trois de suite, la conversation est en grand danger de tomber tout à fait.

CONTER (Talent de). Le talent de conter agréablement n'est pas rare; mais il y a plusieurs manières de conter. Quelques personnes racontent en peu de mots et d'un style concis; elles saisissent les circonstances principales, rendent avec précision et omettent les détails. D'autres ont l'art de raconter longuement sans ennuyer, en embellissant les circonstances les plus légères, en les peignant avec vérité. Quelques conteurs parlent froidement, et cette froideur fait sortir davantage ce que le conte a de piquant, comme un fond obscur fait briller une broderie. D'autres racontent avec plus de gaieté, et on rit des choses plaisantes qu'ils racontent, quoiqu'ils en rient eux-mêmes les premiers. Les uns sont pantomimes, et imitent la voix et les gestes des personnages qu'ils font parler: ils sont comédiens; d'autres ne sont qu'historiens. Toutes ces manières de conter ont leur agrément; chacun doit s'attacher à celle qui est la plus analogue à la tournure de son esprit et à la nature de son caractère, à sa figure même et à l'habitude de son corps. Par exemple, une jolie femme ne peut guère jouer en contant, parce que les grands mouvements, les grimaces, les altérations de la voix et de la physionomie, fatigueraient les spectateurs en contrastant trop fortement avec ses grâces et les agréments de sa figure. Heureusement les femmes, qui savent très-bien ce qui les gâte et ce qui les embellit, tombent rarement dans ce défaut. De même, les personnes qui ont peu de physionomie ou un air gauche, celles qui déclament mal, dont le caractère est froid, doivent se défendre de raconter comiquement; le ton froid et uni leur réussira; elles ne peuvent soutenir l'autre jusqu'au bout. Madame Geoffrin peut être citée comme un modèle en ce genre. Son vrai talent était de raconter, sans apprêt, sans prétention, comme si elle n'avait pensé qu'à donner l'impulsion à plus habile ou mieux inspiré qu'elle. Elle dit, un jour, à un jeune seigneur qui, soupant chez elle, découpait péniblement une volaille, et ne se tirait pas mieux d'un long récit: « Permettez-moi, monsieur, de vous apprendre qu'à votre âge il faudrait toujours avoir de grands couteaux et de petites histoires. » Si c'était son tour de rapporter un fait, un bon mot, et qu'on lui demandât de citer son auteur: « Je ne me souviens plus, répondait-elle, qui est-ce qui est venu attacher cette épingle à ma pelote. »

CONTEUR. Tout conteur se répète: voilà le grand inconvénient du métier. Un conteur de profession, auquel on reprochait ce défaut, répondit assez naïvement: « Il faut bien que vous me permettiez de vous redire de temps en temps mes petits contes, sans cela je les oublierais. » Si l'on raconte une anecdote que vous connaissez déjà, laissez aller le conteur jusqu'à la fin, et ne détournez d'aucune façon l'attention de ceux qui écoutent. Si on vous demande votre avis, donnez-le ingénument, et sans vouloir paraître mieux instruit que le narrateur lui-même. Il y a plus: si vous vous trouvez en tête à tête avec le conteur, vous gardez le même silence, vous l'écoutez avec un air d'intérêt; et, s'il vient à vous faire part d'un fait qu'il vous a raconté le jour précédent, ou qu'il tient de vous-même, vous paraissez également l'entendre pour la première fois. Souvent, au milieu du récit, le narrateur oublieux hésite; il croit se rappeler... Observez-le attentivement. S'il est en doute, affirmez que vous ignorez tout à fait ce dont il s'agit. Si la mémoire lui revient, priez-le de continuer en lui disant: *Je vous écoute toujours avec un nouveau plaisir.* Cette politesse délicate est surtout de rigueur avec les vieillards. Quand vos narrations ont du succès, gardez une contenance modeste; laissez les gens répéter les traits saillants qui les ont charmés. Le moyen le plus sûr de n'avoir l'approbation de personne, dans ses actions comme dans ses discours, c'est de la solliciter, soit par ses regards, soit par ses paroles. Comme chaque auditeur est obligé d'écouter ou d'entendre sans réclamation, il résulte que l'on doit sonder le terrain avant de prendre la parole, et demander si telle chose est connue de la société. Lorsqu'une historiette a été insérée dans les journaux, qu'elle n'est plus absolument neuve, ou qu'elle semble empruntée à un recueil d'anecdotes, si on l'attribue à quelque personne de connaissance (absente bien entendu), un ridicule ineffaçable stigmatise à bon droit le conteur.

CONTRADICTEUR. Certaines gens semblent prendre à tâche de se rendre incommodes et ennuyeux dans toutes les sociétés où ils vont. Leur unique plaisir est de contredire, et ils n'ont d'égards ni pour les personnes qui parlent ni pour ce qu'elles disent. D'avance même ils nieront votre assertion, et, si vous feignez de vous rendre à leurs raisons, si vous convenez que vous avez tort, vous les voyez aussitôt se fâcher, s'emporter et vouloir absolument que vous ayez raison. Molière, dans le *Misanthrope*, a fait ainsi le portrait du contradicteur:

> Le sentiment d'autrui n'est jamais pour lui plaire;
> Il prend toujours en main l'opinion contraire,
> Et penserait paraître un homme du commun,
> Si l'on voyait qu'il fût de l'avis de quelqu'un.
> L'honneur de contredire a pour lui tant de charmes,
> Qu'il prend contre lui-même assez souvent les armes;
> Et ses vrais sentiments sont combattus par lui,
> Aussitôt qu'il les voit dans la bouche d'autrui.

Morellet cite aussi ce dialogue, qu'il assure avoir entendu. Deux hommes se promenaient dans un chantier de marine. L'un dit: *Voilà du bois excellent.* — *Point du tout*, dit le contradicteur, *il ne vaut rien.* Le premier s'approche, et, feignant de regarder avec plus d'attention: *En effet*, dit-il, *voilà le ver en plusieurs endroits....* — *Le ver, dites-vous? Il n'y en a pas vestige. C'est moi qui me trompais, et le bois est des plus sains que j'aie vus.* Lorsque votre mauvaise étoile vous mettra en rapport avec un de ces esprits contrariants, ne vous avisez pas d'entamer une discussion: cédez-lui. Eussiez-vous toute la logique de Condillac réunie à l'éloquence de Chateaubriand, vous aurez toujours tort avec lui. Comment jamais avoir raison avec des hommes dont le seul bonheur est d'être sans cesse d'un avis opposé à celui des autres, contre le bon sens, la raison, l'évidence, et très-souvent contre leur propre opinion? Nous avons connu le type de cette sotte espèce de gens. C'était bien le plus stupide interlocuteur! Si l'on tirait sa montre, on était toujours en retard ou en avance de quelques minutes; il en était bien sûr: il avait réglé la sienne le matin sur le canon du Palais-National, l'horloge de l'Hôtel-de-Ville ou celle du Jardin-des-Plantes. Parlait-on d'une nouvelle donnée par un journal, elle était fausse: il avait lu une feuille mieux informée, qui la racontait tout autrement. Il applaudissait à tout rompre les acteurs les plus pitoyables, ne vantait que les ouvrages mort-nés, et les pièces sifflées. Si vous ne pouvez vous soustraire à la conversation de pareils butors, abondez dans leur sens, et, comme leur seul bonheur est de disputer, ils mettront fin d'eux-mêmes à une conversation qui ne leur offrira aucune chance de plaisir.

CONTRADICTION (Esprit de). L'esprit de contradiction est un penchant de l'homme à se refuser aux idées et aux sentiments qu'on veut lui faire adopter, et aux actions qu'on veut lui faire faire, précisément parce qu'on s'efforce de lui inspirer ces idées et ces sentiments, ou qu'on exige de lui ces actions. En effet, toutes les fois qu'on entend avancer une assertion, une opinion, un simple fait avec autorité; toutes les fois qu'on exige de nous une action, une démarche, nous nous sentons, au moins légèrement, portés à douter, à nier, à refuser, en un mot à contredire. Non-seulement on sent cette inclination à la contradiction, mais on la laisse voir en société, et l'on y cède continuellement. Tout ce que peuvent faire la politesse et l'usage du monde, est de lui donner des formes moins désagréables. On la présente sous l'air du doute modeste, du désir d'une explication ultérieure, d'un scrupule: *Permettez-moi de vous demander*, etc. *Faites-moi la grâce de m'expliquer comment il se fait*, etc. *J'ai cependant entendu dire*, etc. Ce *n'est pas tout à fait cela*, etc. Mais elle n'en est pas moins une contradiction. N'est-ce pas la contradiction qui fournit à ce fonds inépuisable de conversations oiseuses de tant de gens qui se rassemblent dans les grandes villes, et qui consiste presque uniquement à douter de ce qu'un autre avance, à le modifier ou à le combattre? Et la politesse de la conversation, qu'est-elle autre chose que l'attention continuelle à dissimuler en soi l'esprit de contradiction, et à ne pas l'exciter trop vivement chez les autres?

CONVENANCES. L'observation des convenances est l'accord exact et scrupuleux de la conduite et des paroles avec le goût, les usages et la politesse. Les convenances se règlent d'après l'âge, le caractère et l'état des personnes, les lieux et les circonstances où l'on se trouve. N'oubliez pas que l'esprit des convenances se rattache aussi à la topographie, et doit varier suivant la différence des lieux et des climats : ainsi une phrase, une plaisanterie qui seraient d'un excellent goût dans le Marais, seraient un sottise au faubourg Saint-Germain ; et tel conte qui aurait eu le plus grand succès, un succès fou enfin, à la Chaussée-d'Antin, ferait rougir la pruderie des solitaires de la place des Vosges. Ayez égard à l'habit, à la figure des gens, à leur position sociale : ainsi, ne parlez pas de la mode à côté d'un habit qui date d'un demi-siècle, ni de votre bonne santé, en face d'une physionomie qui annonce la souffrance, ni de votre fortune devant un brave homme qui a été ruiné par une banqueroute, par une révolution ou par un emprunt espagnol. Louis XVIII était doué d'un rare esprit de politesse; aussi attachait-il beaucoup d'importance à la rigide observation des convenances. Presque tous les matins il admettait à son déjeuner le capitaine des gardes, quelques grands officiers et le gentilhomme de service. Comme il avait coutume de dire que l'exactitude est la politesse des rois, il aimait que l'on fût exact à l'heure, et que l'on fit honneur au repas; autrement, il donnait parfois des leçons qui n'étaient pas sans malice. Un jour, le gentilhomme de service arriva longtemps après que le roi eut pris place à table, et s'excusa de son mieux. C'était le comte Amédée de P***. Sa Majesté lui fit servir les meilleurs mets qui se trouvaient encore sur la table, et lui demanda s'ils étaient de son goût. « Sire, dit le gentilhomme, je ne fais jamais attention à ce que je

mange — Tant pis, reprit le roi ; il faut, monsieur P***, faire attention à ce qu'on mange et à ce qu'on dit. »

CONVERSATION (SA DÉFINITION). Définirons-nous la conversation? Mais à quoi bon? La conversation a été définie de mille manières. Moralistes, poëtes et philosophes, tout le monde s'en est mêlé, même les gens qui définissent tout... ce qui est indéfinissable. Ils ont aiguisé les pointes, arrondi les antithèses, alambiqué les phrases pour tâcher de donner une idée juste et précise de cette communication de la pensée par la parole. Nous avons cherché, feuilleté, compulsé tous les ouvrages, tant anciens que modernes, dans l'espoir d'y trouver une définition satisfaisante ; mais, nous devons l'avouer, nos recherches, nos efforts, ont été sans résultats : le grec aussi bien que le latin, l'anglais aussi bien que le français, nous ont fait défaut. Néanmoins, comme il se pourrait que quelque savant versé dans la langue chinoise ou dans quelque patois de l'Indoustan se fit un malin plaisir de venir nous convaincre d'ignorance ou de légèreté dans nos assertions, nous prévenons que nous n'avons pas poussé jusque-là nos investigations. Qu'importe d'ailleurs que certain mandarin, certain brahme ou certain philosophe bas-breton ait défini ingénieusement, justement, clairement ou autrement la conversation? Tout le monde, sans savoir précisément ce qu'on appelle bien causer, ne sait-il pas à peu près ce qu'on doit entendre par ce mot, qui heureusement n'a rien de commun avec ceux de *shibboleth, higgaïon* ou *selah* (1). La conversation est le commerce que les âmes ont entre elles par le moyen de la parole ; c'est cet état où diverses personnes, rapprochées volontairement ou par occasion, les unes des autres, et sollicitées par un instinct mutuel de bienveillance et de concurrence affectueuse, mettent en commun, familièrement et sans étude, mais sans jamais choquer ni le goût ni l'élégance, tout ce qu'elles possèdent de meilleur en imagination, en sensibilité, en raison, sur un sujet donné, et parviennent ainsi à prendre nourriture et récréation l'une dans l'autre par ce délicat contact des pensées et l'échauffement aimable qu'il produit; c'est un banquet auquel tous les assistants prennent part et se réjouissent ; c'est une sorte de communion des âmes les unes par les autres, et dans laquelle elles s'enrichissent par leurs émanations réciproques. « Une société de personnes spirituelles, et polies, réunies pour s'entretenir ensemble et s'instruire, dans une conversation agréable, par la communication de leurs idées et de leurs sentiments, m'a toujours paru, dit Delille, la plus heureuse représentation de l'espèce humaine et de la perfection sociale. Là, chacun apporte son désir et ses moyens de plaire, sa sensibilité, son imagination, son expérience, le tout embelli par la politesse et contenu par la décence ; là se montre un instinct mutuel d'affections bienveillantes, un doux sentiment de confiance, inspirée par le caractère et fortifiée par l'habitude; là, sans règlement, sans contrainte, s'exerce une douce police, fondée sur le respect qu'inspirent les uns aux autres les hommes réunis, sur le besoin qu'ils ont d'être bien ensemble, et sur une sorte de pudeur qui, devant un grand nombre d'auditeurs et de témoins, repoussent tout ce qu'il y a d'offensant, de maladroit et d'injuste ; là un mot, un coup d'œil, fait sortir un aveu, prévient une inconvenance, commande un égard, réveille l'attention, réprime la pétulance ; là, l'esprit, exercé par l'observation et par l'expérience, lit dans les yeux, sur le visage, dans le maintien de chacun, ce que son amour-propre craint ou désire d'entendre, et, assurant à la société l'équilibre des prétentions opposées et des vanités rivales, forme de tout ce qui pourrait dégénérer en luttes et en combats l'accord le plus harmonieux, rend agréables les uns aux autres les hommes réunis, leur inspire le désir de se revoir, et sème la veille les jouissances du lendemain. »

CONVERSATION (ORIGINE, HISTOIRE ET PROGRÈS DE LA). La conversation, cette puissance du monde civilisé, a suivi chez tous les peuples la progression des idées ; dès que les hommes purent sortir des spécialités de la vie matérielle et apprécier les phénomènes dont ils étaient entourés, ils durent sentir le besoin de se communiquer leurs pensées. Ce besoin, en s'accroissant avec la civilisation, se régla; la conversation devint un art qui eut ses formes et ses préceptes. Chez les peuples de l'antiquité

(1) Mots hébreux sur le sens desquels les interprètes ne sont pas d'accord.

qui cultivèrent la philosophie, elle prit la forme de l'entretien, et Platon à l'Académie, en enseignant les hautes lois de la nature et de la sagesse, *conversait* avec ses disciples. Mais il s'en faut bien qu'elle conservât toujours des formes aussi aimables, et surtout aussi calmes. Le caractère du gouvernement influe toujours plus ou moins sur celui de la société. Dans Athènes et à Rome, la place publique et le forum étaient le théâtre habituel des conversations politiques. Là, des ambitieux et des intrigants, poussés par des orateurs passionnés, traversaient, en l'excitant, une populace effrénée ; là, ne s'entendaient ni les insinuations de l'amitié, ni les conseils de la prudence ; mais les cris violents de la fureur et de la haine. Les spectateurs et les auteurs de ces scènes violentes les transportaient dans leurs sociétés particulières, aux lieux mêmes où les citoyens réunis venaient conférer paisiblement ensemble. Les fauteurs et les partisans de ceux qui se disputaient l'autorité, conservant les impressions qu'ils avaient reçues ou données, faisaient du salon un champ de bataille ; aucun n'était lui : chacun était ou Marius ou Sylla, ou Pompée ou César, Antoine ou Auguste, et combattait pour un intérêt dont le désir de plaire ou de réussir avait fait le sien. Là, retentissaient encore les vociférations bruyantes et les mouvements impétueux qui avaient éclaté dans les places publiques. — Chez les nations modernes, la conversation se dénatura selon les temps, les lieux et les intérêts : elle prit le masque de l'argumentation et de la dispute ; elle fut mystique et chevaleresque dans le moyen âge ; mais bientôt elle vint régner en France avec ses formes élégantes et variées ; elle y prit tous les tons et toutes les couleurs. Elle fut vive, enjouée, légère, piquante, incisive ; elle fréquenta les cabarets, avec les gens de lettres et les grands seigneurs ; mais nulle part elle ne fut plus aimable et plus spirituelle que dans les salons de mesdames Geoffrin et du Deffant. Là, chacun lui payait son tribut : le conte, l'anecdote, la pensée philosophique, l'épigramme, y étaient apportés chaque soir pour y servir d'aliment à la gaieté et au temps qui amenait, avec un nouveau jour, de nouvelles richesses à dissiper La conversation voyait alors, dans ces réunions, son sceptre passer successivement de main en main, chacun l'agiter à sa manière et chercher à y attacher un grelot. Qu'on se figure ce que devait être à cette époque la conversation, lorsque, provoquée par une femme aimable, vive et spirituelle, elle était successivement entretenue par d'Alembert, Voltaire, Diderot, madame du Châtelet, Pont de Veyle, la demoiselle de Boufflers, etc., etc. Mais alors aussi elle ne régnait, pour ainsi dire, que dans un cercle étroit et en quelque sorte inaccessible. On parlait ailleurs, on causait peut-être ; mais la conversation avec tous ses charmes et toutes ses richesses n'était réellement alors que là où se trouvaient ses maîtres ; elle n'avait point encore d'importance et de caractère national : on dominait par elle, mais son influence n'existait que là où elle était entendue. — Plus tard, après que Voltaire en eut porté tous les agréments jusque dans l'intimité du grand Frédéric, elle dégénéra : la philosophie et la religion en devinrent les principaux sujets ; on vit bien encore quelquefois de ces sarcasmes pleins de verve et de finesse ; mais plus souvent les grands maîtres qui nous l'avaient créée si franche, si piquante, si gracieuse, nous la montrèrent outrageuse et grossière. L'esprit du siècle était irréligieux et impie : elle devint menteuse et athée ; elle ne parla plus qu'un langage frondeur, elle se fit l'écho de toutes les têtes criant à la réforme, et bientôt la révolution arriva, et elle s'enfuit épouvantée devant le règne de la terreur. — Lorsque, après avoir été battue par tous les orages révolutionnaires, la France reprit un peu de calme, la conversation reparut et commença à se faire entendre dans les salons républicains ; mais alors, disons-le, elle n'avait plus ces formes polies, gracieuses, cet esprit léger, piquant, original, qui la remplissait de charmes. On la revit, mais guindée, sérieuse, hardie, et n'ayant plus cette urbanité qui l'avait fait rechercher par toutes les illustrations étrangeres. — L'empire lui rendit peu de ses premiers agréments : elle était bien accueillie quand elle se présentait dans une réunion ; on la retrouvait même entourée de protecteurs spirituels, d'adorateurs distingués, de femmes déjà célèbres par elle ; mais on lui imposa des lois sévères, on lui marchanda la vie : la police devint son régulateur et son maître, et madame de Staël paya par un long exil l'infraction à cette censure. — La conversation sembla renaître avec le gouvernement constitutionnel. Elle se trouvait avec les enfants des princes qui l'avaient laissée, libre et joyeuse, s'égayer sur tous les abus, discourir en folle aimable sur les rois et leur politique ; parler, et souvent sans respect, de leurs maîtresses et de leurs confesseurs : elle crut revenir sans danger à ses anciennes libertés ; elle voulut se moquer de cette vieille noblesse, pleine d'écussons, de morgue et de rancune, qui reparaissait sur le sol de la France. Elle fut réprimandée ; la peur la saisit, et dès lors elle n'osa plus parler qu'à voix basse des sottises de ses ennemis et de ses anciens privilèges. — Qu'est aujourd'hui la conversation et que deviendra-t-elle ? Jamais elle ne fut plus libre, et jamais elle n'eut plus d'aliment pour grandir et s'étendre. Elle peut tout dire et dit tout impunément ; elle saisit toutes les formes, toutes les allures ; mais elle prend part à toutes les opinions, elle se mêle à tous les partis, elle descend presque dans l'émeute : c'est dire assez qu'elle n'est souvent qu'un dévergondage, alors qu'elle pourrait être spirituelle et piquante avec liberté. Faisons des vœux pour que, cessant d'être légitimiste, républicaine, orléaniste ou socialiste, elle redevienne elle-même ; que nous puissions la retrouver grave au besoin, sérieuse même, mais toujours polie, enjouée, stigmatisant avec gaieté tous les fanatismes et tous les ridicules, moqueuse avec réserve, fuyant la dispute et la personnalité, et n'adoptant les préventions et les haines d'aucun parti.

CONVERSATION (Utilité et nécessité de la). Moyen de plaisir et de bonheur, si utile, si innocent, si facile à tous les hommes, et si convenable à tous les âges et à toutes les conditions de la vie, la conversation ne pouvait guère échapper aux traits mordants de la satire. Par la mobilité de ses aspects, par la variété infinie des sujets qu'elle embrasse, elle ouvrait un large champ au génie satirique des poëtes ; et, précisément parce qu'elle offre une source inépuisable de plaisirs, elle devait aussi servir de but aux déclamations des moralistes. Les uns et les autres ont en cela imité les deux femmes de la fable, qui, arrachant l'une les cheveux blancs, l'autre les cheveux noirs, finissent par rendre chauve le pauvre diable qu'elles épilent ainsi. Qui ne sait d'ailleurs qu'un peu d'exagération est souvent nécessaire pour stimuler nos impressions et réveiller nos sens engourdis ? Les poëtes et les moralistes l'ont bien senti, car ils ne se sont pas contentés d'attaquer les défauts réels de la conversation, défauts qui, après tout, sont en assez petit nombre ; ils lui en ont supposé d'imaginaires, se donnant ainsi le plaisir de créer des fantômes bons tout au plus à faire peur aux enfants. Mais critiquer la conversation parce qu'elle entraîne parfois avec elle quelques abus, n'est-ce pas vouloir proscrire le vin parce qu'il cause l'ivresse, le sommeil parce que souvent des rêves viennent troubler notre esprit ? Sans doute un poëte comique ayant à peindre les vices du grand monde, a pu dire avec justesse :

> La fausseté préside aux *conversations*,
> Dirige les discours, règle les actions ;
> Et cette fausseté se nomme politesse.

Mais juger de la conversation et de la politesse, si étroitement liées ensemble, par ces vers, serait aussi absurde que de regarder le Tartufe comme le type de la dévotion. La politesse et la conversation ainsi définies ne sont que l'hypocrisie de la politesse et de la conversation, tout comme la dévotion du héros de Molière n'est que l'hypocrisie de la véritable dévotion. Le poëte a fait de la satire et non de la morale, de cette morale qui doit être la règle des devoirs de l'homme né pour la société. Mais que prouvent des satires plus ou moins fines, plus ou moins ingénieuses ? Les meilleurs esprits n'ont cessé de proclamer la haute importance de la conversation. « La conversation, dit Saint-Évremont, est un bien particulier à l'homme, de même que la raison. C'est le lien de la société; c'est par elle que s'entretient le commerce de la vie civile, que les esprits se communiquent leurs pensées, que les cœurs expriment leurs mouvements, que les amitiés se commencent et se conservent. » « La conversation, dit aussi Swift, est la grande école de l'esprit, non-seulement en ce sens qu'elle l'enrichit de connaissances qu'on aurait difficilement puisées dans d'autres sources, mais en le rendant plus vigoureux, plus juste, plus pénétrant, plus profond. Le plus grand nombre des hommes, et de ceux-là même qui ont donné le plus de culture à leur esprit, tiennent une grande partie de leurs connaissances de la conversation. » On conçoit que nous ne prétendons pas parler ici des premières idées et notions morales, sociales, littéraires, etc., transmises par l'éducation antérieurement à l'usage que les hommes font de la conversation, quoiqu'il soit peut-être vrai de dire qu'elles ne sont souvent qu'un assemblage de mots ou de phrases, auxquels n'est attachée aucune idée précise, jusqu'à ce qu'elles aient été débattues et soumises à l'épreuve de la conversation. Nous entendons seulement parler des opinions que chaque homme a pu débattre avec soi-même dans l'âge de la réflexion, et qu'il a reçues et adoptées à cette époque, et nous croyons que cet examen et cette adoption n'ont lieu, chez la plupart des hommes, que par la voie de la conversation.

CONVERSATION (SON INFLUENCE SUR LE BONHEUR). Les malheureux mortels, auxquels le temps, ce trésor inappréciable, est si souvent à charge, trouvent dans la conversation une distraction aussi innocente qu'agréable. Quelle que soit l'origine du besoin de converser, il existe, et ce besoin se fait sentir chez tous les hommes après le travail, l'étude et les affaires. Il est plus vif chez les riches, qui ne sont assujettis à aucun genre d'occupations; mais il domine surtout chez les femmes, douées d'une plus grande sensibilité, et condamnées par leur sexe même à une existence plus monotone (1). Le besoin de la conversation puise sans cesse un nouvel aliment dans l'instinct de sociabilité qui porte les hommes à se réunir pour se communiquer tour à tour leurs espérances et leurs craintes, leurs peines et leurs plaisirs. Même parmi les hordes sauvages, on voit se former des réunions sociales, tout aussi bien que parmi les personnes les plus policées de nos villes. Semblable à l'aimant, le besoin de

(1) Quelle délicieuse ville que Venise ! disait un jour une dame. — Eh ! qu'y avez-vous donc trouvé de si séduisant? lui demanda quelqu'un. — *J'y parlais toute la journée*, répondit la dame.

causer rapproche souvent et lie ensemble les individus les plus indifférents. Considérée comme un moyen de réparer les forces ou de se procurer des sensations nouvelles, la conversation fait partie des autres amusements, et est aussi innocente en elle-même qu'une promenade sur l'eau ou qu'une partie d'écarté. Voyez l'homme qui vit dans la solitude, soit que le chagrin ou la nécessité l'y contraigne, cette habitude d'isolement lui a inspiré une noire misanthropie qui lui fait voir un ennemi dans chacun de ses semblables; la défiance, l'inquiétude, l'assiégent à toute heure; il est malheureux. Mais que le hasard conduise dans sa retraite quelque ami qui s'est souvenu d'une ancienne liaison, avec quelle joie il l'accueille! avec quel empressement il l'interroge pour lui demander des nouvelles du monde! C'est en vain qu'il affectionne un genre de vie que son cœur dément, que sa pensée désavoue; il ne peut résister à cet instinct qui l'entraîne vers son semblable; il cause, il cause encore, et c'est à peine si son interlocuteur peut suffire à sa curiosité. Sa physionomie s'est dépouillée de cette teinte sombre qui l'attriste continuellement; le sourire a reparu sur ses lèvres; il semble heureux, parce qu'il a pu, par un entretien de quelques instants, se réconcilier, pour ainsi dire, avec l'humanité (1). Dans une réunion de personnes qui s'estiment et qui s'aiment, le sentiment de la force, qui nous est si nécessaire au milieu des vicissitudes de la vie, prend une plus grande intensité. Chacun connaissant les dispositions communes, fait, dans son esprit, l'application des forces d'autrui à ses besoins propres. Il se dit, et il s'assure même qu'au besoin il trouverait des apologistes, s'il était calomnié; des protecteurs, si quelque revers le frappait; des conseils, si son inexpérience l'exposait à quelque embarras; enfin, des consolations, si le chagrin venait à l'abattre. Cette confiance, fortifiée par l'habitude, réagit contre les craintes vagues qui naissent parfois dans notre imagination, ou qu'excitent les ruses de nos ennemis. C'est là sans doute ce qui fait que les peuples qui s'adonnent le plus à la conversation ne paraissent pas avoir un trop grand souci de l'avenir. On en pourrait trouver des exemples à Paris et à Venise.

CONVERSATION (SON INFLUENCE SUR LES OPINIONS). La dispute, scientifiquement considérée, forme aux livres et à la réflexion individuelle un important auxiliaire. N'ayant ni le même caractère, ni les mêmes talents, ni la même tournure d'esprit, les hommes trouvent en elle un véritable trésor commun où chacun dépose et puise tout à la fois. Ce genre de conversation sérieux et animé, en même temps qu'il éclaircit toutes les idées les unes par les autres, excite la curiosité, met et maintient l'attention en éveil, donne du ressort à la pensée, et lui fait sans cesse découvrir des points de vue nouveaux et qui lui avaient échappé jusqu'alors. Le moins que nous puissions gagner à ce contact avec des hommes d'opinions différentes, c'est d'apprendre à renoncer à l'étroitesse de nos vues, à devenir de jour en jour moins exclusifs et plus tolérants; car le spectacle d'avis contraires, soutenus avec des avantages égaux par des hommes également habiles, est un excellent préservatif contre le fanatisme et les utopies de tout genre. Ajoutez que la dispute, nous obligeant à formuler nos pensées et à les présenter sous leur jour le plus favorable, nous rend nets, précis et clairs dans nos discours, tout en donnant à notre esprit de la souplesse et de la flexibilité. Mais nos disputes restent rarement ce qu'elles doivent être pour amener ces heureux résultats, c'est-à-dire des discussions paisibles, étrangères à tout autre intérêt que celui de la vérité. D'ordinaire, nous en faisons des affaires d'amour-propre. Ce ne sont le plus souvent que des querelles et des altercations dans lesquelles chacun défend son avis, non parce qu'il le croit vrai, mais parce qu'il est le sien; et c'est pourquoi le mot *dispute* ne s'em-

(1) Voici une boutade assez singulière, mais qui n'est après tout qu'une boutade. Timon soupait un jour avec Apémantus, autre misanthrope comme lui; ils célébraient ensemble la fête des *libations funèbres*. Après un long silence, Apémantus, charmé du tête-à-tête, s'écrie : « O Timon, l'agréable souper ! — Oui, répond Timon, si tu n'y étais pas. »

ploie plus guère aujourd'hui que dans ce sens défavorable. On connait ce vers de Rhulière :

Qui *discute* a raison et qui *dispute* a tort.

On peut combattre ce que nous disons ici de l'influence de la conversation sur les opinions, par cette observation si commune, que, des discussions qui s'élèvent dans la société, les deux adversaires sortent presque toujours chacun avec le même avis qu'ils y avaient apporté. Mais nous répondons que, malgré cette difficulté de persuader celui qui a tort dans la dispute ou dans la discussion, l'influence de la conversation sur les opinions n'en est pas moins réelle : 1° parce que ceux qui sont spectateurs du combat, et désintéressés, forment leurs opinions d'après les raisons alléguées par l'un ou l'autre des contendants; 2° parce que même celui des deux qui a tort et qui, dans la dispute, ferme les yeux à la vérité, ne conserve pas cette obstination, lorsqu'il réfléchit ensuite de sang-froid, et qu'il revient souvent de lui-même au sentiment qu'il avait combattu. Nous n'avons pas besoin de dire que les hommes en qui le mouvement de la conversation développe et perfectionne ainsi leurs moyens naturels, sont des hommes de bon esprit et de bonne foi; car les esprits faux et vains, et les hommes de parti, pour qui la conversation n'est qu'une arène où ils combattent en gladiateurs, et qui ne veulent arriver qu'à une victoire apparente, et non à la vérité, ceux-là ne font que se rendre

l'esprit plus faux encore, et s'égarer davantage dans leurs opinions.

CONVERSATION (SON INFLUENCE SUR LA MORALITÉ ET LA SOCIABILITÉ). Un effet non moins intéressant de la conversation est de perfectionner la moralité et la sociabilité de l'homme. La morale de la conversation tend naturellement à être bonne. Un homme peut bien avoir ou se faire à lui-même des principes d'immoralité, lorsqu'il ne traite qu'avec lui seul; mais, dans le commerce des hommes entre eux, il est impossible qu'ils établissent des maximes immorales, qu'ils érigent le vice en vertu, au moins avec quelque succès; ils ne peuvent blesser ouvertement les principes généraux de la morale, ni en contester la juste application. La justice est un besoin de l'homme, et elle a sur lui un tel empire, que, hors les temps de désordre où domine l'esprit de faction, on ne peut la combattre à visage découvert, et que tout le monde se pique, au contraire, de lui rendre hommage. Ce que nous venons de dire regarde les mœurs comme bonnes ou mauvaises; mais, en les considérant comme simplement *sociales*, on reconnait que l'activité de la conversation est le caractère principal et la cause la plus puissante du perfectionnement de la sociabilité des nations. La comparaison des nations chez lesquelles la conversation est plus active, avec celles chez lesquelles elle l'est moins, fournit sur cela une expérience démonstrative. S'il est vrai que de toutes les nations de l'Europe, la France est celle où l'on trouve une plus grande sociabilité, c'est parce que l'on converse plus en France qu'en aucun autre pays du monde, et que, quoique la conversation y soit gâtée par de grands défauts, ces défauts ne l'empêchent pas de produire l'effet salutaire que nous lui attribuons ici. Mais, en disant que la conversation rend les nations plus sociables, n'est-ce pas répéter une vérité triviale. « Il me semble, remarque l'abbé Morellet, que ce qu'on a dit jusqu'à présent sur cette matière a été dit trop vaguement; qu'on n'a

pas attaché d'idée bien nette à ce mot de *société*. Il faut, je pense, distinguer le simple rapprochement des hommes n'ayant d'autre commerce entre eux, quoique rassemblés, que celui qui est relatif à leurs besoins physiques, d'un autre commerce moins nécessaire, mais plus intime, par lequel on satisfait aux besoins de l'esprit, et auquel il faut attribuer les principaux effets que produit, chez les hommes, l'état de société. Cette distinction répand plus de netteté sur la question dont il s'agit, et nous fait connaître la conversation comme une cause puissante du perfectionnement de l'espèce humaine, par delà le simple état de société. Je ne crains pas de dire que le premier degré de sociabilité produit par le rapprochement des hommes en société politique, est peu considérable en comparaison de celui qu'amène le commerce de ces hommes rassemblés, lorsqu'ils se communiquent leurs idées par de fréquentes conversations. Qu'on suppose des sauvages qui forment tout à coup une société par l'union de leurs familles; ils perdent, il est vrai, une partie de leur férocité; les nouvelles relations qui les unissent développent en eux des sentiments d'humanité, de bienfaisance, qu'ils n'avaient pas connus; mais, si on suppose que les chefs de ces familles rassemblées continuent de passer la plus grande partie de leur vie à la chasse, chacun de leur côté, comme font les nations sauvages de l'Amérique, les différences qui distingueront ces hommes rassemblés des sauvages errants et dispersés seront peu considérables. Supposons encore que ces sauvages, vivant ensemble comme les peuples policés de l'Europe, aient une langue bornée à un petit nombre de mots relatifs aux objets de première nécessité, manquant de tous les termes qui expriment dans les langues des peuples policés les idées abstraites des vices, des vertus, des devoirs, etc., la morale de ce peuple sera aussi bornée que son langage. Il connaîtra et pratiquera peut-être ces premiers devoirs qui résultent des relations étroites des pères aux enfants, et de l'époux à l'épouse; mais il ignorera une foule d'autres sentiments délicats, qui répandent tant de douceurs sur la vie, et par lesquels se perfectionne et se complète la civilisation. Enfin, c'est à l'habitude de converser qu'il faut attribuer les principales différences qui distinguent l'homme civilisé de l'homme sauvage. Dans le premier, les sensations, les idées, les désirs, les craintes, en un mot, toutes les passions sont modifiées de mille manières par l'action des êtres semblables à lui, dont il est environné. C'est par la conversation que ses idées acquises se développent, se modifient, se coordonnent. L'expression de ses passions est contenue, ses goûts s'épurent et se tempèrent; enfin, c'est d'elle, s'il est permis de le dire, que l'homme de la nature reçoit, sinon ses premiers et plus nécessaires vêtements, au moins ceux qui lui sont les plus commodes et les plus agréables. »

CONVERSATION (SON INFLUENCE SUR LE TON, LES MANIÈRES ET SUR TOUTES LES AFFAIRES DE CE MONDE). Plaire est un besoin général : les hommes, comme les femmes, en font l'étude de toute leur vie; les uns, le plus souvent, par ambition; les autres, toujours par coquetterie. Il y a bien des exceptions à cette règle; mais, de quelque manière qu'on envisage le monde, on y aperçoit toujours le grand ressort qui lui imprime le mouvement. C'est un intérêt commun, un esprit de calcul qui gouverne, qui fait agir tous les acteurs de la comédie sociale; tous s'appliquent à jouer leurs rôles avec le plus d'art et de talent qu'il leur est possible. Quel est le but où ils tendent avec tant de persévérance? Qu'est-ce qui peut provoquer tant d'efforts, inspirer cette émulation, cette rivalité si ardente, qui ne se ralentissent jamais? C'est le désir de plaire. Le désir de plaire tempère la rudesse et la grossièreté naturelles de l'homme. Or, ce désir se manifeste et se développe par la conversation, et c'est l'habitude de l'exprimer qui forme l'habitude de le sentir. Premier lien social, la conversation est tout à la fois un plaisir et un besoin pour tout le monde; retranchez-la de la société, et la société n'existe plus; tous les rapports de l'amitié disparaissent : les mœurs deviennent sauvages et farouches; l'amour n'est plus qu'un instinct brutal; la galanterie, qui répand tant de charmes sur l'existence de l'homme civilisé, fait place aux grossiers mouvements d'une nature barbare, et peu à peu la civilisation s'efface. Le goût de la conversation, en se répandant, fit naître et fleurir cet esprit d'aménité, cette affabilité gracieuse, cette dignité douce, cette élégante simplicité et cette bienveillance mutuelle qui font le charme de la société. En polissant les mœurs, il a aussi poli les manières. La grâce et la délicatesse ont remplacé la rudesse et la contrainte. L'homme apprit à connaître et à observer ces bienséances, ces concessions mutuelles de la politesse qui jettent tant d'agréments et de charmes dans les rendez-vous délicieux de ces conversations polies, souvent préférées aux fêtes les plus brillantes, aux divertissements les plus recherchés et aux spectacles les plus magnifiques. La conversation est le pivot sur lequel roulent toutes les affaires de ce monde. A l'échange journalier de la parole se rattachent tous les intérêts publics et particuliers. La conversation règle les destinées d'un Etat comme celles d'un bourgeois; et depuis la diplomatie, qui n'est qu'un art de bien parler sur des questions politiques, jusqu'aux plus faibles spéculations du commerce, tout rend hommage à son influence, à son empire. Mais lorsqu'on vient à la considérer dans les autres rapports de la vie sociale, quels avantages résultent du talent de converser pour celui qui aspire au crédit, à l'estime et à la fortune, enfin pour quiconque veut parvenir dans le monde! Il faut bien le prendre comme il est, c'est-à-dire avec ses ridicules, ses injustices et ses erreurs. Et sans doute il n'est pas absolument impossible qu'un homme qui n'a pas de conversation, qui ne sait ou n'ose pas parler, soit un homme de beaucoup de mérite; mais le monde, malheureusement, ne juge que sur les apparences, et ne peut s'occuper de l'appréciation positive, de l'interrogatoire sur faits et articles d'un homme qui ne dit rien ou qui dit mal. Il est toujours disposé à voir un sot dans un muet ou dans une personne qui est étrangère aux convenances sociales, à l'art d'appeler sur elle l'attention par une repartie spirituelle, par une réflexion juste ou par une observation d'à-propos. Quoi qu'il en soit, on n'a pas le droit de se plaindre du monde quand il consent à juger d'après le maintien, les discours et les actions publiques. On s'est récrié sur la tyrannie d'une portion de la société qui classait les personnes d'après une expression ou d'après une révérence; mais que deviendraient des milliers d'individus, si, pour être admis dans cette société, il fallait qu'ils eussent donné des preuves de vertu, de savoir, de tous ces mérites qui demandent un long examen? On use de précaution quand il s'agit du choix d'un ami; mais, pour remplir son salon, inviter à un concert ou à un bal, il est inutile de prendre tant de soins : une demi-heure de conversation suffit pour engager à contracter une relation, et l'intimité lui succède, si le temps découvre que le fond répond aux apparences. Ce n'est donc pas la frivolité, mais la bienveillance, l'amour social, qui ont amené l'habitude de juger d'abord superficiellement. Enfin, en supposant que la bonne compagnie eût tort à cet égard, ce tort est devenu un droit que l'on ne conteste pas quand on peut y satisfaire. Au lieu de déclamer contre une exigence qui se contente à si peu de frais, la majorité doit la bénir; car c'est pour elle, sans doute, que les choses ont été ainsi convenues. Mais, s'écrie-t-on, on condamne, on absout sur un mot, sur une tournure de phrase déclarés de mauvais goût; et cette décision arbitraire de quelques cercles, a-t-on pu la connaître dans un collége, dans un pensionnat, au fond d'une province, pour s'y conformer, et paraître ainsi appartenir à cette bonne compagnie dont il est si flatteur de faire partie? A cet égard, ainsi qu'à beaucoup d'autres, un esprit juste donne beaucoup de sagacité. Le désir d'être *bien*, de faire *bien*, corrige de la présomption, rend docile aux conseils et les fait rechercher; en matière de coutumes, d'usages, de façons polies, vouloir s'instruire, c'est à peu près être instruit. C'est à cette extrême facilité d'acquérir le ton et les manières convenables, que l'on doit attribuer la sévérité de la bonne compagnie pour les gens qui négligent ou dédaignent de se soumettre à ses lois. Qui pourra nier l'influence de la conversation dans toutes les affaires d'ici-bas? C'est elle qui décide du sort de la plupart des hommes, dans quelque condition qu'ils se trouvent, quels que soient leurs vues et leur espoir; et cependant bien peu d'entre eux savent apprécier cette influence qui se fait sentir partout, mais sans éclat, sans bruit. On croit généralement qu'on peut impunément parler mal, parler sans goût, sans convenance, être ennuyeux ou indiscret. Une affaire importante, dont le succès paraissait certain, vient à manquer, et l'homme désappointé regarde autour de lui, cherche en vain l'obstacle qui a déjoué ses calculs, renversé ses espérances. La cause de son désappointement lui échappe; son amour-propre se gardera bien de convenir que c'est la faute de son esprit. Un mot maladroit, une réflexion incongrue, une phrase ridicule, ont suffi peut-être pour le perdre. A-t-il bien pesé toutes ses paroles, lorsqu'il s'est présenté chez le Mécène qui lui avait promis sa puissante protection? Comment a-t-il répondu aux questions que lui adressait son secrétaire? Et n'aurait-il point par hasard oublié d'adresser quelques hommages d'une politesse galante à la dame qu'il a rencontrée dans le cabinet du noble protecteur? O vous qui accusez le sort d'injustice; ô vous qui ne cessez de crier contre votre mauvaise étoile, et qui jetez toujours à la tête des gens les grands mots d'adversité, de fatalité, examinez avec une attention consciencieuse votre conduite dans la société; tâchez de vous rappeler ce que vous y avez pu dire, et vous verrez que, si vous ne réussissez pas, votre conversation a une très-grande part dans votre continuel mécompte. S'agit-il d'un mariage avantageux, d'une place lucrative ou honorable, d'une grâce à obtenir, c'est à la conversation qu'il faut demander le succès; à elle seule appartient le monopole presque exclusif des faveurs du monde. Que de gens les recherchent et s'agitent de toute manière pour parvenir à la fortune, sans se douter des moyens qui font triompher des difficultés et devant lesquels s'abaissent toutes les barrières! Si quelque sculpteur moderne voulait représenter la conversation, nous lui conseillerions de la montrer sous les traits d'une jeune et jolie fille, à la physionomie ouverte, vive et spirituelle; elle aurait à la main une petite clef d'or, qui témoignerait de sa puissance, et serait l'attribut le plus vrai de l'influence qu'elle exerce sur les cœurs et sur les esprits, en y pénétrant avec facilité. En effet, ce moyen dont la conversation se sert pour ouvrir la porte de tous les salons, pour s'introduire jusque dans les palais; cet art avec lequel elle maîtrise toutes les intelligences et fixe sur elle l'attention, ne donnent-ils pas l'idée d'une clef magique, d'enchantement merveilleux auxquels rien ne saurait résister?

CONVERSATION (SON INFLUENCE SUR LES ARTS). Dans ces cercles polis où tous les rangs, tous les états, tous les âges se confondent et contribuent au plaisir commun, chacun veut à l'envi briller par son opulence, égaler, surpasser les autres, les éblouir par l'élégance de sa toilette. Ce goût du luxe, en répandant partout les produits des manufactures, a incontestablement servi aux progrès des arts. Aussi le peuple français, le premier peuple du monde pour la conversation, est-il l'arbitre souverain de la mode. Il fut un temps où le goût de la conversation n'était pas aussi répandu. Le nombre de ceux qui s'adonnaient à l'ivrognerie, à la débauche, en un mot, à tous les vices les plus dégradants, était considérable. Les capitaux qui se dépensaient alors dans les plaisirs crapuleux sont aujourd'hui employés à la toilette ou à l'embellissement de nos demeures. Les moralistes se sont élevés avec violence contre le luxe. Mais est-ce que par hasard ils penseraient qu'un homme ivre est préférable à un homme bien mis? Ce n'est pas précisément le luxe qui est condamnable, mais l'excès du luxe, et encore serait-il bon de s'entendre et de tracer d'abord la ligne de démarcation entre le superflu et le nécessaire. Les besoins de la vie humaine ne sont-ils pas infinis? Ne dépendent-ils pas de l'éducation, du tempérament, de la santé, des habitudes? Le nécessaire et le superflu ne doivent-ils pas varier selon la fortune des individus, suivant l'état des sociétés, suivant les progrès de la civilisation? Il y a du luxe dans tous les états, dans toutes les sociétés; le sauvage a son hamac, qu'il achète pour des peaux de bêtes; l'Européen, son divan, son lit drapé; nos femmes se couronnent de diamants et se couvrent de cachemires; le sexe, dans la Floride, se barbouille de bleu et s'embellit avec des verroteries; enfin, tout comme la plus grande cité, chaque village a son luxe, et un prince nègre met autant de prix au cercle de plumes dont sa tête est ornée, que le mogol aux diamants qui décorent son trône. A différentes époques de l'histoire, des législateurs, à l'exemple de Lycurgue, ont voulu réprimer par des lois l'abus du luxe, mais presque toutes ces lois ont été impuissantes. Ajoutons aussi que la plupart du temps ces sortes de lois ne seraient pas sans danger. Aujourd'hui les citoyens les moins aisés vivent avec un luxe que ne soupçonnaient point les seigneurs d'autrefois. Ce qui était alors luxe et superfluité fait partie maintenant du strict nécessaire. Qu'on essaye, par exemple, de supprimer l'usage des voitures, des carrosses, etc. Aussitôt tout le monde sera forcé d'aller à pied ou de se servir de chevaux, de mulets et d'ânes, et nous voilà revenus au temps où, comme sous le roi Robert, c'était une grande entreprise d'aller à cinquante lieues de chez soi. Les chevaux, les mulets, les ânes, se multiplieront donc en proportion des capitaux qu'ils absorberont, capitaux qui étaient auparavant consacrés à l'acquisition de voitures, carrosses, etc.; c'est-à-dire que les chevaux, les mulets et les ânes prendront la place des ouvriers, des marchands et des artistes. Que pense-t-on d'un tel progrès? Mais qu'on aille encore plus loin dans cette voie de réformes, et que, suivant les maximes prêchées par certains moralistes, on fasse une loi qui interdise l'usage des principales jouissances de la parure, de la table, de l'ameublement, etc. Qu'arrivera-t-il? C'est qu'après avoir ruiné certaines branches d'industrie, certaines professions, artistes et marchands se verront réduits à vendre leurs produits et leurs marchandises, à qui?... aux oiseaux! Cet achat des jouissances n'est-il pas, au contraire, le plus noble stimulant, la plus belle récompense du travail? Que deviendraient nos sociétés, si tout à coup chacun, renonçant aux plaisirs du luxe, s'astreignait au strict nécessaire? Où en seraient les arts, les sciences, les lettres, tous les produits enfin de l'intelligence et de l'industrie? Sans le luxe, les capitaux s'enfouiraient bien vite dans les coffres-forts, que la bienfaisance et les entreprises purement utiles ne suffiraient pas à vider. Le luxe est un ressort sans lequel tout languirait; le détruire serait tarir la source de l'opulence, de la puissance et du bonheur de la société. C'est le luxe qui allume le flambeau du génie; il éveille les talents; les arts, qui s'élèvent à sa voix, en enrichissant l'homme, adoucissent ses mœurs, étendent son intelligence, et d'un stupide féroce peu différent de la brute et presque aussi misérable, forment un être sociable, éclairé, dont les jours sont accompagnés de douceurs qui corrigent les amertumes inséparables de la vie. Par leurs déclamations furibondes, les détracteurs du luxe, qui en jouissent cependant tout en l'attaquant, ne tendent donc à rien moins qu'à rejeter l'homme dans les bois et à le ramener à certain état primitif qui n'a jamais été et qui ne peut être. Mais revenons à notre sujet. Le plaisir de la conversation a complétement changé les habitudes économiques de l'homme, et des mœurs plus honnêtes se sont substituées à celles des temps où l'on ne recherchait pas les commodités et les agréments de la vie. Le goût des dépenses conduit à la dissipation, engage à communiquer continuellement les uns avec les autres. Par ce commerce, l'âme, éprouvant des distractions, est moins susceptible de passions fortes, et la nécessité de complaire à ceux avec qui l'on se trouve habituellement accoutume à se maîtriser soi-même. Toutes ces circonstances font que les hommes, dans une nation opulente et qui jouit de son opulence, sont doux, modérés, éloignés des grands crimes. En se propageant, le goût de la conversation a donc été favorable aux progrès des arts et à ceux de la morale tout à la fois.

CONVERSATION GÉNÉRALE. Dans la conversation générale, celui qui parle se voit entouré d'une espèce d'auditoire qui l'anime et le soutient, et qui en même temps lui fait mettre plus d'attention à ce qu'il dit; le contient dans une sorte d'exactitude; l'empêche de divaguer et d'exagérer; le force de mettre quelque correction dans son style et quelque ordre dans ses idées. Aussi la conversation générale est-elle la première et la meilleure école des hommes qui se disposent à parler en public. En augmentant la force des moyens naturels de celui qui parle, elle éveille en même temps l'attention de ceux qui écoutent. Le mouvement de la conversation donne à l'esprit plus d'activité, à la mémoire plus de fermeté, au jugement plus de pénétration. Le besoin de parler clairement fait trouver des expressions plus justes. La crainte de se laisser aller à un paralogisme qui serait aperçu éloigne du paradoxe. Enfin, le désir d'être écouté favorablement suggère tous les moyens d'éloquence que permet la conversation, et quelquefois aussi des formes oratoires, lorsqu'elles sont amenées par la nature du sujet et par les circonstances, peuvent y trouver place. Quelle différence entre un homme prenant part à une conversation générale et l'homme qui vit retiré dans son cabinet! N'éprouvant pas le besoin de faire passer ses idées dans l'esprit des autres, ne trouvant devant lui personne qui le contredise, et par conséquent n'ayant point d'objections à combattre, ce dernier n'apprendra jamais peut-être cet art si précieux de convaincre les esprits sans blesser l'amour-propre, et de vaincre, par quelque trait ou gracieux ou piquant, l'inertie de ceux qui l'entourent, en les forçant de se mêler à une discussion où ils trouvent moyen d'exercer et de fortifier toutes les facultés de leur esprit. Toujours seul avec lui-même et sans objet de comparaison; disposé à regarder comme autant de découvertes toutes les idées qui lui passent par la tête; et n'étant jamais exposé à ces petites luttes de société qui donnent si promptement à chacun la mesure de ses forces, cet homme sera tout naturellement porté à se faire une opinion exagérée de ses talents, et à n'exposer ses idées qu'avec un ton de hauteur et de mépris. On peut dire de la conversation ce qu'Alfieri disait des voyages : « On y apprend infiniment mieux que sur toutes les cartes du monde, non pas à estimer ou à mépriser les hommes, mais à se connaître soi-même et en partie les autres. »

CONVERSATIONS PARTICULIÈRES. Ici nous touchons à l'un des plus grands vices parmi ceux qui gâtent la conversation, et qui lui font perdre presque tout son charme et son prix : l'habitude d'établir diverses conversations particulières au milieu de la société, où l'on pourrait avoir une conversation générale plus instructive et plus agréable pour la société tout entière. La conversation est générale lorsqu'elle est entre toutes les personnes qui forment le cercle ou la société, et que chacun y contribue, soit comme acteur, soit comme auditeur. On est porté à croire que les anciens ont pratiqué, et connu mieux que nous, ce genre de conversation. C'est l'idée que donne la forme de dialogue que leurs écrivains ont si fréquemment adoptée. Socrate, Platon, Eschine, Cicéron, Plutarque, Lucien, nous représentent la conversation de leur temps entre les personnages qu'ils mettent en scène, qui sont souvent assez nombreux, comme vraiment géné-

rale, chacun y participant et y contribuant. Lorsque nous nous élevons contre la conversation particulière, substituée à la conversation générale, c'est en supposant une société limitée à un certain nombre de personnes, comme dix ou douze, et où dominent en nombre des personnes instruites et spirituelles ; car, si l'assemblée est beaucoup plus nombreuse et moins bien composée, on ne saurait blâmer celui qui trouve le moyen de se dérober à l'ennui, en s'attachant à un homme dont il entende la langue et qui puisse entendre la sienne. Mais, dans la supposition sur laquelle nous raisonnons, nous disons que la société tout entière perd toujours beaucoup à laisser s'établir de tels apartés. La conversation générale a cet avantage, qu'en éveillant et soutenant l'attention de tous les assistants, elle tire de chacun d'eux une contribution à la dépense et aux jouissances communes. Elle aide, facilite et rend plus fécond le travail de celui qui fait les premiers frais. Souvent celui qui parle n'a qu'une idée incomplète dont il n'a pas suivi le développement, un principe dont il n'a pas tiré toutes les conséquences. S'il l'énonce en société, quelqu'un des assistants en sera frappé. Il en apercevra la liaison avec quelqu'une de ses idées ; il les rapprochera. Ce rapprochement excite à son tour le premier inventeur, qui voit qu'on peut ajouter à ses premières vues ; et, chacun contribuant à accroître ce premier fonds, il deviendra bientôt riche de la commune contribution. Ce qu'un autre a dit est comme une phrase commencée, à laquelle on ajoute facilement la fin qu'elle doit avoir, lorsqu'on ne se serait avisé tout seul ni du commencement ni de la fin. La conversation est un genre d'entreprise dans laquelle le capital d'un seul particulier est souvent trop faible pour exploiter utilement le fonds. Dans la conversation générale, le capital est plus considérable en raison du plus grand nombre d'actionnaires. Pour quitter la métaphore, on voit que la conversation générale doit naturellement répandre plus de lumières sur les questions qui s'y agitent. Dans une société de dix ou douze personnes en qui nous supposons un certain degré d'instruction, il est difficile qu'il ne s'en trouve pas plusieurs qui auront des connaissances, quelques idées particulières sur le sujet qu'on traite, et dès lors on a plus de secours pour arriver à la vérité. Mais cette chance est beaucoup moins favorable dans chacune des conversations particulières résultant de la division de la société en plusieurs pelotons. La conversation particulière est communément accompagnée d'une injustice qu'on ne remarque pas assez, et qui consiste, de la part de celui qui en est le provocateur, à enlever à la société un ou plusieurs de ses acteurs qui fourniraient à son amusement. Un tel homme, en se dérobant lui-même à la société, peut bien dire, quant à lui, qu'il ne fait qu'user en cela de sa liberté naturelle; mais il ne peut pas alléguer cette excuse lorsqu'il tire à part une personne aimable, ingénieuse et gaie, qui contribuerait au plaisir de tous, et que la société a le droit de réclamer. Cette remarque ne paraîtra pas futile, si l'on considère que c'est communément l'homme le plus amusant, le plus intéressant d'un cercle dont chacun est tenté de s'emparer, et qu'on ne s'adresse pas à un ennuyeux pour faire avec lui un aparté. La conversation générale a aussi généralement le charme d'une plus grande variété, parce que chacun apporte à la masse ses idées particulières, sa manière de voir un même objet, quelquefois différente de celle de tous les autres. Dans la conversation générale, celui qui parle a une espèce d'auditoire qui l'anime et le soutient, et qui, en même temps, lui fait mettre plus d'attention à ce qu'il dit ; le contient dans une sorte d'exactitude ; l'empêche de divaguer et d'exagérer ; le force de mettre quelque correction dans son langage et quelque ordre dans ses idées. Aussi une conversation de cette espèce est-elle la première et la meilleure école des hommes qui se disposent à parler en public. On appelle souvent, dans le monde, liberté ce droit de se séparer en plusieurs groupes étrangers les uns aux autres dans la même chambre. Ce droit est incontestable ; cette liberté doit être sacrée : fort bien ; mais, sitôt qu'on en jouit, il faut convenir qu'il n'y a plus de conversation.

CONVERSATION MODÈLE. Que j'aime, dit M. Filon, à me figurer un tableau qui se réalise quelquefois dans le monde, celui d'une conversation libre, intéressante, animée, où chacun parle avec franchise et sincérité, sans autre prétention que celle de s'instruire en échangeant quelques idées utiles ! Tous ces hommes réunis appartiennent à des professions différentes : les uns se sont fait un nom dans les arts ou dans les sciences ; ceux-là honorent la carrière administrative ou judiciaire par un esprit éclairé et par une conscience pure ; d'autres ont porté dans le commerce et dans l'industrie une probité loyale et une activité infatigable. Ceux-ci, ayant terminé leur tâche, n'assistent plus à la vie que comme spectateurs, et, voyant l'estime publique couronner leur vieillesse, portent gaiement le poids des années ; ceux-là, jeunes encore, s'élancent dans la lice pleins d'ardeur et d'espérance. Là, point de confusion, point de rivalité : la parole est à qui veut la prendre ; mais jamais la conversation ne languit, parce qu'elle a pour base des idées solides et positives. Chacun, en évitant le défaut de trop parler de soi, trouve dans ses souvenirs et dans ses connaissances quelque chose qui intéresse tout le monde. On passe en revue les découvertes nouvelles, les progrès des sciences, les productions des arts, les ouvrages littéraires, les affaires publiques, les coutumes des différents peuples. Tous les sujets sont traités à leur tour, sinon avec profondeur, du moins avec justesse et bonne foi. On ne va pas toujours droit au but; mille incidents arrêtent et détournent l'entretien, parce que, comme a dit Bacon, *la conversation n'est pas un chemin qui conduise à la maison, mais un sentier où l'on se promène au hasard et avec plaisir*. Une saillie succède à un mot sérieux, un mot sérieux à une saillie. L'un s'exprime dans un langage précis et serré; l'autre, avec moins de logique, a plus de grâce et d'abandon. Celui-ci saisit le côté plaisant. Tous contribuent, pour leur part, au plaisir général; et, à chaque instant, il jaillit de la discussion des étincelles qui brillent en éclairant. Les dames mêmes ne restent pas étrangères à ces débats, soit qu'elles se bornent au rôle de juger, et que, dans ces nouveaux tournois, elles décernent au vainqueur le prix de l'éloquence et de la raison; soit qu'elles se mêlent aux combattants, et qu'elles montrent, en donnant leur avis, cette logique vive et claire, ce style facile et pur qui sont les fruits d'une raison naturelle et d'une éducation soignée. Ainsi l'instruction naît pour tous du sein du plaisir même. La conversation n'est plus seulement, comme dit madame de Staël, l'occasion de parler aussitôt qu'on pense, d'être applaudi sans travail, de manifester son esprit dans toutes les nuances, par l'accent, le geste, le regard; c'est encore un exercice profitable pour la raison; et chacun, en se retirant, emporte avec soi plus qu'un souvenir d'amour-propre, la satisfaction d'avoir dit ou écouté quelque chose d'utile. Puissent les jeunes gens qui liront cet ouvrage se rendre dignes un jour d'occuper une place dans une pareille société! Puissent-ils montrer toujours, dans leurs paroles comme dans leurs écrits, qu'ils savent mettre en pratique les théories de l'art de penser et de l'art de bien dire! Qu'ils confondent ces deux arts, qu'ils en fassent, non un exercice de jeunesse, mais une connaissance utile à tous les âges, et qu'ils n'oublient jamais ces paroles de Fénelon qui dominent toutes les règles : *L'homme digne d'être écouté, c'est celui qui ne se sert de la parole que pour la pensée, et de la pensée que pour la vérité et la vertu.*

COQUETTERIE. La coquette ne pense qu'à s'embellir, à s'admirer et à grossir le nombre de ses adorateurs; elle néglige le mérite réel et les qualités vraiment estimables, pour s'occuper uniquement de bagatelles et de galanteries. Elle veut plaire à quelque prix que ce soit; sa

principale étude est de disposer sa parure, ses manières, ses regards, ses discours, ses gestes, ses attitudes, pour fixer l'attention des hommes, les prendre dans ses piéges, et les abuser par de fausses apparences. Plus on est indifférent à ses avances, plus elle fait mouvoir de ressorts, plus elle met d'art dans la séduction qu'elle veut opérer par ses charmes.

CORRECTION. La correction consiste à ne se servir que de mots de la langue, à les employer dans leur véritable sens, et à observer les règles grammaticales dans la construction des phrases. Elle fait la pureté de la diction. Si l'on ne veut pas mettre la patience de ses auditeurs à une trop rude épreuve, il est important de bien connaître sa langue, pour que les mots coulent avec aisance, que chaque idée soit revêtue de l'expression qui lui convient, et que le discours se développe avec suite et méthode, sans fatiguer l'attention et sans offenser le goût. Combien n'est-il pas pénible, en effet, de voir un homme qui se bat les flancs pour retrouver une expression, qui a l'air de demander aux assistants le nom de la chose dont il veut parler, ou qui viole à chaque période les règles de la grammaire? Le moins qu'on doive aux auditeurs, quand on parle, c'est de leur parler leur langue. Les fautes de correction sont celles qui sont le plus aisément remarquées des censeurs, et qui leur fournissent le plus d'occasions de s'égayer aux dépens de l'orateur. L'homme qui parle mal nous semble toujours ridicule, et les meilleures choses nous choquent pour peu qu'elles soient mal exprimées. Que vos paroles soient simples et ne sentent pas la recherche. Fuyez les grands mots et les grandes phrases. Si, dans le silence du cabinet, on a bien de la peine à rendre correcte une phrase allongée, qu'est-ce donc dans le monde, quand la chaleur de la conversation ne vous donne pas le temps de réfléchir? Faire de longues phrases, c'est vouloir faire des fautes de français, et si l'on prend le loisir de présenter correctement ces phrases interminables, on n'en paraît que plus lourd, que plus prétentieux, car jamais la conversation ne doit sembler laborieuse, et l'expression et la pensée doivent partir du même jet. On n'écoute pas en société ceux qui ont le malheur de parler *comme un livre*. Celui qui vise à la correction doit éviter avec soin de contracter de mauvaises habitudes dans le langage; il ne doit se permettre aucune locution vicieuse, ni se servir de termes dont il ne connaît pas bien la valeur. Les gens soigneux de leur conversation évitent aussi, comme fautes de français, des locutions qui, certainement, ne méritent point ce titre, mais qui nuisent à la clarté, à l'élégance, à l'harmonie du discours. Ainsi, ils s'abstiennent de ces alliances de mots qui, mettant aux prises le sens et la prononciation, ne sont claires que dans le langage écrit, comme *je suis pauvre, mais contente*, que l'on peut confondre si facilement avec *je suis pauvre, mécontente*. Ils se gardent bien d'accumuler avec profusion les synonymes, les épithètes, ou du moins d'oublier, à l'égard de ces dernières, les lois de la progression. Ils tâchent de remplacer les subjonctifs et les imparfaits du subjonctif en *asse* ou en *isse*, dont l'oreille est importunée; de ne point trop multiplier les adverbes qui chargent ou allanguissent le discours; ils font grande attention aux exigences euphoniques, et, pour cela, évitent de faire se heurter des sons semblables comme *au haut d'un arbre, on entend en ce lieu*, etc. Enfin, ils craignent de répéter des mots pareils, même d'acception différente, tels que *à présent on offre un présent, cela fait bien du bien*, etc. Ces causeurs scrupuleux et privilégiés s'attachent surtout à ne point fournir, par des rencontres fortuites de mots, de mauvaises pointes aux faiseurs de calembours, comme un *beau dais*, un *bon don*. Mais ce n'est pas tout. Il faut encore que les jeunes gens, dans la coupe de leurs discours, préviennent les rimes si disgracieuses et même si ridicules en prose; qu'ils redoutent les répétitions de phrases, d'axiomes, comme les répétitions de mots; qu'ils tendent enfin à rendre leur conversation claire, correcte, élégante; mais ils iraient contre leur but, s'ils avaient le moins du monde un air précieux et pédagogue. Loin de là, lorsqu'il leur échappe une erreur grammaticale, ils doivent la réparer vivement, mais avec aisance et gaîté. Entendent-ils lâcher une grosse faute de français, qu'ils ne se permettent pas un sourire, un regard qui pourrait éclairer et troubler le coupable; si quelqu'un alors prend sur lui de jouer le maître d'école, en adressant une leçon de syntaxe, qu'ils s'empressent de dire qu'il leur arrive souvent aussi de commettre quelque solécisme.

CORRIGER (SE). Je ne puis souffrir, disait madame

de Sévigné, que les vieilles gens disent : Je suis trop vieux pour me corriger. Je pardonnerais plutôt à une jeune personne de tenir ce discours. La jeunesse est si aimable, qu'il faudrait l'adorer, si l'âme et l'esprit étaient aussi parfaits que le corps ; mais quand on n'est plus jeune, c'est alors qu'il faut se perfectionner et tâcher de regagner par les bonnes qualités ce que l'on perd du côté des agréments. Madame Geoffrin, cette femme toujours judicieuse et mesurée, faisait de l'âge avancé le but et non le terme de la vie. On aime à savoir qu'elle trouvait, à soixante-dix ans, qu'il n'est jamais trop tard pour se corriger, qu'il faut y travailler tous les jours : maxime passée du christianisme dans la raison humaine. Si quelqu'un lui alléguait comme objection : « Je suis trop vieux, mon pli est pris, » elle lui fermait la bouche par ces mots : « C'est précisément ce qu'il faut effacer, fût-ce même à la veille de mourir. »

CRÉDULITÉ. Disposition à adopter, sans examen, toutes les idées qu'on veut nous suggérer, et à croire les choses les moins vraisemblables. Par sa nature, elle tient à la faiblesse d'esprit ; mais très-souvent à l'excès des passions. Les femmes la regardent comme une preuve assurée de leur empire et de notre asservissement ; on a fait dire plaisamment, mais sans vraisemblance, à l'une d'elles : « Ah ! je vois bien que tu ne m'aimes plus ; tu en crois plus ce que tu vois que ce que je te dis. »

CRIER. La conversation peut être animée, mais elle ne doit jamais dégénérer en arène. Nous disputons aujourd'hui ; autrefois on parlait, et tout au plus on discutait quand les avis différaient. La révolution, qui vit éclore des opinions exagérées dans leurs expressions comme dans ce qu'elles inspiraient, nous donna, et nous a laissé ces paroles acerbes, ces mots injurieux, pour lesquels il faut une voix assez élevée pour l'emporter sur celle de son adversaire, qui, oubliant quelquefois le nom, le sexe et la qualité de la personne avec laquelle il se trouve en différence de sentiments, crie de manière à couvrir la voix la plus étendue. Quelquefois Marmontel élevait la voix avec une sorte de rudesse qui tenait à sa personne plutôt qu'à ses manières ; il parlait vivement, et M. de la Harpe, toujours dans les bornes, lui répondait doucement, quoique avec aigreur lorsqu'il était poussé trop avant dans ses retranchements.

CRITIQUE. Pour faire de l'esprit sur un défaut sans arriver à l'injure, il faut de l'esprit et de l'esprit de critique. On ne l'a pas parce qu'on rêve qu'on l'a. La critique haineuse est non-seulement une entrave à l'esprit, mais à la raison, sans laquelle on ne peut rien dire, même une médisance. Les personnalités sont odieuses, presque toujours injustes, et, ce qui est plaisant à observer, toujours inutiles à la critique. — Qu'est-ce que tout cela prouve ? répondait Beaumarchais dans ce fameux mémoire que les Goëzman l'avaient contraint d'écrire. Qu'est-ce que cela prouve ?... Et il ajoutait des pages qu'il n'eût pas écrites sans la polémique ouverte par ses ennemis, ce qui lui fit dire un jour : « Mes ennemis m'ont forcé de me sauver sur un piédestal. » Madame de Montesson défendait les conversations qui *déchiraient*. Elle prétendait que c'était un orage qui ravageait tout, pour ne rien laisser après lui que de mauvais fruits.

CROYANCES. Le grand principe, le principe fondamental de la bienséance consiste à ne blesser personne dans son amour-propre, ses goûts, ses intérêts. Il exige, à plus forte raison, que l'on respecte toutes les croyances. Se faire un jeu de la foi, ce sentiment puissant, intime, presque involontaire, devant lequel recule la loi ; livrer au tourment de douter, des cœurs naguère pieux et tranquilles ; réveiller l'esprit de fanatisme et d'emportement religieux ; se faire considérer par les uns comme un imprudent, par les autres comme un infâme ; par tous comme un ennemi de la politesse et de la tolérance ; tels sont les tristes fruits des railleries contre les cultes, railleries presque toujours dictées par le désir de faire briller son esprit. Ces résultats ont lieu sans aucune exception : les sarcasmes impies blessent constamment les gens sages, mais ils deviennent encore plus révoltants dans la bouche des femmes, qui doivent sans cesse se montrer aimantes, pures, libres de passions ; des femmes que Bernardin de Saint-Pierre désigne avec tant de sentiment et de justesse, par le nom de *sexe pieux*.

CUIR. Quel rapport y a-t-il entre un cuir et une faute de langue, entre une peau d'animal préparée par le tanneur et un solécisme ou un barbarisme échappés à l'ignorance d'un impertinent bavard, d'un sot suffisant ? Ce n'est pas une chose très-facile à expliquer que l'origine de l'application du mot *cuir* aux fautes de langage. Les étymologistes se sont occupés de sujets moins intéressants que celui-là ; car l'usage des cuirs de conversation est presque aussi généralement répandu que celui des cuirs employés pour la chaussure, la sellerie et autres industries. Quand on veut se rendre compte de cette monstrueuse anomalie, on erre dans le labyrinthe des hypothèses, et on est presque tenté de s'arrêter à une supposition dont messieurs les tanneurs pourraient bien se fâcher. Mais comment croire que, dans cet état, il y ait moins d'instruction parmi ceux qui l'exercent que parmi d'autres industriels également honorables ? Quoi qu'il en soit, après avoir altéré ou dénaturé ainsi la signification primitive du mot *cuir*, au profit du persiflage et de la moquerie, on a donné le nom de *cuirassiers* aux gens qui se permettent des licences condamnées par Lhomond et le vocabulaire de Wailly. Les cuirassiers forment une espèce de régiment où l'on est incorporé, bon gré, mal gré, lorsqu'on s'est avisé de mal *accorder les noms avec les verbes*, comme dit Molière, et d'avoir méconnu la fameuse règle des participes, dont il y a tant de clefs qui n'ouvrent pas... Les cuirs sont la terreur de la société ; ils bouleversent toute une conversation, et produisent l'effet si bien peint par Virgile, lorsqu'il fait rouler le tonnerre dans l'étendue :

.... Mortalia corda
Per populos stravit pavor.

Au bruit du cuir lancé par un large monsieur, à qui une grande fortune donne un aplomb ridicule, ou par un jeune fat dont la cravate est si artistement plissée, on voit les interlocuteurs pâlir et rougir tour à tour ; on dirait qu'ils ont été surpris par la vue de la tête de Méduse. Quelques-uns d'entre eux seulement se cachent la figure avec leur mouchoir, pour rire sans danger ; d'autres se mouchent ou demandent du tabac à leurs voisins par forme de distraction. Enfin, le cuir occasionne une révolution complète ; c'est le 89 de la conversation. Les cuirs sont les signes certains d'une éducation très-négligée : ils font descendre le plus noble homme de France, le descendant des plus illustres preux, fût-il même un Montmorency, au niveau d'un laquais ou d'un portier.

CURE-DENTS. Il y a des gens qui, lorsqu'ils parlent, roulent dans leur bouche un cure-dents ; à quelque heure qu'on les rencontre, on les trouve toujours armés de ce petit instrument, qu'ils promènent autour de leurs râteliers. Cette habitude est du plus mauvais ton, et en outre elle nuit tellement à la prononciation, qu'il est impossible de saisir les mots qui s'échappent à travers ce tube intermédiaire. On en peut dire autant de l'habitude qu'ont certaines gens de porter les doigts à leurs gencives, de tenir une fleur dans leurs dents, etc.

CURIOSITÉ. Cette qualité, qui conduit à l'instruction, devient un vice quand on en abuse pour surprendre des paroles, des confidences, qui ne nous sont point adressées. Le curieux veut connaître ce que vous dites, ce que vous faites, même ce que vous pensez. Quand il n'ose pas vous interroger, il se glisse près de vous, il écoute ou fait en sorte de deviner ce qu'il brûle de connaître. Pour le savoir, il va jusqu'à questionner vos domestiques ou le portier. S'il vous voit écrire, il viendra près de vous, et s'efforcera de lire par-dessus votre épaule ce que vous avez écrit, non pour abuser de sa découverte, mais pour satisfaire une manie extrêmement ridicule. Une dame s'apercevant qu'un curieux, placé derrière elle, lisait une lettre qu'elle écrivait, la finit en ces termes : « J'aurais beaucoup d'autres choses à vous mander de plus important, mais je ne puis le faire pour le présent, attendu la curiosité de M. de la Condamine qui, placé derrière moi, lit tout ce que j'écris. »

DÉBIT. Il serait ridicule de croire que, dès que l'on paraît dans une société, dans un cercle, ou que l'on raconte quelque chose, il faille quitter le ton sur lequel on s'exprime habituellement, pour en adopter un autre tout opposé. Ce serait donner au débit un air forcé, fatigant et monotone. Que ce soit devant une assemblée nombreuse, que ce soit dans une société privée, ce dont il s'agit, c'est de parler. Suivez donc la nature. Observez comment elle vous porte à exprimer le sentiment qui remplit votre cœur ; sur quel ton, avec quelles inflexions de voix elle veut que vous disiez les choses sur lesquelles vous souhaitez arrêter l'attention des auditeurs, et ne cherchez point d'autre méthode ; il n'en est pas de plus sûre pour rendre le débit agréable et persuasif. Voltaire avait une grande simplicité, c'est-à-dire un grand naturel dans son langage et de la facilité dans son débit. Il n'était pas comme beaucoup de personnes d'esprit, qui s'écoutent parler avec une telle satisfaction d'elles-mêmes, qu'il n'en reste plus pour autrui.

DÉBUT. Tout un avenir est quelquefois attaché à la manière dont on a paru pour la première fois dans le monde. Les succès qu'on y obtient d'abord dépendent souvent des femmes déjà avancées en âge. Le jeune homme ne peut mettre trop de soin à se concilier leur bienveillance. Leur approbation, leur appui, peuvent, au besoin, lui tenir lieu de mille qualités. Ce sont les femmes âgées qui font les réputations. Dans son désir de plaire, que le jeune homme se présente naturellement et sans affectation ; qu'il ait une modeste assurance ; qu'il observe, écoute, apprécie, et bientôt il égalera ses modèles. La conversation des femmes que la nature a le moins bien traitées au physique est celle qu'il doit particulièrement rechercher. Celles qui sont belles se donnent rarement la peine d'être aimables et spirituelles. Les premières vous apprendront à mettre de l'élégance, du goût dans vos manières, comme dans vos expressions. Les jeunes personnes sont plus promptes que les jeunes gens à se familiariser avec les usages et les exigences de la société. Elles semblent les deviner plutôt que les apprendre. Ce que nous venons de dire du jeune homme leur est également applicable. Pour se faire un appui durable des femmes de la société, ce n'est pas la galanterie que doit employer celui qui débute dans le monde, mais seulement une politesse attentive et délicate. Qu'il mette de côté les fades douceurs, les compliments ambrés, les éloges outrés, l'érudition pédantesque et assourdissante du collége ; qu'il ne veuille pas toujours avoir raison ; qu'il soit indulgent pour les caprices du sexe ; qu'il étudie la tournure d'esprit des femmes auxquelles il veut plaire, et se conforme, autant que possible, à leur exigence et à leurs goûts. — Avec les hommes, le débutant doit avoir une assurance également éloignée de la gaucherie et de l'affectation. Si ses manières franches et gaies ne s'écartent pas des bornes de la convenance ; si, plein de cordialité avec ses égaux, il témoigne une respectueuse considération à ses supérieurs, traite avec bienveillance ses inférieurs, et décèle par ses actions, plus que par ses paroles, un bon naturel, un bon cœur, il trouvera dans la société autant d'amis que de juges. La jeunesse parmi ses défauts compte le trop d'assurance, l'entêtement, l'inconséquence, l'indiscrétion, la vanité, l'orgueil, l'esprit de discussion ; mais il suffit d'observer la bonne compagnie pour s'en corriger. Que l'on ait surtout pour les vieillards un respect soutenu, une affectueuse déférence. Quant aux sujets de contrariété, aux ruses, aux déceptions, que le jeune homme est exposé à rencontrer dans la société, c'est à sa raison, à son jugement, à son esprit d'observation, de l'en préserver.

DÉCENCE. La décence peut être regardée comme le signe extérieur et changeant de la pudeur. C'est un sentiment d'ordre, de convenance, d'harmonie, qui fait que l'on conforme son langage, sa conduite, tous ses actes extérieurs, aux lois de la morale et aux usages du monde. Mais que de degrés divers dans les convenances, depuis celles qui reposent sur les règles mêmes de la morale, jusqu'à celles qui sont le résultat de conventions purement arbitraires ! Quand le grand-maître des cérémonies, éperdu, hésitait à introduire auprès de Louis XVI le ministre Roland, chaussé de souliers à cordons au lieu de souliers à boucles, il était esclave d'une étiquette puérile. Quand madame Tallien étalait ses charmes aux regards du public, sous des vêtements dont la transparence accusait les formes les plus secrètes, elle bravait les lois de la décence. Mais la décence ne réside pas seulement dans le costume ; elle s'attache encore aux manières, au langage. Les classes cultivées se distinguent généralement par une retenue qu'on a quelquefois taxée, à tort, de pruderie, et où nous aimons mieux voir un reflet des mœurs honnêtes. Nos pères, il faut bien en convenir, toléraient dans la conversation un degré de licence qui n'est plus de mise aujourd'hui. Quoique naturel, ce sentiment se perfectionne ou s'altère sous l'influence de l'éducation. La vraie décence veut qu'on se plie aux exigences du temps et du pays où l'on vit ; elle veut que l'on n'affecte pas de se distinguer des autres, qu'on ne détourne pas sur soi, par de vaines singularités, l'attention et la curiosité publiques. Sans être par elle-même une vertu, la vraie décence est, au moins, une qualité sociale dont on ne saurait méconnaître l'importance. C'est un des principaux caractères d'une belle âme. Lorsqu'elle est portée à l'extrême délicatesse, la nuance s'en répand sur tout, sur les actions, sur les discours, sur les écrits, sur le silence, sur le geste, sur le maintien, elle relève le mérite distingué ; elle pallie la médiocrité ; elle embellit la vertu ; elle donne de la grâce à l'ignorance.

DÉDAIN. Le dédain porte un air de suffisance qui affecte de mépriser d'une manière outrageante les qualités, le mérite et le talent des autres, avec éloignement sensible pour eux. Il se punit souvent lui-même.

DÉFAUTS. Avouer ses défauts quand on est repris, c'est modestie ; les découvrir à ses amis, c'est ingénuité, c'est confiance ; se les reprocher à soi-même, c'est humilité ; mais les aller prêcher à tout le monde, si l'on n'y prend pas garde, c'est orgueil. Il faut, si nous voulons avoir des amis, les aimer avec leurs défauts. C'est ce qu'exprimait plaisamment madame de Sévigné, en disant : « On est obligé de souffrir les circonstances et dépendances de l'amitié, quoiqu'elles ne soient pas toujours agréables. » Madame Geoffrin, qui avait fréquenté la plupart des hommes illustres de son siècle, avait découvert avec sagacité leurs défauts caractéristiques, leurs manies. Elle en faisait des portraits piquants, sans malice pourtant. Quant à ses amis, c'était en face qu'elle leur disait leurs vérités, et d'une manière assez vive, quoique sans grand espoir de les faire changer entièrement. Elle traitait ainsi, par exemple, Fontenelle, homme passablement égoïste, et il avouait qu'elle avait *toujours* raison; mais ajoutait : « Elle a *trop tôt* raison. »

DÉFAUT DE MÉMOIRE. Le défaut de mémoire donne lieu à mille inconvénients qui peuvent nous exposer au ridicule. C'est faire preuve de notre peu de mémoire que d'oublier les noms des personnes et des choses, et d'obliger les autres à les dire pour nous; de n'émettre que des idées vagues et indéterminées; de passer sous silence les circonstances propres à expliquer certains faits, ou de confondre des faits qui n'ont entre eux aucune analogie; de raconter mille fois la même chose, etc., etc. Un Angevin, ne se fiant pas à sa mémoire, mit un jour sur ses tablettes : *Me marier en passant à Tours.* On croit assez généralement que c'est au mari de madame Geoffrin que s'applique l'anecdote de cet homme aussi peu tourmenté

par sa mémoire que par son imagination, et qui, ne lisant que le même livre, qu'on lui rendait toujours comme nouveau, trouvait seulement de temps à autre que l'auteur se répétait un peu. C'est encore lui, dit-on, qui suivait tout d'un trait dans l'*Encyclopédie* les lignes coupées d'une page à deux colonnes, et finissait, au moment de tourner le feuillet, par s'apercevoir de quelque incohérence dans les idées.

DÉFAUT DE SUITE. Il est triste d'être obligé d'en convenir; mais il est vrai que le décousu, le défaut de liaison entre les idées, etc., est le vice presque général des conversations de nos jours, parmi les gens du monde. Lorsqu'on traite de suite le même sujet, comme des questions politiques dans les temps de faction et de grands mouvements publics, le défaut de liaison des idées et des parties de la conversation a lieu encore; le décousu est alors dans les preuves et les raisonnements. On passe d'un article à l'autre dans le même sujet, et d'un argument à l'autre, avant d'avoir discuté la solidité du premier, et toujours sans avoir bien défini les termes. La conversation vit de la liaison des idées. C'est parce que tout se tient, de plus ou moins près, dans la nature et dans les pensées de l'homme, que l'esprit a un progrès, qu'il marche d'une idée à l'autre, et de deux idées à une proposition conçue, et de deux propositions à une troisième, qui est la conséquence des deux premières, et puis, de conséquences en conséquences. Or, cette marche est la seule qui puisse donner une bonne conversation. Ce n'est que par une comparaison poétique, et qu'il ne faut pas entendre à la lettre, qu'on peut assimiler un écrivain, ou un poëte même et un bel esprit de société, à un papillon; car rien n'est plus fou, et même plus sot, qu'un homme papillon; mais il ne vaut pas mieux en conversation que dans des livres.

Je suis chose légère, et vole à tous objets,

dit la Fontaine de lui-même; mais cette chose légère a une marche toujours sage, quoique libre, et toujours assurée, quoique pleine de grâces. La liaison des idées le conduit, et c'est une liaison réelle et forte, non de mots, mais de choses. En distinguant la liaison des mots et celle des choses, nous avons touché un des plus grands vices de la conversation. C'est en saisissant ainsi le mot et oubliant le but, l'objet général de la conversation, qu'on la brise le plus facilement, comme le savent bien les agréables; à la vérité, un léger rapport et une liaison peu marquée entre les idées suffisent pour rendre la conversation raisonnable, sans être pesante, et légère, sans être folle. C'est à éviter ces deux extrémités que consiste le grand mérite de la conversation. Une analogie assez faible autorise, dans la conversation, à passer d'un sujet à un autre; un conte plaisant amène, sans qu'on en soit choqué, un autre conte qui ressemble, par quelque circonstance, à celui qu'on vient d'entendre. Les matières en apparence les plus disparates se succèdent, si elles se tiennent par quelque endroit. Mais, si on prétend se passer de cette analogie, toute faible qu'elle est, on fait perdre à la conversation tout son agrément; l'esprit s'afflige de ce désordre, obligé qu'il est, dans ces passages trop brusques, de faire un effort qui le fatigue. Nous n'avons pas besoin d'avertir qu'il ne faut pas pousser jusqu'au pédantisme le soin de mettre quelque suite dans la conversation, et de s'y laisser conduire par la liaison et les rapports des idées antérieures avec celles qu'on y ajoute. Un entretien dans lequel on traiterait une question de philosophie avec une méthode rigoureuse, et sans s'écarter jamais du sujet donné, serait une conférence, et non pas une conversation. D'un autre côté, une conversation tellement décousue, qu'on n'y demeurerait jamais deux instants de suite sur la même matière, et dans laquelle il n'y aurait aucun rapport, aucune liaison entre une idée et celle qui la précède, serait un discours insensé. Il y a donc un milieu entre ces deux extrémités, et la conversation ne doit être ni rigoureusement méthodique, ni absolument décousue. Dans le premier cas, elle devient pesante et pédantesque; dans le second, elle est frivole et ridicule.

DÉFIANCE. Si les charmes les plus doux de la vie sont d'aimer et d'espérer, quel plus grand malheur que le caractère défiant! Il est presque toujours l'effet des vices les plus sombres, les plus bas, et il en est le châtiment. Quelquefois, cependant, l'expérience du malheur, des attachements trompés avec perfidie, divers traits de noirceur profondément gravés, conduisent involontairement un cœur sensible à la défiance; mais, lorsqu'elle entre dans le caractère, et qu'elle y domine, c'est toujours qu'elle est entretenue par un excessif orgueil. Personne n'est plus sujet à tomber dans les excès d'une confiance mal placée que les hommes d'un caractère défiant. Une seule personne devient tout à coup le dépositaire de leurs intérêts, sans être l'objet de leurs affections. Ils se sont fait un système de conduite de s'opposer toujours au penchant qu'ils avaient pour quelqu'un. Ils finissent par se livrer à celui pour lequel ils étaient d'abord le moins bien prévenus; ils croient avoir rempli toutes les mesures de la prudence, en repoussant toute prévention. Souvent le motif de leur confiance est une persuasion que celui qui en est l'objet est trop lié par son intérêt pour oser jamais les trahir, et l'événement les détrompe.

DÉLICATESSE. Sentiment intime, vif et habituel de la convenance des paroles, des actions et des procédés. La délicatesse ne s'attache qu'à ce qui touche et attire le cœur, elle se manifeste dans les impressions qu'elle reçoit. Elle fait distinguer et apprécier les qualités les plus recommandables, les rapports les plus estimables, les diverses nuances qui forment le mérite des hommes et des choses. La délicatesse est un don de l'âme; elle diffère donc essentiellement de la finesse, qui vient de l'esprit, et ne se prend jamais qu'en bonne part. Pour qu'une expression soit délicate, il faut qu'elle imite la délicatesse du sentiment qui l'inspire; il faut qu'elle en ait toute la simplesse, toute l'ingénuité; ou bien encore qu'elle soit enveloppée d'une sorte de voile léger qui ne laisse qu'entrevoir le sentiment.

DÉMENTI. On sait que ce mot ne se trouve point dans le dictionnaire de la bienséance, et que, lorsqu'on est forcé de nier l'assertion de quelqu'un, on emploie les formules d'excuses les plus convenables, telles que celles-ci : *Je puis me tromper, je me trompe sans doute, mais... Veuillez excuser mon erreur, mais il me semble que... Mille pardons, mais je croyais...* etc. Les gens qui pensent atténuer une dénégation par quelques mots de doute sont des mal-appris. *Si ce que vous avancez est vrai*, disent-ils; *si ce que madame annonce est positif...* etc. Avec ces belles formules-là, ils croient obéir à la politesse, et ils ne sont que malhonnêtes avec affectation. Dans tous les cas, ne vous hâtez pas de démentir un fait raconté, à moins que votre conscience ne vous en fasse un devoir, et que vous n'ayez la preuve de sa fausseté ; tâchez de ne pas offenser celui qui a raconté, et paraissez croire qu'il a été induit en erreur. Ne prenez aucune part à un récit qui vous paraît dicté par la méchanceté ou l'envie; n'encouragez le parleur ni par le rire, ni par une expression d'intérêt; soyez impassible. Si l'on s'entendait sur ce point, sans scène, sans éclat, on bannirait des sociétés intimes les calomniateurs, les méchants et les mauvaises langues.

L'art de se conduire dans toutes les circonstances de la vie. — LE MONDE.

DEMI-CONFIDENCES. Il ne faut jamais faire de demi-confidences; elles embarrassent toujours ceux qui les font, et ne contentent jamais ceux qui les reçoivent.

DENTS. Les dents ne sont pas absolument de rigueur pour parler; cependant, la prononciation d'un homme dont la bouche est veuve de ses deux râteliers ne saurait être ni claire, ni distincte. Les personnes privilégiées qui ont de belles dents doivent s'étudier, en causant, à ne pas trahir le désir orgueilleux de les montrer. C'est une espèce de fatuité qui fait toujours supposer la vanité la plus ridicule. La politesse, d'accord avec l'hygiène, exige que les dents soient parfaitement entretenues. La propreté de la bouche dépend de celle des dents. Une dent gâtée a souvent dérangé bien des calculs, sans que la personne désappointée ait connu la véritable cause de son mécompte. Il est des choses qu'on sent et que l'on n'ose dire.

DESSERT. Mettez à profit le moment d'interruption qu'occasionne l'arrivée du dessert; alors les conversations sont presque suspendues; recueillez-vous, reprenez haleine pendant ce court intervalle, et préparez tous vos moyens pour le morceau final. Quand les domestiques ont disposé l'agréable et gentille économie du dessert, les vins fins et recherchés se disposent à jaillir de leurs prisons transparentes; bientôt les bouchons sautent, les verres s'emplissent. Alors aussi que les bons mots, les plaisanteries, les fines allusions, les propos d'une aimable galanterie s'échappent en même temps que les flots du nectar bachique; que votre gaieté contrainte se donne libre carrière; ne vous faites pas faute de l'anecdote piquante, du conte bouffon ; mais rappelez-vous le principe général : les meilleurs contes sont les plus courts. Évitez de parler trop vite, et mettez-vous en garde contre le bon vin, qui épaissit la langue, et finit par vous faire bredouiller sans qu'on s'en doute. Vantez le bon vin, mais ne buvez qu'autant que cela ne pourra faire tort ni à votre langue ni à votre esprit. Une fois qu'on est arrivé au dessert, il faut renoncer à la politique, à la littérature, aux journaux, aux théâtres; ceux-ci seulement peuvent être exploités sous le rapport de la chronique scandaleuse; mais, en général, les sujets de la conversation doivent être légers, badins; et il n'est pas permis, sous peine de lèse-société, d'être sérieux, grave et lourd, entre la poire et le fromage. Fuyez tout ce qui aurait l'air d'une discussion. Si, par hasard, un convive s'amuse à vouloir vous prouver que vous avez dit une bêtise, passez-lui gaiement condamnation là-dessus ; et, si vous pouvez prendre votre revanche, saisissez-en l'occasion, afin de mettre les rieurs de votre côté; mais surtout, gardez-vous de vous fâcher, ou d'en avoir l'air, car on vous prendrait pour un Centaure ou pour un Lapithe, et vous seriez bientôt lardé des flèches du ridicule.

DÉTAILS. La brièveté n'exclut pas les détails; les détails, au contraire, sont bien placés dans un récit, lorsqu'ils ajoutent à la clarté, à la probabilité et à l'intérêt du fait. La narration, en effet, est plus vraisemblable et plus facile à comprendre, lorsqu'en exposant le fait comme il s'est passé, on s'arrête de temps en temps sur

Paris. — Imprimerie Schneider, rue d'Erfurth, 1.

des objets importants, au lieu de les raconter en courant. Ainsi la peinture des choses et des personnes, ce qui les qualifie et les caractérise; les expressions et les pensées qui mettent les événements dans un plus grand jour, les traits propres à fixer l'attention et à exciter le sentiment, ne nuisent point à la brièveté du récit. Voulez-vous paraitre court, même dans les narrations les plus longues? Semez-y à propos quelques ornements. La narration, pour être courte, ne doit pas manquer de grâces; autrement elle serait sans art. Le plaisir trompe et amuse; plus une chose en donne, moins elle semble durer. C'est ainsi qu'un chemin riant et uni, bien qu'il soit plus long, fatigue moins qu'un autre qui serait plus court, mais escarpé et désagréable. Il importe toutefois de ne pas prendre les événements de trop haut. A la vérité, il est très-souvent nécessaire, pour l'intelligence du récit, de rappeler en débutant des circonstances antérieures; mais cette sorte de préambule doit consister simplement en un exposé rapide, sans qu'on insiste sur aucun trait, ni qu'on remonte plus haut que la clarté ne l'exige. Il importe également de finir à propos. Quand le fait principal, objet de la narration, est raconté, et que la curiosité de l'auditeur est satisfaite, on doit s'arrêter. Il est permis néanmoins, quand le fait a eu des conséquences importantes, de les indiquer rapidement: ceci n'est point alors allonger la narration, c'est la compléter.

DEVISER. La causerie est une chose moderne dans l'histoire de nos mœurs. Au moyen âge, la rudesse de la langue, mélange irrégulier et confus de plusieurs idiomes, l'extrême simplicité des mœurs, s'opposaient à son développement. Sans doute, dans les châteaux, on *devisait* au coin du foyer. Sans doute un entretien naïf s'engageait entre les dames et les chevaliers à la suite du récit d'un croisé sur la Palestine, ou de la légende contée par un clerc; mais ce n'était pas là la causerie; il y manquait la variété, la délicatesse, il y manquait l'esprit, chose toute moderne. C'est à partir du dix-septième siècle seulement que la société comprit le plaisir que l'esprit peut trouver dans l'usage rapide, familier, délicat, que la causerie fait de la parole pour présenter toutes les idées et tous les sentiments avec une vivacité ingénue et une douce gaîté.

DIALOGUE D'ESSAI. Avant de se mettre à table, on cause ordinairement un peu, et les convives préludent à la conversation du dîner par quelques mots échangés entre eux: c'est la préface ou l'avant-propos. Voilà le moment qu'il faut choisir pour connaître les différents individus avec lesquels on doit passer quelques heures. Alors il est permis d'employer les banalités, telles que la pluie et le beau temps, l'inconvénient des rues trop passantes, la lenteur ou la malhonnêteté des fiacres, la pièce jouée dernièrement à l'Opéra, le bal donné chez le prince ou le banquier un tel, etc., etc. Il faut avoir l'imagination bien pauvre pour ne pas trouver un sujet convenable. A la faveur de ces matières communes, on peut faire une reconnaissance générale du terrain moral que l'on va parcourir: on distingue les personnes communicatives de celles qui ne le sont pas, les sourds de ceux qui ont l'oreille fine, l'humeur joviale de la taciturnité; enfin, on échappe aux malheurs irréparables des méprises et des erreurs. On est dispensé, sinon de parler, du moins d'avoir de l'esprit pendant toute la durée du potage. Il faut éviter de mettre l'assemblée dans la confidence des secrets de son estomac. Ainsi on doit être très-discret sur le chapitre du plus ou moins d'appétit qu'on peut avoir; et il vaut mieux garder le plus profond silence que de faire savoir que le potage est une excellente chose quand on a faim. Lorsqu'on arrive au moment du premier service, alors on peut risquer le petit mot pour rire, tâter pour ainsi dire son voisin ou le vis-à-vis chez lequel on rencontre une provocation de gaîté ou d'une aimable familiarité; mais il faut avoir soin de ne pas attirer l'attention générale, parce que c'est l'instant critique où les auditeurs, encore presque à jeun, sont presque tous des juges.

DIEU VOUS BÉNISSE. Eternuer était une affaire autrefois, et l'on a écrit des volumes pour savoir d'où provenait l'habitude de dire: *Dieu vous bénisse, vous donne ses grâces*, ou *à vos souhaits*. Les païens saluaient ceux qui éternuaient, en disant comme nous: *Jupiter vous assiste!* parce que l'éternument était consacré à Jupiter. Au Monomotapa, quand le roi éternue, tous les courtisans sont obligés, par politesse, d'éternuer aussi, et l'éternument gagnant de la cour à la ville, et de la ville en province, il en résulte que tout l'empire parait affligé d'un rhume général. On ne dit plus: *Dieu vous bénisse*, qu'aux petits enfants. L'usage de s'incliner devant ceux qui éternuent tombe en désuétude. Faites à cet égard comme vous verrez faire aux personnes chez lesquelles vous vous trouverez.

DIGRESSIONS. S'il importe d'éviter les détails insignifiants, les réflexions inutiles, les redites; de sous-entendre à propos ce qui ne contribue ni à l'intérêt ni à la clarté du récit, il n'est pas moins nécessaire de se garder des digressions, à moins qu'elles ne soient indispensables. Il y a digression, quand on s'écarte du sujet qu'on traite pour en traiter un autre qui a quelques rapports avec le premier. C'est ainsi qu'on est quelquefois obligé d'interrompre la suite du récit pour donner, soit sur quelques coutumes nationales, soit sur toute autre circonstance, des explications sans lesquelles le fait principal ne serait pas bien compris. La digression a plusieurs degrés, ou, si l'on veut, il y a plusieurs espèces de digressions. Le premier degré de la digression est la parenthèse. Pourvu qu'elle soit courte, naturelle, peu répétée; que vous preniez soin de l'annoncer toujours, et qu'en définitive vous n'en abusiez pas, vous pouvez en faire un usage avantageux. Le second degré de la digression devient plus délicat, car il comprend ces réflexions accessoires, ces locutions communes, mais plaisantes ou consacrées, ces allusions générales ou particulières, que l'on ne se permet qu'à l'aide d'un accent spécial, qui est au langage ce que le caractère italique est à l'impression. Cette manière de parler *en italique* peut être piquante, naïve, mais souvent aussi elle peut être obscure ou triviale; l'habitude en est dangereuse, et l'on ne doit se permettre qu'avec ses amis cette scabreuse digression. Venons au troisième degré, à la digression proprement dite. La plus fréquente est involontaire. Souvent, dans un dialogue vif et pressé, le mouvement de la conversation vous emporte, ainsi que l'interlocuteur, loin de votre point de départ. S'il s'agissait de son plaisir ou de son intérêt, revenez sur vos pas en employant une tournure polie: *Ne perdons pas nos affaires de vue, je vous prie*, direz-vous. Mais, s'il n'est question que de riens remplacés par des riens, laissez couler l'eau. La digression volontaire, quand elle n'est pas l'œuvre de la loquacité, peut se mêler à de graves discours, tels que discussions politiques, philosophiques ou morales; mais il importe de la traiter avec infiniment de réserve, de soin, et de ne jamais en faire une apologie personnelle, ou un hors-d'œuvre domestique, comme ces gens qui, rapportant quelque événement relatif à un individu, racontent sa vie, les rapports qu'ils ont eus avec lui, avec sa famille entière, et s'arrangent de manière que cet événement d'une heure rappelle l'idée de l'éternité. Les plaideurs, les gens de lettres, les militaires, les voyageurs, les malades et les dames âgées, doivent se tenir tous dans une sage et continuelle défiance de l'abus des digressions.

DILIGENCES. Quand on est monté dans une diligence, il faut se considérer comme dans une espèce de salon à quatre roues, et agir conformément aux règles que la politesse prescrit. La notable différence qui existe cependant entre un salon ordinaire et une diligence, c'est que dans l'un il n'est pas permis de fermer les yeux, et qu'on peut dormir dans l'autre. Avant de vous engager dans une causerie générale ou particulière, levez le plan moral de la société qui vous entoure, observez les physionomies, écoutez les mots échangés entre les assistants, et tâchez de connaître, d'après la prononciation, quel est le pays de vos compagnons de voyage. Attendez qu'on vous interroge, parce qu'il serait possible qu'en risquant une question, elle s'adressât tout juste à une personne qui ne se soucierait pas de vous répondre. Si, lassé d'un long silence, vous voulez enfin le rompre, profitez d'un cahot qui vous aura fait tomber sur une nourrice ou sur un marchand de bœufs, pour commencer l'œuvre de l'entretien par une plaisanterie sur les voitures mal suspendues, sur les mauvais chemins, etc. Avec cela, vous passerez nécessairement à des récits tragiques de voitures renversées, de cuisses cassées, de têtes brisées, et d'autres accidents arrivés à vos amis et connaissances. Dès que vous entrez dans une petite ville, rappelez les souvenirs historiques qui s'y rattachent. Passez-vous près d'un site pittoresque et romantique, appelez sur ses beautés, sur ses charmes, l'attention de vos voisins : on accueillera avec intérêt vos excursions dans le genre descriptif. Si vous traversez une forêt, et qu'il y ait des dames *comme il faut* dans la voiture, gardez-vous des histoires de voleurs, des arrestations de diligences : on vous prendrait pour un poltron ou pour un niais, ou pour un lecteur d'*anas*, ou pour l'ami intime d'un gendarme. Evitez les confidences commerciales d'un marchand qui *va en foire*, les exploits d'un sergent ou d'un sous-lieutenant qui va en semestre, les dissertations d'un membre de société d'agriculture, etc., etc. Prenez garde de jouer imprudemment le rôle de mystificateur avec un provincial qui se laissera peut-être tranquillement berner jusqu'à la descente de la voiture inclusivement, mais qui, après avoir franchi le marchepied, pourra bien vous donner un vigoureux soufflet et ensuite un bon coup d'épée. Cela est arrivé plus d'une fois. Plaisantez donc adroitement avec un voisin qui vous semblera d'une humeur gaie et joviale; mais n'immolez pas un niais à la risée publique avec une cruauté qui serait lâche, puisque vous abuseriez de vos avantages; profitez donc doucement de la naïveté de l'homme en qui vous aurez reconnu les caractères du véritable Jobard. Amusez-vous, mais n'offensez pas. On ne saurait trop recommander aux personnes qui voyagent en diligence de lire et de relire l'*Almanach national* et l'*Almanach du commerce*. Quand on connaît bien ces deux livres, on peut être sûr de se trouver partout en pays de connaissance.

DINER EN VILLE. On sait que chez les hommes encore voisins de l'état de nature, dit Brillat-Savarin, aucune affaire de quelque importance ne se traite qu'à table; c'est au milieu des festins que les sauvages décident la guerre ou font la paix; et, sans aller si loin, nous voyons que les villageois font toutes leurs affaires au cabaret.

Cette observation n'a pas échappé à ceux qui ont souvent à traiter les plus grands intérêts; ils ont vu que l'homme repu n'était pas le même que l'homme à jeun; que la table établissait une espèce de lien entre celui qui traite et celui qui est traité; qu'elle rendait les convives plus aptes à recevoir certaines impressions, à se soumettre à de certaines influences; de là est née la gastronomie politique. Les repas sont devenus un moyen de gouvernement, et le sort des peuples s'est décidé dans un banquet. Ceci n'est ni un paradoxe, ni même une nouveauté, mais une simple observation de faits. Qu'on ouvre tous les historiens, depuis Hérodote jusqu'à nos jours, et on verra que, sans même en excepter les conspirations, il ne s'est jamais passé un grand événement qui n'ait été conçu, préparé et ordonné dans les festins.

Notre intention n'est pas de développer ici les principes de l'art de piquer l'assiette. La profession de parasite est aujourd'hui tellement décriée, que nos enseignements seraient sans objet. Notre but est uniquement d'indiquer cette foule de minuties, d'impérieuses futilités qu'il est essentiel de connaître avant de s'aventurer à une invitation à diner.

La politesse exige que l'on réponde d'une manière catégorique à une pareille invitation; du moment qu'on a accepté, la ligne des devoirs commence. Le premier de tous est d'arriver à l'heure précise : c'est un écueil également dangereux d'arriver trop tôt ou trop tard. Dans le premier cas, on jette dans l'embarras toute une maison. Monsieur n'est pas rentré, madame est occupée des indispensables apprêts du repas, ou des exigences de sa toilette; les domestiques sont tout entiers aux soins du service; le feu n'est pas encore allumé au salon; la salle à manger est en désordre; on ne sait où faire attendre le convive trop pressé; et, si quelque membre de la famille se détache pour lui tenir compagnie, la conversation languit bientôt, et vingt fois on vient l'interrompre pour prendre des ordres. Les convives retardataires sont encore peut-être plus insupportables, en ce qu'ils font pâtir le diner. Si, après les avoir attendus, l'amphitryon prend le parti de faire servir, s'étayant du dicton, *la soupe hâte les traîneurs*, quel effet va produire leur entrée? Au moment où toutes les facultés sont concentrées sur le premier service, il faudra se déranger, échanger de froides politesses contre de banales excuses. Pour remédier à ces inconvénients également graves, il n'y a qu'une conduite à tenir. Aussitôt que l'on s'aperçoit que l'on est arrivé trop tôt, il faut, prétextant une visite dans le voisinage, aller passer une heure à se promener dans le plus prochain lieu public, ou à lire les journaux, en prenant un verre d'absinthe. Quant aux retardataires, ils n'ont pas à hésiter : qu'ils battent prestement en retraite, heureux de se consoler chez quelque bon restaurateur, de ne pas prendre part à un repas où ils ne pourraient jouer d'autre rôle que celui de trouble-fête.

Une fois à table, d'autres devoirs commencent. Nous pourrions ici détailler une foule de petits usages que l'on est tenu d'observer. La leçon suivante, donnée par l'abbé Delille à l'abbé Cosson, nous en dispensera. L'abbé Cosson, professeur de belles-lettres au collége Mazarin, consommé dans l'art de l'enseignement, saturé de latin, de grec et de littérature, se croyait un puits de science; il imaginait qu'un homme familier avec Perse et Horace ne pouvait faire de balourdise, à table surtout; il dut bien revenir de ce ridicule préjugé. Un jour, il avait diné à Versailles, chez l'abbé de Radonvilliers, en compagnie de gens de cour, de cordons-bleus, de maréchaux de France. Il se vantait d'avoir déployé une rare connaissance de l'étiquette et des usages reçus. L'abbé Delille, présent à ce discours, paria qu'il avait fait cent incongruités : « Comment donc! s'écria l'abbé Cosson, j'ai fait comme tout le monde. — Quelle présomption! reprit Delille; vous allez voir que vous n'avez rien fait comme personne. Mais ne parlons que du diner. D'abord, que fîtes-vous de votre serviette en vous mettant à table? — De ma serviette! je fis comme tout le monde : je la déployai, je l'étendis sur moi, et l'attachai par un coin à ma boutonnière. — Eh bien! mon cher, vous êtes le seul qui ayez fait cela; on n'étale point sa serviette, on la laisse sur ses genoux. Et comment fîtes-vous pour manger votre soupe? — Comme tout le monde, je pense. Je pris ma cuiller d'une main et ma fourchette de l'autre.. . — Votre fourchette, bon Dieu! Personne ne prend de fourchette pour manger sa soupe; mais poursuivons. Après votre soupe que mangeâtes-vous?

— Un œuf frais. — Et que fîtes-vous de la coquille? — Comme tout le monde; je la laissai au laquais qui me servait. — Sans la casser? — Sans la casser. — Eh bien! mon cher, on ne mange jamais un œuf frais sans briser la coquille; et après votre œuf? — Je demandai du bouilli. — Du bouilli! — Personne ne se sert de cette expression; on demande du bœuf et point de bouilli; et après cet aliment? — Je priai l'abbé de Radonvilliers de m'envoyer d'une très-belle volaille. — Malheureux! de la volaille! On demande du poulet, du chapon, de la poularde; on ne parle de volaille qu'à la basse-cour... Mais vous ne dites rien de votre manière de demander à boire. — J'ai, comme tout le monde, demandé du champagne, du bordeaux, aux personnes qui en avaient devant elles. — Sachez donc que tout le monde demande du vin de Champagne, du vin de Bordeaux... Mais dites-moi quelque chose de la manière dont vous mangeâtes votre pain. — Certainement à la manière de tout le monde: je le coupai proprement avec mon couteau. — Eh! on rompt son pain, on ne le coupe pas.. Avançons. Le café, comment le prîtes-vous? — Oh! pour le coup, comme tout le monde; il était brûlant; je le versai par petites parties de ma tasse dans ma soucoupe. — Eh bien! vous fîtes comme ne fit personne; tout le monde boit son café dans sa tasse, et jamais dans sa soucoupe. Vous voyez donc, mon cher Cosson, que vous n'avez pas dit un mot, pas fait un mouvement, qui ne fût contre l'usage. » Le brave professeur resta confondu. Il comprit que le grec et le latin ne suffisent pas, et que l'homme du monde doit encore rechercher d'autres connaissances qui, pour être moins sévères, ne sont pas moins utiles.

DINER (De la conversation pendant le). Au Japon, quand plusieurs personnes mangent dans la même chambre, elles se font réciproquement de grands saluts avant

de se mettre à manger. Dans l'île d'Otaïti, au contraire, les habitants, bien qu'ils soient très-sociables et de mœurs très-douces, mangent chacun séparément et avec les marques d'une défiance assez ridicule. Tous les membres de la même famille s'évitent presque dans cette circonstance: les deux frères, les deux époux, les deux sœurs, le père et la mère, armés d'un panier particulier, se placent à la distance de trois ou quatre pieds, en se tournant réciproquement le dos, et ne profèrent pas une seule parole. Il n'en est pas de même parmi nous, et c'est fort heureux, car personne, nous le croyons, ne voudrait être condamné au sort du roi de Loango en Afrique. Ce monarque prend ses repas dans deux maisons différentes: il mange dans l'une et boit dans l'autre. Mais il est défendu sous peine de mort de le voir ou boire ou manger. Il semble que par là on veuille faire croire que sa majesté africaine n'appartient pas à l'espèce humaine, mais à celle des dieux. Chez nous, un dîner doit être considéré comme un drame en plus ou moins d'actes, suivant l'économie ou la générosité de l'amphitryon. Il faut imiter le comédien qui distribue sagement son talent et son énergie, de manière à ne pas s'épuiser dès les premiers actes, et avoir assez de poumons pour le dénoûment. Si lorsqu'on se trouve à un dîner qui a plus de cinq services, et qui dépasse le nombre voulu par les règles classiques, on se laisse aller à une maladroite dépense d'esprit, on court risque d'essuyer une banqueroute au rôti, et d'être en déconfiture complète au dessert. Soyez aimable, mais circonspect et avare de longues phrases pendant le premier service; alors les convives ont peu ou point d'oreilles. Au second service, l'appétit commence à se calmer, les dents se reposent pendant quelques instants, et l'on ne demandera pas mieux que de vous entendre: c'est alors que vous pourrez vous permettre une plaisanterie de bon goût, amener par une transition délicate de récit d'une anecdote plaisante. Mais songez bien que ce n'est pas encore le moment d'une plaisanterie qui exigerait de la réflexion ou un conte qui réclame une attention soutenue; l'esprit est encore, chez les convives, sous l'empire de l'estomac. Quand le troisième service a occupé pendant quelque temps les dîneurs, lorsqu'enfin l'intérêt de curiosité gourmande n'a plus que peu de chose à demander, sauf le chapitre des superfluités qui plaisent toujours au gastronome, même lorsqu'il n'y touche pas, vous pouvez profiter de la trêve, et ranimer la conversation par l'éloge du vin et des mets, par un compliment adressé à l'amphitryon; mais il faut qu'à votre tour vous le serviez selon son goût, et que vous consultiez son caractère et ses habitudes: tel veut un éloge tout cru, tel autre refuserait une flatterie sans assaisonnement. A mesure que vous voyez approcher le dessert, augmentez le feu de vos reparties, la vivacité du dialogue; mais, prudent nautonier, ne perdez pas encore de vue le rivage.

DISCUSSION. Quoique la Fontaine ait dit:

> La dispute est d'un grand secours:
> Sans elle on dormirait toujours,

elle n'est excusable en société que lorsqu'elle est modérée et peut intéresser tous ceux qui en sont témoins. Mais pour ces disputeurs acerbes, qui sont prêts à soutenir sur toute question le pour et le contre, par esprit de contradiction, ils sont déplacés dans toute réunion dont l'objet est l'amusement et le plaisir. Si vous élevez ou soutenez une discussion, faites-le avec fermeté, mais en même temps avec convenance et politesse. C'est le moyen le plus sûr de prouver à votre adversaire et de faire reconnaître par lui que vous avez raison. Lorsque vous voyez que vous avez affaire à un de ces êtres dont le seul bonheur est de n'être jamais de l'avis de personne, faites retraite devant un pareil butor, en lui laissant apercevoir que ce ne sont pas ses arguments qui vous y obligent, mais l'inutilité et le dégoût d'une telle discussion.

DISCUSSIONS RELIGIEUSES. De toutes les discussions, il n'en est pas qui demandent plus de réserve et de soin que celles qui ont la religion pour objet, parce que souvent à notre insu la conscience y devient l'auxiliaire de l'orgueil. Si donc vous ne savez vous posséder; si, d'autre part, vous ne vous sentez pas assez de force logique, assez de grâce, ou du moins assez de netteté d'élocution, pour combattre avec succès, évitez les controverses; évitez-les de peur de compromettre aux yeux des faibles la religion que vous défendez, et de peur aussi de vous donner un ridicule ineffaçable. Mais, d'ailleurs, quel que soit le besoin que vous éprouviez d'éluder les arguments de votre adversaire, quel que soit votre triomphe, quelle que soit la pente de votre esprit, ne changez jamais en plaisanteries une discussion sérieuse: vous perdriez à l'instant tous vos avantages, et, déjà terrassé, votre antagoniste se relèverait au bruit de cette réflexion si vraie « Les plaisanteries ne prouvent rien. »

DISEURS DE BONS MOTS. Ne cherchez pas à avoir plus d'esprit que la nature ne vous en a donné. Rien n'inspire le dégoût et la pitié comme ces hommes qui se travaillent pour trouver à tout propos ce qu'ils appellent un bon mot. Ils ne peuvent dire la chose la plus indifférente sans lui donner une tournure particulière, et il faut absolument qu'ils *clouent* de l'esprit à leurs moindres propos. On voit dans la malice de leurs regards, et dans la finesse permanente et comme stéréotypée de leur sourire, tout le mal qu'ils se donnent pour n'être pas sots, et tout l'état qu'ils font de leur personne. Malheureusement ces pauvres gens ne sont pas récompensés de leurs efforts; car l'esprit ne vient point quand on l'appelle; il échappe à ceux qui courent après lui, et ce qui le remplace est quelque chose de pis que la sottise toute pure.

DISPUTE. On ne trouvera pas étrange que nous placions la dispute au nombre des vices de la conversation, si l'on considère que la conversation ne peut se concilier qu'avec la discussion, et jamais avec la dispute. On appelle *discussion* l'allégation des raisons et arguments qui appuient deux opinions opposées, tant qu'elle ne fait que combattre l'opinion en elle-même, en faisant une entière abstraction de la personne; et je la vois dégénérer en dispute à l'instant où il s'y mêle quelque personnalité. On conçoit bien que, par des personnalités, nous n'entendons pas des injures formelles que la bonne compagnie interdit; mais nous avons remarqué deux sortes de personnalités qui se glissent souvent dans la discussion, et la font dégénérer en dispute. C'en est une bien commune et bien offensante de dire à votre antagoniste qu'il a des motifs particuliers d'intérêt, ou pour lui-même, ou pour ses amis ou contre ses ennemis. Ce reproche n'est pas une preuve. Vous devez supposer qu'un homme qui soutient une opinion opposée à la vôtre la soutient parce qu'il la croit vraie, et non par aucune autre raison. Nous disons supposer, car on peut bien croire et penser qu'en effet l'opinion d'un homme lui est dictée par des préventions d'état ou par l'intérêt, etc. Mais la discussion est toujours dans une supposition contraire, puisque ce ne serait pas la peine de discuter, s'il était établi que chacun se fait ses opinions et les soutient, non d'après la vérité, mais d'après ses passions et ses préjugés, et que ces passions et ces préjugés sont sa règle unique. Et, dans la dispute, il n'est question que de savoir si l'opinion est vraie ou fausse en elle-même. Ce reproche est d'autant plus déplacé dans toute discussion, qu'il peut toujours être rendu avec la plus grande facilité. Si vous me taxez de soutenir telle opinion par attachement pour un homme que j'aime, et auquel elle est favorable, ou par prévention d'état, je puis vous répondre que vous combattez mon sentiment par des préventions du même genre. Si en attaquant l'état militaire devant un militaire, celui-ci défend sa profession des reproches qu'on lui fait, on lui dit qu'il ne parle ainsi que parce qu'il est militaire, il pourra vous répondre que vous ne blâmez les armes que parce que vous êtes ou bourgeois, ou ecclésiastique, ou homme de robe, et d'après les préjugés de votre naissance ou de votre état. On voit qu'une dispute qui prend cette forme est interminable. C'est encore une personnalité de dire à celui avec lequel vous êtes en débat qu'il n'est pas en état de décider dans une telle question, etc.; que ce n'est pas son métier, etc. Car toutes ces observations, bien ou mal fondées, ne sont pas des raisons; et il s'agit toujours d'apporter, d'entendre et de discuter des raisons. Je ne suis pas militaire, et je puis parler très-bien d'une opération militaire. Je ne suis pas magistrat, jurisconsulte par état, et je puis avoir des idées justes, profondes, neuves, sur la jurisprudence et la législation. Écoutez-moi, et ne jugez point sur mon état et mon costume, mais sur ce que je dis.

DISPUTEUR. Ne croyez pas que la religion et la politique, ces deux intérêts si chers au cœur de l'homme, soient les seuls qu'il discute avec une véhémence aussi colérique que burlesque. On a *hurlé* dans les salons à propos de Gluck et de Piccini, de mesdemoiselles Georges et Duchesnois, d'Homère et de Shakspeare, comme on avait *hurlé* pour les Jansénistes et les Molinistes, et, aux temps des empereurs de Constantinople, pour les cochers vêtus de bleu ou de vert, qui conduisaient les chars dans l'hippodrome... Les disputeurs, les importants sont de toutes les époques : les hommes ne changent point, seulement ils exercent leur bon ou leur mauvais esprit sur des sujets différents. Regardez-les d'un peu haut, et vous trouverez que rarement ils méritent les éloges ou le blâme qu'ils s'entre-donnent; mais cachez-leur cette découverte, qui semblerait dédain ou mépris : renfermer en soi ce qui peut choquer et déplaire, c'est être poli.

DISTANCE. Il faut toujours se tenir à une certaine distance de la personne à qui l'on parle, parce qu'il peut arriver qu'on soit surpris par un éternument subit, par un rhume inattendu, ou par quelque autre accident qui motiverait toujours la précaution d'un parapluie.

DISTANCES. Comme on doit garder des distances pour voir les objets, il en faut garder aussi pour la société; chacun a son point de vue d'où il veut être regardé. On a raison, le plus souvent, de ne vouloir pas être éclairé de trop près; et il n'y a presque point d'homme qui veuille en toutes choses se laisser voir tel qu'il est.

DISTRACTIONS. Il faut être sans distraction et tout entier à la chose qu'on dit et à celle qu'on nous dit; et pour plaire, ou même pour ne pas déplaire, on doit éloigner les idées étrangères à l'objet qui nous occupe dans le moment : aussi est-il essentiel de ne laisser jamais captiver sa tête par le sentiment des petites choses, ni par celles qui se passent autour de nous pendant la conversation que nous soutenons. Les distractions sont insupportables, et même offensantes pour ceux à qui l'on parle; elles nous exposent à commettre des erreurs et des bévues qui nous attirent le ridicule (1); elles nous font dévoiler contre notre volonté les sentiments secrets de notre âme, nous font perdre de vue les égards d'usage et les moyens de nous rendre agréables; nous détachent des idées des autres et nous empêchent de les faire valoir. Un homme distrait ne fait que peu d'observations, et encore sont-elles toujours très-imparfaites. Comme la moitié des circonstances lui échappe nécessairement, il ne peut rien poursuivre avec persévérance, parce que ses distractions lui font perdre le droit chemin. Désagréables et à peine tolérables dans la vieillesse, elles sont impardonnables dans la jeunesse. C'est en vain qu'on cherche à les cacher, car elles se marquent malgré nous dans notre manière de regarder, et les yeux perdent alors leur principal charme, celui de rapprocher notre âme et de l'ouvrir en quelque sorte à ceux à qui nous parlons. Si vous vous apercevez que vous êtes sujet à être distrait, veillez sur vous très-soigneusement, afin d'empêcher que ce défaut ne tourne en habitude; car, si vous ne tâchez de le corriger de bonne heure, vous trouverez qu'il sera très-difficile de guérir dans la suite cette maladie d'esprit, pire qu'aucune que nous sachions. On doit mettre d'autant plus d'attention à ce que l'on dit, qu'on se répète faute d'être tout entier, non à l'objet, mais au moment de la conversation (2); et l'on se sert souvent aussi de phrases confuses ou mal conçues. Il ne faut jamais oublier que la conversation est la parure de la pensée. Comment donc peut-on être distrait dans ce moment où il faut penser à la fois à ce que les autres disent et à ce qu'ils sont, hommes, femmes, grands seigneurs, bêtes, gens d'esprit, gens d'affaires ou gens de lettres; à ce que nous sommes, à ce que nous leur disons, et à la manière dont nous le disons; aux gestes, au son de voix, à l'expression du visage, à la correction du langage, à la propriété et à la politesse du mot, à la finesse et à la justesse

(1) Un négociant auquel on présentait à signer l'extrait de baptême d'un de ses enfants, écrivit par distraction : *Pierre et Cᵉ*. Il ne s'aperçut de sa méprise que par les rires de toute l'assemblée.

(2) Un prince voulant dire quelque chose d'aimable à une jeune dame, lui demanda combien elle avait d'enfants.— J'en ai trois, répondit-elle. Un quart d'heure s'était à peine écoulé, que le prince, dont l'attention était ailleurs, vint redemander à la même dame combien elle avait d'enfants. — Comme je ne suis point accouchée depuis que vous avez bien voulu me faire la même question, répliqua la dame, je n'ai toujours que trois enfants

de l'idée? Il faut bien penser d'ailleurs que c'est par la conversation, par une phrase, par un mot, qu'on donne de soi une bonne ou une mauvaise opinion.

DOUCEUR. Don de la nature qui est un des charmes du caractère, et qui fait que l'on se plaît à faire ce que les autres désirent. La douceur est heureuse de sa soumission : elle s'ignore; n'étant jamais le résultat de la volonté, elle cède toujours sans s'en douter. Différente de la docilité, qui ne s'exerce que lorsqu'il y a lieu à l'obéissance, la douceur se fait sentir à tous moments, dans les moindres occasions, et à l'égard de tout le monde. Il y a des personnes qui n'ont de douceur que ce qu'il en faut précisément pour pousser à bout les gens qui, sans en manquer eux-mêmes, ont aussi beaucoup de franchise et de vivacité. Mais la douceur est presque toujours feinte quand elle n'apaise pas; qu'est-elle donc lorsqu'elle aigrit? On peut avoir de la bonté sans douceur; il est impossible d'avoir une véritable douceur sans une grande bonté; l'orgueil exclut toujours la douceur : il est trop pointilleux, trop irritable, pour pouvoir s'allier avec l'indulgence.

ÉCARTS. M. de Lassay disait qu'il faudrait avaler un crapaud tous les matins pour ne trouver plus rien de dégoûtant le reste de journée, quand on devait la passer dans le monde. Il faut avouer que c'est pousser un peu loin la susceptibilité. Néanmoins, on peut dire que rien n'est plus désagréable que la société de ces gens qui prennent comme à plaisir de s'écarter de toutes les règles de la politesse, et qui n'observent aucune bienséance. Au commencement du dix-huitième siècle, quelques officiers de la cour, entre autres Aymon, un des douze porte-manteaux de Louis XIV, et de Torsac, exempt des gardes du corps, imaginèrent de fonder, sous le nom de *Régiment de la calotte,* une société dont le but était de châtier, par le ridicule, tous les écarts de conduite, de style, de langage qui parviendraient à sa connaissance. On inscrivit immédiatement au nombre des membres du Régiment de la calotte tous ceux qui s'étaient distingués par la singularité et la bizarrerie de leurs actions et de leurs discours. Quand un homme avait fait, dit ou écrit une sottise, on lui envoyait une *calotte*, c'est-à-dire une épigramme bien mordante qui le couvrait de ridicule, ou bien on lui expédiait un brevet de *calottin*, en vers, et, dès lors, il était regardé comme faisant partie du régiment.

ÉCHAUFFER (S'). Pour bien parler, il ne faut pas s'échauffer dans la dispute, mais on doit attendre le moment où l'on peut répondre quelque chose de nouveau et d'extrêmement raisonnable : cette manière, qui produit toujours beaucoup d'effet, exige une grande attention pour ce que les autres disent.

ÉCOUTER. Si le premier principe est de se taire, le second est d'écouter, et il faut avouer que fort peu de gens savent le mettre en pratique. Ceux mêmes qui se résignent à se taire ne consentent pas toujours à écouter. Aussi l'art de bien entendre est-il plus rare que celui de bien parler. Montaigne, qui a sondé avec tant de finesse les plus profonds replis du cœur humain, se plaint quelque part que, dans les écoles de son temps, on négligeait trop de donner aux enfants des préceptes sur l'art difficile, comme il l'appelle lui-même, *de bien ouïr son voisin dans un dialogue.* Fontenelle peut être cité comme un modèle en ce genre. Le plaisir de la conversation était son unique délassement, et il y était presque aussi sensible que s'il eût été grand parleur, pourvu néanmoins que la conversation fût entre gens d'esprit, sans quoi il s'ennuyait, mais très-poliment; on ne s'en apercevait jamais. Il avait le don d'écouter et de bien écouter. Il se plaisait à entendre d'excellentes choses, autant et plus qu'à en dire, « car alors, disait-il, je m'instruis ou je m'amuse en reposant ma poitrine. » Aussi, dans un âge avancé, avait-il coutume de dire : « Ce qui me console de quitter la vie, c'est qu'il n'y a plus personne qui sache écouter. » En effet, que de gens, lorsqu'on leur parle, montrent, par leur contenance embarrassée, que leur attention est loin de ce que vous leur dites, ou cachent mal, en écoutant, le désir qu'ils ont de répondre! Il semble, en vérité, que cette obligation d'écouter est une loi sociale qu'on blesse pour ainsi dire sans cesse : l'inattention, l'impatience, l'air distrait, l'envie de dominer, le tort si grand de prétendre toujours avoir raison, se montrent trop souvent dans le cours de la vie; on ne songe pas assez que l'instinct mutuel d'affections bienveillantes, le respect qu'inspirent les uns aux autres les hommes réunis, et le besoin d'être bien ensemble, doivent faire naître l'équilibre de prétentions opposées et de vanités rivales, d'où résulte un accord harmonieux, le désir de se revoir, et l'art heureux de semer la veille les jouissances du lendemain. Si les jeunes gens savaient combien on se fait aimer quand on écoute en conscience la conversation des autres, ils n'hésiteraient pas à s'imposer cette légère contrainte. Nos lecteurs ont peut-être entendu raconter l'anecdote de cette dame à qui l'on avait recommandé un certain homme comme fort spirituel et fort aimable. Cette dame se piquait de n'être pas sotte, et n'était pas avare de paroles dans la conversation. Elle consentit à recevoir la personne qu'on lui avait vantée. La visite dura deux heures; et, quand elle revit ceux qui lui avaient fait faire cette nouvelle connaissance : « Vous aviez bien raison, leur dit-elle, c'est un homme charmant; il a de l'esprit comme un ange. » Or, cet homme charmant se trouvait être muet, mais il n'était pas sourd apparemment; il avait su écouter, et il avait paru plus aimable que l'homme le plus spirituel. Il serait pourtant pénible, quand on a reçu de la nature l'organe de la parole, de contrefaire le muet pour être bienvenu en société; ce moyen, d'ailleurs, ne serait pas toujours infaillible, et il y a beaucoup d'occasions où il est juste et convenable de prendre la parole. Un silence approbateur finirait par compromettre la réputation de votre esprit, et votre modestie pourrait passer pour de la prudence.

ÉDUCATION. C'est la culture du cœur; elle a pour objet de corriger les vices, de réformer les habitudes, de polir les mœurs. C'est elle qui donne ce fonds d'idées morales qui, puisées dès les premiers jours, se développent avec l'âge, déterminent le caractère de l'homme et deviennent la règle de ses actions. Il ne faut pas la confondre avec l'instruction, qui est la culture de l'esprit. On peut avoir reçu une instruction grande et variée, et n'avoir eu qu'une éducation défectueuse. L'homme instruit n'est pas toujours l'homme bien élevé, comme l'homme bien élevé n'est pas toujours un homme fort instruit. La perfection de l'éducation, c'est l'instruction mêlée à la politesse et au savoir-vivre, c'est la science unie à la vertu. L'éducation apprend et invite à se répandre au dehors, à entrelacer en quelque sorte son existence avec celle des gens distingués, pour qui semble faite la plus grosse part de bonheur.

ÉGARDS. Les égards sont des manières d'agir, des sortes de soins, de procédés, des attentions particulières, qui tendent à témoigner à quelqu'un des sentiments convenables. C'est la considération qui inspire les égards ; la considération est elle-même l'effet, non-seulement d'un sentiment de justice, mais encore de tout sentiment d'honnêteté et des convenances sociales. On doit, à divers titres, des égards à ses semblables, au pauvre comme au riche, à l'inférieur comme au supérieur, à l'enfant comme au vieillard. Seulement, ces égards sont ou respectueux ou bienveillants, selon qu'ils ont pour objet d'exprimer de l'estime, de la déférence, du respect, de la compassion, de l'intérêt, de la bonté, etc. Le principe des égards est dans tout cœur heureusement né ; l'usage du monde apprend comment il convient de les employer.

ÉGOÏSME. L'égoïsme, dans la conversation, est un défaut trop grossier pour avoir besoin d'être relevé et combattu. La société est d'ailleurs assez en garde contre les égoïstes. La personnalité de chacun, même contenue dans de justes limites, résiste à l'oppression que l'égoïste voudrait établir. Cependant on ne saurait trop prévenir les jeunes gens contre ce tort et ce ridicule. Un penchant fort naturel nous y porte, et trop souvent on s'y laisse aller sans s'en apercevoir. Nous dirons néanmoins que la maxime qui interdit de parler de soi ne doit pas être entendue trop rigoureusement ; elle serait outrée. Il y a des circonstances où l'on peut, sans inconvénient, parler de soi et se faire écouter encore avec quelque intérêt. « Je demandais un jour à madame Geoffrin, dit l'abbé Morellet, que j'avais trouvée tête à tête, depuis une heure, avec un personnage ennuyeux, si elle n'était pas excédée. — Non, dit-elle, parce que je l'ai fait parler de lui, et qu'en parlant de soi on en parle toujours avec quelque intérêt, même pour les autres. » Mais le chemin est glissant, et il est facile d'y tomber, c'est-à-dire de passer la mesure de l'attention et de la patience de ses auditeurs.

ELLIPSE. L'ellipse, ou la phrase dont on retranche quelques mots, ne vaut pas grand'chose dans la conversation, parce que le mot sous-entendu peut y jeter de l'obscurité. Il faut que ces façons de parler soient chères aux personnes vulgaires, car la bonne compagnie ne les emploie pas. Gardez-vous donc de dire qu'un homme, qu'une femme *a de l'usage*, car on demandera *de quoi?* et sans doute vous voulez dire l'usage du monde. Songez qu'un *bel organe*, un *organe enchanteur* ne peut pas signifier une belle voix, une voix douce et harmonieuse, attendu que nous avons l'organe de l'ouïe, celui de la vue, etc. Ne désignez pas comme *rose* une écharpe, un ruban : ces objets sont couleur de rose. Ne dites pas qu'une femme a *du teint, de la peau;* on a toujours l'un et l'autre ; dites que ce teint a de l'éclat, que cette peau est blanche ; mais ne croyez louer personne en lui accordant ce que tout le monde possède.

EMPHASE. Parler avec beaucoup d'emphase sur un sujet de peu d'importance, c'est ce que Montaigne appelle faire de grands souliers pour de petits pieds.

ENJOUEMENT. Heureuse qualité du caractère, qui fait qu'on aime pour ainsi dire à se jouer délicatement de tous les sujets traités dans la conversation. L'enjouement répand beaucoup de charme dans la société. Un homme naturellement enjoué est toujours de bonne compagnie ; il n'en est pas constamment de même de ceux qui cherchent à être gais et réjouissants. Beautru, l'homme le plus célèbre de son temps par l'enjouement de son esprit, ayant été envoyé en Espagne, alla à l'Escurial, où il vit la bibliothèque. Une conférence qu'il eut avec le bibliothécaire lui fit juger que ce n'était pas un habile homme. Il vit ensuite le roi, qu'il entretint des beautés de cette maison royale, et du choix qu'il avait fait de son bibliothécaire. Il lui dit qu'il avait remarqué que c'était un homme rare, et que Sa Majesté pouvait le faire ministre de ses finances. « Pourquoi? lui dit le roi. — Sire, c'est que comme il n'a rien pris dans vos livres, il est probable qu'il ne prendra rien dans vos finances. »

ENNUI. Il y a des gens prédestinés, qui colportent avec eux l'ennui ; leurs discours, leur présence assomment. Il faut les ranger en deux classes : les uns, par le vide de leur âme et de leur tête communiquent la langueur ; les autres, pires encore, fatiguent à force de prétention et de faux esprit. L'ennui est l'une des plus tristes prérogatives de l'homme civilisé, et c'est un mal d'autant plus inévitable, qu'il est le résultat journalier de nos relations sociales. Toutes les fois, par exemple, qu'on arrache quelqu'un à la sphère de ses idées favorites pour l'occuper d'un objet dont il est désagréablement affecté, il éprouve ce tourment insupportable. Celui qui agit d'une manière aussi fâcheuse sur son esprit ne sent pas lui-même l'effet qu'il produit ; et, sous ce point de vue, les importuns sont toujours à l'abri de ce poison somnifère, qu'ils communiquent à tout le monde par leurs fades et insipides entretiens ; aussi n'épargnent-ils pas leurs victimes. Si, dans notre civilisation, on pouvait agir avec pleine franchise, on repousserait ces sortes d'individus avec autant de violence que les ennemis les plus acharnés, mais il est dans nos mœurs et dans nos usages de ne leur échapper que par la fuite ou par la ruse. M. de Talleyrand avait dans la physionomie un air d'insouciance et même d'ennui qui glaçait tout ce qui l'entourait. On voudrait dissiper cette apparence d'ennui par le pouvoir qu'on se suppose toujours à tort ou à raison. C'est pour cela que dans la société on ne pardonne pas aux personnes d'esprit d'avoir de la sécheresse. Il ne faut pas qu'elles se communiquent trop rapidement ; mais aussi il ne faut pas qu'elles soient trop importantes ni trop repliées sur elles-mêmes.

ENTERREMENT. Une affaire importante peut seule dispenser d'assister à un enterrement pour lequel on a reçu un billet d'invitation. Vous devez vous rendre à la maison du défunt, et de là suivre à pied, la tête nue, le char funèbre jusqu'à l'église. Vous devez composer votre visage de manière à paraître le plus affligé possible, quand même vous n'auriez jamais connu celui auquel vous venez rendre les derniers devoirs ; c'est une sorte d'hypocrisie fort excusable, et que seconde merveilleusement la tristesse de la cérémonie. Vous êtes libre de ne pas accompagner le char jusqu'au champ du repos, à moins que ce ne soit pour un parent, un ami ou un supérieur immédiat. Vous devez céder les premières voitures aux parents et aux plus intimes amis du défunt. Les voitures ramènent les invités à la maison mortuaire, où l'on se sépare pour retourner à ses affaires ou à ses plaisirs. Le matin, un enterrement ; le soir, un bal : ainsi va le monde.

ENTÊTEMENT. L'entêtement est plus dangereux encore que la contradiction. Après avoir porté un jugement sur un objet déterminé, il refuse d'entrer dans l'examen des raisons qui pourraient en démontrer la fausseté. « Vous m'accuserez peut-être d'entêtement, disait un jour madame de Genlis à madame Necker ; ce n'est que *persévérance* dans mon opinion. — Ah ! dans le fait, répliqua madame Necker, n'êtes-vous pas de l'ordre de la Persévérance? C'est une bonne manière d'avoir un brevet d'entêtement. On dit : *Je suis de l'ordre de la persévérance, je ne change pas d'avis*..... et on a raison ; c'est fort commode ! » Madame de Genlis avait en effet fondé un ordre appelé l'ordre de la *Persévérance*. Elle prétendit alors que c'était un ordre ancien et qui venait de Pologne. Madame Potocka et un Polonais lui donnèrent quelques idées là-dessus, et le roi de Pologne acheva la mystification que voulait faire madame de Genlis. Cet ordre a fait beaucoup de bruit ; on prétendit, dans le temps, que la reine avait demandé à en être, et qu'elle avait été refusée. Au reste, l'anneau donné aux chevaliers ne leur imposait tout simplement que la perfection ; il portait, en lettres émaillées : *Candeur et Loyauté, Courage et Bienfaisance ; Vertu, Bonté, Persévérance.* (Madame la duchesse d'Abrantès, *Salons de Paris*, t. 1er.)

ENTÊTÉS. Si la maîtresse de la maison vous encourage, vous pouvez parler, dire une nouvelle que vous avez apprise, demander des renseignements, soutenir une opinion, etc. ; mais tout cela doit être fait sans jamais élever la voix, sans multiplier les gestes, et surtout sans que la discussion dégénère en dispute. Dès que votre interlocuteur s'anime et s'échauffe, trouvez le moyen de changer le sujet de la conversation. Si vous n'avez pas cet art-là, attendez pour causer que vous le possédiez, et, si vous arrivez jamais à savoir dominer ceux avec lesquels vous causez, n'en évitez pas moins les gens ardents et énergiques, qui transforment un salon en *Assemblée représenta-*

tive, et défendent un acteur, un livre, une mode, avec le zèle qu'un représentant, un vrai et loyal représentant, mettrait à défendre les intérêts du département où il a été élu. Les gens qui veulent avoir raison à force de paroles sont mortellement ennuyeux : et on n'aime pas davantage ceux qui semblent leur élever une tribune, en leur contestant quelques points. Les amis mêmes de l'abbé Régnier lui donnaient le titre d'abbé *Pertinax*, parce qu'il avait, dit-on, l'habitude de disputer opiniâtrément dans les assemblées, jusqu'à ce que ses adversaires, fatigués de la dispute, fussent obligés de se soumettre à son avis. Parmi cent disputants, peut-être n'en trouve-t-on pas un seul qui finisse par dire : « Je ne mets pas ma gloire à m'obstiner dans mon avis. C'est le faible des petits esprits; et je me crois assez grand pour te laisser tout l'honneur de m'avoir persuadé et vaincu. » « J'ai connu, dit Galilée, un

Galilée.

homme si dévoué à la philosophie d'Aristote, qu'étant venu chez un savant médecin, à Venise, où il s'était rendu beaucoup de monde, pour assister à une dissection que devait faire un très-habile anatomiste, celui-ci montra quantité de nerfs qui, sortant du cerveau, passaient le long du cou dans l'épine du dos, et de là se dispersaient par tout le corps, de manière qu'ils ne touchaient au cœur que par un petit filet. « Croyez-vous à présent, dit « le médecin au gentilhomme, que les nerfs tirent leur ori- « gine du cerveau ? — J'avoue, répondit le péripatéticien, « que vous m'avez montré la chose très-clairement ; et si « l'opinion d'Aristote, qui fait partir les nerfs du cœur, ne « s'y opposait pas, je serais de votre avis. »

ENTHOUSIASTES. Une espèce d'hommes, qui est l'opposite des contrariants, mais qui n'est pas moins insupportable, ce sont les enthousiastes. Il semble même que ces derniers soient pires encore, en ce sens que vous pouvez rompre en visière aux contrariants, ce sont des mal-appris ; mais la mission des enthousiastes étant toute de bienveillance, force vous est bien, sous peine d'être impoli, d'écouter avec patience, et même avec une sorte de plaisir, leurs folles exclamations. A la différence des contrariants, qui ne trouvent rien de leur goût, les enthousiastes louent à toute outrance les choses qui souvent méritent peu d'éloges. Il faut que vous partagiez leur folle admiration, ou vous passez pour un homme incapable de sentir les beautés qu'ils vous indiquent si pompeusement. Le mieux est de les laisser s'extasier tout à leur aise, car une juste critique ne serait pas comprise, et ne ferait qu'exciter leur mécontentement.

ENTRÉE DANS LE MONDE. A votre premier pas dans le monde, prenez garde que cette démarche ne soit un faux pas, et n'allez pas broncher au seuil de la porte. Désormais vous serez plus souvent en compagnie que vous n'y avez été jusqu'ici ; par conséquent les manières, les égards et les attentions vous seront encore plus nécessaires. Le seul moyen de vous plaire dans une société, c'est de commencer par lui plaire vous même. Le bon sens et les connaissances sont assurément indispensables pour vous rendre agréable; mais cela ne suffit pas; il faut de plus, pour être bien reçu, y joindre des manières polies et des attentions délicates. Vous ne pouvez mieux les acquérir qu'en fréquentant la société des personnes distinguées ; mais soyez persuadé que vous n'y réussirez que par vos soins et en faisant des observations particulières. Le désir de plaire est la base de toutes les relations de la société; aussi chacun s'évertue-t-il à paraitre dans son jour le plus favorable. Que le jeune homme se contente d'être naturel; qu'il se présente avec une modeste assurance, qu'il observe, écoute, apprécie, bientôt il égalera ses modèles.

ENVIE. Quelle déplorable passion que celle qui ne s'allume dans le cœur de l'homme que pour contester au génie ses inventions, au talent ses travaux, à la vertu ses bienfaits; qui cache ou désavoue tous ses subterfuges, qui recèle ses plus odieuses manœuvres sous le masque imposteur d'une bienveillance simulée ! Qu'il est à plaindre celui qui remplit volontairement ses jours de peines et d'amertume, qui s'abreuve lui-même aux sources impures de l'affreux venin que sa bouche distille. L'envie est certainement un des plus tristes fléaux de notre condition terrestre. Racontez à un homme tous les succès de son rival; vous verrez aussitôt l'envie s'échapper de son âme ; sa physionomie va vous révéler les inquiétudes qui le dévorent; son visage pâlira ; il ne pourra dissimuler son affliction et son dépit; il cherchera ensuite à affaiblir votre enthousiasme, et un serrement de cœur, dont il ne sera pas le maitre, le portera à réclamer contre les éloges que vous prodiguez à tout autre qu'à lui. Quelle affreuse passion que celle qui empoisonne tout le commerce de la vie, et qui corrompt jusqu'aux fruits de la gloire ! « Pour moi, disait un ancien, je ne vois rien qui soit digne d'être convoité sur la terre, que les éminentes vertus dont l'homme social se décore. » Il était rare que la conversation fût hostile en apparence chez madame de Genlis ; elle connaissait trop les formes du bon goût pour ne pas savoir que rien n'est plus contraire à la bonne grâce d'une femme que cette manière acerbe avec laquelle quelques-unes accueillent aujourd'hui les productions des autres. Il y a de l'envie, et l'envie donne tant de laideur à un visage de femme!.. tant de fausseté au sourire! .. tant d'aigreur à

la voix!... tant d'amertume au regard!... Sainte-Foix était

d'un caractère droit et généreux, mais difficile, exigeant, inquiet, aisé à offenser. Il ne fallait pas louer en sa présence les auteurs qu'il n'aimait point, et, quand ces éloges auraient regardé les premiers écrivains de la nation, il n'aurait pu s'empêcher de témoigner de l'humeur. Il se croyait toujours à son régiment, où toutes les discussions se résumaient en coups d'épée. Il proposa un duel à un garde-maréchal du tribunal dont il était membre. Son adversaire lui opposa l'adage de Cicéron : *Cedant arma togæ*, et refusa le cartel de l'ex-officier du régiment de la Cornette-Blanche.

ÉPIGRAMME. L'épigramme est un trait piquant, destiné à attaquer un abus par un bon mot, à fronder un ridicule à l'aide d'une pensée fine et mordante. Elle n'exclut pas la décence et l'honnêteté; elle veut de la brièveté, de la vivacité, de la vigueur dans le trait, de l'originalité dans le tour, de la finesse et du bonheur dans l'expression. Il faut donc que l'épigramme ait pour base, du sens, de la verve, une bonne plaisanterie. Mais, trop souvent, à la place de ces qualités, se montrent la haine, la vengeance, l'envie de nuire; alors elle est dangereuse, et devient souvent la source de querelles sérieuses, de malheurs. On ne doit jamais se permettre une plaisanterie, une épigramme, quand on ne connait pas tous ceux devant lesquels on parle. Sur trente personnes réunies dans un salon, il s'en trouve toujours quinze au moins sur lesquelles tombe d'aplomb un trait piquant que vous croyez un ballon perdu.

ÉQUIVOQUES. Les locutions à double sens, destinées à voiler des plaisanteries indécentes, sont sévèrement proscrites de la bonne société. Elles classent leur auteur parmi les hommes de mauvaise compagnie. Ce n'est pas seulement devant les femmes honnêtes qu'on doit s'en abstenir, mais en toute occasion et toujours. Nous n'avons jamais compris le plaisir qu'éprouvent quelques jeunes gens à faire rougir les femmes, et le mal qu'ils se donnent pour mériter le titre d'hommes de mauvaise compagnie. Un homme de bon ton doit avoir bon ton partout. Combien n'en pourrait-on pas citer qui ont perdu cette exquise politesse de manières et de langage, qui seule distingue l'homme comme il faut, pour avoir pris les habitudes et la conversation de toutes les sociétés où le hasard les conduisit! Il faut beaucoup de temps pour acquérir les nuances nombreuses qui font l'homme du monde, et il ne faut qu'un instant pour les perdre, si on ne résiste pas à ce commode laisser-aller qui, dans certaines classes, permet de dire tout ce qui passe par la tête, et de mettre les coudes sur la table. Une femme doit regarder toute espèce de grossièreté dans le discours, toute locution équivoque, comme honteuse en elle-même. La liberté extrême de l'éducation des hommes leur fait quelquefois trouver de l'amusement dans un genre de propos dont ils seraient choqués s'ils sortaient de la bouche d'une femme, ou même si elle pouvait les écouter sans peine et sans mépris. La chasteté est si délicate, qu'il y a des discours qu'une femme ne peut entendre sans en être souillée. Il lui est toujours permis d'écarter cette sorte de discours : il n'y a qu'un brutal ou un fou qui puisse insulter à une femme par une conversation dont il voit qu'elle souffre ; et même des gens de cette espèce n'oseront pas prendre une semblable licence auprès d'une femme qui ressentira l'insulte avec la vivacité convenable. Il y a dans la vertu une dignité et une confiance intérieures qui imposent aux plus insolents et aux plus abandonnés des hommes.

ÉRUDITION. La véritable érudition se garde bien de se montrer; c'est là son mérite, c'est là le cachet qui la fait reconnaître. Elle ne se croit pas dispensée d'avoir du goût et de la modestie; placée dans un salon rempli de gens du monde et de dames, elle n'ira pas étaler les lambeaux des vieilleries classiques qui feraient peur au beau sexe; mais au contraire, elle tâchera de faire oublier, de faire, pour ainsi dire, pardonner sa présence; car un homme instruit, un homme supérieur par ses connaissances, n'a pas besoin de se nommer pour être connu : son mérite le trahit toujours. Que si un groupe détaché de l'assemblée se forme autour de lui, et l'appelle sur le terrain du savoir, pour apprécier son mérite, alors même il ne se livrera pas tout d'abord, essayera, pour ainsi dire, chacun de ses auditeurs, afin de ne pas heurter les prétentions ou l'ignorance; et quand il aura bien étudié son monde, il sèmera sa conversation des fruits de sa lecture, la fécondera par d'heureux souvenirs; et chacun, après l'avoir entendu, s'accordera à le trouver tout à la fois instruit et aimable.

ESPIÈGLES. Outre les plaisants, les farceurs de société, il y a aussi les espiègles. Les espiègles sont ceux qui cachent un chapeau, donnent des dragées amères aux enfants, arrêtent les pendules un jour de bal, retirent votre chaise au moment où vous allez pour vous asseoir, intro-

duisent de petites épingles dans votre tabatière, ou, comme Cromwel fit un jour à un de ses officiers, jettent de la braise dans vos bottes, etc., etc. Ces gens-là doivent faire encadrer dans leur chambre à coucher la spirituelle caricature d'Henri Monnier : *« Il est des êtres bien aimables! »*

ESPRIT. Depuis que c'est la mode d'avoir de l'esprit et qu'on ne peut s'en passer, il faut bien en avoir, et en avoir à tout prix; car en France la mode est une maîtresse exigeante; ce qu'elle prescrit, il le faut faire; et tous ceux qui n'ont pas l'esprit nécessaire pour faire dire qu'ils en ont s'arrangent pour y suppléer, par des médisances, par exemple, par des calomnies, des libelles, des pamphlets. C'est la manière la plus aisée de se passer d'esprit; de la méchanceté, et tout est dit. Être connu à force de scandale n'est pas chose difficile. Qu'importe le moyen? Les femmes doivent être réservées, même à montrer leur simple bon sens, de peur qu'on ne croie qu'elles prétendent à quelque supériorité sur le reste de la compagnie. Si elles ont quelque instruction, qu'elles en gardent le secret, surtout aux hommes, qui, généralement parlant, voient, avec une sorte de jalousie et de malignité, les femmes qui ont de grands talents et un esprit cultivé. Un homme qui a véritablement du génie est de la simplicité est bien éloigné de cette petitesse : mais les gens de cette sorte sont rares : et si, par hasard, une femme en rencontre quelqu'un en son chemin, qu'elle ne s'empresse pas de lui montrer toute l'étendue de ses connaissances, il s'en apercevra bien vite, et de lui-même, pour peu qu'il la fréquente; et, si elle a quelque mérite et qu'elle garde bien son secret, il lui en supposera plus encore qu'elle n'en a réellement. Le grand art de plaire dans la conversation est de faire que les autres y soient contents d'eux-mêmes. On arrive bien plus facilement à ce but en écoutant qu'en parlant.

ESPRIT DE CONVERSATION. Celui qui montre toujours de l'esprit dans la conversation, en a certainement; mais celui qui n'y en montre jamais, en a peut-être encore davantage, et tout ce qu'on peut penser de lui, c'est qu'il n'a pas l'esprit de conversation : tels étaient Corneille, la Fontaine, Richardson et tant d'autres. Plus d'un homme de génie a fait dire, après qu'on l'eut entendu : « Quoi! c'est là lui? »

ESPRIT FAUX. On peut dire que l'esprit n'est juste, étendu, pénétrant, solide, qu'à raison de sa plus grande habitude à être attentif. La vérité est faite pour l'esprit; la route qui y conduit est ouverte à tout le monde. Les esprits faux ne sont tels que parce qu'ils n'emploient pas un degré d'attention suffisant à distinguer la vérité de l'erreur; et il ne paraît pas possible qu'avec un égal degré d'attention, deux esprits prennent des sentiments contradictoires sur une même matière, à moins que l'un d'eux ne soit aveuglé par l'intérêt : de là l'importance et la nécessité de l'attention dans la conversation, cette grande école de l'homme.

ESPRIT FRIVOLE. L'esprit frivole est entraîné, par un penchant continuel et involontaire, à traiter légèrement les objets importants, pour ne s'occuper que de choses superficielles; il est aussi très-avide de nouveautés.

ESPRIT MINUTIEUX. C'est celui qui ne discerne point ce qu'il y a d'essentiel dans les objets, et s'attache avec ennui aux plus petites circonstances.

ESPRIT APRÈS COUP. Parler beaucoup et souvent nuit; c'est dissiper ses fonds sans motif et sans résultat. Après une conversation à laquelle on a pris une large part, on se sent la tête vide et fatiguée; tandis que le silence et la réserve fortifient la raison et multiplient les idées. Molière était souvent silencieux au milieu des hommes les plus spirituels de son temps; et J.-J. Rousseau ne savait que dire à côté du chevalier de Boufflers. Quelquefois les meilleurs esprits trouvent une réponse heureuse, une réplique invincible, précisément quand il n'est plus temps de la faire. Nicole, écrivain distingué du siècle de Louis XIV, avait de la peine à s'exprimer dans la conversation; il disait, en parlant d'un homme qui brillait dans la société : « Il me bat dans la chambre; mais il n'est pas plutôt au bas de l'escalier, que je l'ai confondu. »

ÉTIQUETTE. L'étiquette est l'esprit de ceux qui n'en ont pas, a dit un poëte, et il avait raison. Cependant, si vous deviez être attaché à la personne d'un prince, il vous faudrait absolument faire une étude particulière des coutumes qui s'observent dans les palais. L'étiquette est une chose aussi ridicule que fatigante. Elle a été en partie amenée par des circonstances dont plusieurs sont inconnues; mais le temps a sanctionné ces espèces de lois, et l'on était bien heureux, à la cour, de savoir ce que l'on devait faire, et à peu près ce que l'on devait dire. Là, les esprits sont tellement disposés à l'envie et à la malveillance, qu'on ne pouvait trop les contraindre. Quelle confusion, d'ailleurs, n'aurait pas présidé aux cérémonies, si tout n'avait pas été prévu, et si le mérite personnel eût réglé les rangs! Chacun eût voulu passer le premier. Quel embarras dans le plus petit service, à la chasse, à table, dans les appartements du roi! Quelque ridicule que vous semble une étiquette, soumettez-vous-y. Un homme qui se connaissait en fierté, en orgueil, et même en vanité, Napoléon, disait à lord Amherst, revenant de la Chine : « Quoi! vous avez refusé une audience de l'empereur, parce qu'il faut se prosterner! Je dirais à mon ambassadeur, moi : Restez deux heures ventre à terre, s'il le faut, mais réussissez. » On ne peut ni se pavaner, ni s'humilier d'un usage qui n'a rien d'exceptionnel ni de personnel. Les honneurs que l'on doit à une place, quelque grands qu'ils soient, flatteront toujours moins la vanité que les suffrages accordés aux mérites inhérents à l'individu; il en est de même des charges et des exigences. Un esprit supérieur n'attache aucune importance aux formes, alors même qu'il n'en néglige aucune. Marie-Antoinette n'aimait guère madame de Noailles, son ancienne dame d'honneur, qui lui faisait des leçons assez sévères sur l'oubli de sa dignité. Aussi ne lui ménageait-elle guère les épigrammes les plus vives. Un jour étant sur un âne, dans le parc de Versailles, elle tomba. Elle ne voulut pas qu'on la relevât, et riant aux éclats : « Allez chercher madame de Noailles, pour qu'elle nous dise comment on relève la reine de France, lorsqu'elle ne sait pas se tenir sur un âne! » La reine eut tort. Le mot, s'il demeure dans l'histoire, ne prouve que pour madame de Noailles, et condamne la reine. Madame de Noailles se fâcha, et elle eut raison; elle se retira, et eut encore raison.

EXACTITUDE. De toutes les qualités du maître de maison, la première est l'exactitude. La politesse la plus exquise ne peut ni déguiser ni étouffer les symptômes d'impatience et de mauvaise humeur qui se manifestent dans tout salon où le dîner se fait attendre. « J'appuie cette grave maxime, dit Brillat-Savarin, d'une observation faite dans une réunion dont je faisais partie, et où le plaisir d'observer me sauva des angoisses de la faim. J'étais un jour invité à dîner chez un haut fonctionnaire public. Le billet d'invitation était pour cinq heures et demie, et au moment indiqué tout le monde était rendu; car on savait qu'il aimait qu'on fût exact, et grondait quelquefois les paresseux. Je fus frappé, en arrivant, de l'air de consternation que je vis régner dans l'assemblée : on se parlait à l'oreille, on regardait dans la cour à travers les carreaux de la fenêtre; quelques visages annonçaient la stupeur. Il était certainement arrivé quelque chose d'extraordinaire. Je m'approchai de celui des convives que je crus le plus en état de satisfaire ma curiosité, et lui demandai ce qu'il y avait de nouveau. « Hélas! me répondit-il avec l'accent de la plus profonde affliction, monseigneur vient d'être mandé au conseil d'État; il part en ce moment, et qui sait quand il reviendra? — N'est-ce que cela? répondis-je d'un air d'insouciance qui était bien loin de mon cœur, c'est tout au plus l'affaire d'un quart d'heure; quelques renseignements dont on aura eu besoin, on sait qu'il y a ici aujourd'hui dîner officiel; on n'a aucune raison pour nous faire jeûner. » Je parlais ainsi; mais, au fond de l'âme, je n'étais pas sans inquiétude, et j'aurais voulu être bien loin. La première heure se passa assez bien : on s'assit auprès de ceux avec qui on était lié; on épuisa les sujets banaux de conversation, et on s'amusa à faire des conjectures sur la cause qui avait pu faire appeler aux Tuileries notre cher amphitryon. A la seconde heure, on commença à apercevoir quelques symptômes d'impatience : on se regardait avec inquiétude; et les premiers qui murmurèrent furent trois ou quatre convives qui, n'ayant pas trouvé de place pour s'asseoir, n'étaient pas en position commode pour attendre. A la troisième heure, le mécontentement fut général, et tout le monde se plaignait. « Quand reviendra-t-il? disait l'un. — A quoi pense-t-il? disait l'autre. — C'est à en mourir! disait un troisième. » Et on se faisait, sans jamais la résoudre, la question suivante : « S'en ira-t-on? Ne s'en ira-t-on pas? » A la quatrième heure, tous les symptômes s'aggravèrent : on étendait les bras, au hasard d'éborgner les voisins; on entendait de toutes parts des bâillements chantants; toutes les figures étaient empreintes des couleurs qui annoncent la concentration; et on ne m'écouta pas quand je me hasardai de dire que celui dont l'absence nous attristait tant était sans doute le plus malheureux de tous. L'attention fut un instant distraite par une apparition. Un des convives, plus habitué que les autres, pénétra jusque dans les cuisines; il en revint tout essoufflé : sa figure annonçait la fin du monde, et il s'écria d'une voix à peine articulée et de ce ton sourd qui exprime à la fois la crainte de faire du bruit et l'envie d'être entendu : « Monseigneur est parti sans donner d'ordre, et, quelle que soit son absence, on ne servira pas qu'il ne revienne. » Il dit, et l'effroi que causa son allocution ne sera pas surpassé par l'effet de la trompette du jugement dernier. Parmi tous ces martyrs, le plus malheureux était le bon d'Aigrefeuille, que tout Paris a connu; son corps n'était que souffrance, et la douleur du Laocoon était sur son visage. Pâle, égaré, ne voyant rien, il vint se hucher sur un fauteuil, croisa ses petites mains sur son gros ventre, et ferma les yeux, non pour dormir, mais pour attendre la mort. Elle ne vint cependant pas. Vers les dix heures, on entendit une voiture rouler dans la cour; tout le monde se leva d'un mouvement spontané. L'hilarité succéda à la tristesse, et après cinq minutes on était à table.

Mais l'heure de l'appétit était passée. On avait l'air étonné de commencer à diner à une heure si indue; les mâchoires n'eurent point ce mouvement isochrone qui annonce un travail régulier; et j'ai su que plusieurs convives en avaient été incommodés. »

EXAGÉRATION. Lorsqu'on veut faire passer ses sentiments dans l'âme d'un autre, il faut se permettre un peu d'exagération, soit dans le geste, soit dans l'expression; car les objets qui occupent notre pensée sont toujours à une grande distance de la pensée d'un autre: on doit les mettre sur un piédestal pour les faire apercevoir. Mais deux personnes qui ont la même manière de voir peuvent se parler sans exagération; car elles s'entendent, elles ont la mesure intérieure de leurs idées et de leurs paroles, et n'ont pas besoin de s'occuper de la perspective, pour s'assurer de la manière dont leur vue morale atteindra réciproquement dans le fond de leur âme. Mais, si un troisième interlocuteur est présent et se mêle à leur conversation, dès ce moment le langage doit s'agrandir un peu: le nouveau spectateur, étant froid et indifférent, ressemble à un homme dont la vue est courte; il faut, dès qu'il veut regarder, rapprocher et agrandir les objets; sans cela, il les verrait petits et au-dessous de la vérité. Tous les arts exigent donc un peu d'exagération: la conversation est aussi un art par lequel on transporte les autres dans notre âme, on leur fait partager nos sentiments passés ou présents, on leur peint ce que nous avons vu ou ce qu'un autre n'a pas vu.

EXCUSE. Raison que l'on donne pour se justifier d'une faute ou pour se la faire pardonner. Lorsque la faute n'est qu'apparente, l'excuse dénote toujours un fond de politesse dans celui qui la fait. Il y a certaines excuses qui ont un tour tout à fait épigrammatique, d'autres sont d'ingénieux compliments.

EXPRESSIONS BASSES, INDÉCENTES. Les mots bas, indécents, dégradent les idées les plus nobles. Ils sont, dans le discours, comme autant de taches et de marques honteuses qui flétrissent l'expression. Pour prévenir les impressions désagréables que l'auditeur peut recevoir, celui qui parle doit avoir grand soin d'observer dans ses discours ce qui convient, *quod decet*, relativement à lui-même, à ses auditeurs, à leurs mœurs, à leurs affections, à leurs opinions, à leurs préjugés; de consulter les circonstances où il parle, le lieu, le temps, etc. D'abord il faut éviter d'employer les noms propres des choses qu'on ne peut nommer sans risquer de choquer la pudeur. En second lieu, il est des objets qui, sans être déshonnêtes, déplaisent et révoltent tellement ou les sens par le dégoût, ou l'âme par le mépris, que le discours n'en peut supporter le nom. Celui qui parle doit savoir les pallier, de manière que, sans les nommer, il puisse les faire comprendre. Pour cela il a recours à une périphrase. Il est fort rare cependant que la façon la plus simple de s'exprimer ne soit pas la meilleure. La Bruyère remarque que les femmes de la cour disaient: J'ai traversé les *halles*, et que les bourgeoises cherchaient des périphrases pour ne point nommer de semblables lieux. Pensez à ce que vous voulez dire, et, si la chose dont vous voulez parler ne blesse point la décence et le goût, nommez-la uniment; sinon, ne dites rien. A quoi bon amener dans l'entretien un sujet de conversation qui vous oblige d'abord à prendre tant de peine? Molière a fait justice de ces façons dans les *Femmes savantes* et dans les *Précieuses ridicules*. On voit là des filles cherchant des circonlocutions pour parler d'amour et d'intrigues amoureuses: n'est-il pas plus naturel qu'elles n'en parlent pas du tout, si elles croient perdre de leur considération en traitant une semblable matière? En général, nous vous recommandons d'examiner les mots nouveaux que l'on introduit dans le langage, et de ne les adopter qu'autant qu'ils s'accordent avec vos idées sur les convenances. Les femmes, il y a quelques années, imaginèrent de faire bouffer leurs jupes par derrière, au moyen d'un morceau de toile empesée. Cette partie de leur ajustement reçut selon les unes, le nom de *page* ou de *polisson*; les autres la nommèrent simplement *tournure*. Nous pouvons vous assurer qu'il était impossible de comparer ces femmes entre elles, tant les dernières étaient en tout préférables aux premières. Vous n'emploierez pas non plus le mot *orgie*, si ce n'est en parlant de l'antiquité; il ne doit pas plus retentir dans un salon que celui de *bacchanales*, à moins que ce ne soit pour montrer l'aversion que vous inspirent les scènes que ces expressions peignent. La modestie anglaise, vierge très-capricieuse, a proscrit de la langue certains mots que nous prononçons, nous autres, sans rougir dans la meilleure société. Par exemple, la *culotte*, de l'autre côté du détroit, s'appelle l'*inexprimable* ou le *vêtement nécessaire*. On donne également le titre de *vase nécessaire* à l'urne de porcelaine que l'on trouve ordinairement dans un petit cabinet attenant au salon et où les hommes vont satisfaire ce qui coûte tant de périphrases pour être exprimé décemment. Les gens du peuple, chez nous, ont retenu une expression des livres saints que ceux du monde n'emploient point; ils disent une femme *enceinte*, les derniers disent une femme *grosse*. Les Anglais, plus susceptibles, ne disent ni l'un ni l'autre. Ils disent, en parlant de leur reine, qu'elle se trouve dans une *position intéressante*.

EXTÉRIEUR. Avant de sortir de chez vous pour vous rendre à un bal ou à une soirée, consultez vingt fois votre miroir, détaillez scrupuleusement chaque partie de votre toilette; assurez-vous ainsi qu'aucune n'est en contradiction avec votre âge et l'extérieur que vous avez reçu de la nature. Tous les hommes ne peuvent être beaux comme des Adonis: il faut au moins, par les soins que l'on apporte dans l'arrangement de son physique, tâcher de paraître le moins laid possible.

FACÉTIE. C'est un jeu d'esprit en paroles ou en actions qui divertit et fait rire. La facétie a quelque chose de plus comique que la simple plaisanterie, et de moins bas que la bouffonnerie. C'est une nuance qui se comprend mieux qu'elle ne s'explique. Une action, une parole, est agréable sans être plaisante; elle peut être plaisante sans être absolument facétieuse. Le plaisant plaît et récrée par sa gaieté, sa finesse, son sel, sa vivacité et sa manière piquante de surprendre: il excite un plaisir vif et la gaieté. Le facétieux plaît et réjouit par l'abandon d'une humeur enjouée, un mélange heureux de folie et de sagesse; en un mot, par la plus grande gaieté comique, il excite le rire et la joie. La limite qui sépare la facétie piquante d'une scurrilité grossière est facile à franchir, et l'on risque fort, en se laissant aller au penchant d'un esprit facétieux, de tomber dans la trivialité. Débiter des facéties est un rôle dangereux et difficile à soutenir: il faut craindre de faire rire à ses dépens.

FACULTÉS NATURELLES. Les facultés de l'âme, comme celles du corps, s'agrandissent ou se resserrent, augmentent ou diminuent, en raison de l'activité qu'on leur donne, ou de l'inertie dans laquelle on les laisse languir. Mais telle est la faiblesse humaine, que souvent l'une de ses facultés ne s'enrichit qu'aux dépens de l'autre. Les musiciens passionnés, uniquement occupés à imaginer, à combiner des sons, n'exercent que leur imagination, ou la seule partie du jugement qui a rapport à cette combinaison. Ils acquièrent peu d'aptitude à juger des autres objets, parce qu'ils s'accoutument à suivre les écarts et la fougue de leur imagination; ce qui leur a souvent mérité de fâcheuses épithètes. Ceux à qui il en coûte trop de penser, de méditer, de réfléchir, ou qui ne sont entraînés que par les plaisirs sensuels, laissant leur jugement dans une entière inertie, perdent bientôt les dispositions naturelles ou acquises qu'ils pouvaient avoir, et tombent par degrés dans une entière stupidité. Celui qui ne s'attache jamais à dompter sa volonté se voit souvent emporté hors de lui-même, comme un cavalier imprudent par un cheval indompté. L'éducation, la culture, la nécessité où l'on a été d'exercer ses facultés naturelles, les occasions, les circonstances, les positions où l'on s'est trouvé, développent souvent des talents inattendus, agrandissent les facultés de l'âme, et déterminent, pour l'ordinaire, les différences que l'on remarque entre les hommes. On doit surtout s'attacher à acquérir des talents solides, des sciences vraiment utiles à la société; les autres sont comme ces toiles d'araignées qui, quoique travaillées avec art, sont toujours méprisées et méprisables.

FAIBLESSE D'ESPRIT. C'est la disposition à laisser prendre aux autres un empire plus ou moins grand sur nous-mêmes, et à leur accorder tout ce qu'ils exigent. Nous sommes conduits à ce point d'avilissement, qui a les suites les plus fâcheuses, par l'indolence, la mollesse, le caractère, par la crainte, et surtout par un amour excessif et déréglé. On sait combien les femmes abusent de cette faiblesse.

FAITS. Une source sans cesse renaissante de disputes, c'est cette manie de vouloir expliquer des faits avant de s'être assuré de leur existence. On dit *il ne faut pas disputer des faits*, mais cela ne veut dire autre chose, sinon que la politesse exige qu'on ne conteste pas un fait que quelqu'un dit avoir vu; si ce n'est en lui disant comme Lamotte : *Je le crois, monsieur, puisque vous l'avez vu; mais si je l'avais vu, moi, je ne le croirais pas*. En admettant des faits dont on ne s'est pas donné la peine de vérifier l'existence, on se dispute souvent avec d'autant plus de chaleur que chacun parle, comme on dit, en l'air, et se bat contre des moulins à vent. Cassini découvre un satellite de Vénus: tous les télescopes se braquent, les uns le distinguent, les autres ne l'aperçoivent pas; de part et d'autre ce sont des dissertations à perte de vue; rien ne manque à cette guerre de paroles, pas même les conciliateurs. Mairan explique pourquoi on voit ce satellite, et pourquoi on ne le voit pas : et voilà qu'un beau jour l'astre de Cassini ne se trouve plus être qu'un défaut dans l'objectif de la lunette!

FAMILIARITÉ. La familiarité est un défaut lorsqu'elle se manifeste à l'égard des personnes que l'on connaît peu. Ce manque de tact et de bon ton n'est que trop ordinaire : que de gens, parce qu'ils vous ont rencontré trois ou quatre fois dans une société, s'imaginent que vous devez être enchanté de les voir, et veulent être, bon gré, mal gré, vos amis. Vous êtes, quoi que vous fassiez, leur *cher ami*. A ce titre, ils vous frappent dans la main ou sur l'épaule, au moment où vous pensez le moins à eux. Il faut que vous les instruisiez de votre vie entière, que vous les mettiez au courant de toutes vos affaires, que vous leur donniez votre adresse, dont ils profitent pour aller sans façon vous demander à dîner. Ces gens-là sont une des plaies de la société. La ligne où doit s'arrêter la familiarité n'est perceptible que pour les personnes qui ont le cœur bien placé : celles-là la distinguent et ne la franchissent pas; les gens mal élevés ne la voient pas ou sautent à pieds joints par-dessus. De là vient le proverbe : *La familiarité engendre le mépris.*

FANTASQUE. Le fantasque passe d'un extrême à l'autre sans aucune espèce de mesure. Nul ne peut compter sur lui, pas plus que le fantasque ne peut compter sur lui-même. Idées, manières, vêtements, tout dans le fantasque se trouve en opposition avec telle ou telle circonstance donnée. Avec un pareil homme, tout autour de lui doit être sur un *qui-vive* perpétuel, car on n'est jamais sûr de rien faire qui lui plaise.

FAT. Le fat diffère de l'homme vaniteux en ce qu'il s'inquiète peu du suffrage d'autrui; le sien lui suffit; aussi ne vous entretient-il que de ses goûts, de ses fantaisies, de ses talents, de ses richesses, etc. La solitude lui est à charge; à chaque heure du jour, il faut qu'il se montre; il porte en tous lieux sa bruyante personnalité. En général, le fat vise à la singularité; il ne veut pas être ce que sont les autres; il voudrait même imposer à ceux-ci l'obligation d'être ce qu'il est lui-même. Totalement dénué d'idées, on le distingue sans peine au ton tranchant et au décousu de sa conversation, à l'irréflexion de ses paroles, à la légèreté de ses jugements, à la témérité de ses censures, à l'indiscrétion de ses récits, au mauvais goût de de ses persiflages, au faux clinquant de ses saillies, enfin à la prétention de ses manières, à la suffisance de son maintien, à la familiarité de son abord, à l'égoïsme de sa contenance, surtout à la bizarrerie de sa toilette, au ridicule de ses attitudes et à l'air de contrainte que semble lui imposer l'étroite dimension de ses vêtements. Il est impossible de sympathiser avec le fat; il est tout aussi incommode que l'homme importun; car il ne craint pas de heurter à chaque instant le bon sens et la raison. Sous ce point de vue, il fait le désespoir de ceux qui le fréquentent. Tous les mots qu'il profère sont irréfléchis Rien n'est plus éphémère que sa conversation Au milieu d'un cercle, il commence toujours ses phrases avant que les autres aient achevé de parler; il prend avec les gens du plus haut mérite des familiarités impertinentes; il les aborde avec irrévérence, il les interroge sans pudeur. Le fat n'a qu'une admiration, et c'est pour lui qu'il la réserve. Les jeunes oisifs de nos cités se font remarquer par quelques travers assez singuliers On en voit qui imitent ridiculement la voix flûtée des femmes; d'autres simulent une sorte de grasseyement, pour s'éviter de prononcer les plus dures lettres de notre alphabet; ils vont jusqu'à s'interdire certains termes de notre langue : ils ont recours à des circonlocutions ou à des périphrases pour exprimer les accidents de *banqueroute*, de *mort*, etc. D'autres fois, le fat exagère à froid toutes les idées, comme il arrive à tous les cerveaux faibles : c'est ainsi que les mots de *désespoir*, d'*horreur*, d'*épouvantable*, etc., n'ont qu'une signification vague dans sa bouche, et ne font pas la moindre impression sur l'âme de ceux qui les entendent. L'homme orgueilleux se hausse, le vaniteux s'étale; mais le fat s'agite sans cesse uniquement pour se montrer. Il sert de risée à l'homme sensé, et il est même ravi de se voir l'objet des caricatures et de la censure comique : on prononce partout son nom, c'est ce qu'il ambitionne; il croit d'ailleurs que la moquerie est une arme qui n'appartient qu'à lui. En général, le fat tient beaucoup du sot; souvent même on préfère encore celui-ci, qui fut créé tel par la nature, tandis que l'autre est son propre ouvrage. Quoique le fat ait toujours une certaine dose d'impertinence, il ne faut pas croire qu'il suffise d'être impertinent pour être fat. La fatuité exige encore une certaine distinction de manières et quelque mesure dans le langage. Un fat, fort content de sa figure, conduisait dans une maison un jeune homme de sa connaissance dont la physionomie, peu spirituelle, ne prévenait point en sa faveur. Celui qui le conduisait, croyant faire une bonne plaisanterie, dit à la compagnie, qui se levait pour le recevoir : « Vous voulez bien que je vous présente monsieur ....., qui n'est pas si sot qu'il en a l'air. — C'est, mesdames, reprit aussitôt le jeune homme, la différence qu'il y a entre nous deux » Un fat, pour mortifier Sophie Arnould, si connue par la causticité de son esprit, lui disait: « A présent, l'esprit court les rues. — Oh! monsieur, répliqua Sophie, c'est un bruit que les sots font courir. » Voici encore une autre sorte de fat : Un seigneur s'appropriant à lui seul une nouvelle que le roi avait annoncée à toute sa cour, disait le lendemain à un vieux et rusé chevalier : « J'étais hier au lever du roi qui *me* dit telle chose. — Et moi, dit le vieillard, hier j'ai entendu Bourdaloue, qui m'a déclamé un fort beau sermon. » Il y a aussi des gens vaniteux qui recherchent principalement les hommes cités par leur esprit; ils les poursuivent partout, espérant ainsi se donner du relief et de la considération. Un individu de cette espèce harcelait depuis longtemps le spirituel Martainville pour qu'il vint dîner chez lui. Mais ses invitations étaient toujours restées sans succès. Il le rencontre un jour par hasard : « Pour le coup, lui dit-il, je ne vous quitte pas; il y a assez longtemps que vous me promettez de venir manger ma soupe; je vous tiens, et je ne vous lâche plus. » Martainville eut beau se défendre, prétexter une affaire indispensable, l'autre tenait bon; il fallut accepter. On se met à table; le dîner ne fut pas long : il eût à peine suffi à un malade soumis à la diète. Quand on eut fini le dessert, composé de six noix sèches : « Vous voyez, dit l'amphitryon à son invité, voilà mon petit ordinaire, je vous ai traité en ami; quand cela vous fera plaisir, nous recommencerons. — Ma foi,

tout de suite, si vous voulez, » répondit l'affamé convive. Nous ne savons pas comment le traitant prit la plaisanterie, mais nous gagerions qu'il n'invita plus Martainville à dîner.

FAUSSE BIENSÉANCE. On se tromperait beaucoup si l'on croyait que l'usage du monde suffit seul pour inspirer l'habitude et le goût de ces formes modestes et bienveillantes qui constituent la véritable politesse. L'usage du monde, il ne faut pas l'oublier, n'est que le vernis, ou plutôt la parodie de la bienséance, puisqu'au lieu de s'appuyer, comme elle, sur la sincérité, la modestie, l'obligeance, il consiste à ne s'appesantir sur rien, à se jouer également de ses sentiments, de ses ridicules, de ses défauts et des vertus d'autrui, pourvu que l'on plaisante avec grâce, et qu'on n'aille jamais assez loin pour blesser l'amour-propre de personne. Grâce à l'usage, il suffit, pour être reconnu aimable, que celui à qui s'adresse une mauvaise plaisanterie puisse en rire autant que celui qui la fait. L'usage du monde n'est donc souvent qu'un adroit calcul de la vanité, qu'un jeu futile de l'esprit, qu'une observance superficielle des formes; fausse bienséance qui conduirait à la frivolité ou à la perfidie, si la bienséance véritable ne l'animait de délicatesse, de réserve et de bienveillance. Oh! si trop souvent l'usage du monde n'eût été séparé de cette vertueuse amabilité, aurait-on vu jamais les gens simples et bons se défier de la politesse, et, victimes d'un homme faux et trompeur, dire avec raison d'un ton plein d'amertume : *C'est un homme poli!* Jamais on n'aurait distingué des convenances les principes éternels de la vertu. L'amour du bien, la vertu, en un mot, est donc l'âme de la politesse.

FAUSSE HONTE. Il y a bien de la différence entre la modestie et la mauvaise honte; autant la modestie est louable, autant la mauvaise honte est ridicule. Il ne faut pas plus être un nigaud qu'un effronté; et il faut savoir se présenter, parler aux gens, et leur répondre sans être décontenancé ou embarrassé. Les Anglais, dit lord Chesterfield, sont, pour l'ordinaire, nigauds, et n'ont pas ces manières aisées et libres, mais en même temps polies, qui sont naturelles aux Français; ce sont eux qu'il faut imiter dans leur manière de se présenter et d'aborder les gens. Un bourgeois ou un campagnard a honte quand il se présente dans une compagnie; il est embarrassé, ne sait que faire de ses mains, se démonte quand on lui parle, et ne répond qu'avec embarras et presque en bégayant; au lieu qu'un homme qui sait vivre se présente avec assurance et de bonne grâce, parle même aux gens qu'il ne connaît pas, sans s'embarrasser, et d'une manière tout à fait naturelle et aisée. Voilà ce qui s'appelle avoir du monde et savoir vivre, qui est un article très-important dans le commerce du monde. Il arrive souvent qu'un homme qui a beaucoup d'esprit et qui ne sait pas vivre est moins bien reçu qu'un homme qui a moins d'esprit, mais qui a l'usage du monde.

FAUSSE MODESTIE. Il y a une certaine fausse modestie plus oppressive et plus insultante que le ton tranchant et décisif. Voici à peu près le langage de ceux qui ont cette fausse modestie, qui n'est autre chose que le dernier raffinement de la vanité. « Ce qu'ils ont l'honneur de vous dire leur semble démontré; mais c'est seulement leur opinion, qui ne peut servir de loi à personne. Si on n'est pas de leur avis, c'est sans doute parce qu'ils ont le malheur de s'expliquer mal, et qu'ils ne se sont pas fait entendre; ils prient qu'on leur permette de répéter ce qu'ils ont déjà dit, persuadés qu'on se rendra à l'évidence de leurs raisons. Ils ne prendraient pas la liberté d'être d'un avis différent du vôtre sur d'autres matières; mais pour celle que l'on traite, ils en ont fait une étude particulière, qui les autorise à dire leur sentiment, etc., etc. » Les formules de politesse les plus humbles sont dans leur bouche à chaque objection qu'ils vous opposent : *Permettez-moi; faites-moi la grâce; faites-moi l'honneur de m'entendre; je m'explique mal*, etc. Et au travers de cette prétendue modestie percent la vanité et le despotisme. Comme ce ton est forcé et peu naturel, il est impossible que, dans une dispute un peu longue, il se soutienne jusqu'au bout, et notre homme faussement modeste laisse échapper des traits qui le décèlent. Mais ceux-là même qui gardent le mieux les apparences ne gagnent rien à cette dissimulation, et ne trompent presque personne : on pardonne moins cette modestie que les expressions trop dures des gens vifs et décidés.

FEMMES AGÉES. Dans un salon, qu'un jeune homme n'ait jamais la pensée de rire aux dépens des femmes âgées. S'il s'en rencontre parfois que la vieillesse rende maussades et méchantes, le plus grand nombre peut lui donner d'utiles conseils. C'est la fréquentation des femmes qui inspire cette urbanité, cette élégance de manières, ce ton de politesse et de douceur, enfin cet amour-propre bien entendu, qui peuvent assurer les succès dans le monde. Quels que soient leur âge et leurs qualités corporelles, elles ont toutes droit à nos regrets, à nos hommages. Combien n'a-t-on pas à profiter auprès d'une femme qui, en vieillissant, n'a perdu que sa beauté? Combien sont doux les conseils de son expérience! Sa morale nous plaît et trouve facilement le chemin de notre cœur, parce qu'elle n'est pas ennemie de nos plaisirs, contre les abus desquels elle veut seulement nous prémunir. Celui qui se moque des femmes âgées ne mérite pas d'être aimé des jeunes femmes.

FEMMES SAVANTES. La principale destination des femmes, dit un écrivain, dans un style assez alambiqué, étant de plaire par les agréments du corps et par des grâces naturelles, elles s'en écarteraient en courant après la science et le bel esprit, car il est certain que, s'ils procurent des avantages précieux à la société, ceux qui résultent d'un corps sain ou d'un esprit libre et aisé sont rarement le partage des personnes qui se livrent à un désir immodéré de s'instruire, ou qui se dévouent à la fonction pénible et ingrate d'éclairer leurs semblables. Celles-ci sont le plus souvent des hommes qui, travaillant sans cesse à enrichir le monde par des découvertes utiles et par de nouvelles vérités, ou à l'amuser par des écrits agréables, consentent à y être nuls par leur personne. Presque toujours déplacés, ou par leurs prétentions, ou par cette indifférence apathique que donne la méditation, ils sont au milieu de leurs contemporains comme des hommes d'un autre siècle, ignorant les usages les plus communs et les plus indispensables, et toujours occupés d'autres objets que ceux qui conviennent à leur situation présente. « Cela, dit Montaigne, les rend ineptes « à la conversation civile, et les détourne des meilleures « occupations; combien ai-je vu, de mon temps, d'hommes « abêtis par une téméraire avidité de science! » Le chancelier Bacon avoue que c'est un inconvénient assez ordinaire aux lettres; mais cet inconvénient serait plus sensible et plus choquant dans les femmes, dont l'affabilité et le caractère conciliant, qui leur ont été donnés pour tempérer la rudesse naturelle de l'homme, ne sauraient s'accorder avec la morgue du savoir. Enfin, les idées des gens de lettres, même les plus exempts de ces défauts, ont toujours un air de contrainte qui leur ôte le naturel et la grâce; et, comme le plus souvent elles ne leur appartiennent pas, on pourrait les comparer à des dépouilles que l'on a été chercher dans des tombeaux; elles sont inanimées et froides comme les cendres des morts auxquels on les a dérobées; ou bien, si elles leur sont propres, comme elles sont le fruit du travail, elles ne ressemblent pas mal à ces fruits avortés, sans beauté et sans saveur, que l'art arrache à la nature pour flatter la vanité ou l'impatience des riches. Au contraire, l'esprit des femmes, inculte, mais pétillant, brille d'autant plus qu'il n'est point étouffé par un savoir indigeste. Son caractère original le rend piquant; sa liberté lui donne des grâces. Leurs idées n'ont rien de gêné, de contraint; leurs expressions sont la véritable image de leur âme: irrégulières, mais pleines de naturel et de vie; leur conversation, toujours vive et animée, peut se passer de la science, et a par elle-même un intérêt que toutes les ressources de l'érudition ne sauraient lui donner. Tout lui sert d'aliment; leur esprit sait tirer parti des moindres objets; il ressemble au feu qui convertit en sa substance tout ce qu'il touche, et communique son éclat aux matières les plus viles et qui en paraissent le moins susceptibles. Enfin, comme les femmes sont un des plus grands mobiles et un des principaux liens de la société; qu'elles sont les ressorts qui en font agir les membres, la nécessité d'y mettre leur faiblesse à l'abri des chocs que le jeu de ces ressorts nécessite, leur donne cette sagacité qui sait quand et comment on doit agir ou parler, l'art de mesurer ses démarches, de graduer ses actions et son langage, selon les circonstances; une certaine habitude de saisir d'un coup d'œil toutes les convenances, en un mot l'esprit de société, que bien des gens disent être le meilleur de tous. D'ailleurs, une femme en sait toujours assez, non point, comme disait un duc de Bretagne, parce qu'elle sait *mettre de la différence entre la chemise et le pourpoint de son mari*, mais parce qu'avec une mémoire facile et une tournure d'esprit légère et agréable, elle a l'art de multiplier les connaissances que le commerce des hommes ou quelques lectures furtives et passagères peuvent lui procurer. On ne sera point étonné de l'étalage scientifique que fera un homme qui vient de pâlir sur des livres; mais un des charmes de la conversation des femmes, surtout quand la prétention en est bannie, c'est de paraître savoir tout sans avoir jamais rien appris. Pourraient-elles sacrifier tant d'avantages réels à un vain fantôme, se livrer à des travaux où elles ont tout à perdre et rien à gagner, et se dessécher par des veilles multipliées pour acquérir un titre qui ne peut jamais chez elles qu'être subordonné à un autre genre de mérite? Leur intérêt est donc de trouver des exercices qui soient propres à développer et à perfectionner leurs facultés naturelles, sans nuire à leur tempérament.

FIERTÉ (Noble). La vraie modestie est comme la vraie bravoure, qui jamais n'outrage personne, mais qui sait repousser les outrages, au moins quand celui qui les fait n'est pas assez vil pour ne mériter que le mépris. Fléchier était sans orgueil. Fils d'un pauvre fabricant de chandelles, et parvenu à l'épiscopat, il n'avait ni la sottise de cacher l'obscurité de sa naissance, ni la vanité plus raffinée qui aurait pu chercher dans cette obscurité même un titre de gloire, et mesurer avec une complaisance secrète la distance entre le lieu d'où il était parti et celui où il s'était élevé. Un jour cependant il sortit à regret de sa simplicité ordinaire, forcé de répondre à un prélat courtisan qui, n'ayant que ses aïeux pour tout mérite, se trouvait déshonoré d'avoir en Fléchier un confrère que Dieu avait fait éloquent, charitable et vertueux, mais n'avait pas fait gentilhomme; il trouvait fort étrange qu'on l'eût tiré de la boutique de ses parents pour le placer sur le siége épiscopal, et il eut la basse ineptie de lui en laisser voir sa surprise: *Avec cette manière de penser*, lui répondit l'évêque de Nimes, *je crains que si vous étiez né ce que je suis, vous n'eussiez fait des chandelles*. On raconte aussi que le maréchal de la Feuillade, ce flatteur intrépide de Louis XIV, qui se dédommageait de ses adulations auprès du maître par ses airs de hauteur avec ceux qu'il croyait devoir les souffrir, osa dire à Fléchier, qui n'était à ses yeux qu'un petit bourgeois de Nimes: *Avouez que votre père serait bien étonné de vous voir ce que vous êtes. — Peut-être moins étonné qu'il ne vous semble*, répondit le prélat; *car ce n'est pas le fils de mon père, c'est moi qu'on a fait évêque*. Par là on voit qu'il est des circonstances où il est permis de se relever soi-même pour abaisser et punir l'insolence d'autrui.

FIGURES. Lorsqu'on doit parler d'un sujet qui n'intéresse point la personne à qui l'on s'adresse, il faut tâcher du moins de fixer son attention par des figures ou des comparaisons tirées des objets qu'elle aime, et dont elle s'est souvent occupée. Les figures intéressent toujours; il semble qu'elles vous font toucher un objet que la pensée seule ne faisait que vous montrer de loin.

FINESSE. La finesse ne fut et ne sera jamais que le partage des esprits médiocres et des cœurs équivoques. C'est une vue courte qui découvre les petits objets qui l'avoisinent et ne peut saisir ceux qui sont éloignés. La ruse est le talent des égoïstes, et ne peut tromper que les sots qui prennent la turbulence pour l'esprit, la gravité pour la prudence, l'effronterie pour le talent, l'orgueil pour la dignité. Laissons le masque à ceux qui ne pourraient, sans rougir, se montrer à visage découvert. Soyons francs et sincères; nous n'avons rien à perdre à nous montrer tels que nous sommes aux honnêtes gens. Soyons réservés avec les autres, discrets avec tous; mais ni faux ni fins avec personne.

FLEGMATIQUE. Le flegmatique se prête avec peine à ce qui fait le plaisir des autres. Ce défaut de sensibilité rend les fonctions de son esprit faibles et languissantes, son imagination froide et débile. L'habitude est sa loi; il est naturellement obéissant et propre à recevoir l'impression qu'on veut lui donner; mais en dédommagement il a le jugement droit, le caractère doux, affable, paisible. L'état d'apathie fait son bonheur.

FRANCHISE. La crainte, la faiblesse, l'empire des préjugés, les lois impérieuses de ce qu'on appelle les convenances sociales, la dépendance plus ou moins étroite dans laquelle nous plaçons nos intérêts, entravent souvent la liberté d'exprimer nos pensées, notre opinion, nos jugements. L'homme assez courageux, assez désintéressé pour s'affranchir de ce joug, prend la liberté de dire ouvertement, entièrement, ce qu'il pense: tel est le caractère de la franchise. La vérité, la droiture, inspirent la franchise; la hardiesse et le courage inspirent la liberté de parler franchement. La franchise suppose donc cette noble indépendance de caractère que ne peut intimider la crainte de déplaire, et que l'intérêt privé ne saurait séduire. Elle est le premier devoir de l'honnête homme. « C'est aux esclaves à mentir, disait Appollonius de Thyane, à l'homme libre de parler le langage de la vérité. » Cependant cette liberté courageuse n'exclut pas la prudence, la discrétion. La franchise qui méconnaît les ménagements, les égards commandés par les convenances, dégénère en brusquerie ou en grossièreté; elle irrite les susceptibilités de l'amour-propre et ferme tout accès à la vécité : ce n'est pas assez d'être aussi courageux qu'il le faut pour dire toute la vérité ; il est nécessaire encore de savoir jusqu'à quel point les autres auront le courage de l'entendre et de la souffrir. Un des confrères de Guettard, savant botaniste et académicien, le remerciait un jour de lui avoir donné sa voix : « *Vous ne me devez rien*, lui répondit-il ; *si je n'avais pas cru qu'il fût juste de vous la donner, vous ne l'auriez pas eue, car je ne vous aime pas.* » Condorcet approuve cette réponse : « Si une telle franchise, dit-il, offense quelquefois, au moins a-t-elle sur la politesse l'avantage d'inspirer la confiance : on sait ce qu'on doit espérer ou craindre. » Nous ne sommes pas de cet avis ; il n'est pas permis de dire à quelqu'un qu'on ne l'aime pas ; cela n'est ni poli ni convenable, car à quoi bon faire de la peine à celui qui vient nous remercier et nous témoigner sa reconnaissance ? A cette franchise brutale on doit sans doute préférer une franchise plus douce et tempérée par une sensibilité vraie, que la crainte de blesser rend adroite ou caressante. Guettard pouvait répondre : « En vous donnant ma voix, je n'ai consulté que la justice ; ce n'est donc pas moi, mais vous, que vous devez remercier ; car, si je n'avais pas cru que vous la méritiez, certes vous n'auriez pas eu ma voix. » Il eût été franc sans être ni impoli ni blessant.

GAIETÉ. Non, certes, nous ne voulons pas bannir la gaieté de la conversation ; mais nous y voulons l'espèce de gaiete qui seule y convient. Il y a une gaieté douce et une gaieté bruyante ; celle-ci se manifeste par le rire éclatant, par le ton de voix élevé, par le geste pantomime ; l'autre est plus en dedans, elle s'exprime par des mouvements plus modérés ; elle ne fait que sourire. Il est assez généralement vrai que la gaieté douce se soutient plus longtemps que celle qui est trop vive ; celle-là se communique plus facilement, et chacun contribue à l'augmenter La gaieté trop vive, au contraire, ne passe pas aisément de celui qui en est plein dans l'âme des autres. Si elle parvient à y faire son impression, souvent il n'y a pas de réaction ; les assistants ne contribuent pas à l'augmenter, et plus communément encore les caractères froids qui se rencontrent dans la société s'arment contre elle ; ainsi celui qui apporte cette sorte de gaieté dans la conversation en fait seul tous les frais, les autres ne faisant que s'y livrer presque machinalement, si même ils n'y résistent pas. Nous ne savons si nos lecteurs ont jamais observé le sérieux glacé dans lequel on tombe tout de suite après avoir ri aux éclats d'un mauvais jeu de mots. Nous demandons qu'on observe les visages qui témoignent contre le genre. Nous croyons pouvoir donner plusieurs raisons de ce fait. Le plaisir que les saillies nous causent ne dure qu'un moment : c'est un feu d'artifice qui laisse après lui, pour ainsi dire, une obscurité plus profonde ; pendant que l'homme gai prodigue les saillies, les assistants ne pensent guère, et ne sont que passifs. Ainsi, en jetant les yeux sur le temps qu'on vient de passer, on y remarque un vide, on a moins existé pendant cet intervalle, et on demeure mécontent de son inaction, ou au moins est-on privé de la satisfaction qu'on éprouve après avoir exercé son esprit. La gaieté très-vive, même séparée du bruit qui l'accompagne ordinairement, étonne et étourdit dans la conversation. Les idées présentées ainsi excitent l'attention ; mais c'est une attention en quelque sorte stupide. Cette gaieté naissant d'une manière particulière de voir les objets, il n'y a ordinairement qu'un petit nombre de personnes dans la société dont la tournure de l'esprit soit analogue à celle-là. Toutes les autres sont obligées de faire un effort pour saisir l'objet sous un même point de vue ; ainsi on ne peut en attendre des saillies de la même nature. La conversation ne se soutiendra donc que par l'homme gai lui-même, ou plutôt il n'y aura point de conversation, puisque lui seul parlera. L'excessive gaieté tue la conversation, tandis que la gaieté douce l'alimente et la soutient. Il nous semble que ceux qui visent le plus à mettre de la gaieté dans la conversation la communiquent rarement à leurs auditeurs, faute d'observer ou de ménager le moment où l'on serait disposé à la partager ; leur gaieté nous invite avant que les cordes de notre âme soient montées pour rendre les sons qu'on lui demande ; on résiste toujours un peu à cette espèce d'empire que veulent prendre les autres sur nous. La gaieté douce n'a pas ces inconvénients ; on se trouve plus ordinairement disposé à la recevoir. Comme elle est moins éloignée de l'état habituel de la plupart des esprits, elle s'insinue sans éprouver de résistance, elle s'étend ; chacun y participe et contribue à l'augmenter.

GALANTERIE. Sorte de culte, de politesse et d'égards que l'homme bien élevé doit rendre aux femmes en toutes circonstances. De nos jours, la galanterie n'est plus, à beaucoup près, en honneur comme du temps de nos aïeux. Il y avait quelque chose de très-noble dans ce respect pour des êtres frêles qui n'ont pas la force d'en exiger. C'était un précieux reste des coutumes de la chevalerie, institution féconde en généreux sentiments, qui semblait prescrire à chaque guerrier le vœu de galanterie en même temps que celui de la bravoure et de l'honneur. Les révolutions politiques ont changé en même temps les coutumes et les mœurs. On cite une foule de réponses plus ou moins galantes ; nous ne rapporterons que les suivantes. Une jeune et jolie demoiselle disait un soir à Fontenelle : « On assure, monsieur, que la lumière vous incommode ; et vous voulez pourtant qu'on allume les bougies ?... Avouez cependant que vous préférez l'obscurité. — Non pas où vous êtes, mademoiselle, » répondit le galant vieillard. Avant de lire, dans une séance publique de l'Académie, son discours sur l'Apologie de l'étude, d'Alembert en fit la lecture dans un cercle d'amis. Après avoir dit dans ce discours « que la même Providence qui semble avoir attaché le bonheur à la médiocreté du rang et de la fortune semble aussi l'avoir attaché à la médiocrité des talents, » il fut interrompu par une jolie femme, qui lui dit : « Monsieur, c'est nous apprendre que vous n'êtes pas heureux. — On l'est, du moins, madame, repartit le galant philosophe, quand on vous voit et qu'on vous entend. » Une dame de condition faisait un reproche à l'ambassadeur turc en France de ce que la loi de Mahomet permettait d'avoir plusieurs femmes « Elle le permet, madame, lui répondit galamment cet ambassadeur, afin de pouvoir trouver dans plusieurs les qualités qui sont rassemblées dans vous seule. »

GAUCHERIE. La maréchale de Luxembourg, dont le bon goût était reconnu, ne pouvait pardonner à madame de Mazarin ses continuelles gaucheries. « Pauvre femme ! disait-elle ; elle a reçu tous les dons que les fées peuvent faire à une créature humaine, mais on a oublié de convier la méchante fée *Guignon-Guignolant*, qui l'a douée de tout faire de travers, même de plaire. »

GENS DU MONDE. Par cette expression on entend non pas seulement les personnes vivant dans ce cercle élevé qu'on appelle le *monde*, et moins encore celles qui se contentent d'une légère teinture de la science, telle que les rapports sociaux l'exigent impérieusement, mais toutes les personnes qui veulent égaler par l'instruction, par l'étendue et l'élévation des idées, celles qui composent le monde, ou qui savent s'en faire ouvrir l'accès.

GESTES. Le geste comprend toutes les attitudes et tous les mouvements du corps propres à faire mieux sentir la force de la pensée. Néanmoins ses principaux instruments sont la tête, les bras et les mains. Faire de la pantomime à chaque mot est une chose tout à fait intolérable. Les grands gestes, les gestes multipliés, qui ne s'accordent point avec le discours; les signes mystérieux accompagnant l'énoncé de la chose la plus simple; les gestes brusques dans une conversation amicale, les gestes mignards dans une conversation sérieuse; les mouvements rapides d'une personne assise ou debout, qui semble exécuter une sorte de danse, toutes ces choses sont à la fois des fautes graves contre la raison et contre le goût. Ce n'est point qu'il faille condamner absolument les gestes. Les gestes donnent de la physionomie au discours. Celui qui veut plaire dans la conversation ne doit pas négliger l'art du geste. Il ne suffit pas, en effet, d'avoir une jolie voix et de parler avec expression, il faut encore savoir donner à ses gestes le mouvement qui leur convient, il faut savoir exprimer par ses gestes les paroles que l'on prononce, car rien de plus fatigant que des mouvements monotones et froids, gauches et disgracieux. Les sentiments que nous éprouvons, nous voulons les voir partagés par les autres; nous voulons en trouver l'empreinte sur leur physionomie, dans leurs attitudes et leur maintien. Rien ne nous déplait tant que ces individus qui, automates vivants, semblent être privés d'âme et de sentiment. Des gestes modérés, assortis aux paroles, et tour à tour doucement comiques, spirituels et gracieux, sont permis, même indispensables. La main gauche peut ne point agir, mais la coopération intelligente et réglée de la main droite ne doit jamais manquer à la conversation. Si l'ordre, la symétrie, les proportions enfin, sont agréables en toutes choses, en ce qu'ils donnent la faculté à l'esprit de saisir, à l'œil d'apercevoir un ensemble, il est évident que les gestes, lorsqu'ils sont en harmonie avec les sentiments qu'ils peignent, donnent plus de grâce au discours et l'impriment plus profondément dans notre esprit. Un jeune homme qui craindrait de s'exposer à perdre l'avantage d'une action naturelle, ne doit hasarder d'abord que fort peu de gestes. La multiplicité des mouvements est un écueil que les débutants ne sauraient éviter avec trop de soin. Pour peu qu'il observe la société, il se convaincra facilement qu'on y déclame peu et qu'on y gesticule encore moins. Plusieurs personnes se rappellent encore avoir vu Mirabeau entraîner l'Assemblée constituante par l'éloquence de ses gestes et de son regard autant que par la puissance de ses paroles. Un jour, l'Assemblée était fatiguée d'une discussion longue et confuse, qui n'avait point amené de résultat. Tout à coup, au moment où on allait se séparer, Mirabeau, qui ce jour là était resté silencieux sur son banc, se lève et demande la parole. Tous les regards se tournent vers lui : alors, profitant de l'attention générale qu'il a excitée, il traverse toute l'étendue de la salle, à petits pas, les yeux fixés à terre, et comme recueilli en lui-même; il met plusieurs minutes à arriver à la tribune; et, quand il y est parvenu, toute l'Assemblée est plongée dans un silence profond, suspendue aux lèvres de l'orateur, et convaincue de ce qu'il va dire, même avant qu'il ait prononcé un seul mot.

GLACE. Le retour des mêmes mouvements n'est pas moins déplaisant que celui des mêmes locutions. C'est ainsi que quelquefois, par une des plus fâcheuses inattentions, on contracte l'habitude de parler en se regardant dans la glace d'un appartement. Il n'est rien qui donne l'air plus malhonnête à une femme, et plus niais à un homme; et cependant, ce que cela prouve le plus, c'est que l'on a été élevé dans de pauvres chambres où il n'y avait point de glace; mais le monde ne se donne pas la peine de rechercher les causes, et trouve plus facile de dire : C'est une coquette ou c'est un fat.

GOUT. Le goût, voilà le souverain régulateur de la société; il n'exclut pas les formes vives et variées, les charmes et les saillies d'une conversation aimable et piquante; mais il repousse l'insipide uniformité d'un lourd parlage sans idées, sans originalité, qui, semblable à une pesante massue assomme impitoyablement l'auditeur sous le poids de phrases interminables.

GRACES. Elles naissent d'une politesse naturelle, accompagnée d'une noble liberté : c'est un vernis agréable.

GRAMMAIRE. La grammaire est la loi suprême de la conversation. Il est permis, jusqu'à un certain point, de parler sans élégance; mais il est expressément défendu de parler incorrectement. Une faute de français, vulgairement appelée *cuir*, est un crime de lèse-société. Il ne faut jamais aborder un salon, à moins d'avoir son ***Lhomond*** dans la mémoire et son dictionnaire de poche dans la tête. On doit éviter les subjonctifs et les imparfaits du subjonctif en *isse* et en *asse* qui blessent l'oreille, comme les cuirs les mieux conditionnés. La règle des participes est la pierre de touche d'un causeur. Une phrase trop longue dans la conversation équivaut presque à une faute de français. Il est des occasions où l'on doit plutôt s'en rapporter à l'usage qu'au dictionnaire de l'Académie. L'homme du monde porte avec aisance le joug de la grammaire; un pédant, qui a la prétention d'un puriste, ressemble à un âne trop chargé qu'on ne fait marcher qu'à coups de fouet. Si un cuir échappe à votre interlocuteur, gardez-vous bien de le lui faire apercevoir, en riant ou en haussant les épaules, à moins que vous ne vouliez avoir l'air d'un maître d'école.

GRASSEYEMENT. Le grasseyement est un vice de la parole qui consiste, soit à articuler dans l'arrière-bouche ou de toute autre manière défectueuse la lettre *r*, soit à lui substituer le son d'une autre lettre, soit enfin à supprimer plus ou moins cette consonne, comme le font souvent les Anglais et les Parisiens, qui affectent cette manière de parler. Toutes les variétés de grasseyement ont pour cause principale l'imitation ou une mauvaise habitude que, dans l'enfance, on a laissé prendre aux personnes chez qui peut-être déjà une conformation particulière des organes de la parole rendait l'articulation de la lettre *r* un peu difficile. Lorsque le grasseyement est peu sensible, on lui trouve généralement quelque chose de doux et d'agréable, qui paraît surtout plus gracieux dans la bouche d'une femme.

GRAVITÉ. C'est un défaut d'être grave hors de propos. Celui qui est grave dans la société est rarement recherché. L'air décent est nécessaire partout; mais l'air grave n'est convenable que dans les fonctions d'un ministère important, dans un conseil. Quand la gravité n'est que dans le maintien, comme il arrive très-souvent, on dit gravement des inepties. Cette espèce de ridicule inspire de l'aversion. On ne pardonne pas à qui veut imposer par cet air d'autorité et de suffisance. « La gravité est un mystère du corps, inventé pour cacher les défauts de l'esprit, » a dit Larochefoucauld.

HALEINE Il y a beaucoup de personnes dont l'haleine, par suite de maladie ou par toute autre cause, est loin d'exhaler les parfums d'Arabie, et, de toutes les sensations, il n'en est pas qui soit moins propre à flatter l'odorat des personnes délicates, habituées aux suaves odeurs de la rose et du jasmin. Il faut, dans ces circonstances, que les personnes qu'on aura averties de l'infection de leur haleine aient soin de se parfumer, et celles qui auront à leur parler feront bien d'éviter leur haleine, car l'odeur qu'elle porte est vraiment délétère, et peut, suivant qu'elle est forte et que la personne qui la reçoit en face est délicate ou susceptible, lui faire perdre connaissance à l'instant même. Pour ne pas s'exposer à produire un pareil accident, les individus qui savent qu'ils ont une mauvaise haleine devront avoir soin de ne jamais se placer en face des personnes à qui ils ont à parler; nous croyons devoir leur faire cette recommandation, parce qu'ils semblent presque tous prendre à tâche de parler aux autres sous le nez. A Calicut, les courtisans se couvrent la bouche de la main gauche, afin que l'odeur de leur haleine n'offense pas les narines du roi. Benserade trouva dans une compagnie une demoiselle dont la voix était fort belle, mais l'haleine un peu forte. Cette demoiselle chanta. On demanda à Benserade ce qu'il en pensait; il répondit que les paroles étaient parfaitement belles, mais que l'air n'en valait rien. Dans les singulières instructions données par Henri VII, roi d'Angleterre, à deux de ses serviteurs de confiance, pour leur servir de conduite lorsqu'ils seraient en présence de la jeune princesse de Naples qui lui était destinée en mariage, on lit, entre autres choses : « qu'ils devront remarquer si elle a de la barbe autour des lèvres ou non; qu'ils feront en sorte d'approcher ladite jeune princesse à jeun; qu'ils entameront avec elle une conversation de manière à pouvoir s'approcher aussi près de sa bouche qu'ils pourront décemment le faire, afin de respirer son haleine, et de pouvoir juger si elle est douce ou non, si sa bouche a l'odeur de quelque épice, d'eau de rose ou de musc. » Voici la réponse que firent les fidèles envoyés du roi : « ..... Nous n'avons aperçu aucun poil (sinon follet) autour de ses lèvres qui sont d'une peau bien nette. Quant à ce qui a rapport à l'haleine de ladite jeune princesse, nous n'avons pu approcher ses lèvres d'assez près pour parvenir à une connaissance certaine de cet article; cependant, sans faire semblant de rien, autant que l'honnêteté l'a permis, nous avons communiqué avec ladite jeune princesse, et nous devons dire que nous n'avons distingué aucune odeur d'épice, ni d'eau de rose, et qu'à juger de la rose de ses lèvres, du lis de son teint, de la fraîcheur de sa bouche, nous ne pouvons conjecturer sinon qu'elle est la salubrité, la santé et la joie de la vie (au moins en apparence). » Le calife Abdermalek avait, dit-on, l'haleine si infecte, qu'elle tuait les mouches qui se reposaient sur ses lèvres. Hiéron, roi de Syracuse, avait l'haleine extrêmement forte; il l'ignorait. Une femme étrangère s'en aperçut, et lui en fit une sorte de reproche. Hiéron témoigna à son épouse combien il était surpris de n'en avoir jamais rien su par elle, qui avait dû souvent s'en trouver incommodée. « Je croyais, répondit l'épouse vertueuse, que tous les hommes sentaient de même. » L'haleine de l'homme, dit J.-J. Rousseau, est mortelle à ses semblables. Cela n'est pas moins vrai au propre qu'au figuré.

L'Art de se conduire dans toutes les circonstances de la vie. — Les voyages.

HAUTEUR. C'est un sentiment avantageux que l'on a de soi-même, de son rang, de ses qualités. Elle affiche un dédain marqué pour tous les hommes. L'esprit de domination qui la possède ne lui permet jamais de céder, pas même à la raison et à l'évidence.

HÉSITATION. Après la volubilité vient l'hésitation, qui n'est guère moins fâcheuse, car elle sème le discours de ridicules et pénibles efforts. Ce défaut, qui tient quelquefois à l'organisation, provient encore plus souvent de ce qu'on néglige de penser avant de prendre la parole; il tient aussi à la timidité, à quelque émotion vive qui force à balbutier, au soin prétentieux d'employer des termes choisis. Ce dernier motif est presque une extravagance. Dans le but de plaire aux gens, on les assomme de redites, de mots cherchés, hachés, et, pour paraître spirituel, on se rend souverainement ennuyeux. Madame de Sévigné alla chez le premier président de Bellièvre, pour lui recommander un procès qu'elle avait. Elle l'aborda d'un air aisé, et, après bien des révérences, elle lui parla de son affaire : mais comme elle s'aperçut qu'elle s'embarrassait dans les termes. « Monsieur, lui dit-elle, je sais bien l'air, mais je ne sais pas les paroles. »

HIATUS. Ce terme, emprunté du latin, exprime l'espèce de bâillement qui résulte de la rencontre de deux voyelles. Les hiatus, toujours pénibles à exécuter, sont souvent désagréables à l'oreille des personnes de goût qui nous écoutent, si celui qui parle n'a pas le talent ou de les affranchir, ou de rendre le rapprochement des deux sons plus euphonique par un certain adoucissement de voix, par un mouvement plus léger, enfin par des inflexions convenables. Bien que les hiatus soient plus supportables dans la conversation que partout ailleurs, cependant il est bon de les éviter. Des phrases telles que les suivantes deviendraient fatigantes par leur répétition : *il pensa à sa mère; il m'a trompé et égaré; l'étourdi ira-t-il? un zéro omis; mon neveu Eutrope; un bijou oublié; il faut de l'eau aux plantes; un an entier; un libertin incorrigible; un vallon ombragé; rester à jeun un jour; il alla à Amiens*, etc.

HOMMES ET FEMMES. Chez nous, la société rassemble les hommes et les femmes; mais en cela même nous avons peut-être passé le but, au moins pour les intérêts de la conversation. S'il est difficile d'avoir une bonne conversation avec plus de dix ou douze personnes, cela est plus difficile encore si, dans ce nombre, il y a plusieurs femmes. Chacune est naturellement un centre auquel se réunissent quelques-uns des hommes présents, et on a bientôt trois ou quatre groupes, au lieu d'un cercle. « Je le dirai avec franchise, dit l'abbé Morellet, je n'ai jamais vu de conversation habituellement bonne que là où une maîtresse de maison était, sinon la seule femme, du moins une sorte de centre de la société. J'ai dit, sinon la seule, parce que j'ai trouvé encore de fort bonnes conversations dans des cercles où se rencontraient plusieurs femmes, mais c'est lorsque ces femmes étaient elles-mêmes instruites, ou cherchaient et aimaient l'instruction, disposition, il faut l'avouer, peu commune. Alors on peut jouir de tous les avantages d'une conversation agréable et intéressante, et y trouver un des plus grands, et certainement le plus innocent, le plus durable et le plus utile plaisir de la vie. »

HOTTENTOTISME. Vice de prononciation qui consiste à remplacer tous les sons, toutes les syllabes, tous les mots, par un bruit confus de *t* sans cesse répétés. Ce défaut, qui rend la parole absolument inintelligible, semble être le résultat d'une sorte de convulsion des muscles de la langue; les mouvements de cet organe sont trop brusques et trop rigides; sa pointe est incessamment portée avec force contre le palais, ce qui oblige le sujet à substituer malgré lui l'articulation du *t* à toutes les autres.

HUMEUR. La bonne humeur, l'un des plus précieux dons de la nature, rend heureux celui qui la possède, et, par la bienveillance qu'elle lui inspire, fait épancher sur les autres hommes une partie de son bonheur. L'être infortuné, au contraire, souffre et fait souffrir constamment tout ce qui l'entoure de sa mauvaise humeur. Il n'est pourtant pas rare de voir des personnes qui ne manquent cependant pas de bon sens entretenir la compagnie du récit de leurs peines et de leurs maux, comme si un pareil récit pouvait les intéresser et leur tenir lieu de conversation. C'est la plus misérable de toutes les ressources, et il faut qu'un homme soit absolument dépourvu de pensées, ou qu'il ait bien mauvaise opinion de lui-même, pour qu'après avoir parlé de son mal de tête, de sa douleur de jambe, etc., il s'informe des nouvelles du jour. La bonne humeur devrait nous suivre partout, et nous ne devrions jamais ouvrir la bouche que pour distraire et récréer nos amis. Mais que de gens se mettent fort peu en peine de plaire aux autres ou à eux-mêmes, et qui vivent dans la plus complète indifférence à cet égard! Triste et fâcheux état, qui semble tenir le milieu entre le plaisir et la peine, et qui nous rend à charge aux autres et à nous-mêmes. Certes, en frondant ainsi ceux qui se plaisent à se tourmenter, ou qui passent leur vie dans l'insouciance, nous ne prétendons pas qu'il faille ne rechercher que le plaisir et la joie et se couronner de roses à l'imitation des anciens Sybarites; mais, puisque l'indolence et l'excessive sensibilité sont ennemies de tout plaisir, nous voudrions qu'on tâchât du moins de se former une disposition d'esprit telle, que tout ce qui frappe nos yeux ou nos oreilles nous fût agréable. Cette qualité portative, la bonne humeur, assaisonne si bien toutes les circonstances de la vie, qu'il ne s'en perd pas un seul moment, et nous en éprouvons une si grande satisfaction, que le temps même, le plus pesant de tous les fardeaux lorsqu'il en est un, ne nous est jamais à charge. Il est certain qu'une humeur douce et affable, soutenue par des manières honnêtes et une imagination vive et bien réglée, est un des plus beaux présents de la nature, et fait un des plus grands plaisirs de la vie.

HUMOUR. Ce genre d'esprit, cette originalité piquante que nous appelons *humour*, fait rechercher ceux qui en sont doués; mais il ne faut l'employer qu'avec beaucoup de précautions. *L'humour* est souvent un grand ennemi de la délicatesse, et plus encore de la dignité du caractère. Il obtient quelquefois les applaudissements, mais jamais l'estime et le respect.

IDÉES. La manière de former les idées est ce qui imprime un caractère à l'esprit humain. L'esprit qui ne forme ses idées que sur des rapports réels, est un esprit solide; celui qui se contente de rapports apparents, est un esprit superficiel; celui qui voit les rapports tels qu'ils sont, est un esprit juste; celui qui les apprécie mal, est un esprit faux; celui qui controuve des rapports imaginaires sans réalité ni apparence, est un fou; celui qui ne compare point est un imbécile. L'aptitude plus ou moins grande à comparer des idées, à trouver des rapports, est ce qui opère dans les hommes les différences que l'on remarque dans l'esprit. Les distractions étouffent l'esprit avant sa naissance; et c'est en fixant son attention sur tout ce que les autres disent, qu'il nous vient des idées en propriété : il suffit même d'un mot au hasard pour réveiller quelques souvenirs, et nous permettre de parler. Il faut être attentif à ce qu'on dit, à la manière dont on l'exprime, à la nuance délicate des mots : toutes ces pensées diverses ne nuisent point à la chaleur; car il n'y a point de vraie chaleur sans nuance, puisque rien n'est si froid que l'exagération, et rien n'est si ardent que la peinture véritable et distincte de nos sentiments. Tant qu'on peut écouter la personne à qui l'on veut plaire, on ne doit dire que ce qu'il faut pour l'encourager à parler, et pour lui montrer que le silence est de l'attention et du plaisir; ainsi, il ne faut parler que par intervalles, et ne se permettre des récits qui prennent trop de place que quand on croit pouvoir les faire avec grâce. Les longs récits conviennent surtout aux personnes dont le genre est la grande finesse ou une plaisanterie délicate, et un certain abandon d'exagération et de gaieté.

IGNORANTS. L'homme d'esprit et l'homme instruit, s'ils ont l'art d'écouter, pourront soutenir la conversation avec le sot et avec l'ignorant. C'est que l'homme le plus sot parle souvent raison, et que l'ignorant sait toujours quelque chose. Qu'on démêle avec sagacité, dans leurs discours, les choses sensées qui y sont, qu'on les leur développe à eux-mêmes, et on en tirera parti. L'homme d'esprit, en s'abaissant vers eux, les élèvera presque jusqu'à lui. Il faut pour cela non-seulement de l'esprit; mais, ce qui est plus rare encore, beaucoup de patience et de douceur, qualités précieuses qui font aimer ceux qui les possèdent, parce qu'avec eux on se trouve de l'esprit, ou qu'on exerce du moins tout celui qu'on a. Certes, cette indulgence à écouter ne doit pas être portée trop loin, parce qu'elle dégénérerait en bassesse et en fadeur, excès qu'il faut éviter, et pour soi-même, et pour la société qui en deviendrait la victime.

IMBÉCILE. Sans doute l'esprit, la justesse et le tact, ne s'apprennent pas, et un imbécile restera imbécile, en dépit des meilleurs conseils, et malgré tous les livres qu'il pourrait étudier. Mais qu'il apprenne seulement à savoir écouter, à ne risquer aucune parole, à connaître les convenances, et il aura acquis tout ce qui lui sera nécessaire pour éviter la réprobation attachée au brevet de sottise.

IMITATEURS. Les imitateurs des personnes de haut rang sont de mauvais copistes des gens de distinction; ils s'efforcent ridiculement de les imiter et de s'assimiler à eux. Ce qu'il y a d'étrange, c'est que ces sortes de gens ne copient, pour l'ordinaire, que ce qu'il y a de plus défectueux et de plus ridicule dans les grands qu'ils veulent imiter. Les nouveaux parvenus sont les plus susceptibles de ce genre de folie.

IMPERTINENCE. C'est la fatuité portée à un excès que rien ne peut arrêter ni retenir, à ce point qu'elle est insensible même aux humiliations. Rien n'est plus révoltant que de voir la sottise associée à l'orgueil et à la fatuité, ce qui est cependant assez ordinaire. Il faut, en ce cas, suivre les conseils du sage Montaigne : « Laisser ces sots orgueilleux s'embourber si avant, s'il est possible, qu'enfin ils se reconnaissent. »

IMPORTANT. L'important fait en toute rencontre parade de sa science, de ses talents, de sa faveur ou de sa fortune.

IMPRESSIONS. Pour réussir en parlant, dit une femme célèbre qui était elle-même accoutumée à ces sortes de succès (1), il faut observer avec perspicacité l'impression qu'on produit à chaque instant sur ceux qui nous entourent, celle qu'ils veulent nous cacher, celle qu'ils cherchent à nous exagérer, la satisfaction contenue des uns, le sourire forcé des autres. On voit passer sur le front de ceux qui nous écoutent des blâmes à demi formés, qu'on peut éviter en se hâtant de les dissiper avant que l'amour-propre y soit engagé. On y voit naître aussi l'approbation qu'il faut fortifier, sans cependant exiger d'elle plus qu'elle ne veut donner. Il n'est point d'arène où la vanité se montre sous des formes plus variées que dans la conversation. J'ai connu un homme que les louanges agitaient au point que, quand on lui en donnait, il exagérait ce qu'il venait de dire, et s'efforçait tellement d'ajouter à son succès, qu'il finissait toujours par le perdre. Je n'osais pas l'applaudir de peur de le porter à l'affectation, et qu'il ne se rendît ridicule par le bon cœur de son amour-propre. Un autre craignait tellement d'avoir l'air de désirer de faire effet, qu'il laissait tomber ses paroles négligemment et dédaigneusement. La feinte indolence trahissait seulement une prétention de plus, celle de n'en point avoir. Quand la vanité se montre, elle est bienveillante; quand elle se cache, la crainte d'être découverte la rend amère, et elle affecte l'indifférence, la satiété, enfin tout ce qui peut persuader aux autres qu'elle n'a pas besoin d'eux. Ces différentes combinaisons sont amusantes pour l'observateur, et l'on s'étonne toujours que l'amour-propre ne prenne pas la route si simple d'avouer naturellement le désir de plaire, et d'employer, autant qu'il est possible, la grâce et la vérité pour y parvenir.

IMPRUDENT. L'imprudent est toujours porté à agir inconsidérément, sans égard à l'importance des objets, à la gravité des circonstances, et sans s'attacher aux moyens qui doivent le conduire à ce qui fait l'objet de ses vœux. *Évitez de parler de corde dans la maison d'un pendu*, est un proverbe qui, ainsi que presque toutes ces maximes populaires, renferme un grand enseignement. Sans montrer une impertinente curiosité, tâchez de connaître un peu l'histoire des gens chez lesquels vous allez; car dans telle maison il ne faut pas parler de faillite; dans telle autre, de divorce; dans une troisième, d'apostasie; dans une quatrième, de procès à l'occasion d'un testament; d'un contrat argué de faux, etc., etc., toutes les passions, tous les vices de l'humanité, toutes ses misères, sont quelquefois soulevés par un mot imprudent.

(1) Madame de Staël, *De l'Allemagne*, Ire partie, chap. XI.

INATTENTION. L'obligation d'écouter est une loi sociale qu'on blesse sans cesse. L'inattention peut être plus ou moins impolie, et quelquefois même insultante; mais elle est toujours un délit de lèse-société. Il est pourtant bien difficile de ne pas s'en rendre coupable avec les sots; mais c'est aussi une des meilleures raisons qu'on puisse avoir de les éviter, parce qu'on évite en même temps l'occasion de les blesser.

INCONSÉQUENT. C'est celui qui parle et agit d'une manière contraire aux principes qu'il a adoptés, et souvent au but qu'il se propose.

INCONVENANCES. On appelle ainsi tout ce qui peut nuire à l'union, aux agréables rapports que l'on recherche dans la société. Ainsi, c'est une inconvenance que de questionner une femme déjà âgée sur son âge; que de parler de difformités devant des personnes qui en sont atteintes, etc.; de n'aborder les personnes tristes qu'avec un visage riant et des manières enjouées, qui leur prouvent le peu de part qu'on prend à leur situation; de troubler par une humeur bizarre et chagrine, par des déclamations misanthropiques, la joie des gens satisfaits; d'exalter les avantages de la beauté devant des femmes âgées ou disgraciées de la nature; de parler de la considération que donne l'opulence en présence de gens à peine arrivés à la médiocrité; de s'applaudir de sa force, de sa santé près d'un valétudinaire, etc. On ne doit toucher ni les mains, ni les vêtements de la personne à qui l'on parle, il est d'une insigne grossièreté de boutonner ou de déboutonner l'habit de l'interlocuteur; et il y a des gens qui ne peuvent dire un mot à quelqu'un, sans tirer son gilet ou rajuster sa cravate d'une main indiscrète, en accompagnant cette licence d'une observation intempestive sur la mode et ses lois. Cela sent d'une lieue le fat ridicule, le paysan, ou le garçon tailleur. Il serait également grossier de montrer une personne du doigt, quand on parle d'elle à un autre. La politesse veut que l'on désigne d'une manière moins ostensible : l'œil peut remédier au défaut d'une désignation précise. Il n'y a qu'un pas de la civilité et de l'honnêteté à l'affectation, à la familiarité; de la plaisanterie à l'épigramme; de la bonne tenue à la roideur; du naturel à la rudesse; de la gaieté à une joie folle. Tout le talent de l'homme de bon ton consiste à saisir la nuance qui les partage, et à s'y arrêter. La fréquentation de la bonne compagnie peut seule procurer le tact nécessaire en pareil cas. Lorsqu'on a pris l'habitude des convenances, on les observe facilement, et pour ainsi dire malgré soi; on ne les oublie jamais. Marie-Antoinette, reine de France, montant à l'échafaud, pose par mégarde son pied sur celui du bourreau, et dans ce moment terrible qui permettait d'oublier bien des convenances, elle a l'inconcevable sang-froid de lui en faire des excuses. *Je vous demande bien pardon*, lui dit-elle avec douceur et politesse. Ici se manifeste la force des bonnes habitudes contractées dans la jeunesse.

INDULGENCE. C'est une disposition à supporter les défauts des autres, et à pardonner leurs fautes; c'est le caractère de la vertu éclairée. L'envie, plus contrariée par le mérite qu'offensée des défauts, voit le mal à côté du bien, et le censure dans l'homme qu'on estime. L'orgueil, pour avoir le droit de commander tous les hommes, les juge d'après les idées d'une perfection à laquelle aucun ne peut atteindre. La vertu toujours juste plaint le méchant qui se dévore lui-même, et jusque dans ses sévérités on la trouve consolante.

INFIRMITÉS. Exercez-vous à la pitié envers toutes les infirmités physiques et morales, afin de ne pas déchirer le cœur de la mère d'un fou, d'un imbécile, d'un borgne ou d'un bossu, en vous moquant de quelque absent qui souffrirait d'une de ces imperfections. Il est impossible qu'une douzaine de personnes soient réunies, sans que parmi elles il ne s'en rencontre une qui dans sa famille aura à déplorer une ou plusieurs de ces imperfections. Croyez-vous d'ailleurs qu'il ne soit pas aussi stupide qu'inhumain de se railler d'un défaut naturel? D'un autre côté, si vous même vous avez quelque défaut physique, soyez le premier à en rire; par là vous échapperez aux quolibets d'autrui; en agissant autrement, en vous montrant sensible à cet endroit, chacun se fera un malin plaisir de vous piquer. Alfieri, contraint de porter perruque dans sa jeunesse, nous raconte comment, en entrant au collége, il fut le jouet de tous ses camarades. « Cet accident, dit-il, fut un des plus douloureux que j'aie éprouvés dans ma vie, tant par la perte de mes cheveux que pour cette maudite perruque, qui devint aussitôt la risée de tous mes camarades espiègles et pétulants. D'abord je voulus prendre ouvertement sa défense; mais, voyant que je ne pouvais à aucun prix la sauver du torrent déchaîné qui l'assaillait de toutes parts, et que je courais le risque de me perdre, moi-même avec elle, je passai tout à coup dans le camp ennemi, et, prenant le parti le plus leste, j'arrachai mon infortunée perruque avant qu'on ne m'en fît l'affront, et je la jetai en l'air, comme une balle, la livrant le premier à toutes les infamies de la terre. Qu'en arriva-t-il? c'est qu'au bout de quelques jours l'émotion populaire s'était si bien refroidie, que je pouvais passer pour la perruque la moins persécutée, je dirais volontiers la plus respectée des deux ou trois que nous étions dans la même galerie. J'appris alors qu'il faut toujours paraître donner spontanément ce qu'on ne saurait s'empêcher de perdre. »

INGÉNUITÉ. Un air d'innocence intime et d'ignorance charmante, une grande franchise de langage, sont les principaux attributs de l'ingénuité. Elle sied bien à l'enfance, et elle se conserve longtemps chez les hommes de mœurs simples et rigides, et habitués au seul langage de la vérité. La jeune fille ingénue dit sans rougir les choses les plus aventureuses; tout le monde en rit, et personne n'est tenté de la condamner pour cela, quoique dans ce cas l'ingénuité présente de graves inconvénients. Ce qui serait une balourdise dans une autre bouche devient naïveté dans la sienne : témoin cette réponse d'Agnès, qui s'est toujours

. . . . . . Comme on voit, bien portée,
Hors les puces qui l'ont la nuit inquiétée.

INSISTANCE. Il ne faut jamais insister, dans la conversation, avec vivacité, sur des opinions indifférentes; le principal intérêt doit être de plaire à celui à qui l'on parle, et non de montrer qu'il a tort; il faut garder cette vivacité pour des opinions essentielles.

INSOLENCE DES GRANDS. Parfois l'insolence des grands est telle, qu'elle rend le respect assez difficile; mais heureusement qu'ils sont contenus dans de justes bornes par la déférence qu'on leur témoigne. S'il arrivait qu'ils manquassent jamais de politesse envers vous, votre amour-propre blessé vous suggérerait des paroles froides, des inflexions nouvelles, qui les blesseraient bien plus profondément que ne le feraient des manières grossières. Quand le mépris est au fond du cœur, il se manifeste sans peine. D'ailleurs, pour supporter, sans en souffrir, une impertinence venue de haut, ne suffit-il pas d'avoir de la mémoire? A la colère qui s'empare des hommes, on croirait que justice ne doit être faite des grandeurs de la terre que dans la vallée de Josaphat. Regardez autour de vous, lisez l'histoire depuis cinquante ans, et dites-nous quel est l'homme, quel est le parti, à qui l'on n'ait pu rendre avec usure les injures qu'il a prodiguées au temps de sa puissance. Profitez de cette connaissance des temps passés, pour ne vous ressentir que modérément des impertinences que l'on pourra vous faire, et surtout pour n'en faire à personne dans aucune occasion.

INTÉRÊT. Avant tout, la narration que l'on fait doit être intéressante, c'est-à-dire captiver jusqu'à la fin l'attention de l'auditeur. L'intérêt naît du fond même du récit; mais il ne se soutient que par le talent du narrateur, qui sait, suivant la nature du sujet, l'animer par la vivacité de l'esprit, ou par celle de la passion. Il est un art d'éveiller la curiosité, de la tenir en haleine, de ménager les incidents prévus ou imprévus, et de préparer le dénoûment. Cet art n'a pas de règles, il s'apprend par l'étude et la pratique. L'habile narrateur n'insiste que sur les détails qui peuvent toucher ou plaire, et glisse rapidement sur les autres. Il jette de la variété dans son récit, en entremêlant au narré des faits de courtes descriptions, des discours peu étendus, des dialogues. Il ne présente pas plus d'une fois la même situation, et ne cherche pas, non plus, à exciter deux fois des émotions de même nature. Quelquefois il laisse planer sur son récit une sorte de mystère; quelquefois, pour mieux piquer la curiosité, il soulève adroitement un coin du voile. Il ne cesse de dominer son sujet, mais avec tant d'art, qu'on dirait que c'est son sujet qui le domine et l'entraîne.

INTERRUPTIONS. Si vous voulez plaire dans la conversation, vous regarderez à demi la personne qui vous entretient. Si elle hésite ou s'embarrasse, vous n'aurez pas l'air d'y faire attention, et, dans le cas où vous seriez un peu lié avec elle, après quelques instants, vous lui fourniriez du ton le plus modeste l'expression qui semble la fuir. Si elle est interrompue par quelque incident, dès qu'aura cessé la cause d'interruption, vous n'attendrez point qu'elle reprenne son discours d'elle-même; mais, avec un sourire de bienveillance, un geste engageant, vous l'inviterez à poursuivre : *Veuillez continuer; vous disiez donc.....* Si l'on est obligé d'atténuer ainsi une interruption étrangère, à plus forte raison ne doit-on jamais s'en permettre soi-même. Cela est tellement de rigueur, que si, dans la chaleur de la conversation, les deux interlocuteurs commencent tous deux à parler, tous deux doivent s'interrompre tout à coup, dès qu'ils s'en aperçoivent, et, tout en s'excusant, se défendre de continuer. C'est au plus digne d'égards qu'il convient de reprendre le discours. Quand on vous fera quelque récit qui, sans être plaisant, ait l'intention de l'être; qui, sans être touchant, ait pour but de vous attendrir, quelque ennui que vous puissiez en éprouver, ne manquez pas de sourire, de prendre un air d'intérêt. Si le narrateur s'égare dans de longues digressions, ayez la patience de le laisser se démêler seul du labyrinthe de son discours. Si l'histoire est interminable, résignez-vous, et ne paraissez pas moins attentif. Cette condescendance est surtout de rigueur si vous écoutez un vieillard ou toute autre personne respectable. Lorsque l'impitoyable conteur est votre égal ou votre ami, vous pouvez lui dire, comme pour l'engager à résumer sa narration : *Et enfin?* Les jeunes gens qui n'ont pas encore une grande habitude du monde croient pouvoir tout simplement interrompre un discours commencé, pour se faire expliquer quelques circonstances qu'ils n'ont pas comprises, ou se faire répéter le nom d'un personnage, mais cela ne peut avoir lieu qu'après quelques considérations, qu'avec des ménagements polis. Si le narrateur prononce mal; si vous vous apercevez que d'autres auditeurs sont dans le même cas que vous; si vous prévoyez que, faute d'avoir bien suivi ses paroles, vous ne pourrez y répondre avec politesse, vous pouvez alors vous permettre l'interruption; mais voici les formes à garder : *Je vous demande bien pardon; je craindrais de perdre quelque chose de votre discours; si vous vouliez bien répéter*, etc. Il est nécessaire encore de choisir un moment opportun, comme celui où le conteur fait une pause, hésite à trouver un mot, vient de prendre son mouchoir, etc. Lorsqu'on vous raconte une imposture évidente, l'art d'écouter devient embarrassant; car, si vous semblez y ajouter foi, vous passerez pour un sot, et si vous semblez en douter, vous passerez pour un malhonnête. Un air froid, une demi-attention, un mot tel que celui-ci : *C'est étonnant!* vous tireront honorablement d'affaire; mais lorsque l'aventure racontée est seulement extraordinaire ou douteuse, il convient d'agir autrement. Votre physionomie exprime l'étonnement, et vous répondez par une phrase de ce genre : *Si je ne connaissais votre véracité, ou si tout autre que vous me racontait cela, j'aurais de la peine à y croire.* Dans toutes les hypothèses, vous n'interromprez pas. Il vous arrive parfois de prévoir quelque circonstance d'un récit attachant; le plaisir que vous y trouvez, le désir de montrer que vous avez deviné juste, l'intention de faire preuve d'intérêt, vous portent à interrompre vivement par ces mots : *J'y suis; c'est cela...* Une telle interruption, quoique bienveillante et naturelle, offenserait les vieillards, qui veulent conter longuement; elle dérouterait les conteurs prétentieux, désolés qu'on leur enlève une phrase à effet. Vous ne pouvez donc vous la permettre qu'avec des amis intimes, des inférieurs, car autrement on répondrait avec humeur à votre *j'y suis : Eh! mon Dieu oui*, ou d'un air triomphant : *Vous n'y êtes pas*, ce qui ne laisse pas d'être embarrassant. La pire de toutes les interruptions est celle que dicte l'orgueil. Une personne spirituelle s'emparant d'une histoire contée par une autre, et s'en emparant dans le but de lui donner plus d'agrément, devient, malgré son éloquence, un modèle d'impertinence et de grossièreté. Sans doute il est dur de voir un sot gâter une anecdote heureuse dont on aurait tiré parti; mais, lors même qu'on ne serait point retenu par la bienséance, on doit l'être par son intérêt. Or, si les auditeurs sont gens délicats, ils resteront muets sur la dernière partie du récit, et s'adresseront avec bienveillance au pauvre conteur lésé dans ses droits. L'interruption est pardonnable s'il s'agit de prouver ou d'éclaircir un fait en faveur d'un absent. Lorsqu'on vous accuse, vous pouvez, à la rigueur, interrompre par une exclamation; mais il vaut mieux le faire par un geste. Il y a souvent beaucoup de finesse et de grâce à écouter en gesticulant doucement; par exemple, en comptant sur ses doigts, en faisant un geste de surprise, d'assentiment ou d'exclamation. Cette manière tacite de dire : *Je m'en souviendrai bien; comment, vous avez raison*, charme le narrateur sans l'interrompre. Dans un dialogue vif, pressé, amical, on peut s'interrompre tour à tour, achever la phrase commencée, enchérir sur l'épithète; cela contribue à la vivacité du discours, mais ne doit pourtant pas être trop répété.

INUTILITÉS. Il faut, dans la conversation, souffrir que ceux qui parlent disent des choses inutiles. Bien loin de les contredire ou de les interrompre, on doit, au contraire, entrer dans leur esprit et dans leur goût, montrer qu'on les entend, louer ce qu'ils disent autant qu'il mérite d'être loué, et faire voir que c'est plutôt par choix qu'on les loue que par complaisance.

INVITATIONS. Les invitations pour un bal doivent être faites au moins huit jours à l'avance, afin de laisser aux dames le temps de préparer tout l'arsenal de leur toilette.

IRRÉSOLUTION. C'est ce genre d'esprit toujours porté à suspendre son action par défaut d'idées claires et fortes, et par la crainte d'inconvénients réels ou supposés.

JARDIN. Lorsqu'après le dîner on va faire un tour dans le jardin, il ne faut pas croire que ce soit uniquement pour respirer et pour faire une promenade de digestion. On doit chercher à s'associer à une personne dont la conversation ou la connaissance puisse vous être bonne à quelque chose. Avez-vous le bonheur de vous trouver près d'une dame jeune et belle, saisissez l'occasion d'un rapprochement entre elle et quelque sujet du règne végétal : les allusions flatteuses empruntées de la botanique sont toujours neuves, quand l'esprit sait leur prêter une nouveauté piquante; et les femmes, quoi qu'en disent les plaisants, ne répudient jamais leur parenté avec une rose. Si l'âge et la figure de votre compagne de promenade ne comportent pas la comparaison *florale*, tâchez de lui plaire par d'autres moyens : parlez de l'agrément d'une belle soirée, du charme des bois, des bosquets solitaires; déroulez le tableau de la vie champêtre, des plaisirs de la campagne, etc. Les lieux communs plaisent toujours quand on sait les relever par quelque aimable compliment. En général, lorsqu'on se promène, il ne faut pas oublier que c'est une distraction : ainsi le sujet de la conversation ne doit pas être trop grave ni le style trop prétentieux. Tâchez donc de ne pas exiger de votre interlocuteur une attention soutenue; qu'il saisisse facilement et vite le sens de vos paroles, et faites en sorte que vos phrases n'excèdent pas la longueur de trois pas ou de deux toises.

JEU. Gardez-vous de croire que le jeu, si accrédité dans les salons du grand monde, dispense de parler, et que la préoccupation qu'il exige fasse une loi du silence. Si vous n'osez courir les chances de l'écarté ou du boston, si vous tremblez pour votre bourse, exilez-vous du champ de bataille, car le rôle de spectateur désintéressé vous vaudrait la réputation d'un citoyen très-intéressé : cela équivaut à un brevet de ladre ou d'avare en bonne et due forme. Une fois déterminé à ne pas manier les cartes, dérobez-vous aux invitations qui ne manqueraient pas de vous importuner, en entamant, au fond du salon, une conversation politique, philosophique ou littéraire, ou toute autre essentiellement étrangère à l'as de trèfle et au valet de carreau. A défaut d'un interlocuteur capable de vous comprendre, prenez un sot, qui vous écoutera toujours avec plaisir, persuadé que vous avez une haute opinion de lui. Faites à la fois la demande et la réponse, si cela est nécessaire; prodiguez les gestes animés, les exclamations véhémentes, les grands mots; alors on ne s'avisera pas de vous aller chercher pour vous placer devant le fatal tapis vert. Dès qu'on s'est assis à la table de jeu, on doit faire une ostensible abnégation d'intérêt humain, c'est-à-dire paraître tout à fait insensible à la perte ou au gain, essuyer l'une, accepter l'autre avec une physionomie impassible, sans qu'ils dérangent en rien le cours de la conversation. L'art de dérouter l'observateur qui vous étudie dans ce moment critique où les plus forts viennent faillir, c'est de parler sur toute sorte de sujets étrangers à la circonstance présente; d'adresser à l'un un compliment, à l'autre une consolation; enfin de sauter à pieds joints sur les transitions. Il n'est pas rigoureusement nécessaire de rire et de plaisanter lorsqu'on a perdu son argent; mais il faut afficher tout juste assez de bonne humeur pour qu'on ne vous trouve pas absolument dépourvu de philosophie.

JEUX (PETITS). Les petits jeux ne sont admis que dans les soirées en famille, ou sans conséquence. La variété leur donne du prix. Lorsqu'on s'y livre, il faut y apporter de l'attention et surtout de la réserve et de la décence. Les personnes qui profitent de la liberté des petits jeux pour lancer des traits mordants, des paroles désobligeantes, pour faire des compliments déplacés, imposer des pénitences humiliantes; celles qui papillonnent lourdement, prennent les demoiselles par la taille, s'emparent d'un ruban ou d'un bouquet, s'attachent à choisir constamment la même partenaire, démontrent par là leur ignorance des usages du monde.

JEUX DE HASARD. Le jeune homme se gardera bien de fréquenter les salons où l'on tient des jeux de hasard. S'il est vrai de dire que risquer de plein gré, honnêtement, à chances égales, sa propriété; que jouer enfin n'ait rigoureusement rien de contraire au droit naturel, il faut ajouter que le goût du jeu est plein de dangers, que l'habitude et la passion du jeu sont éminemment funestes à la santé, à la fortune, à la morale privée et publique. Sans repos le jour, sans sommeil la nuit, passant sa vie au milieu d'une atmosphère impure, plongé dans l'oisiveté physique, en proie aux plus violentes excitations morales, le joueur perd à la fois son temps, les ressources de son patrimoine, les forces de son corps, les facultés de son esprit. Bientôt l'amour du gain, rendu plus vif par les caprices du sort, le pousse à vouloir en corriger les chances : il triche. Il n'était que dupe, il devient fripon. Une fois dans cette voie, plus rien de sacré pour lui. Lors qu'il a épuisé ce qu'il possède, il met sans façon la main sur le bien des autres : sa femme, ses enfants sont ses premières victimes, il les dépouille pour jouer; son père, son maître, il les vole; il les tuera, s'il le faut, pour jouer; car la passion du jeu est la plus tyrannique, la plus atroce peut-être de toutes les passions. Le joueur éprouve vingt crève-cœur par soirée, au milieu des querelles ou des occasions de friponnerie. Quelle humeur si douce qui ne s'aigrisse! quel calme apparent qui ne soit empoisonné! S'il est quelques hommes d'exception chez lesquels le jeu n'étouffe pas tous les sentiments honnêtes, il dégrade jusqu'aux hommes les plus haut placés. Témoin le mot de Charles II et la réponse de Rochester : « Qui veut jouer, s'écriait un jour le roi au milieu de ses compagnons de débauche, mon âme contre une orange? — La partie n'est pas égale, sire, répondit le pair, mais je la tiens. »

JEUX DE MOTS. L'esprit plaisant consiste quelquefois à prodiguer dans la conversation les jeux de mots qu'on appelle *pointes* et *calembours*, qui sont le fléau de toute bonne conversation. Ce malheureux usage de l'esprit en rompt à tous moments le fil. Les mots cessant d'être, pour le faiseur de pointes, de calembours, la peinture des idées qu'ils doivent réveiller, et n'étant plus entendus que comme des sons et des syllabes, il n'y a plus de liaisons des idées pour ceux qui s'en servent; ainsi, ils ressemblent en cela à un homme qui, en lisant, voit les caractères, les lettres dont le mot est composé, et non la chose que le mot signifie; de là il arrive ordinairement qu'après chaque calembour il faut recommencer une autre conversation qui se rattache difficilement et presque jamais à la précédente; aussi est-ce le moyen le plus communément employé et avec le plus de succès par les gens qui veulent écarter la discussion dont l'objet leur déplait. Ces gens imitent ces enfants qui brouillent les cartes au milieu de la partie, parce qu'ils n'ont pas beau jeu; ils sont un vrai fléau des conversations. Enfin, le faiseur de pointes est lui-même perdu pour la société et pour la conversation, occupé qu'il est, uniquement à guetter au passage un autre mot sur lequel il puisse encore se jouer; tandis qu'il pourrait, avec plus de profit et de plaisir pour lui-même et pour les autres, porter son attention sur les idées, sur les choses, et contribuer, pour sa part, à soutenir et animer la conversation.

JOURNAUX. La lecture des journaux alimente toutes les conversations; sans eux, qu'aurait-on à dire dans un salon après la réflexion de rigueur sur la pluie et le beau temps, après la digression sur les pantalons raccourcis, sur les habits allongés par la mode? Les journaux fournissent les dissertations: comme aucun d'eux ne se ressemble, et qu'ils s'entendent parfaitement pour offrir une heureuse variété de nouvelles fausses et vraies, d'opinions et de principes, il s'ensuit qu'un homme qui a parcouru le matin cinq ou six journaux, pour peu qu'il ait de mémoire, et surtout s'il sait choisir parmi cette foule d'innombrables matériaux offerts à son intelligence et à sa curiosité, peut jouer un rôle très-intéressant dans une demi-douzaine de cercles, et acquérir en une soirée la réputation d'un homme aimable. Ainsi donc, l'existence des journaux se lie étroitement à celle de la vie sociale et au règne de la politesse. Otez les journaux: la société devient presque nulle; tout se réduit à un frivole commérage, à un caquetage ridicule; on ne sait plus où l'on est, où l'on vit; l'habitant de Nanterre devient absolument un Iroquois pour l'habitant de Versailles; les bourgeois, étrangers les uns aux autres, ne voient plus rien au delà de leur rue ou de leur deuxième étage, et, pendant ce temps-là.... Il faut espérer que les journaux ne mourront pas.

JUGEMENTS. Les faux jugements sont les opinions erronées qu'on se fait sur les hommes ou sur les choses, et qu'on regarde comme vraies, faute d'en avoir suffisamment constaté la valeur. L'ignorance, et, plus souvent encore, la précipitation, entraînent à ces sortes d'erreurs. Elles ont tous les inconvénients des préjugés, parce qu'elles en exercent sur l'esprit toute l'autorité. L'influence qu'elles ont sur les sentiments en prouve assez le danger. On nuit aux autres et à soi-même en ne se corrigeant pas de ce défaut. Il induit à mal penser des autres, il fait croire aux mensonges les plus grossiers, aux plus odieuses calomnies. Il fait qu'on blâme à tort et à travers ce qui est digne de plus d'estime, et qu'on accorde son admiration ou ses éloges à ce qui le mérite le moins. De tels jugements, quand ils portent sur les choses, occasionnent souvent de graves préjudices aux intérêts les plus précieux. Ils consacrent presque toujours de grandes injustices, quand ils ont les hommes pour objet. Dans l'un et l'autre cas on est inexcusable de croire légèrement et sans examen. Il n'y a pas de grands efforts à faire pour s'en abstenir, puisqu'il suffit pour cela de penser aux fâcheuses conséquences que ces sortes d'opinions peuvent avoir pour nous-mêmes ou pour nos semblables.

JUSTESSE D'ESPRIT. Montesquieu a fait cet éloge du prince Eugène, qu'il vit dans un voyage à Vienne : « Je n'ai jamais ouï dire à ce prince que ce qu'il fallait dire. » Cet éloge repose sur une grande vérité d'observation. Ne dire que ce qu'il faut est en effet le signe caractéristique d'un esprit supérieur; on apporte ainsi dans la discussion une autorité d'autant plus forte qu'elle ne blesse personne; on ne commet jamais de ces imprudences qui vous nuisent, qui vous arrêtent sur le chemin de la fortune, qui vous empêchent même parfois d'obtenir l'estime publique, à laquelle pourtant on a des droits. Cette qualité précieuse de ne dire que ce qu'il faut est recommandée par tous les moralistes. Ecoutez celui-ci : « Pèse ta parole avant de la laisser échapper; car, une fois partie, tu ne pourras plus courir après. » Celui-là : « Juge ta parole comme elle sera jugée par les autres. » Ces réflexions, dit M. Audibert (1), me rappellent un fait qui s'est passé devant moi à la chancellerie, M. Portalis étant garde des sceaux. Un soir de réception, la foule remplissait les salons. Près du fauteuil où se trouvait madame la comtesse Portalis, un demi-cercle s'était formé, et la conversation avait pris le ton d'une plainte au sujet des attaques incessantes dirigées contre le clergé, du combat à outrance livré à la religion catholique. On disait de belles, de touchantes paroles. Tout à coup, M. l'évêque de Bourges, qui jusque-là avait écouté en silence, et pour lequel chacun montrait beaucoup de respect et une grande déférence, comme si l'on eût voulu faire hommage à ce prélat de la sympathie qu'on apportait dans les souffrances que devait éprouver l'épiscopat, M. l'évêque de Bourges s'écria : « L'Église est devenue une véritable galère! » Ce rapprochement entre ce qu'il y a de plus saint, de plus sacré, l'Eglise, et ce qu'il y a de plus ignoble, le bagne, imprima à tout le monde un mouvement facile à saisir. Voulant m'assurer que M. l'évêque de Bourges avait dit ce qu'il n'aurait pas dû dire, je regardai madame la comtesse Portalis, qui possédait le génie des convenances, et aussitôt je n'eus plus de doute. Une légère rougeur s'était glissée sur son beau visage, et, avec un tact exquis, elle sut donner un autre tour à la conversation, pour que M. l'évêque de Bourges, qu'elle estimait beaucoup et qui le méritait à tous égards, ne pût s'apercevoir du fâcheux effet qu'il venait de produire.

(1) *Souvenirs politiques et littéraires.*

LANGAGE POLI. Les mœurs, les habitudes, l'éducation politique, les croyances religieuses, sont autant de causes qui influent sur notre manière de penser, et conséquemment sur le caractère du langage. Des observations sans nombre viennent appuyer cette vérité; nous n'avons même qu'à regarder autour de nous pour en demeurer convaincus. Quelle différence du citadin au campagnard, malgré les relations journalières qu'ils ont ensemble! Il y a plus; dans la même ville, les habitants de divers quartiers ont des façons différentes de s'exprimer. Telle phrase, tel mot qui a cours aux barrières n'est pas reçu à la cité; on ne parle pas au Marais comme au Pays latin. A Rome, les *Montigiani* et les *Transteverini* se reconnaissent aux nuances bien prononcées de leur langage. Il en est de même à Vienne, à Naples, à Milan, dans toutes les grandes villes. Ce n'est pas tout encore: outre cette différence due à la localité, il en existe une autre, la différence de *caste;* chaque rang de la société a comme un idiome à lui, un choix de mots à part. La cour et la bourse, le comptoir et le palais, l'église et la caserne, se distinguent par les démarcations de leur langage. Il est donc essentiel d'observer dans quel langage les personnes les mieux élevées expriment leurs désirs, leur blâme, leur approbation, toutes leurs pensées enfin, n'importe sur quel sujet. Le plus simple désir peut être exprimé de différentes manières. *Donnez-moi* est impérieux; *ayez la bonté de me donner; voulez-vous bien avoir la bonté de me donner*, sont beaucoup plus convenables; mais, *auriez-vous la bonté de me donner* est bien autrement poli et élégant. Il y a un doute dans cette tournure qui laisse croire que la chose obtenue excitera toute la reconnaissance de celui qui demande. *Je vous prie, je vous supplie, je vous conjure*, sont aussi adoptés, parce qu'ils semblent établir l'inégalité, et qu'il y a beaucoup de grâce à paraître croire que l'on s'estime moins que celui à qui l'on s'adresse. Il serait choquant d'employer les mots *avantage* ou *plaisir* quand celui d'*honneur* est le seul qui convient. Ne vous servez donc que de ce dernier lorsque vous parlez à des personnes que leur âge, leur rang, leur profession, leur fortune même, rendent dignes de quelque considération. Il est le seul aussi que vous puissiez employer en parlant aux femmes. Ne vous amusez point à contester sur le caprice qui a fait préférer un mot à un autre; souvenez-vous qu'il n'y a d'autre raison à alléguer à cet égard que la volonté du monde. Mais en général vous devez vous défier des façons de parler employées dans les boutiques, ainsi que du langage des collégiens, des étudiants et de tous ceux qui fréquentent les petits spectacles. Une grande partie des journaux et des romans fourmillent tellement d'expressions de mauvais ton ou de mauvais goût, qu'il nous serait impossible de les signaler. Pour vous prémunir contre le mauvais langage, nous allons essayer de vous indiquer les locutions en usage dans la bonne compagnie et celles qu'on doit éviter. — La bienséance veut que l'on s'informe de la santé des personnes chez lesquelles on va; mais il importe de varier le plus possible les formes de ces questions. Il faut cependant s'en abstenir tout à fait envers ses supérieurs, ou bien envers une personne que l'on ne connait presque pas, car ces informations supposent quelque familiarité. Dans ce dernier cas, il est un moyen de montrer de l'empressement sans manquer à l'étiquette; il consiste à demander des nouvelles, soit aux domestiques, soit à d'autres personnes de la maison, et de dire ensuite en se présentant: *Je suis charmé, monsieur, d'apprendre que vous êtes en bonne santé*, etc. L'usage défend encore à une dame de s'informer des nouvelles d'un homme, à moins qu'il ne soit malade, ou bien âgé. Pour donner un correctif à cette convenance peu bienveillante, une femme qui aborde un monsieur s'empresse de l'interroger sur la santé des personnes de sa famille, pour peu qu'elle ait avec celle-ci une apparence de relations. Un grand nombre de gens font la question machinalement, sans attendre la réponse, ou bien se hâtent de répliquer avant qu'on leur ait répondu. C'est de mauvais ton. Assez communément, cette information de la santé ne tire pas à conséquence, il est vrai, mais elle doit paraître dictée par l'attention et la bienveillance. Il ne faut pas s'y tromper cependant, et se garder d'instruire d'une légère indisposition des personnes qui nous sont fort étrangères, parce que leur intérêt peut être de forme seulement... Après s'être informé de l'état sanitaire des personnes que l'on visite, il convient de les interroger sur celui de leur famille; mais il serait ennuyeux de faire une longue énumération des membres qui la composent. On peut adresser une question collective, en désignant toutefois les personnages les plus importants. En cas d'absence des proches parents, on demande si la personne visitée a reçu de leurs nouvelles depuis peu; si ces nouvelles sont satisfaisantes, etc. Elle, de son côté, agit de même à votre égard. Lorsqu'il ne s'agit pas de visites de grande cérémonie, au moment où vous prenez congé, on vous charge communément de compliments, de salutations pour ceux avec lesquels vous vivez; il faut répondre brièvement, mais trouver le moyen de donner une assurance et de faire un remercîment.... On ne dit: *Je vous salue, je vous souhaite le bonjour, le bonsoir*, et surtout *bonjour, bonsoir*, qu'à des inférieurs. A une dame âgée, à une femme mariée, une demoiselle doit dire: *J'ai l'honneur de vous saluer*. Un homme se sert de cette expression envers les dames et les jeunes personnes... On ne demande jamais une chose à quelqu'un sans dire: *Voulez-vous avoir la bonté; veuillez me faire le plaisir; seriez-vous assez bonne, assez obligeante*, etc. A une interrogation mal comprise, on ne répond jamais *hein? quoi?* mais *plaît-il? pardon, je n'ai point entendu...* Le nom d'*époux* et d'*épouse* ne s'entend plus qu'au théâtre et dans les tribunaux; on s'en sert aussi en poésie et dans le langage soutenu; mais, hors de là, on dit *mari* et *femme*. Il faut prendre garde d'imiter ce brave habitant d'un de nos départements, qui était ravi d'avoir vu à la fois l'*empereur*, son *épouse* et *leur petit bonhomme*. Le mot *cadeau*, quoique à l'usage de beaucoup de gens, a toujours été réprouvé; il faut lui substituer celui de *présent*, de *don*, s'il est question de la générosité d'un prince ou de quelque chose de magnifique. Les mots *amour, amoureux, amants*, ne sont plus qu'à l'usage des chanteurs et des chanteuses de romances; ils les prodiguent à un tel excès, qu'il faut en faire grâce dans la conversation. Les provinciaux joignent assez souvent le nom des personnes à l'épithète de *monsieur* ou de *madame*, quand ils parlent aux gens: c'est impoli. Cette manière ne peut flatter que dans une personne d'un rang infiniment supérieur. Il faut dire: *oui, non, monsieur* ou *madame*, et s'abstenir de nommer. Prononcez soigneusement l'épithète de *mademoiselle;* dire *mam'zelle* est impertinent. Gardez-vous, pour le moins autant, de chercher le nom des personnes, en disant: *monsieur* ou *madame chose*, et tâchez de bien savoir le nom des gens dont vous parlez. Même quand il est question des noms étrangers les plus difficiles, il est de bon goût de les savoir. Faites-vous-le écrire, et cherchez qui vous apprenne à les prononcer le moins mal possible. On doit éviter de causer dans les bals masqués avec les personnes qui croient devoir y tutoyer

tout le monde. Soyez sûr qu'elles sont de mauvaise compagnie. N'ayez pas non plus fort bonne opinion des femmes qui appellent les jeunes gens par leur nom de baptême; mais ne retournez pas chez celles qui suppriment l'épithète de *monsieur* devant les noms de famille : cela ne peut arriver ni à une femme bien élevée, ni à une honnête femme. Même en parlant de son mari, une femme de bonne compagnie ne le désignera pas non plus par le seul titre de *monsieur*, mais joindra le titre et le nom. Il n'en est pas de même du nom de baptême : c'est d'usage maintenant de s'appeler réciproquement par ce nom entre mari et femme. On a, de leur vivant, dit madame la comtesse de Bradi, désigné quelques hommes célèbres par leurs noms. Mais nous voyons toujours les personnes les plus distinguées faire quelques exceptions, et nous entendons toujours dire : *Monsieur de Talleyrand, monsieur de Chateaubriand, monsieur de Polignac*, etc. Étendez cette liste à tous les gens de lettres et à tous les artistes dès que vous les connaissez, et ne croyez pas, ainsi qu'il arrive à beaucoup de sots, que l'on vous croira l'égal des gens parce que vous en parlez d'un ton familier. On fait une exception pour les acteurs; mais la politesse ne l'a jamais faite pour les actrices. Voltaire, choqué d'apprendre qu'un jeune homme l'appelait par son nom seulement, et lui entendant dire qu'il aimait le talent de *la Clairon*, lui dit : « Monsieur, dans ma jeunesse j'avais quelquefois affaire dans les bureaux de M. le cardinal de Fleury, premier ministre, et quelquefois aussi j'avais l'honneur d'être reçu par Son Éminence. Dans les bureaux, tous les commis disaient : *la Le Courreur;* dans son cabinet, le ministre n'a jamais dit que *Mademoiselle Le Courreur.* » Vous voudrez bien étendre cet usage aux cantatrices et aux danseuses. Cependant, si vous aviez une grande habitude de la langue italienne, on vous passerait d'appeler par leur nom, en le faisant précéder de l'article, les cantatrices venues d'au delà des Alpes; car on dit des plus grandes dames en Italie : *la Colonna, la Barburini, la Durazzo*, comme on dit *la Catalani, la Pasta* et *la Grisi*. Veuillez dire aussi *du vin de Champagne, du vin de Bordeaux*, et non *du champagne, du bordeaux;* outre que c'est de mauvais ton, on a pu remarquer que les jeunes gens qui parlent ainsi sont ordinairement de pauvres garçons qui ne boivent que des vins d'Orléans ou de Bourgogne chez leurs restaurateurs, et qui espèrent faire croire à de fréquentes rencontres entre eux et ces vins assez chers, en parlant de ceux-ci avec familiarité. D'ailleurs dire : *du xérès, du malaga, du constance*, etc., sans spécifier que vous parlez de vins, n'est-ce pas aussi ridicule que si vous disiez *du strasbourg*, en parlant d'un pâté de foies gras, ou *du boulogne*, en parlant de saucissons? Louez la *parure*, la *toilette* d'une femme, ajoutez qu'elle est bien *mise*, qu'elle est *mise* avec goût; mais ne faites pas un substantif de ce participe, et ne dites *la mise* de personne Ne confondez pas, comme cela se fait assez souvent, les mots *conséquent* et *conséquente* avec celui de *conséquence*. Un homme *conséquent* est celui dont les principes et la conduite sont parfaitement d'accord. La fortune, une terre, une maison, une somme, ne peuvent être *conséquentes;* mais si elles ont beaucoup de valeur, on dit qu'elles sont *considérables*, c'est-à-dire de *conséquence*. Dites d'un gros homme qu'il est gros, d'une femme grasse qu'elle est grasse ; mais ne dites pas que l'un est *puissant*, l'autre *puissante*, car ils peuvent être dénués de force tous deux, et encore plus de pouvoir, or, la puissance consiste à posséder l'un et l'autre. Dites d'un chevalier du Saint-Esprit qu'il est *chevalier de l'ordre*, et non qu'il est *cordon bleu*. Il est de bon goût de donner de temps en temps aux gens, en causant avec eux, les titres qu'ils portent. On s'attire de la considération en témoignant que l'on en a pour autrui. Si on ne la méritait que par ces petits moyens, elle serait sans doute fort peu de chose; mais en traitant ainsi ceux à qui nous avons affaire, nous les obligeons à employer les mêmes formes, et il y a tant d'individus dont la familiarité est grossière, qu'on ne doit jamais se hâter de l'établir.

LANGAGE DES ENFANTS. Dans un dictionnaire de la conversation, nous serions impardonnables d'oublier cet article. Les parents, comme chacun sait, ont coutume de laisser parler aux enfants un langage différent de celui qu'ils doivent parler plus tard. C'est là, selon nous, un grand tort. Nous savons bien qu'ils le font, soit dans l'espérance de hâter le moment où ils parleront, soit parce qu'on y trouve une sorte de grâce. Mais, quel qu'en soit le motif, nous ne pouvons que condamner cet abus. Les enfants doivent de bonne heure apprendre à parler le langage qu'ils parleront toujours. Autrement, ils peuvent prendre des vices de prononciation qui seront fort difficiles à corriger dans la suite. En se servant de mots inventés pour eux, ils ne cherchent plus à en dire d'autres; ils trouvent fort inutile d'apprendre deux langages. Aussi, loin de hâter, on retardera beaucoup le moment où ils doivent parler franchement; et ce qui, au premier moment, semblait une gentillesse dans leur bouche, devient niais et désagréable lorsqu'ils sont plus grands. Ce langage, loin d'avoir de la grâce, devient lourd et ridicule, parce qu'il n'est pas naturel. On ne saurait parler trop correctement et nettement aux petits enfants.

LANGUE. La langue est le principal organe de la parole; il faut donc, avant de parler, bien étudier cet organe, sa conformation physique, ses défauts comme ses qualités, afin de corriger les uns et d'employer habilement les autres; enfin, l'éducation particulière de la langue est de la plus haute importance. Les langues sont ou longues ou petites. Nous ne parlerons ici que pour mémoire des mauvaises langues, parce que nous ne nous occupons en ce moment que de la partie physiologique. Les langues qui sont trop longues ont d'abord l'inconvénient de rendre ridicule, en ce qu'exposées à saillir souvent hors de la bouche béante, elles impriment à la physionomie un air hébété et stupide. Un autre désavantage qui résulte de la longueur démesurée de la langue, c'est de rendre la prononciation difficile et embarrassée, puis d'occasionner une espèce de sifflement désagréable produit par le contact immédiat de l'organe avec les dents et les lèvres, qu'il dépasse; souvent même il lance avec la parole une espèce de rosée sur l'interlocuteur, qui se plaint alors avec raison, et sans périphrase, qu'on lui a craché à la figure. C'est le plus grave inconvénient attaché à ce qu'on peut appeler l'infirmité des langues trop longues. Les petites langues ont également beaucoup de peine pour faire entendre la parole distinctement; elles causent une espèce de bégayement très-pénible. Il est aussi des personnes qui sont affligées d'un vice de prononciation d'autant plus déplorable, qu'il rend leurs discours aussi fastidieux pour l'oreille que fâcheux pour ceux qui les approchent de trop près. Ce sont les individus qui ont la langue tellement épaisse, qu'elle ne se meut qu'avec la plus grande difficulté, de manière qu'ils parlent à pleine bouche, inondant alors l'auditeur qu'un hasard malencontreux a placé trop près d'eux. Malherbe n'était pas un dupeur d'oreilles; outre un bégayement continuel, il crachait au moins cinq ou six fois en récitant une stance de quatre vers. Aussi le chevalier Marini disait-il de lui : « Je n'ai jamais vu d'homme plus humide ni de poëte plus sec. » On ne doit jamais montrer sa langue sous quelque prétexte et dans quelque occasion que ce soit; il n'y a que les gens sans éducation qui se permettent cette licence; elle touche de très-près à la malpropreté et à l'impolitesse. Tirer la langue, c'est annoncer la moquerie et la dérision; mais ce prélude est de mauvais ton, et les gens comme il faut n'ont pas besoin de pareille grimace pour railler quelqu'un par anticipation.

LANGUE ÉTRANGÈRE. Dans une réunion, dans un cercle, c'est une grave impolitesse que de parler une langue qui n'est pas connue de tous les assistants. C'est montrer qu'on se méfie d'eux, ou qu'on ne se soucie guère de leur société. C'est, en outre, une manière de leur faire sentir qu'ils ignorent cette langue, et exciter en eux le désir de savoir ce que vous dites, désir qui, s'il n'est pas satisfait, devient une véritable peine.

LANGUE FRANÇAISE PARLÉE PAR LES ÉTRANGERS. Que de gens sauraient le français, s'il était su de tous ceux qui le parlent! Au fait, il est bien difficile de parler avec propriété une langue que l'on n'a étudiée que dans les livres. La valeur des termes est tellement modifiée par l'usage, que l'étranger qui connait toutes les acceptions données aux mots par le dictionnaire est encore loin de connaître tous les sens qu'ils peuvent recevoir. Cela ne s'apprend que dans la société. Faute de l'avoir fréquentée, les hommes les plus instruits et les plus judicieux font, dans leurs correspondances ou dans la conversation, les fautes les plus singulières. Ils rendent à un mot le sens qu'il a perdu depuis un siècle; ils emploient comme des adjectifs des expressions qui, dès longtemps, ne s'emploient que substantivement. Ils prennent des homonymes pour des synonymes. Ils changent la valeur des épithètes par la manière dont ils les placent; car, en grammaire, il n'est pas toujours indifférent que *Pascal soit devant ou Pascal soit derrière*. C'est ainsi qu'un Allemand, croyant que *cochon* était synonyme de *sanglier*, et que l'adjectif *sacré* pouvait se placer indifféremment avant ou après le substantif, disait, en parlant d'une tragédie de *Méléagre*, que le sujet de cette pièce était la mort d'un *sacré cochon*. Un banquier de Londres, Anglais de naissance et Français d'origine, entra un jour dans une colère épouvantable, par suite d'un pareil quiproquo. Il donnait à dîner à plusieurs émigrés. La conversation tomba sur un des plus importants révolutionnaires. On n'en faisait pas l'éloge; c'était à qui lui trouverait un vice. Un abbé lui reprochait surtout d'être intéressé et avare. « C'est un ladre, disait-il, c'est un *fesse-matthieu*. » Tout à coup la dame de la maison rougit et sort de table, son mari la suit précipitam-

ment et laisse la société aussi étonnée qu'affligée de l'effet de la discussion. Au bout d'un quart d'heure, ce brave homme étant revenu, l'abbé s'empresse de s'excuser. « J'ignorais, lui dit-il, que vous et madame prissiez un intérêt si vif à ce personnage. Pardonnez-moi d'en avoir dit si mal à propos ce que tout le monde en pense.—Non, monsieur, reprit l'amphitryon encore tout bouffi de colère, non, je ne pourrai jamais vous pardonner d'avoir prononcé devant ma femme le mot dont vous vous êtes servi. Prononce-t-on un pareil mot devant une femme honnête? Un abbé, encore! — Eh! de quel mot, reprit l'abbé, me suis-je donc servi? — De quel mot? n'avez-vous pas dit *fesse-matthieu?* » C'était, en effet, la première partie de ce mot, dont ni monsieur ni madame ne connaissaient la signification, qui les avait si horriblement choqués. On n'eut pas peu de peine à leur persuader qu'elle ne pouvait, ainsi qu'ils le prétendaient, être suppléée par le mot *derrière*. Un prince napolitain aimait passionnément deux choses au monde: son ami et les artichauts à la *barigoule*. On appelle ainsi, comme on sait, des artichauts cuits à l'huile. D'après cela, *huile* et *barigoule* étaient des synonymes dans la tête de ce bon prince. Comme il voyageait avec son ami dans les contrées méridionales de son pays, le mauvais temps l'ayant contraint à s'arrêter dans un village, il choisit, faute d'auberge, la maison la plus apparente du lieu pour y passer la nuit. C'était une manufacture. La chambre où on le logea était au-dessus d'un atelier où l'on faisait bouillir de l'huile dans d'énormes chaudières, nous ne savons pour quel usage. Les deux voyageurs y entrent à peine que le plancher s'écroule sous les pas de l'ami du prince. Ce malheureux tombe dans l'huile, où, moins heureux que saint Jean l'Évangéliste, il expire à l'instant même. Le prince fut longtemps inconsolable de cette perte; il n'en parlait pas sans pleurer, et pourtant ne pouvait-on l'en entendre parler sans rire, quand, pour expliquer l'accident qui l'avait privé de son favori, il disait avec un profond soupir : « *Il est mort à la barigoule!* » Sans doute, il est bien difficile qu'on ne finisse pas par apprendre la langue d'un peuple au milieu duquel on a longtemps séjourné; mais est-il donné à tous les peuples de parler également bien la nôtre? Il est tels Russes et tels Suédois qu'on prendrait, à la pureté de leur langage et de leur accent, pour des enfants de Paris. Mais pourrait-on s'y méprendre, quand on entend parler un Prussien ou un Anglais? Comme ils écorchent le français! Quel plaisir le Parisien ne prend-il pas à leur baragouinage. Combien n'a-t-il pas ri de milord *Rostbeef* demandant, chez le restaurateur, un *idem à la poulette*, et de milady *Kroc-Merotte* faisant louer à l'Opéra une loge *rôtie!* Il ne rirait pas moins s'il connaissait la lettre que le hasard a fait tomber entre nos mains. Quoique tous les mots qui la composent soient français, il est impossible d'imaginer quelque chose de moins français que ce galimatias, qui serait inintelligible si nous ne prenions pas le soin d'indiquer la signification que l'auteur a prêtée aux mots dont il se sert. Cette traduction de son français dans le nôtre nous a donné plus de peine que s'il avait fallu le traduire de sa propre langue..... « Comme j'ai juré à moi de tou-« jours parler le français, tant que je ne saurais point « *cette langage* (langue), ne trouvez pas *méchant* (mau-« vais), mon cher ami, que je m'en serve pour vous écrire « ce qui m'est arrivé en route... J'ai *percé* (traversé) d'a-« bord la Belgique, où j'ai trouvé les chemins un peu *des-« potes* (tyrans). En débarquant j'y ai eu un *dissemblable* « (différend) avec les employés des impôts *tortueux* (indi-« rects). Mais ce n'est rien en comparaison de ce qui m'est « arrivé en entrant en France. A propos de quelques *tomes* « (livres) de tabac, les *souris de cave* (les rats de cave) ne « m'ont-ils pas mis au *noyau* (à l'amende)? Il a bien fallu « en passer par là, après avoir croqué le *petit garçon* (le « marmot) pendant trois heures. Comme c'est un malheur « sans *lavement* (sans remède), j'en suis déjà tout consolé. « Et puis ce n'est pas à ces pauvres *démons* (diables) qu'il « faut s'en prendre, mais aux ministres, dont ils sont les « *ustensiles* (les instruments), comme le disait un de ces « *plaisants-là* (de ces drôles-là), qui avait l'*idiome* (la « langue) assez bien pendu. Il ne nous est rien *abordé* « (arrivé) depuis Valenciennes jusqu'à Paris, si ce n'est « qu'en sortant d'une *poitrine* (gorge) de montagne, un « troupeau de *bouillis* (bœufs) a effrayé nos chevaux, qui « ont pris le *défunt* (le mors) aux dents. Me voilà à Paris. « Il n'est pas si grand que London, mais le peuple y est « *plus meilleur* que chez nous. Je me *satisfais* (plais) là « *beaucoup fort*. Le matin, je cours les rues. J'ai déjà vu « le Luxembourg, le Louvre, les tours de Notre-Dame, les « Tuileries, et autres *tombeaux* (monuments). A cinq « heures, je vais à la *restauration* (au restaurant), taverne « où l'on trouve tout à prix fixe. On mange et on boit là « d'une façon très-confortable, et l'on y est servi par des « *célibataires* (garçons) très-intelligents. Le soir, je vais au « spectacle. Mais de tous les théâtres, celui que j'aime le « plus, c'est les *Diversités* (Variétés). Il y a là un acteur « qui, à lui seul, vaut tous nos farceurs de Covent-Garden « et de Drury-Lane. Il est encore plus *coquin* (drôle). On « ne peut le regarder sans rire. J'irai demain visiter les « hospices. Les malades y sont mieux soignés qu'ail-« leurs, et cela vient, à ce qu'on dit, de ce qu'ils ont pour « *patrouilles* (gardes) ces femmes qu'on appelle *sœurs « ivres* (sœurs grises). J'ai eu beaucoup de plaisir au *dé-« roiement* (à la foire) de Saint-Cloud. Mais j'en avais eu « *bien beaucoup plus fort* à Versailles, quand on a fait « jouer les *ossements* (les eaux) tout exprès pour divertir « Sa Grâce lord Wellington, ce qui est très-*flattant* (flat-« teur) pour les Anglais..... Mon plaisir aurait été plus « grand encore, si je n'avais eu une grande *tristesse* (dou-« leur) au pied, par la faute d'un damné cordonnier qui « m'avait fait des bottes trop *équitables* (trop justes). — « Adieu, mon cher ami, *j'attends* (j'espère) que vous serez « étonné de mes *avancements* (progrès) dans le français, « quand vous saurez que je l'ai *enseigné* (appris) tout *soli-« taire* (seul), sans ouvrir une seule fois le dictionnaire « ou la *grand'maman* (la grammaire). — Votre ami, « J. B***. » Y a-t-il rien de moins français que cette lettre, et pourtant y a-t-il dans cette lettre un mot qui ne soit pas français? Mais que les étrangers nous pardonnent ces observations, et, s'ils veulent rire à leur tour, qu'ils nous attendent au moment où nous parlerons leur langue (1).

LECTURE. Certaines personnes lisent pour transmettre leurs idées par la voie de la conversation à tout le reste de la société; d'autres lisent pour faire parade de leur savoir et briller dans les cercles; d'autres enfin lisent pour ne pas avoir l'air d'ignorer les connaissances les plus vulgaires. Entreprise d'abord par vanité, puis continuée par habitude, la lecture, cette source continuelle d'instruction et d'amusement par laquelle nous sommes, comme l'a dit un poëte, contemporains de tous les hommes et citoyens de tous les lieux, devient souvent une passion qui finit par nous détourner des choses frivoles. Celui qui lit pour lui-même, pour son plaisir ou pour son instruction, trouve dans la variété de ses lectures des aliments pour son esprit. En même temps qu'il puise dans les livres d'agrément des sentiments qui élèvent le cœur, ennoblissent la pensée, impressionnent l'âme, les livres sérieux lui donnent des notions utiles, des connaissances exactes, des appréciations sincères. Tous les moments qu'il consacre à la lecture sont autant d'instants ravis au désœuvrement, à la corruption. Que de jeunes gens se perdent pour ne pas savoir faire un utile emploi de leur temps! A une époque où la presse est si féconde, ses produits ne seraient souvent accessibles qu'à certains riches, s'il fallait acheter les livres au lieu de les louer. Les cabinets de lecture, ces centres si précieux, et qui témoignent des développements que depuis trente ans l'intelligence a pris parmi nous, procurent à chacun les moyens de s'instruire à très-peu de frais, et servent à inspirer le goût de la lecture à toutes les classes, même aux simples ouvriers. Le nombre toujours croissant de ces utiles établissements prouve que lire est désormais une nécessité impérieuse : il ne faut pas s'en plaindre. Quelque loin cependant qu'on pousse le goût de la lecture, il est impossible de lire tous les livres. On est forcé de se renfermer dans un petit cercle et de se borner à ceux qui se rapportent plus particulièrement à nos études, à nos travaux, à notre profession, ou vers lesquels nous portent nos goûts et nos prédilections. Mais dans la conversation, les livres lus par une personne deviennent des moyens d'instruction pour tous les autres, car cette même personne vous donne en un quart d'heure le fruit de plus de dix heures de lecture. Dans la plupart des hommes, la lecture n'est pas accompagnée de cette attention forte, qui est précisément l'instrument de toutes nos connaissances. Cette attention devient facile dans la conversation. La voix, le geste, le ton de celui qui parle, surtout s'il est animé par une légère contradiction, aiguisent, pour ainsi dire, le trait de sa pensée et l'enfoncent davantage. On dirait que la conversation doit, plus que la lecture, cultiver l'esprit; car elle oblige à penser, comme la composition. Bacon aurait donc eu tort de mettre l'une avant l'autre, si la lecture n'avait pas l'avantage d'imposer des bornes à tous les écarts, et de fixer le goût. L'étude des livres est un exercice languissant et faible, qui n'échauffe pas l'esprit comme la conversation. Dans la conversation on trouve moyen de s'instruire et de s'exercer tout à la fois. Notre esprit se fortifie par la communication des esprits vigoureux et cultivés : « Si je confère avec une âme forte et un rude jouteur, dit Montaigne, il me presse les flancs, me pique de tous côtés; son imagination excite la mienne; la jalousie, la gloire, la contradiction, m'aiguillonnent et m'élèvent au-dessus de moi-même. » Nous ne saurions donc trop recommander la lecture : il faut réparer par ce moyen les pertes quotidiennes que l'on fait dans le monde par la conversation, et choisir les livres qui peuvent lui fournir un aliment de facile digestion. Savoir bien *les choses* est plus utile pour écrire, savoir bien *des choses* est plus utile pour converser.

LIAISONS DES CONSONNES. Il ne suffit pas de connaître l'exacte énonciation des mots pris isolément; pour prononcer notre langue dans toute sa pureté et selon le génie qui la constitue, il faut aussi connaître les

(1) Arnault, *Critiques philosophiques et littéraires*, tom. II.

cas dans lesquels la liaison des consonnes finales ou leur séparation doit avoir lieu dans le discours; car les mots, dans le langage parlé, ont entre eux des rapports qui sont déterminés, soit par leur position grammaticale, soit par leur espèce particulière, soit enfin par des principes d'euphonie et de goût qui leur donnent de la douceur et de l'harmonie. Cette partie de la prononciation française, généralement assez négligée, exige cependant une étude toute particulière, et nous ne saurions trop la recommander aux jeunes gens, puisque c'est de sa parfaite exécution que dépend presque toute l'harmonie de la parole. Qu'ils prêtent leur attention aux liaisons admises dans la conversation. Ils verront que, s'il en est d'indispensables, il en est d'autres qui, sans être aussi rigoureuses, contribuent néanmoins à l'agrément du langage, et qu'enfin il en est un grand nombre qu'il faut éviter ou comme trop dures ou comme trop fatigantes par leur répétition. Ceci demande une grande habitude et beaucoup de tact, car plus la conversation prendra d'élévation, plus il sera convenable de faire certaines liaisons; au contraire, plus la conversation descendra au ton familier, plus ces liaisons deviendraient affectées et ridicules. Gardez-vous d'imiter les gens de province, qui croiraient manquer aux règles de la prononciation si elles oubliaient de faire sentir une seule consonne devant une voyelle suivante. Ils ignorent sans doute qu'il y a des liaisons que le goût repousse, parce qu'elles n'ont rien d'harmonieux, ou qu'elle présentent de doubles applications, ou bien parce qu'elles occasionnent une cacophonie et des contre-sens qui jettent du ridicule sur la prononciation, comme dans un APPA-*T'infaillible*, un ATTENTA-T'*affreux*, *le grand* MA-T'*était brisé*, un PRÉLA-T'*instruit*, *cet* HABI-T'*est trop large*, où l'on entend les liaisons *apa-tin*, *attentata*, *le mâ-tétait*, *habi-test*, toutes liaisons dures, ridicules, qu'il faut éviter avec soin, et dont la conversation ne garde aucune trace. On abuse trop, en général, de la règle qui prescrit la liaison des consonnes finales. C'est donner au système des liaisons une extension aussi fausse que dangereuse; car par là on fait disparaître souvent des coupures nécessaires à l'intelligence des idées; on lie les éléments les plus disparates du discours; on se fait un débit affecté, pédantesque, et toujours fatigant pour l'oreille, par l'effet de cette continuité de liaisons que rien ne règle, et dont la répétition augmente trop souvent la monotonie qui en résulte. Celui qui appliquerait certaines liaisons à la lecture soutenue se tromperait gravement, comme aussi celui qui transporterait à la conversation les formes du langage élevé, courrait risque de jouer un rôle extrêmement ridicule. Les personnes de goût et de bon sens saisissent facilement ces nuances. Les sociétés choisies de la capitale offrent des modèles dans ce genre, et on les reconnaît surtout à cette facilité mêlée de grâces qu'ils portent dans les communications ordinaires de la vie.

LIBERTÉ D'ESPRIT. Pour être agréable en société, il faut avoir le cœur et l'esprit libres, pouvoir s'occuper avec intérêt de tout le monde et de toute chose. Une idée, un sentiment qui absorbe, ôte les moyens de plaire et d'amuser, rend sérieux et inattentif. Diderot n'avait pas la conversation du moment : il ramenait tout à quelques idées dont il s'était occupé longtemps; car son imagination mettait une séparation entre lui et les autres hommes.

LIBERTÉ D'OPINION. Les personnes qui disent hautement leur opinion laissent échapper quelquefois des propos indiscrets qu'on relève et qu'on tourne en ridicule; mais, à la fin de l'année, les propos sont oubliés et la considération reste; car on estime tous les hommes qui ont un avis à eux, et qui ne craignent pas de le montrer, surtout si cet avis est conforme à la saine morale. Chapelle, particulièrement connu par son *Voyage de Montpellier*, chef-d'œuvre de badinage, de plaisanterie et de goût, disait avec une extrême liberté sa façon de penser sur le sujet de la conversation. Il ne pouvait souffrir les tons réservés, ni les airs de hauteur : « Partout, répétait-il souvent, je veux avoir mes coudées franches. »

LICENCES. Quelques personnes qui se sont fait une existence considérable dans le monde peuvent se permettre des choses qui seraient trop fortes pour d'autres; c'est un droit qu'elles ont acquis, et même trop de réserve serait déplacé chez elles : c'est comme les licences poétiques, qu'on ne passe qu'à des esprits tels que Milton, Dante, l'Arioste, etc., etc.; car les licences d'un écolier ne seraient (qu'on nous permette celle-ci) que des écoles. Le bon ton ne permet de risquer que quand on peut, avec raison, se promettre de réussir. Il prescrit de faire assez de frais, mais de n'en pas trop faire; et, toujours occupé des autres, de se distinguer seulement par l'oubli de soi-même.

LIEUX COMMUNS. Que deviendraient les poëtes, les orateurs, les avocats, sans ces digressions inutiles, ces hors-d'œuvre qui viennent si bien au secours de l'imagination ou de la logique ou de l'éloquence en défaut? L'homme du monde, ou du moins celui qui aspire à ce titre et qui veut le mériter, n'a pas la faculté de dire des lieux communs, parce que dans la société on ne peut pas juger le style; d'ailleurs, rien n'y paraîtrait plus fatigant qu'un discours dans le genre descriptif. Là il faut surtout se garder des lieux communs qui conviennent au poëte et à l'orateur. Mais il en est d'autres qui se représentent souvent et qu'on doit éviter avec le plus grand soin : tels sont les détails personnels sur son pays, sa naissance, ses tours d'écolier, ses combats, ses exploits et les travaux de sa profession. On ne pardonne pas même la gloire à un militaire, lorsqu'il raconte la journée où il a cueilli un beau laurier; à plus forte raison un homme qui veut intéresser ses auditeurs aux bourgeoises révolutions de sa destinée, aux tribulations de sa vie, et qui appelle l'attention sur le clocher de son village, ou sur le berceau de son enfance, semble-t-il presque toujours souverainement ridicule. Malheureusement la société abonde en gens de cette espèce; leur défaut tient moins encore au peu d'usage qu'ils ont du monde qu'à l'égoïsme et à l'amour-propre : ils s'imaginent être d'importants personnages..... Parler de la pluie et du beau temps est peut-être le seul lieu commun que permette le monde; mais encore n'est-ce que par une sorte de convention tacite; car ce lieu commun est une des plus ridicules traditions qui accusent la stérilité des pauvres cerveaux humains. La pluie et le beau temps servent d'introduction ou de transition à la causerie; c'est une sorte de prélude qui donne le temps d'observer, d'étudier son monde; et, quand on a voyagé un moment au ciel, quand on a parlé de sa température, on redescend sur la terre.

LOCUTIONS VICIEUSES. Nous en demandons pardon à toutes les classes de la société, mais ce chapitre est peut-être un des plus essentiels de notre petit traité, car combien n'estropie-t-on pas notre pauvre langue dans les assemblées, dans les salons aussi bien que sous l'humble demeure de l'artisan et dans la boutique du commerçant! Pour prouver d'ailleurs que nous ne poussons pas trop loin la sévérité à cet égard, nous nous bornerons à donner ici la plupart des locutions vicieuses qu'a relevées une femme du monde, auteur d'un excellent petit volume sur le savoir-vivre. Ne dites point : *En usez-vous?* pour prenez-vous du tabac? *J'y vas de suite*, pour j'y vais tout de suite. *Il a des écus*, pour il est riche. *Ses entours*, pour ceux qui l'entourent. *Traverser un pont*, pour passer un pont, car traverser un pont veut dire le passer en travers. *Se détruire*, pour se tuer. *Se suicider* n'est pas plus français, quoique très-usité, car en disant *il s'est suicidé*, on ne parle avec justesse qu'autant qu'on veut dire que celui dont on parle s'est tué deux fois. N'employez pas *vis-à-vis* au figuré, et ne dites pas : Ses procédés *vis-à-vis* de moi, mais ses procédés envers moi. Une maison est vis-à-vis une autre maison; deux personnes sont assises vis-à-vis l'une de l'autre. Ne faites point précéder *que* par *malgré*, et ne dites jamais *malgré que*, excepté toutefois dans la phrase : *Malgré que j'en eusse, malgré qu'il en ait*, etc. On ne doit point dire d'un homme gai qu'il est *farce*, que c'est un *farceur;* on ne doit pas le dire davantage d'un mauvais sujet. N'appelez point une voiture un *équipage;* ce dernier mot sous-entend plusieurs choses. On dit les *équipages* d'un général, d'une armée; ce sont des voitures, des fourgons, des harnais, des coffres, etc., etc. On ne désigne pas un homme pauvre en disant qu'*il est peu fortuné*, puisque *fortuné* veut dire *heureux*, et que l'on peut éprouver les chagrins les plus cruels tout en jouissant d'une immense fortune. La honte ou la mort d'un objet chéri, plonge dans le désespoir, et ne ruine pas. On n'est donc pas *fortuné*, parce que l'on possède une grande fortune; on n'est que riche. Si vous montez dans un omnibus, remarquez quels sont les gens qui disent poliment à ceux qu'ils dérangent : *excusez*, au lieu de : *je vous demande pardon*, et vous serez peu tenté de dire de même. Mais il n'est pas aussi facile de classer ceux qui disent : *Je vous demande excuse*, au lieu de : Je vous fais excuse; car cette locution est dans la bouche de tout le monde. *Je vous demande excuse* signifie : *vous avez* eu tort envers moi, et j'exige que vous vous en excusiez. Assurément ce n'est pas ainsi que l'entendent les bonnes personnes qui vous adressent ces paroles après vous avoir fait attendre, vous avoir écrasé les pieds ou vous avoir fait déplacer. C'est : *Je vous demande pardon* qu'elles veulent dire. Sachez-leur gré de l intention, mais gardez-vous de vous exprimer comme elles. Ne dites point *bêta* pour bête; *douceurs*, *chatteries*, pour sucreries, friandises; *beau râtelier*, *belle denture*, pour belles dents; *carré*, pour palier; *une bonne trotte*, pour une longue course; *fendant*, pour tranchant, présomptueux; *machin*, pour machine; *pas moins*, pour cependant, néanmoins; *quoique ça*, pour malgré ça; *soûl*, pour ivre; *sûr*, pour aigre, acide; *entregent*, pour adresse, habileté, intrigue; *carreau*, pour vitre. Pour dire qu'une chose est à la mode, ne dites pas : *C'est le bon genre*, ni, quand vous voulez blâmer une façon d'être : *Cela est de mauvais genre*. Le mot *genre* ne peut être synonyme ni de mode, ni de goût. Ne dites pas non plus : *éduquer*, pour élever ; *rester*, pour loger, demeurer; *embêter*, pour ennuyer; *endêver*, pour impatienter; *rouler carrosse*, pour aller en voiture; *craquer*, *blaguer*, pour mentir; *priser*, pour prendre du tabac; *bougonner*, pour gronder, murmurer; *se soûler*, pour s'enivrer; *flâner*, pour muser; *baffrer*, pour manger avec avidité. Ne dites pas davantage *je le fais bisquer*, *enrager*, pour je le contrarie, je l'impatiente; *je suis éreinté*, pour je suis harrassé, accablé de fatigue; *venez manger ma soupe*, pour venez dîner avec moi; *les jambes me rentrent dans le corps*, pour je suis très-las; *il fait des morales*, pour il donne des leçons de morale, il sermonne; *il fait les cent coups*, pour il fait mille folies; *votre chaise est sur moi*, pour votre chaise est sur ma robe; *abordons la question*, pour parlons de telle chose. Peut-être sera-t-on étonné des mots que nous proscrivons, mais que serait-ce si nous donnions la liste complète de tous les termes impropres, de toutes les locutions plus ou moins incorrectes qu'on entend chaque jour, même dans la plus haute société. Sous quelques rapports, les femmes, moins exposées à voir des gens de toute espèce que les hommes, ont des rapports obligés avec leurs domestiques, qui les induisent en erreur à chaque instant. Nous avons appris à une femme de trente ans, aussi instruite que spirituelle, qu'on appelait *liteau* une petite raie rouge ou bleue qui se voit à certaines serviettes, et qu'une espèce de poire portait le nom de *Messire-Jean*. Elle avait dit toute sa vie des serviettes à *linteau* et des poires de *demi-sergent*, parce qu'elle n'avait parlé de linge qu'avec ses femmes, et de fruit qu'avec son cuisinier ou son jardinier, et qu'en lisant elle n'avait donné aucune attention à l'orthographe de ces mots. Le meilleur moyen de ne pas se tromper à propos de choses de ce genre, c'est l'habitude de consulter fréquemment un dictionnaire, surtout quand on entend un mot pour la première fois, et qu'il est dit par une personne que l'on peut présumer ignorante.

LOQUACITÉ. Prior, poëte anglais, avait la démangeaison de parler, ce qui faisait dire au docteur Swift, son ami : « Le moyen de vivre avec M. Prior? il occupe seul tout l'espace ; il n'en laisse point aux autres pour remuer seulement les coudes. » Rien n'est plus insupportable que ces éternels causeurs qui vous étourdissent de leur babil, et qui ont l'art de parler continuellement sans rien dire On devrait bien se pénétrer enfin de cette maxime, que le véritable savoir consiste moins à savoir beaucoup de mots qu'à avoir des idées justes et bien déterminées. Les bavards à prétention, qui se croient faits pour qu'on les écoute, et dans qui le besoin de parler est un besoin de vanité, étaient les seuls que madame Geoffrin ne pouvait souffrir ; encore avait-elle soin qu'ils ne s'en aperçussent pas. Phocion appelait les babillards *larrons de temps*; il les comparait à des tonneaux vides qui rendent plus de son que des barriques pleines. « Les gens qui savent peu, dit J.-J. Rousseau, parlent beaucoup, et les gens qui savent beaucoup parlent peu. » Il est naturel de croire qu'un ignorant trouve important tout ce qu'il sait, et le dise à tout le monde. Mais un homme instruit n'ouvre pas aisément son répertoire ; il aurait trop à dire ; et, comme il voit encore plus à dire après lui, il se tait. « Parlez souvent, dit lord Chesterfield à son fils, mais ne parlez pas longtemps. Alors si vous ne plaisez pas, du moins serez-vous sûr de ne pas ennuyer. Payez, comme on dit, votre écot, mais ne payez jamais pour toute la compagnie ; car, sur cet article, il y a peu de gens qui ne soient très-convaincus qu'ils sont en état de payer eux-mêmes.» C'est un mérite assurément de pouvoir parler avec facilité et rapidité, et ce mérite ne peut être contesté que par ceux qui ignorent que, pour convaincre notre esprit, il faut avant tout flatter nos passions. Mais ce talent n'est pas toujours la preuve d'un jugement bien profond. On a vu des hommes de beaucoup d'esprit, de grands philosophes, ne pouvoir développer leurs idées que dans le silence de la méditation, et on a remarqué que les plus grands écrivains ne sont pas toujours ceux qui brillent le plus dans les salons. Dans la conversation de J.-J. Rousseau on n'apercevait même pas l'ombre de ce style qu'on admire tant dans ses écrits. Pythagore, pour réprimer dans les jeunes gens une loquacité excessive, exigeait de ses disciples qu'ils l'écoutassent trois ans sans parler. C'était pousser les choses à l'extrême, c'était rompre la branche pour la redresser. L'ancienne chevalerie était infiniment plus sage ; elle disait à ses adeptes : « Soyez toujours le dernier à parler, et le premier au combat. » Lorsqu'on n'a pas de sujet intéressant à raconter, la politesse fait un devoir de s'abstenir de parler, pour ne point abuser de la patience de ses auditeurs. L'abbé de Saint-Pierre aimait beaucoup la société, surtout celle des

femmes, qu'il trouvait plus indulgentes que les hommes. On le voyait fréquemment dans les cercles les plus brillants, quoiqu'il y fût assez déplacé, ne disant rien dans la crainte de fatiguer les autres. Un jour, s'étant aperçu de l'effet fâcheux qu'il produisait : « Je sens, dit-il, que je vous ennuie ; et j'en suis bien fâché; mais moi, je m'amuse fort à vous entendre, et je vous prie de trouver bon que je continue. » Il disait aussi : « Quand j'écris, personne n'est obligé de me lire ; mais ceux que je voudrais contraindre à m'entendre se donneraient la peine d'en faire au moins semblant, et c'est une peine que je veux même leur épargner le plus possible. » La loquacité excessive est un défaut que les moralistes n'ont pas manqué de reprocher au beau sexe. Mais ce babil intarissable est tout aussi blâmable chez les hommes que chez les femmes. L'ennui d'un verbiage insignifiant ne diminue pas en raison de la barbe de celui qui parle, tandis qu'un discours agréable et spirituel augmente de prix en sortant d'une jolie bouche. Les femmes semblent avoir les organes de la parole plus souples, plus faciles que les hommes ; elles parlent plus tôt, plus aisément et plus agréablement. « On les accuse de parler davantage, et je changerais volontiers, dit J.-J. Rousseau, ce reproche en éloge ; la bouche et les yeux ont chez elles la même activité. » Toujours occupées de plaire, observant avec la plus persévérante attention tout ce qui se passe autour d'elles, toujours habiles à profiter de leurs avantages, et réduites, d'après la nature de nos mœurs et de nos sociétés, à ne briller que par le chant, la danse et surtout la conversation, elles se livrent à ces exercices avec une vive ardeur et y excellent plus que les hommes. Tout le système nerveux est d'ailleurs plus développé chez elles ; les impressions qu'elles reçoivent sont plus multipliées et plus vives, et dès lors elles ont un plus grand nombre de sensations, de mouvements intérieurs à faire connaître. Avides de pénétrer les secrets des hommes, de s'assurer sans cesse de l'état de leur cœur, c'est la parole qui est pour elles l'instrument le plus utile, le plus indispensable à leur bonheur.

LOUANGES. Il est une monnaie qui circule chez tous les peuples, en tout temps, en tout lieu ; quoiqu'elle soit reconnue fausse, tout le monde la prend ; quoiqu'elle soit commune, elle ne perd jamais de sa valeur, et l'on obtient souvent en échange les choses les plus précieuses ; cette monnaie est la *louange*. Duclos a dit que l'adulation même dont l'excès se fait sentir produit encore son effet. « Je sais que tu me flattes, disait quelqu'un, mais tu ne m'en plais pas moins. » Un homme d'esprit qu'on avait comparé à Dieu, disait : « C'est un peu fort, mais cela fait toujours honneur. » Une des choses les plus inconvenantes, c'est de louer à l'excès et à contre-temps. Les louanges excessives et déplacées font tort à celui qui les reçoit et à celui qui les donne. Le moyen infaillible de prêter un air sot à une personne de mérite, c'est de lui adresser en face et sans ménagement des éloges exagérés ; il n'est pas, en effet, peu embarrassant de répondre. Garde-t-on le silence, on semble respirer à son aise l'encens ; se récrie-t-on vivement, on semble vouloir l'exciter encore Aussi voyons-nous, en pareil cas, des gens très-spirituels d'ailleurs, qui répondent par de niaises exclamations, par des formules tout à fait grossières, comme : *Vous vous moquez, vous voulez rire*, etc. Cela est intolérable, car on ne doit pas supposer que la personne qui loue soit capable d'un pareil procédé. Nous croyons qu'il serait plus convenable de dire : *Si je ne vous savais si bienveillant*, ou *si bon*, *je croirais vraiment que vous voulez vous railler de moi ;* ou bien : *Votre indulgence vous aveugle sans doute*, etc. Les hommes sans usage s'imaginent ordinairement qu'on ne peut aborder une dame sans lui adresser des compliments. C'est une erreur. Il est de mauvais ton d'assommer de fades douceurs toutes les femmes que l'on rencontre, sans distinction d'âge, de rang et de mérite. Ces fadeurs peuvent amuser quelques femmes légères, elles ennuient une femme sensée. Ayez avec les femmes une conversation vive, piquante et variée ; et souvenez-vous qu'elles ont une imagination trop active, une mobilité d'esprit trop grande, pour soutenir longtemps la conversation sur un même sujet. Faut-il donc s'interdire absolument les éloges ? Non, la société française n'en est point venue à ce degré de philosophie-là ; les éloges sont et seront longtemps encore un moyen de succès ; mais ils doivent être d'abord vrais, ou du moins vraisemblables, afin de ne pas avoir l'air d'un outrage sanglant ; ils doivent être indirects, délicats, pour qu'on puisse les écouter sans être obligé de les interrompre ; ils doivent être tempérés par une sorte de censure, dont l'adroite sévérité est encore elle-même un éloge. Une femme, connue par beaucoup de vertus et une grande connaissance des hommes, madame Geoffrin, établissait comme autant de règles : 1° qu'il faut rarement louer ses amis dans le monde ; 2° qu'il ne faut les louer que généralement, et jamais par tel et tel fait, en citant telle ou telle action, parce qu'on ne manque jamais de jeter quelque doute sur le fait, ou de chercher à l'action un motif qui en diminue le mérite ; 3° qu'il ne faut pas même les défendre, lorsqu'ils sont attaqués vivement, si ce n'est en termes généraux et en peu de paroles, parce que tout ce qu'on dit en pareil cas ne fait qu'animer les détracteurs, et leur faire outrer la censure.

MAIN. La main est la langue supplémentaire de l'homme. La main seconde et vivifie, pour ainsi dire, l'expression de la pensée. Ainsi, quand on parle, il ne faut jamais mettre ses mains dans ses poches. Les gestes mesurés et réglés par le goût ne doivent pas ressembler aux interprétations de la pantomime, et il serait ridicule de prendre un salon pour un théâtre ; mais que la main droite, s'élevant et s'abaissant alternativement, marque les mouvements précipités ou la lenteur de la langue ; qu'elle s'identifie, pour ainsi dire, avec elle, et la suive avec une complaisante docilité ; ce sont deux amies qui ne peuvent se passer l'une de l'autre. La main gauche est ordinairement condamnée au repos ; mais, malgré son inaction habituelle, elle peut encore, de temps en temps, appuyer sa sœur et la servir dans les grandes circonstances, comme par exemple, quand il s'agit de discussions vives et animées, et qu'il faut employer tous ses moyens pour arriver à la conviction ; alors les deux mains sont nécessaires.

MAINTIEN. Le maintien est expressif comme l'accent, plus que lui peut-être, parce qu'il est plus continuel. Il révèle à l'observateur toutes les nuances du caractère : on doit donc éviter avec soin de faire ainsi sa confession générale par des minauderies, une tenue prétentieuse, des airs moqueurs, des mouvements brusques, une contenance hardie, des signes impertinents, protecteurs, des sourires mignards, des gestes de bouffon, une pose nonchalante et voluptueuse, un maintien rempli de pruderie et de roideur. La convenance du maintien est surtout indispensable aux dames. C'est au maintien que, dans une promenade, un bal, une assemblée, les gens qui ne peuvent les entretenir jugent de leur mérite et de leur bonne éducation. Que de personnes sensées sourient à l'aspect d'une belle femme qui minaude, joue la grâce, penche le cou avec afféterie, semble s'admirer sans cesse et inviter les autres à l'admirer ! Qui jamais s'avise de lier conversation avec une dame immobile, roide et compassée, allongeant la figure, serrant les lèvres, et portant en arrière ses coudes collés à ses flancs? Madame de Staël avait les bras beaux et tenait toujours à la main une fleur ou une branche de feuillage qu'elle roulait sans cesse dans ses doigts, tant elle avait de peine à rester inactive.

MAITRESSE DE MAISON. Pour bien faire les honneurs de sa maison, il faut avoir du tact, de la finesse, beaucoup d'usage du monde, une grande égalité d'humeur, du calme, du sang-froid, de la douceur, de l'aménité, de l'obligeance dans le caractère. Le gouvernement d'une conversation ressemble beaucoup à celui d'un Etat; il faut qu'on se doute à peine de l'influence qui la conduit. L'administrateur et la maîtresse de maison ne doivent jamais se mêler des choses qui vont d'elles-mêmes, mais éviter les maux et les inconvénients qui viennent à la traverse, éloigner les obstacles, ranimer les objets qui languissent. Une maîtresse de maison doit empêcher que la conversation ne prenne un tour ennuyeux, désagréable ou dangereux; mais elle ne doit faire aucun effort tant que l'impulsion donnée suffit et n'a pas besoin d'être renouvelée: trop accélérer, c'est gêner. Il faut craindre aussi de dominer la conversation, en cherchant les moyens de faire briller un homme en particulier, en le mettant sur des sujets qui l'intéressent seul, ou qu'il sait mieux que les autres, ou qui lui sont personnels; il faut conserver cette marche pour le tête-à-tête, car, si l'on plaît ainsi à l'homme que l'on distingue, on déplaît à tout le reste de la société; chacun veut avoir son tour, et parler selon que les sujets lui fournissent des idées et l'animent. La conversation qu'on ne dirige point dans le dessein de plaire à une personne en particulier, mais dont les objets généraux font la base, est toujours la plus piquante; elle satisfait tout le monde, et même l'homme qui aime le plus à parler de lui et de ses ouvrages; car il s'applaudit en rentrant chez lui, s'il a exercé son esprit et acquis de nouvelles connaissances; tandis qu'il a un remords secret s'il a trop parlé de lui, car il soupçonne d'avance le ridicule qui l'attend. D'Alembert nous a laissé le portrait du salon de madame Geoffrin. « Tous les arts, dit-il, comme tous les talents, étaient admis dans sa société; et chacun était sûr d'y trouver la considération qui lui était assignée par l'estime publique... Chez elle, la réunion de tous les rangs et de tous les genres d'esprit empêchait qu'il n'y eût aucun ton qui dominât; elle ne cherchait point à y occuper trop de place. Elle paraissait de plus détachée de tout amour-propre, et savait le mieux intéresser celui des autres. Elle avait l'art de faire valoir l'esprit de ceux qui lui parlaient, et de renvoyer chacun content de soi-même. C'est à elle que fut dit ce mot si connu de l'abbé de Saint-Pierre: *Vous avez été charmant aujourd'hui*, lui dit-elle. — *Je ne suis qu'un instrument*, répondit-il, *dont vous avez bien joué*. »

MANIE DE PARLER TOUS A LA FOIS. C'est faute de savoir et de vouloir écouter que nous voyons parmi nous presque universellement établi un usage vraiment choquant, celui d'interrompre sans cesse la personne qui parle, avant qu'elle ait achevé sa phrase et fait entendre toute sa pensée: ce qui est le fléau de toute conversation. On peut dire de ce défaut que c'est proprement le mal français, et qu'il nous est presque particulier. Dans les conférences préliminaires au traité de Verceil, signé en 1495, entre Charles VIII et les Italiens, on observa, comme un trait caractéristique de l'esprit français, cet empressement à parler, qui fait que plusieurs personnes élèvent la voix à la fois, de manière qu'aucune n'est entendue. « Du côté des Italiens, dit Philippe de Comines, ne parlait nul que le duc Ludovic; mais notre condition n'est point de parler si posément qu'ils le font: car nous parlions quelquefois deux ou trois ensemble, et ledit duc disait: *Oh! un à un.* » On voit par là que cette maladie française est plus ancienne qu'on ne le croit. On a vu souvent des étrangers observer une société française, où la conversation était ainsi brisée presque à chaque phrase, non-seulement entre deux interlocuteurs, mais entre trois et quatre à la fois, et quelquefois davantage; nous avions, à leurs yeux, l'air d'autant de fous. Les membres de l'ancienne Académie française ont conservé par tradition un mot de M. de Mairan, qui, blessé plus qu'un autre de ce défaut, dit un jour sérieusement à ses confrères: « Messieurs, je vous propose d'arrêter qu'on ne parlera ici que quatre à la fois; peut-être pourrons-nous parvenir à nous entendre. » Tout homme qui considérera avec attention que les deux principales fins de la conversation sont d'amuser et d'instruire les autres, et d'en tirer pour lui-même du plaisir et de l'instruction, tombera difficilement dans le défaut que nous signalons. En effet, celui qui parle doit être supposé parler pour le plaisir et l'instruction de celui qui l'écoute, et non pour lui-même; d'où il suit qu'avec un peu de discrétion, il se gardera bien de forcer l'attention, si on ne veut pas lui en accorder; il comprendra bien en même temps qu'interrompre celui qui parle, c'est la manière la plus grossière de lui faire entendre qu'on ne fait aucun cas de ses idées et de son jugement.

MANIE D'AVOIR RAISON. On ne saurait trop blâmer cette manie, tout à la fois choquante et puérile, de certaines gens, qui veulent toujours avoir raison, cette manie, ou plutôt cette petitesse, dont on a accusé les gens de lettres, et qui ne peut être, dans un homme d'esprit, que le travers d'un amour-propre bien peu éclairé. Si c'est un sot qu'il a entrepris d'entraîner par force à son opinion, qu'importe à un homme d'esprit la gloire si mince d'obliger un sot à penser comme lui? Et si c'est un homme d'esprit qu'il se propose de convaincre, peut-il ignorer que le doute, qui est *le commencement de la sagesse*, en est aussi le fruit et le terme; qu'à l'exception des sciences exactes, la plupart des autres objets, éclairés d'une lumière incertaine et mobile, peuvent se présenter sous différentes faces à des yeux exercés et clairvoyants; qu'on fait *haïr*, dit Montaigne, *les choses vraisemblables, quand on les plante pour infaillibles*, et qu'enfin la vérité, même convaincue, se croit intéressée à ne point avouer sa défaite? Dans la société, dans les corps littéraires mêmes, le sage discute quelquefois, dispute très-rarement, ne propose son opinion qu'avec les expressions réservées, qui rendent la contradiction plus supportable, et finit toujours par permettre à chacun d'être de son avis, sous la condition modeste et juste de jouir de la même liberté pour le sien. On demandait au philosophe Fontenelle pourquoi il ne disputait jamais: « *Par ces deux principes*, répondit-il: *tout est possible, et tout le monde a raison.* » Le même philosophe disait un jour à l'abbé Régnier, dans nous ne savons quelle discussion académique: « *Voilà une dispute qui ne finirait point, si l'on voulait; c'est pour cela qu'il faut qu'elle finisse tout à l'heure.* » Et dans une autre occasion, où l'abbé Régnier disputait avec chaleur contre un homme de lettres, en présence d'une femme de beaucoup d'esprit: « *Eh! messieurs*, leur dit cette femme, *convenez de quelque chose, fût-ce d'une sottise.* »

MANIÈRE D'ÊTRE. La manière d'être confirme presque toujours les indices que donnent les physionomies. L'enjouement exprime le calme intérieur; la sérénité désigne la paix du cœur; le ton naturel et aisé annonce l'honnêteté, la confiance d'une âme libre, qui ne craint point d'être pénétrée; la douceur du regard, du maintien, du geste, peint celle des affections; une attitude majestueuse, décidée, est un présage assuré de la noblesse des sentiments. Mais il faut savoir distinguer si le mode extérieur est réel ou factice. Il est essentiel d'observer les changements que l'éducation, la manière de vivre, les circonstances, apportent aux dispositions primitives de la nature; il faut savoir démêler, à travers mille enveloppes qui le couvrent, l'art perfide et si commun de se composer, de se déguiser, de se contraindre, qui expose souvent le physionomiste le plus exercé à se méprendre sur ce qui n'est que l'effet de la dissimulation et du déguisement.

MANIÈRES. Les personnes qui ont l'usage du monde agissent sans contrainte, sans gêne, sont toujours aimables, ne disent et ne font rien qui ne soit marqué au coin de la bienveillance et de la grâce. Il en est de l'habitude des bonnes manières comme des habitudes de propreté, que l'on contracte dès l'enfance, quand on est élevé avec soin, et qui font éprouver un malaise insupportable, dès qu'une maladie ou une circonstance force à les interrompre. On a vu des gens que l'obligation de soigner leurs dents, de laver leurs mains, contrariait à l'excès. C'est un des plus grands bienfaits d'une éducation distinguée que de faire contracter dès l'enfance les manières douces et prévenantes, les tons de voix modérés, le maintien calme, les expressions mesurées et choisies, qui, faisant partie de la façon d'être d'un individu, le classent à la première rencontre, tandis qu'acquises plus tard, ces qualités demandent une attention sur soi-même qui préoccupe, fatigue, et nuit au naturel des discours et des actions.

MAROTTE. Dans une de ses satires, Boileau a dit :

Tous les hommes sont fous, et, malgré tous leurs soins,
Ne diffèrent entre eux que du plus ou du moins.

En effet, chacun de nous a sa marotte, à laquelle il tient autant qu'à la vie, et cela doit être, puisqu'elle caresse notre amour-propre, nos faiblesses, nos passions, et nos défauts. Quel est celui de nous qui ne pense pas posséder de la bonté, de l'esprit, des talents, des connaissances, enfin quelque qualité physique ou morale? Et si la vérité vient à nous présenter son miroir pour nous désabuser, nous le brisons en l'accusant d'injustice ou de fausseté. Voilà pourquoi nous conservons nos défauts, et acquérons rarement les qualités que nous croyons posséder. Si cependant nous sommes forcés de reconnaître en nous quelques faiblesses ou quelques vices, pleins d'indulgence pour nous-mêmes, nous trouvons encore le moyen de nous les pardonner en faveur de quelque bon motif, et toujours de nous préférer aux autres.

MÉDECINS. Les médecins, en général, savent mieux écouter que les autres hommes. Environnés de bonne heure, dans les hôpitaux et dans le monde, de toutes les douleurs de l'humanité souffrante, ils apprennent chaque jour à prêter une oreille attentive et à compatir aux maux de leurs semblables. De grands praticiens ont même fait de cette science d'écouter un précepte exprès, que nous trouvons consigné dans leurs écrits. Hippocrate en recommandait l'étude à ses disciples. Valsara dit, en termes formels, au célèbre Morgagni : « Mon fils, je vous ai enseigné la médecine ; mais, ne l'oubliez jamais, tout l'art ne consiste pas dans les livres et l'expérience ; il vous faut encore apprendre à chaque instant une infinité de détails minutieux qui ne sont rien pour le génie, qui semblent même l'exclure ; je veux parler de cette patience que j'appellerais volontiers usuelle et quotidienne, de cette attention *stante* qui dirige l'oreille du médecin vers les interrogations sans cesse renaissantes d'un être sacré, c'est-à-dire du malade. » Barthez, dans sa *Science de l'homme*, Zimmermann, dans son fameux *Traité sur l'expérience*, tiennent le même langage. Plutarque, auquel nous sommes redevables de tant de détails précieux sur la vie domestique des anciens, a composé un court traité sur *l'art de bien ouïr*, et il y recommande à un médecin de ses amis de bien écouter ses malades, « car, dit-il, les bien écouter, souvent c'est les guérir ou du moins les soulager. » On connaît plus d'une preuve de cette vérité, mais nous n'en citerons qu'un exemple. Delille éprouvait les violentes douleurs d'un accès de goutte. Il invita le docteur Portal à venir le voir. Le médecin, homme d'esprit et de sens, s'entretient d'abord avec le poëte, non de la goutte, mais des auteurs de l'antiquité ; il lui demande quelques explications sur des passages de l'*Iliade* et de l'*Énéide*. Delille n'a jamais entendu, sans un certain frémissement de joie, prononcer les noms d'Homère et de Virgile. Il se met donc à traduire, à commenter les morceaux dont le docteur Portal vient de lui parler : il développe le sens et le génie qu'ils renferment avec cette clarté, cette finesse qui le caractérisaient. Il récite ensuite avec enthousiasme les vers où le chantre d'Énée peint Cacus saisi, enlacé, étouffé par Hercule. Après une déclamation pleine de vie et de feu, Delille se repose quelques instants ; il est tout surpris de trouver sa douleur absente. Le médecin alors lui explique ce phénomène, et peut-être que le plaisir d'être écouté avec attention sur un sujet qu'on aime, d'en parler à son aise en présence de personnes dignes de l'entendre et de le juger, contribua beaucoup à faire disparaître la douleur. Le médecin est donc obligé, dans certaines circonstances, en écoutant ses malades, de se prêter avec

complaisance à leurs goûts dominants et à la formation de tableaux qui peuvent émouvoir leur âme. Eh! qui mérite, en effet, de la part du praticien, plus de condescendance, et pour ainsi dire de respect, que celui qui souffre? Si le malade veut être plaint, il veut surtout être écouté : à l'entendre, personne n'a souffert comme lui, personne n'a été, comme lui, pressé par de douloureux aiguillons. Il accuse la nature entière ; le temps, pour l'accabler, ne vole plus, il se traîne avec lenteur sur de longues minutes et d'éternelles heures. Dans le récit des maux que l'homme malade éprouve, il n'oublie aucune circonstance, il s'appesantit sur tous les mots, et ceux qui connaissent le cœur humain et toutes les chimères dont aiment à se repaître les malades, ne sont point étonnés que celui dont parle Molière regrette aussi vivement d'avoir oublié de demander à son médecin s'il devait se promener en long ou en large. Le malade, en effet, observe tout, craint toujours un malentendu, redoute une méprise, compte les incidents de point en point, entre sans miséricorde dans tous les détails, et se fait centre unique de toutes les affections. On ne voit que soi quand on souffre ; alors nous comparons, nous rapportons tout à nous-mêmes. L'art de raconter les choses en substance n'est point un art à l'usage d'un malade ; il est tour à tour égoïste, curieux, défiant, flatteur, susceptible, ombrageux ; parler de ses souffrances est son premier besoin, sa suprême loi. O vous qui l'écoutez, gardez-vous de l'interrompre et de le troubler dans cette jouissance, quelquefois l'unique pour lui! Quelle joie il goûte quand il peut, en présence de son médecin, s'étendre complaisamment sur l'origine et les causes de son mal, qu'il croit souvent connaître si bien! Oh! combien d'expédients n'imagine-t-il pas pour vous forcer à l'entendre! L'oreille au guet, l'esprit tendu, il tourne autour de chaque phrase, double sans pitié la longueur du texte par la longueur du commentaire. Le moi est toujours dans sa bouche ; sa conversation est un miroir qui représente toujours sa figure ; il est enfin de sa vie, de ses pensées, de ses rêves, perpétuellement le citateur, le sujet et le journal. Pour la plupart des hommes, ce personnage serait insupportable ; mais à côté de son médecin, il a droit à tous les égards, puisqu'il est malade. Tous ces traits que nous venons de rassembler pour composer un tableau pourraient-ils étonner ceux qui, par état, sont habitués à juger des effets de la douleur? N'amène-t-elle pas avec elle l'inquiétude, l'impatience, la morosité, le désir d'occuper de soi, la crainte, la terreur, le délire, la perte de toute espérance, l'oubli cruel de tout ce que le cœur sait aimer? « J'ai connu, dit Caillau, un malade qui, jusque dans ses rêves, rêvait encore qu'il souffrait. » Ils sont donc tous dignes de compassion et de bienveillance : qui les écoute avec aménité fait toujours à leurs maux une diversion salutaire. L'homme sensible se plaît à les voir : cela ne suffit point ; on doit encore se plaire à les entendre. Ah! si c'est un vieillard qui vient réclamer vos soins, songez qu'il est au terme d'une longue et pénible carrière. Permettez-lui d'épancher son âme dans la vôtre en rejetant ses regards en arrière vers les jours brillants de son enfance ; de vous parler longuement, car il aime à discourir de ses travaux, de ses premiers succès, et des lieux qui l'ont vu naître, et du présent qu'il ne peut louer, et du passé qu'il regrette. Ecoutez aussi, avec cet air d'intérêt qui produit la consolante espérance, cette mère affligée qui remet entre vos mains ce qu'elle a de plus cher au monde. Voyez comme tout est pour elle, crainte, danger ou souffrance. Ses yeux, en vous parlant, interrogent vos yeux ; elle interprète votre air, elle sonde votre langage. Vous veniez pour parler peut-être, il faut vous résoudre à écouter. L'amour maternel, le plus noble et le plus pur de tous les sentiments qui viennent du cœur, inspire toujours des récits prolixes. Quand il s'agit d'un fils, une mère a tant de choses à dire! Au risque de fatiguer votre attention, elle se complaît à conter encore ce qu'elle a déjà raconté ; elle craint d'oublier la plus légère circonstance, les détails les plus minutieux ; un mot terminait son récit ; un mot le renouvelle. Mais que ne doit-on pas pardonner à ceux qui craignent et qui souffrent, à ceux sur qui la douleur semble épuiser ses traits les plus aigus? Certes ils ont le droit d'oublier que peu dit beaucoup à qui sait écouter ; que l'art d'être exact engendre quelquefois l'ennui, et qu'en disant moins, souvent on dit mieux.

MÉDISANCE. Il y a un genre de frivolité qui consiste à dire du mal des absents. C'est un sujet qui paraît infiniment fécond ; car certaines personnes ne se lassent jamais de médire ; elles ressemblent au comte de Comminges, dont le maréchal de Bassompierre disait qu'il n'ouvrait jamais la bouche qu'aux dépens d'autrui, ou pour manger ou pour médire. C'est pour elles un moyen de conserver intacte leur réputation ; il leur semble qu'en proclamant, en blâmant sévèrement les faiblesses d'autrui, elles mettent les leurs à couvert. D'autres cherchent dans la médisance une source de succès : elles sont à l'affût des aventures scandaleuses, pourvu qu'elles soient piquantes. Le déshonneur d'une femme intéressante, le désespoir de toute une maison, leur paraissent une bonne fortune, une excellente occasion de faire briller leur esprit. Dieu sait si elles se font faute de réticences perfides, de commentaires insidieux, malveillants. La médisance est la pire de toutes les conversations : elle aigrit l'humeur, dessèche le cœur, et ne laisse après elle aucun souvenir qui ne soit un remords ou un regret. La jeunesse doit dédaigner une pareille ressource, inventée par l'oisiveté, par l'envie, et par un besoin effréné de parler ; elle doit se persuader que les médisants sont haïs et craints par ceux mêmes qu'ils amusent ; qu'un reproche, quel qu'il soit, doit toujours être fait en face, et qu'un coup porté dans l'ombre à un individu qui ne peut se défendre n'est jamais qu'une lâcheté. Nous parlons ici des petits propos et des médisances de salon, et non pas de ces réclamations légitimes et vigoureuses, qui s'élèvent naturellement, au milieu des hommes réunis, contre la trahison, l'injustice, le mensonge et toutes les grandes infractions aux lois de la morale. Une femme doit éviter la médisance, et surtout celle qui aurait pour objet les personnes de son sexe. On taxe généralement les femmes d'être plus adonnées à ce vice que les hommes ; nous croyons que c'est injustement. Les hommes s'en rendent aussi facilement coupables dès que leurs intérêts sont en jeu. Mais comme ceux des femmes se trouvent plus fréquemment en opposition, et que leur sensibilité est plus vive, leurs tentations sont plus fréquentes. Une femme doit donc toujours respecter la réputation des autres femmes, surtout lorsqu'elles peuvent être ses rivales à nos yeux. Les hommes verront cette modération comme un des caractères les plus marqués d'une âme élevée. Le maréchal de Grammont avait la réputation d'être médisant, et le cardinal Mazarin disait que, lorsqu'il lui souhaitait le bonjour, il priait Dieu qu'il l'oubliât le reste de la journée. Une jolie maison, un peu enfumée, et meublée à l'antique, a vu, rue Neuve-des-Mathurins, se réunir, pendant quarante-cinq ans, et tous les mercredis à neuf heures du soir, quelques savants, quelques artistes, quelques femmes élégantes ou spirituelles, autour d'une autre femme, jadis fort belle, fort peu lettrée, assez prétentieuse, mais si bonne, qu'il était impossible, en dépit de ses petits ridicules et de sa frayeur de vieillir, de ne pas lui porter un attachement sincère. Jamais madame de Ch.... ne permit que, dans son salon, qui que ce fût s'égayât aux dépens du commensal le moins aimable. Il arriva qu'un soir une femme très-jeune se permit quelques mots piquants sur le compte d'un étranger morose et taciturne qui venait de sortir, précisément comme il était entré, sans avoir dit une parole, ni même donné aucun

signe d'attention aux personnes qui l'environnaient. Et la jeune dame riait de ses propres plaisanteries, et l'on riait avec la jeune dame. « A merveille, ma chère, dit la maîtresse de la maison ; mais si, tous tant que nous sommes ici de beaux rieurs, nous trouvons tant de choses à dire au sujet de quelqu'un qui n'a pas ouvert la bouche, que ne dira-t-on pas de vous quand vous serez sortie? » Ce ton de modération dans sa société, et la sûreté de son commerce, ramenaient chez la bonne madame de Ch.... ceux qu'éloignait, de maisons plus fréquentées que la sienne, la fatigue d'entendre médire, et de médire de compagnie.

MÉLANCOLIQUE. L'imagination du mélancolique est vive, exaltée, aussi pittoresque que celle des Orientaux, dans laquelle tout est image et objet de comparaison ; mais il manque souvent le but où il veut atteindre. Un mélancolique heureux se croit le plus malheureux des hommes ; un petit revers, une sensation douloureuse, le jettent dans l'abattement et le désespoir ; son malheur lui paraît extrême : *Il n'était fait que pour lui* ; son imagination lui peint des chimères qui le troublent et le rendent malheureux par la crainte de le devenir. En général, ce caractère est sombre, difficile, rêveur, inquiet, craintif, méfiant, timide, chagrin.

MÉMOIRE. La mémoire est le portefeuille de l'esprit. Il faut avoir soin de le renouveler de temps en temps, et on y parvient par l'étude, et surtout par la lecture. La mémoire ne se conserve que par l'exercice fréquent de cette faculté précieuse. Un homme qui n'a pas de souvenirs ressemble à une lampe près de s'éteindre, parce qu'il n'y a plus d'huile. Quand l'imagination s'arrête épuisée, la mémoire prend sa place, et lui donne le temps de se reposer ; car il est essentiel, dans la société, d'avoir toujours quelque chose à dire. Il est nécessaire de se rappeler bien exactement les différents états des personnes avec lesquelles on cause. Si c'est un auteur, il ne faut jamais oublier le titre de ses ouvrages, quand il en a composé ; ce qui n'est pas absolument de rigueur pour un homme de lettres. Si c'est un militaire, souvenez-vous des batailles où il s'est trouvé ; si c'est un magistrat, souvenez-vous des causes importantes qui lui ont été soumises. On peut juger par ces deux exemples des services que peut rendre la mémoire, en fournissant les moyens les plus sûrs pour plaire dans le monde. La morale chrétienne permet l'oubli des offenses ; le bon ton exige l'oubli des sottises : aussi faut-il bien se garder de rire en voyant un sot, dont l'aspect peut nous rappeler un propos saugrenu ou une bévue historique.

MENSONGE. Ayez un respect inviolable pour la vérité ; le mensonge est un vice si méprisable et si bas ! On voit quelques femmes, douées d'ailleurs d'excellentes qualités, auxquelles on ne peut guère s'en rapporter sur la relation d'aucun fait, pour peu que l'histoire ait quelque chose d'extraordinaire, ou qu'elles en aient été les héroïnes. Cette faiblesse n'est pas en elles l'effet de la fausseté, mais de la vanité, ou d'une imagination déréglée. Nous ne prétendons pas cependant blâmer les ornements dont on embellit quelquefois un conte plaisant, lorsqu'on n'a pour objet que de porter la société à une gaieté innocente. Un homme que madame Geoffrin connaissait pour un menteur infatigable racontait en sa présence un fait dont elle nia la vérité, ne doutant pas qu'il ne fît un nouveau mensonge. « Vous vous pressez trop, lui dit quelqu'un, de nier le fait, car, par malheur, il est vrai. — S'il est vrai, répondit-elle, pourquoi monsieur le dit-il ? » Le menteur véridique n'attendit pas, comme on peut le croire, la fin de la conversation, et, lorsqu'il fut sorti, elle ajouta : « Quand un homme ment toujours, c'est comme s'il disait toujours vrai ; on n'a qu'à s'arranger pour croire toujours le contraire de ce qu'il avance ; mais s'il s'avise de dire vrai quelquefois, que voulez-vous qu'on en fasse dans la société ? Comment vivre et converser avec quelqu'un à qui on ne peut dire ni *oui* ni *non* ? »

L'Art de se conduire dans toutes les circonstances de la vie. — L'ATELIER.

MODESTIE. Être modeste, c'est savoir contenir le mouvement le plus impétueux de notre âme, qui est la vanité ; c'est envisager avec douceur l'orgueil et la présomption de nos semblables ; c'est leur attribuer une grande supériorité sur nous-mêmes ; c'est faire des concessions continuelles à leurs prétentions ; c'est s'assujettir à toutes les déférences qu'inspire la conviction complète où nous sommes de leurs qualités et de leur mérite ; c'est professer en toute occasion notre insuffisance, soit par nos actions, soit par notre maintien ; c'est surtout être sage dans nos opinions, autant que réservé dans nos discours ; en effet, il est une multitude d'hommes qui ne doivent leur réputation de modestie qu'au prestige de leur

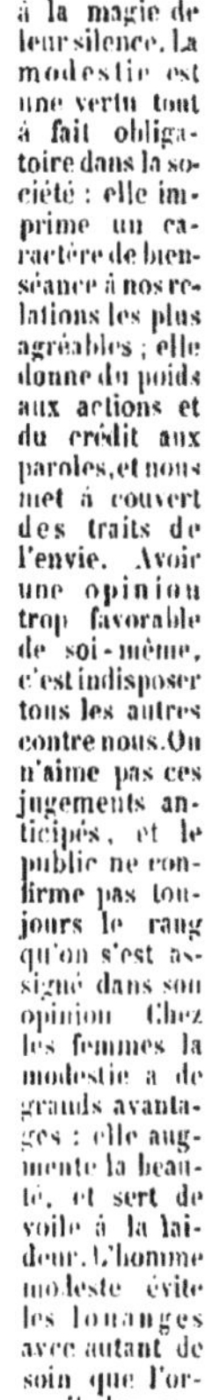

modération ou à la magie de leur silence. La modestie est une vertu tout à fait obligatoire dans la société : elle imprime un caractère de bienséance à nos relations les plus agréables ; elle donne du poids aux actions et du crédit aux paroles, et nous met à couvert des traits de l'envie. Avoir une opinion trop favorable de soi-même, c'est indisposer tous les autres contre nous. On n'aime pas ces jugements anticipés, et le public ne confirme pas toujours le rang qu'on s'est assigné dans son opinion. Chez les femmes la modestie a de grands avantages : elle augmente la beauté, et sert de voile à la laideur. L'homme modeste évite les louanges avec autant de soin que l'orgueil les recherche avec avidité. Il plaît, parce qu'il n'interrompt personne, et, s'il garde le silence, ceux qui parlent devant lui ont assez de candeur pour croire qu'il ne se tait que pour avoir le plaisir de les écouter. Quant aux femmes, la modestie est un des plus grands charmes de leur caractère ; cette réserve, si essentielle à leur sexe, doit les porter naturellement à garder le silence dans une réunion, surtout si elle est nombreuse. Les hommes de sens et d'esprit ne prendront jamais ce silence pour de la stupidité. On peut prendre part à la conversation sans prononcer une syllabe. Votre maintien et votre contenance montreront que vous savez écouter, et n'échapperont pas à un œil observateur.

MONDE. Par ce mot, nous n'entendons ici que la société des hommes ou une partie de cette société. Alors il se compose de gens distingués par la naissance, le rang,

 Paris. Imprimerie Schneider, rue d'Erfurth, 1

l'esprit, la science, par un talent quelconque, des agréments personnels ou une fortune considérable. On va souvent, il est vrai, *dans le monde*, sans posséder aucun de ces avantages; mais dans ce cas il n'est guère possible de se vanter d'en faire partie. Depuis cinquante ans, le cercle qui contenait le monde s'est agrandi, et sa puissance a diminué en s'étendant; ce cercle même, au dire de beaucoup de gens, s'est multiplié, et il n'y a plus de classe d'hommes qui n'ait son *monde*, c'est-à-dire un lieu où l'on soit regardé, écouté, jugé, accueilli ou rebuté, non-seulement par des pairs, mais encore par des supérieurs et des inférieurs en mérite vrai ou factice. Cependant on entend toujours, par le mot *monde*, un nombre de personnes choisies, livrées à des occupations frivoles, avides des jouissances que procure le luxe, et recherchant les plaisirs des théâtres, du jeu, de la danse, de la table, des assemblées nombreuses, quelquefois de la conversation. Les philosophes ont toujours reconnu que c'était à la paresse, à la sensualité et surtout à la vanité que sacrifient ceux qui s'isolaient ainsi des masses. Les maximes de ce monde, flattant les passions et justifiant l'égoïsme, sont en opposition avec la sagesse, telle que l'ont comprise les plus beaux esprits de tous les temps. Aussi a-t-on été forcé de dire : *beau monde*, *grand monde* et plus particulièrement *monde choisi*, si ce dernier concilie les principes de la morale et les agréments de la civilisation; en ce cas, être appelé un *homme du monde*, c'est recevoir un éloge; alors *avoir l'usage du monde*, c'est connaître la manière d'être et s'approprier la conduite qui excite la bienveillance de ceux avec lesquels on entretient des relations; c'est savoir plaire par toutes les apparences de la vertu, son indulgence, sa sérénité, sa délicatesse, son amour de l'ordre et de la paix; nous disons par l'apparence, car à Dieu seul appartient de juger si cette vertu est réelle; mais agir comme si on la possédait est déjà un mérite. La connaissance du monde et de ses exigences fait partie d'une bonne éducation. On n'est point un sage quand, par ennui, par avarice, par suite de déception, on fuit le monde et qu'on se venge à en médire. En matières frivoles, telles que usages, modes et autres choses de nature variable, les maximes du monde sont bonnes à suivre, et la sotte vanité d'occuper de soi peut seule décider à les braver; ce travers appartient à la jeunesse, tandis que les gens d'un âge mûr, par un travers contraire, mais pour atteindre un but semblable, se dévouent jusqu'à l'abnégation aux pratiques d'un culte dont le temps les dispense. L'expérience du monde ne s'acquiert souvent qu'avec de longues années, et se paye quelquefois plus que le monde ne vaut.

MONOLOGUE. Il ne suffit pas d'être vrai, naturel et simple dans son langage; il faut encore ne parler qu'à son tour. Cicéron défend de s'emparer de la conversation, et de l'exploiter comme son bien propre : « On ne doit pas, dit-il, en exclure les autres, mais on doit souffrir que, dans les entretiens familiers, comme dans tout le reste, chacun ait son tour; ainsi le veut la justice. » En effet, on vient en société pour échanger ses idées, et non pour entendre un orateur. D'ailleurs, outre qu'il n'est pas juste de réduire la conversation à un monologue, il y a quelque danger à parler seul et longtemps : les auditeurs, à qui vous ne laissez rien autre chose à faire, vous jugent quelquefois avec trop de sévérité; de plus, l'esprit s'épuise, s'affaiblit par l'exercice trop fréquent de la parole, et il devient incapable d'un travail plus sérieux. On a remarqué que les hommes d'esprit qui se livraient trop au plaisir de la conversation en contractaient l'habitude d'écrire avec négligence.

MOQUERIE. La moquerie est un penchant qui a ses racines dans l'orgueil et la méchanceté de l'homme; elle est le résultat de cette joie cruelle que nous éprouvons à la vue des disgrâces qui peuvent affliger nos semblables. C'est une réaction de notre amour-propre contre des ridicules ou des défauts qui nous choquent. La moquerie est douce à exercer comme la vengeance. Un philosophe a dit ingénieusement que la moquerie était l'épée de la femme. C'est en effet l'arme des faibles contre les forts; c'est la ressource des petits contre les grands. L'art d'en user est particulièrement départi aux rachitiques, aux bossus, aux boiteux, aux enfants et à tous ceux qui sont inférieurs par leur puissance physique. Il suffit d'entendre ce qui se dit dans le cercle ordinaire de nos sociétés, pour s'apercevoir de la tendance qu'ont tous les hommes vers une médisance moqueuse que l'esprit assaisonne et rend plus ou moins piquante. Toutes les paroles proférées avec un ton persifleur se rapportent à des anecdotes vraies ou fausses sur tel ou tel individu; on fouille dans les replis les plus secrets de son âme; on recherche, on découvre, on publie ses actions privées; et la curiosité n'est mise en jeu que pour satisfaire cet instinct funeste dont il est difficile de se défendre. L'homme aime tellement à faire circuler ce poison, que, lorsque dans un discours, dans une conversation, on parle en général d'un vice, d'un travers, d'un ridicule, les auditeurs saisissent avec avidité tout ce qui peut prêter à des allusions particulières. On ramasse en quelque sorte le trait qui s'était perdu pour lui assurer une direction déterminée. Ainsi, la moquerie est ce qui fait le supplice des relations sociales. La moquerie suppose par conséquent l'absence de toute affection bienveillante. Observez l'homme qui a du penchant à railler les autres : à coup sûr, il est aussi présomptueux que malin : rire d'autrui, c'est vanter sa propre excellence. Les hommes sont d'autant plus enclins à la moquerie, qu'elle sert à aiguiser leur esprit, à animer leur entretien, à faire applaudir leur conversation; on l'a du reste rendue plus piquante en lui faisant subir une multitude de formes. Il en est une, par exemple, qui consiste dans un silence expressif, ou dans une simple inflexion de la voix; souvent elle tient à la finesse de certains mots usités dans telle ou telle langue. Au surplus, sous quelque forme qu'elle se présente, elle n'en est pas moins une puissance que peu de personnes osent braver. On la redoute à un tel point, qu'on craint généralement de se mettre au-dessus de ce qu'on nomme le *qu'en dira-t-on*. Ainsi, dans le monde, les railleries de l'homme faible font le supplice de l'homme fort.

MOTS. Les mots sont les signes de nos idées : c'est par eux que nous pouvons exprimer avec facilité, rapidité et clarté, nos sensations, nos sentiments, nos affections, et enfin tout ce qui résulte de l'exercice de nos facultés intellectuelles. Mais, comme tout ce qui agit sur nos sens, les mots peuvent être une source féconde de sensations agréables ou désagréables, même dans la plus simple conversation. On ne saurait donc apporter trop de soin dans l'usage et le choix qu'on en fait. Il y a certaines personnes qui, à l'aide de termes élégants et choisis, savent ennoblir les choses les plus vulgaires et leur donner de l'intérêt; il en est d'autres qui, par l'emploi qu'elles font de termes bas, grossiers ou ignobles, vous feraient prendre en horreur les choses les plus sublimes. Le poëte Malherbe était à l'agonie; le vicaire de Saint-Germain, son confesseur, qu'on avait envoyé chercher, lui représentait le bonheur de l'autre vie avec des expressions incorrectes et triviales. Le moribond ne pouvant y tenir, l'interrompt en lui disant : *Ah! monsieur, ne m'en parlez plus; votre mauvais style m'en dégoûte.* Cette réponse de Malherbe prouve jusqu'à quel point peut aller la susceptibilité de certains individus à l'égard de la convenance des paroles.

MOTS ÉTRANGERS. Nous professons une aversion implacable, un invincible dégoût pour le pédantisme sous toutes les formes; qu'il se fasse littérateur, poëte, artiste, historien, savant, nous abhorrons toutes les nuances de son langage. Partout nous frappons de réprobation suprême tout discours hérissé de citations en langue étrangère, ne faisant pas plus de grâce au pédantisme d'idiomes modernes qu'au pédantisme grec ou latin, regardé comme la pire espèce. La règle ainsi nettement posée, les exceptions auront plus de poids. On peut employer rarement, heureusement, quelques mots latins, lorsque leur signification est généralement comprise, et qu'en certaines occasions ils donnent de la vivacité ou de la grâce au discours, tels que : *Ad honores*, *ad libitum*, *ad patres*, *alter ego*, *audaces fortuna juvat*, *currente calamo*, *ex abrupto*, *extra muros*, *ex professo*, *nec plus ultra*, *finis coronat opus*, *ipso facto*, etc., etc.

De même les expressions italiennes : *far niente* (de rien faire), *desinvoltura*, *morbidezza* (abandon, gracieuse mollesse), qui n'ont guère d'équivalents dans notre langue, et qui d'ailleurs ont reçu droit de cité. Quant aux noms d'ouvrages et de personnages célèbres, ils ont été si francisés, qu'il y aurait une affectation ridicule à dire *il Petrarca*, au lieu de *Pétrarque; la Gerusalemme liberata*, au lieu de *la Jérusalem délivrée*, etc., etc. On peut encore rappeler agréablement, quoique avec sobriété, le *lasciate ogni speranza* (laissez toute espérance), et *anch'io son pittore* (moi aussi je suis peintre), et autres beautés consacrées, du reste, dans toutes les langues; mais ceci, à deux conditions qui dégagent la citation de tout embarras, pour en laisser goûter librement le charme : l'une, c'est de posséder parfaitement le sujet que l'on cite; l'autre est de ne jamais s'adresser à des gens auxquels il faudrait l'expliquer. L'entretien procède par échanges, et non par commentaires. Dans ce cas, il faut traduire, ou s'abstenir.... Mais l'allemand, mais l'anglais, si recherchés de nos jours, ont des exigences bien différentes. Qu'il s'agisse de personnages, d'objets bien connus, que les auditeurs puissent l'apprécier ou non, ne prononcez jamais *Goethe*, mais *Gueute; Byron*, mais *Beyrone; Shakspeare*, mais *Chespire; Holyrood*, mais *Holiroud; Fotheringay*, mais *Fozrinngay; Times*, mais *Taïsme; Spleen*, mais *Spline; Keepsake*, mais *Kipsike; Muffin*, mais *Meuffine; Sandwich*, mais *Sandouiche*, etc., etc., attendu que chacun doit prononcer comme il convient ces mots, qui reviennent souvent dans la conversation. Nous ne prétendons pas donner la nomenclature complète de tous les mots étrangers passés dans le discours usuel. Il nous suffit d'avoir indiqué la marche aux personnes jalouses de se conformer aux bons usages; elles s'empresseront, sans nul doute, d'apprendre à prononcer *Westminster*, *steeple-chase*, et autres mots analogues. Quant aux personnes insouciantes de la prononciation, qu'elles songent à ce que serait le mot *beefsteaks* (*biftek*) prononcé comme il s'écrit; qu'elles se souviennent des innombrables moqueries qu'une dame s'est attirées dans le monde parisien pour avoir transformé le *steeple-chase* anglais en *sept petites chaises!*

MUTISME. Prendre le mutisme impassible pour l'attention, serait une grossière erreur, une interprétation très-malhonnête de la loi de la politesse. Il faut prouver qu'on a non-seulement des yeux, mais encore des oreilles; et un monosyllabe d'approbation et d'intérêt doit annoncer qu'on écoute et qu'on entend tout à la fois : c'est ce qu'on peut appeler donner signe de vie à son interlocuteur. Quand au mutisme se joint la grossièreté, il n'y a rien de plus insupportable. Un jour, le général Jackson, alors président des États-Unis, était à la campagne avec quelques amis. On allait se mettre à table : tout à coup survient un homme, un demi-monsieur. La valise qu'il porte sous son bras indique un voyageur. Personne ne le connait, il ne connait personne; mais il sait qu'il est chez le premier magistrat de la République, et cela lui suffit. Il jette sa valise dans un coin, et sans cérémonie va prendre sa place, ou plutôt la place d'un autre. « N'y faites pas attention, dit le président à ses amis en parodiant un mot célèbre, ce n'est qu'un convive de plus. » C'était mieux qu'un convive de plus, car celui-ci mangeait comme quatre convives qui n'auraient pas mangé depuis huit jours. En revanche, il ne disait mot. Le général se décida enfin à lui adresser la parole, et lui demanda non point qui il était, mais seulement d'où il venait : « Du Kentucky, monsieur, répondit laconiquement l'inconnu. » A cette époque précisément avait lieu dans cet État une élection à laquelle le général s'intéressait d'autant plus vivement que l'un des deux candidats en présence était son ami et l'autre son ennemi personnel. « Ah! vous venez du Kentucky, reprit-il; vous apportez des nouvelles de l'élection? — Oui, monsieur. — Qui donc a été élu? — Ce n'est pas votre ami, monsieur. » Le général Jackson était d'un naturel emporté; mais chez lui les devoirs de l'hospitalité et le sentiment de l'égalité dominaient toujours la violence de son caractère. Il ne répliqua rien à cette mauvaise nouvelle annoncée si brutalement. Après le dîner l'inconnu s'étendit sur un canapé, prit sa tasse de café, son verre de liqueur, et, l'esprit content, l'estomac plein, il s'endormit d'un profond sommeil. Une heure après il se réveillait, et partait sans avoir dit son nom, sans avoir remercié, sans même avoir salué son amphitryon (1).

MYSTIFICATION. Mystifier quelqu'un, c'est se jouer de lui en le trompant, en abusant de sa simplicité pour lui faire croire quelque chose de très-ridicule. Il a été à la mode, dans quelques sociétés, de mystifier certains individus, et d'en faire ainsi l'objet de la moquerie générale. Il n'y a que la personne mystifiée qui ait le droit de décider si la mystification a été renfermée dans les bornes d'une plaisanterie de bon goût; elle seule prononce sur l'esprit, la grâce ou l'insolence du mystificateur. Nous serions affligé de vous voir prendre les rôles de mystificateur, de persilleur, de moqueur : nous aimerions mieux vous voir victime en ce genre que bourreau; car la pitié des honnêtes gens nous semble préférable à leur mépris. Tâchez de n'exciter ni l'une ni l'autre, et rompez avec ceux qui recherchent des plaisirs aussi niais, aussi cruels et aussi dangereux. M. de Grammont, voyant un gentilhomme de province arrivé depuis peu à la cour, fit un pari d'aller lui faire une question singulière. Il lui demanda en effet, pour se moquer de lui : « Qu'est-ce qu'une obole, une faribole, une parabole? » Le gentilhomme, sans se déconcerter, répondit aussitôt : « Une parabole est ce que vous n'entendez pas; une faribole est ce que vous dites; et une obole ce que vous valez. »

NARRATION. Il est plusieurs conditions indispensables au succès des narrations. Ces conditions sont : leur rareté d'abord, puis leur opportunité, leur brièveté, et enfin leur intérêt. Les meilleures histoires lassent lorsqu'elles sont trop multipliées, parce que chacun veut être acteur à son tour sur la scène du monde. Ainsi, lors même que vous auriez quelque chose de curieux et d'intéressant à raconter, cédez toujours moins à l'envie que vous avez de parler qu'au désir qu'on a de vous entendre. Il n'est que trop de gens qui trouvent le secret d'ennuyer, en disant de fort bonnes choses, par le désir immodéré qu'ils ont de les dire; puis ils sont mécontents de l'esprit de leurs auditeurs; car, comme le dit la Rochefoucauld, nous pardonnons souvent à ceux qui nous ennuient, mais nous ne pouvons pardonner à ceux que nous ennuyons. Que votre récit naisse naturellement de la conversation, qu'il explique un fait, vienne à l'appui d'une opinion, mais ne paraisse jamais amené par le sot plaisir du parlage ou par le désir non moins sot peut-être de faire étalage d'esprit. Rappelez-vous que les récits les plus médiocres, quand ils sont placés à propos, plaisent souvent plus que

(1) Cette anecdote est rapportée par M. Ch. de Boigne.

les meilleures choses du monde, quand on les dit à contretemps; et même s'empresser toujours de s'emparer de la narration à faire, est de mauvais ton, principalement pour les jeunes gens et pour les dames, surtout lorsqu'il y a peu d'instants que l'on vient d'occuper l'attention du cercle. C'est une bienséance aimable et modeste que d'engager quelqu'un à raconter l'anecdote du jour dont vous avez fait mention, et dont on désirerait connaître les circonstances. Cela sied bien aux gens distingués par leur esprit. La personne désignée s'incline et se défend par quelques mots avant de se rendre à l'invitation.

NATUREL. Le naturel du discours consiste à rendre ses pensées et ses sentiments avec aisance, sans effort et sans apprêt; la moindre affectation le détruit; dès qu'une expression recherchée, une image forcée, un sentiment exagéré se présente, le charme disparaît. Il ne faut pas confondre le naturel avec la simplicité. La simplicité exclut en général les ornements, l'élévation: au lieu qu'un langage orné et même élevé ne doit jamais cesser d'être naturel. Le défaut le plus ennemi du naturel, est celui de vouloir montrer de l'esprit mal à propos, de chercher des traits brillants où il ne faudrait que de la justesse. Le faste, la recherche du langage, détruisent la force et la vérité de l'élocution. Ce défaut est d'autant plus dangereux, qu'il porte en lui-même un certain attrait qui le fait aimer. On cherche à éviter les autres défauts, on court après celui-ci. Sous ce rapport, c'est le pire de tous. Nous ne savons plus quel avocat disait dans son plaidoyer pour une fille désavouée, que *son père avait été pour elle un ciel d'airain, et sa mère une terre de feu.* De pareilles images ne sont-elles pas forcées, insoutenables? Cette affectation peut aller jusqu'au ridicule. *Les commodités de la conversation*, pour faire entendre *des fauteuils; le conseiller des grâces*, pour dire *un miroir:* voilà un langage précieux dont le travers exposerait à la risée quiconque voudrait l'employer. L'affectation de faire paraître les choses plus ingénieuses qu'elles ne sont conduit nécessairement à l'obscurité. Rien de plus insupportable que les gens atteints de cette manie. C'est à eux que la Bruyère s'adresse quand il dit: « Vous voulez, Acis, me dire qu'il fait froid? Que ne me dites-vous, *il fait froid?* Est-ce un si grand mal d'être entendu quand on parle, et de parler comme tout le monde? » c'est-à-dire sans emphase, sans prétention, sans recherche. On nous a rapporté qu'une discussion s'était élevée entre deux vieilles dames sur la manière dont on devrait donner aux domestiques l'ordre d'éclairer le soir. Fallait-il dire: *Apportez de la lumière?* Ce n'était pas français, car la lumière ne se peut apporter, mais bien ce qui la produit. Fallait-il dire: *Allumez les bougies?* Mais Louis XVI disait: *Allumez les chandelles!* et d'ailleurs, à l'époque où ceci se discutait, les personnes du plus haut rang ne pouvaient brûler de bougie... La question demeura indécise. Vous n'aurez point à disputer à cet égard, car la mode des lampes a prévalu; mais, si vous nous en croyez, vous direz *bougie* ou *chandelle*, selon que vous éclairerez avec de la cire ou du suif. Il est une recherche de langage aussi fâcheuse que la trivialité. Molière en a fait justice dans plusieurs de ses comédies. C'est cette recherche, cette prétention, qui rend quelques provinciaux si insupportables. Il y a des villes où l'on ne dit pas: *Asseyez-vous*, mais: *Voilà un fauteuil qui vous tend les bras.* Il semblerait également ignoble de dire: *Je vais me coucher.* On y substitue: *Je vais me jeter dans les bras de Morphée.* Jamais, au piquet, on ne se contente de vous dire: *Vous êtes capot;* on vous répète: « Vous emporterez *une capote*, c'est bon quand il pleut. » Seulement, lorsque le temps est beau, votre adversaire ajoute: « Vous ne vous en servirez pas aujourd'hui. » La prétention à bien parler n'est sage qu'autant que l'on prend pour guides les personnes connues pour avoir un excellent ton. N'imitez donc pas ceux qui disent *pincer de la harpe, toucher du piano;* car on a plaisamment remarqué qu'il faudrait dire, pour s'exprimer avec justesse: *accrocher de la harpe* et *taper du piano.* Le verbe *jouer* s'applique à tous les instruments, et nous ne voyons guère d'exception que pour *battre du tambour* et *sonner de la trompette.*

NÉGLIGENCE DE TOILETTE. La propreté la plus recherchée a toujours été la base de la toilette, et les marquis de Dancourt, débraillés et barbouillés de tabac, n'ont jamais eu de modèles qu'au théâtre et à la taverne. On doit avoir bien mauvaise idée d'un homme qui néglige habituellement sa toilette: il faut être un la Fontaine pour se permettre de mettre ses bas à l'envers. Il est cependant des gens qui, sans porter le mépris des usages aussi loin, doivent presque toute leur réputation d'originalité au désordre et à la négligence de leur mise. Témoin Chodruc-Duclos. Nous citerons aussi le frère d'un académicien, homme de beaucoup d'esprit, que l'oubli des convenances sociales exposa un jour à une scène assez piquante. Il se présente à la grille des Tuileries: « On n'entre pas! lui crie le factionnaire. — Comment! on n'entre pas! et pourquoi? — Parce qu'on n'entre pas, lui répondit l'intelligent soldat. — Cependant vous laissez entrer tout le monde, et je ne vois pas pourquoi... — Je vous dis que vous n'entrerez pas. » Au bruit arrive l'officier du poste. Notre philosophe l'instruit du refus qu'il éprouve, et lui en demande le motif avec humeur. « Eh bien! monsieur, lui dit l'officier, vous ne pouvez pas entrer, parce que vous êtes mis comme un voleur. — Qu'appelez-vous mis comme un voleur? Dites donc que je suis mis comme un volé; c'est vous qui, avec votre bel uniforme, vos bottes fines et vos broderies, êtes mis comme un voleur... » Qu'on juge de l'hilarité que produisit parmi les spectateurs cette scène burlesque, qui n'a pas corrigé notre cynique de sa manie un peu singulière. Il n'est personne qui ne sente les avantages d'une mise recherchée dans une foule de circonstances importantes de la vie: et, sans vouloir renouveler une plaisanterie tant de fois rebattue, nous pouvons dire que bien des gens ont dû leur fortune à leur habit. Places, mariages, avancements, que de choses on peut manquer par une négligence de toilette! Il est bien peu d'hommes qui, au moins une fois en leur vie, n'aient pas eu occasion de s'écrier avec Sedaine: *Ah! mon habit, que je vous remercie!*

NÉOLOGISME. Rien de plus ridicule que l'affectation de certaines personnes à se servir d'expressions nouvelles et éloignées de celles que l'usage autorise. Qui ne peut briller par une pensée veut se faire remarquer par un mot. Mercier, l'auteur du *Tableau de Paris*, connu par sa fureur pour le néologisme, dînait un jour chez un candidat à l'Institut. On servit un gigot cuit à l'anglaise, c'est-à-dire qui avait à peine vu le feu. L'académicien Mercier, peu accoutumé à cette méthode culinaire, refusa la tranche que lui offrait son hôte, en disant: « Ce gigot est *incuit*. — C'est par l'*insoin* de ma cuisinière, » répondit celui-ci, qui n'eut pas l'indélicatesse de mieux parler qu'un membre de l'Institut.

NIAISERIE. La niaiserie est cette altération du jugement qui, par incapacité d'apprécier les objets, semble applaudir à tout indifféremment par une expression sensible de joie et par une contenance embarrassée et ridicule. Le niais se décèle par un rire imbécile et déplacé.

NOBLESSE DU LANGAGE. La noblesse du langage consiste à éviter les termes bas, les idées populaires, à s'exprimer comme on s'exprime dans le monde cultivé et poli. On ne saurait trop recommander cette qualité. Celui qui parle et qui veut plaire doit éviter tout ce qui est trivial et suranné; il ne doit employer que des termes choisis et nobles sans affectation. Quelque sujet que l'on traite, on doit éviter la bassesse. La bassesse des idées et des expressions tient le plus souvent à l'opinion et à l'habitude. Le meilleur moyen de se former une idée juste de celles qui sont nobles et de celles qui sont basses, c'est de fréquenter le monde poli. La bonne société peut seule nous apprendre à distinguer le langage du peuple de celui des gens bien élevés. Il est un art de dire noblement les plus petites choses; car on est souvent obligé d'entrer dans des détails plus ou moins communs. Il faut alors que la dignité de l'expression couvre et orne la petitesse de la matière. Lorsqu'on veut relever, ennoblir une idée commune, au lieu de son expression simple et habituelle, on emploie l'artifice de la périphrase et de la métaphore. Mais le mot propre a l'avantage et ne peut être suppléé dans les choses de sentiment à cause de son énergie, c'est-à-dire à cause de la promptitude et de la force avec lesquelles il réveille l'impression de son objet.

NOM DE BAPTÊME. Combien de gens se font honneur de par le monde, au sortir de leur étude d'avoué ou de leur bureau de ministère, d'appeler les grands hommes par leur nom de baptême tout court, de leur crier de loin : « Comment *te* portes-TU? » et de raconter les menus détails de leur vie, afin de paraître leurs familiers! Et puis, ce sont des questions ridicules, des requêtes indiscrètes, des observations stupides et surtout des éloges à contre-sens, plus irritants que la critique même; des querelles à l'endroit de vos intimes convictions, et tout cela pour faire parade de leur jugement prodigieux, de leur étrange aptitude et d'une vocation incroyable. Laissez-les dire, ils vous offriront des conseils. Je sais à ce propos un sculpteur qui, durant tout un hiver, fuyait de maison en maison un ami des artistes, obstiné à s'insinuer dans son intimité en se recommandant d'une foule de *noms* qu'il qualifiait de ses bons amis, de ses frères par les idées. Notre sculpteur s'était soustrait à ce fâcheux et l'avait perdu de vue, quand, partant pour un voyage, il le retrouva dans la diligence, à ses côtés. Sur le champ une dissertation artistique fut établie, et le statuaire, ayant épuisé les monosyllabes, ne sachant plus que devenir, se pencha vers l'oreille de son persécuteur, et lui montrant en face d'eux, sur le revers, un gros marchand de laines qui cachait sa face ingrate sous un bonnet de coton noir, il lui dit à voix basse : « Vous voyez ce gros papa simplement vêtu? eh bien! c'est M. de Lamartine qui voyage incognito. N'ayez pas l'air de le savoir. — Bah! répond l'autre; mais oui, en vérité, je le reconnais à présent... il a beaucoup engraissé; cependant on ne peut s'y méprendre. » Grâce à ce subterfuge, notre sculpteur fut délivré de toute obsession, au préjudice du marchand sur qui l'ami des artistes tourna son bel esprit et le sel attique de sa conversation. Le ton inspiré de l'un contrastait d'une manière adorable avec la pesanteur de l'autre. Tout s'expliquait pour celui-là par le désir de celui-ci de demeurer inconnu, et le sculpteur, durant vingt lieues, écouta ce colloque burlesque avec un flegme germanique.

OBSCURITÉ DE L'ESPRIT. C'est le vice du jugement, qui, par défaut d'idées distinctes, en rassemble confusément une multitude, et ne peut discerner les choses avec précision.

OBSTINATION. L'obstination franchit toutes les bornes; c'est un attachement décidé et sans retour à une volonté particulière, quelque déraisonnable qu'elle soit; elle se refuse à toute réflexion capable de rectifier ses idées et même ses actions.

OMNIBUS. Quand par hasard vous rencontrez dans un omnibus une connaissance ou un ami placé loin de vous sur la rude banquette, contentez-vous de saluer, mais abstenez-vous de toute espèce d'allocution pour les menus-plaisirs de l'honorable assistance. Avez-vous devant vous ou à côté de vous un de ces personnages familiers qui croient que, moyennant la somme de trente centimes, ils peuvent fraterniser avec tous les voyageurs, opposez-lui un front sévère et soucieux; faites semblant de ne pas croire qu'il s'adresse à vous, et répondez-lui en détournant la tête ou en prenant une prise de tabac : il vous croira distrait ou sourd; et quand même il vous tiendrait pour malhonnête, cela ne peut vous nuire. Ne parlez ni des affaires de l'État, ni de la religion, ni des ministres, ni de Claremont, ni de Wiesbaden, ni de l'Élysée, parce qu'un omnibus est considéré comme un endroit public, et que vous pourriez bien vous attirer de fâcheuses affaires avec MM. tels et tels. Quand vous entendrez deux particuliers, placés vis-à-vis l'un de l'autre, lancer de violentes philippiques contre l'arbitraire, et faire, pour ainsi dire, assaut de patriotisme, défiez-vous de ces orateurs qui ne parlent tant que pour vous faire parler : ils dînent du procès-verbal et soupent de la dénonciation. Du reste, comme le voyage que l'on fait en omnibus est très-court, le parti le plus sage à prendre, pour les personnes qui n'ont pas encore beaucoup d'expérience, est de ne pas desserrer les dents.

ON. Il est facile d'abuser des mots, et l'emploi qu'on fait de la particule *on* en est une preuve suffisante. Ceux qui se servent de ce monosyllabe dans ces phrases : *on dit, on sait, on pense*, etc., veulent communément appuyer leur opinion de l'autorité d'*on;* et, pour la rendre plus imposante, ils lui font signifier un nombre de personnes le plus grand, et lui donnent le plus d'étendue qu'ils peuvent. A n'entendre par *on* qu'un seul homme, ou un petit nombre d'hommes, celui qui cherche à établir une opinion, un fait, à décrier un livre, à décréditer un ministre, à répandre une calomnie, ne trouve pas son compte. Il faut qu'il donne à entendre que son *on dit* comprend la ville, le royaume, l'Europe, et, s'il se peut, le monde entier C'est l'arme commune de cette multitude d'hommes sans connaissances, sans goût et surtout sans justice, qui inondent les grandes capitales, et dont l'unique et chère occupation est de nuire aux lettres en affectant de les aimer. Nos dames s'en servent aussi très-adroitement pour justifier l'extravagance, la mobilité, le luxe de leurs modes et de leurs vêtements. N'est-ce pas aussi l'expression commune employée par la calomnie? Enfin, pour achever le tableau des torts de ce malheureux *on*, nous dirons encore que c'est à la faveur de cette extension usurpée qu'il s'arroge trop souvent une puissance qui est notre ouvrage, et qui dégénère en une horrible tyrannie. Que de gens asservis à de vils et absurdes préjugés, ou se laissant lâchement détourner d'une action honnête, par la misérable crainte de ce qu'*on* en dira! Les grammairiens disent que cette particule est indéfinie; mais ils pourraient dire avec plus de raison qu'elle est infinie, puisqu'elle comprend souvent, dans l'opinion de celui qui l'emploie, ou du moins qu'il veut lui faire comprendre, un nombre infini d'individus; de sorte que ce mot si court, comme le charmant *quoi qu'on die* de Bélise et de Philaminte, en dit beaucoup plus qu'il ne semble; qu'on entend là-dessous un million de mots, et qu'il dit plus de choses qu'il n'est gros.

OPINIATRETÉ. L'opiniâtreté ne peut se résoudre à abandonner une opinion, lors même qu'elle en soupçonne la fausseté ou qu'elle en voit le danger.

OPINION PUBLIQUE. En France, l'opinion publique est une puissance à nulle autre pareille. Cette puissance n'est plus aujourd'hui ce qu'elle était, et nos enfants eux-mêmes ne la comprennent pas. Mais il fut un temps où l'esprit de société, le besoin de réunion, celui des égards et de la louange réciproques, avaient élevé un tribunal où tous les hommes de la société étaient obligés de comparaître. Là, l'opinion publique, comme du haut d'un trône, prononçait des arrêts et donnait ses couronnes. On marquait du signe réprobateur celle ou celui qui se montrait en faute. L'empire de l'opinion, enfin, était immense, et cet empire était gouverné par une femme. C'était la maîtresse d'un salon qui présidait aux jugements qu'on rendait chez elle, c'était avec son esprit, son bon goût, qu'on les rédigeait, et son cœur, toujours à côté de son esprit, empêchait que celui-ci ne prît une fausse route. En France, particulièrement, c'est le grand ascendant de l'opinion publique qui souvent oppose un obstacle à l'abus de l'autorité. Louis XIV la craignait; Louis XV et Louis XVI se faisaient rendre un compte exact des plus petites conversations de Paris pour juger par elles de l'esprit de la ville, de cet esprit qui forme un tout appelé l'*opinion publique!* Napoléon... avec quelle minutieuse exactitude il se faisait rendre compte des moindres paroles! De notre temps, cette opinion publique est moins forte, parce que les sociétés particulières sont détruites et que la société générale est disséminée et sans lien; et cependant, malgré ce désaccord, il existe toujours une sorte de respect pour la *parole du monde*. On veut se soumettre à sa loi, et son mépris fait couler des larmes, comme sa louange et ses applaudissements font battre le cœur. Grâce à ce pouvoir, le vice, quelque hardi qu'il soit, se croyant bien fort de son impudence, après avoir fait une tentative et levé sa tête, à l'aide de la richesse et de l'apathie apparente du monde, le vice hideux et infâme est contraint de ramper comme toujours dans le silence et la fange du mépris. Il est des femmes qui disent que leur conscience leur suffit, et que l'opinion du monde leur est indifférente si elle est injuste. On a peine à les croire, car la chose est impossible. Il est des hommes qui disent aussi que l'opinion leur est égale. Eh bien! à eux aussi nous dirons que cela n'est pas vrai. Nul sous le ciel n'est invulnérable sous un regard de blâme ou de mépris, fût-il injuste même! « Il y a dans la malveillance, dit madame la duchesse d'Abrantès, un poison pénétrant dont le venin est bien âcre et bien brûlant, et, lorsque le cœur d'un homme en est venu à ce point de ne pas sentir la douleur de cette blessure, c'est qu'alors ce cœur est devenu de marbre, et l'homme lui-même n'est plus qu'une pâture indigne de l'insulte. »

OPPORTUNITÉ. Il y a de certaines maladresses mêlées dans les actions, qui leur ôtent tout leur prix. Un homme est obligeant, mais il rend des services mal à propos; un autre est prodigue, on ne lui en sait aucun gré, car il manque de goût. C'est l'opportunité qui fait le mérite de tout.

ORATEUR DE SALON. Les hommes qu'on aime le plus dans la société ne sont pas ceux qui parlent le plus et qui veulent absolument faire briller leur esprit. Si l'un de ces hommes qui ont la malheureuse habitude de disserter et de faire étalage de leur savoir pouvait entendre toutes les épigrammes dirigées tout bas contre sa personne, comme sa contenance serait intimidée! Assistez à ces réunions où l'un de ces beaux esprits s'imagine être contraint d'apporter le tribut de ses lumières. Il est curieux de voir comme celui qui cherche à s'emparer de l'attention générale est tout à coup en butte à la réaction d'une multitude d'amours-propres. Quelle diversité dans les physionomies de ceux qui l'écoutent! Plusieurs le fixent d'un air dédaigneux, mais très-peu l'honorent d'un regard approbateur. Il en est qui s'occupent du soin de réfuter toutes les assertions qui lui échappent, et qui épiloguent ses moindres expressions. On s'abandonne, en général, à toutes les saillies, à tout l'enjouement d'une amère critique. S'il se trouve dans cette assemblée quelques auditeurs de nature indulgente, ils sont presque toujours distraits ou inattentifs. Combien n'en voit-on pas, d'ailleurs, qui languissent dans une inaction léthargique! Il est aisé d'apercevoir déjà tous les écueils auxquels on s'expose dans une situation aussi étrange. C'est, en effet, comme si l'orateur disait aux assistants : « Vous ignorez des choses que je puis vous apprendre; j'ai des droits à votre admiration aussi bien qu'à votre reconnaissance. » Or, cette confession tacite d'une prééminence que l'on s'arroge choque manifestement les prétentions d'autrui. Certes, il faut être parvenu à un rang bien élevé dans l'opinion des hommes pour ne pas subir, en pareil cas, tout le blâme que l'on mérite.

ORGUEIL. L'orgueil est ce sentiment déréglé qui nous donne la plus haute idée de notre mérite, de notre supériorité, qui nous porte à prétendre exclusivement à l'admiration, aux hommages, aux louanges universels. L'orgueilleux confond souvent la grandeur avec la passion qui le domine; il commande durement et obéit de mauvaise grâce. De tout ce qui existe sur la terre, il n'estime que lui-même; il a la folie de croire que les hommes ne sont faits que pour contribuer à sa puissance ou à ses plaisirs, et que tout doit servir à ses projets et à sa gloire. Il répond à un salut par un hochement de tête, veut dominer toute conversation; il faut qu'il prime partout; avoir raison avec lui, c'est l'offenser. Ce qui lui appartient vaut mieux que tout ce que les autres possèdent. Sans cesse il se met en jeu comme l'égoïste; il ne parle que de lui, et s'imagine que tout le monde est convaincu de sa supériorité. Sa jactance vous assomme, et vous dispose à lui contester des qualités qu'il possède, mais dont il fait valoir insolemment l'avantage. L'orgueilleux réunit quelquefois en sa personne le mérite, les dignités et la fortune; mais il met à si haut prix ses talents, sa protection et ses faveurs, qu'on redoute son approche. Le mépris qu'il inspire doit être un puissant préservatif contre la passion dont il est dominé. On a dit avec raison : l'ignorant pèse à la terre, et l'orgueilleux la fait gémir. L'orgueil le plus raffiné, le plus adapté à l'amour-propre, est celui qui semble se dérober pour se faire rechercher, qui se cache pour être découvert, qui ne paraît s'oublier que dans la vue de se faire remarquer et de s'élever davantage.

ORIGINALITÉ. Il y a une originalité qui consiste à dire les choses communes d'une manière piquante, à répandre le charme de saillies vives et aimables sur la conversation. Sa parole brève, concise, repousse les mots inutiles, craint de fatiguer l'attention, et rejette les longues périodes, les phrases languissantes. Sa pensée est un trait qui part, vole et atteint le but; elle intéresse, amuse, et, quoique empreinte souvent de causticité et d'ironie, elle ne blesse jamais. Voilà l'originalité la plus précieuse, celle qui plaît toujours et qui est de mise partout. Les originaux de gestes et de manières, au contraire, rencontrent peu de partisans; souvent on a de la peine à les supporter : mais un sot qui vise à l'originalité est le fléau de toute société. Une des originalités de Mézerai était de ne travailler qu'à la chandelle, même en plein jour, et au cœur de l'été, et de reconduire, le chandelier à la main, ceux qui venaient à midi rendre visite à ce nouveau Diogène, portant toujours une chandelle, le plus souvent aussi inutile à lui qu'aux autres.

OUVRIERS. La politesse, chez les ouvriers, ressemble à une villageoise qui ne connaît pas encore les manières de la ville. Il serait pourtant fort aisé de la façonner un peu, sans rien lui faire perdre de sa fraîcheur et de son naturel. Cette politesse touche de plus près à la civilisation primitive que celle de la bonne société.

PARADOXE. Voilà ce qui anime, ce qui échauffe

la société, ce qui lui donne, pour ainsi dire, la vie, en offrant à la conversation le moyen de retremper sa langueur dans le feu de la discussion. Il n'y a pas moyen d'obtenir, de conserver la réputation d'homme d'esprit sans le paradoxe. Le beau mérite d'être de l'avis de tout le monde ; de répéter ce qu'on dit depuis Adam ; d'être constamment en paix avec la logique ou la vraisemblance ! Si vous êtes raisonnable, on dira que vous êtes commun ; si vous êtes absurde, avec une sorte d'impertinence spirituelle, on applaudira à votre originalité, et les auditeurs les moins indulgents ne vous refuseront pas la hardiesse dans les opinions. C'est un triomphe complet qu'un semblable aveu arraché à la sévérité des juges. Mais le paradoxe ne va qu'aux gens qui peuvent le soutenir, et qui ne s'épouvantent pas du brouhaha général ; car il faut s'attendre à des combats, aux chances d'une lutte avec les préjugés, les préventions qu'il contrarie. Le paradoxe n'est qu'une balourdise ou une bévue, quand c'est un sot qui le jette au travers de la conversation ; on ne se donne pas même la peine de relever le gant. A la facilité de l'élocution, au maniement adroit de l'épigramme, il faut joindre la force des poumons. Achille, défiant toute une armée et les dieux même, donne une idée assez juste d'un chevalier du paradoxe, et de sa situation difficile en présence de toute une assemblée qu'il soulève contre lui. Achille pousse un cri, et les Troyens s'enfuient, dit Homère. Le paradoxe ne doit pas faire fuir, mais il doit retentir d'une manière terrible et bruyante ; c'est le tonnerre de la conversation ; il précède l'orage de la discussion, la tempête de la parole.

PARI. Il ne faut pas faire de paris inconsidérés, ni imiter ces gens qui ne craignent pas de mettre à chaque instant leur honneur en jeu. Deux célèbres philologues, Philelphe et Timothée, s'étant pris de dispute sur la valeur d'une syllabe grecque, le premier paria cent écus que son opinion serait regardée comme la meilleure par les savants auxquels ils s'en rapporteraient. Timothée n'avait point d'argent à parier, mais il mit pour enjeu une chose bien plus précieuse, dans le préjugé des Grecs, il paria sa barbe. La question fut agitée, devant une assemblée de savants, dans la bibliothèque du roi de Naples. Timothée, se voyant condamné par les plus anciens manuscrits, voulut prévenir la perte de sa barbe par l'aveu de sa défaite ; mais Philelphe fut inexorable ; Timothée fut rasé, et sa barbe fut attachée comme un trophée à la chaire où il donnait ses leçons.

PARLER A PROPOS. Ne parlez que lorsqu'on manifeste le désir de vous entendre, car on peut ennuyer en disant de fort bonnes choses. Les hommes qui ont de l'usage ne parlent jamais qu'à propos, et que de ce qu'ils savent. S'ils ne disent rien de remarquable, au moins évitent-ils toute balourdise. De l'esprit ne suffit pas pour rendre la conversation agréable, elle exige en outre du bon sens et du jugement. On ne doit jamais se permettre une plaisanterie, une épigramme, quand on ne connait pas tous ceux devant lesquels on parle, de peur d'en blesser quelques-uns sans le savoir, ni le vouloir. Evitez dans la conversation au salon de parler de vos affaires, de vos intérêts, des occupations de votre profession, à moins qu'elle ne vous fournisse des détails propres à intéresser vos auditeurs. Prenez un sujet général. Défiez-vous de votre mémoire, ne citez que rarement, mais à propos. Rien n'est moins supportable que ces gens qui ont toujours à leur disposition une pacotille d'anecdotes, dont ils lardent la conversation à tout propos et hors de propos.

PARLER DE SOI. Il est difficile de garder un ton convenable en parlant de soi. Le plus sûr, à cet égard, est d'en éviter l'occasion. Il est bon de ne pas occuper les autres de sa personne. Le *moi* est odieux, dit Pascal. Est-on obligé de parler de soi, réduit à faire son apologie, le ton qui convient est celui d'un honnête homme qui ne montre ni orgueil ni bassesse.

PAROLE. Un homme d'esprit a écrit quelque part : *La parole a été donnée à l'homme pour se taire.* Ce singulier paradoxe a fait rire les gens qui parlent le plus et le mieux, et ils n'y ont vu qu'une épigramme contre les bavards ; mais les sots s'en sont emparés comme d'un mémoire justificatif composé exprès pour eux, et ils interprètent tout à fait en leur faveur cette ironique boutade d'une misanthropie moqueuse. Il faudrait se féliciter de cette interprétation, si ces messieurs du moins restaient fidèles au système qu'ils voudraient accréditer, s'ils se taisaient ! Mais ils parlent et ils parleront toujours.

PATIENCE. La patience est une qualité précieuse et qu'on ne saurait trop recommander ; elle adoucit les amertumes de la vie ; elle partage avec nous le fardeau de nos peines, afin que nous n'en soyons pas accablés. Le philosophe Abauzit nous en offre un exemple bien remarquable. Jamais de sa vie il ne s'était mis en colère ; jamais il ne s'était fâché ; jamais enfin une émotion n'avait dérangé le calme inaltérable de cette physionomie d'honnête homme qu'il portait à si bon droit. Ses amis crurent que cette égalité d'humeur pourrait enfin céder à une contrariété quelconque. Ils consultèrent une vieille gouvernante qui, depuis trente ans, était à son service. Cette femme chercha longtemps comment elle pourrait arriver à la vulnérabilité de son maitre, car elle l'aimait et ne pouvait se résoudre à l'affliger et à le faire paraitre autrement qu'il n'était, puisque ses amis eux-mêmes déclaraient que c'était un pari. Cette femme protestait que, depuis trente ans, elle n'avait pas vu son maitre une seule fois en colère. « Une seule fois! mais c'est impossible ! s'écriait-on ; une colère en trente années! ce n'est guère. Allons, conviens d'une seule fois ! — Mais je ne puis pas mentir ! disait la bonne femme. — Mais comment parvenir à le fâcher?... aide-nous. — Ah ! voilà le difficile : comment le fâcher?... Il y a des gens qu'on ne sait comment les satisfaire ; lui, c'est de le fâcher qu'il faut venir à bout... » Enfin, après beaucoup de recherches dans sa pensée, après avoir examiné son maitre dans les habitudes de sa vie, la vieille Marguerite crut avoir trouvé le moyen de faire gagner le pari... « Quoique, en vérité, disait-elle, je ne comprends pas pour quelle raison vous voulez faire sortir mon bon maitre de sa paix. — Que t'importe? nous l'aimons autant que toi. — Cela n'est pas sûr. — Nous l'aimons, te dis-je, et tu le sais bien ; ainsi, tu ne dois avoir nulle inquiétude sur les suites de tout ceci..... Voyons, qu'as-tu imaginé? — Le voici : M. Abauzit aime, par-dessus toutes choses, à être bien couché ; c'est une des habitudes de sa vie intérieure à laquelle il tient le plus... eh bien ! je ne ferai pas son lit, et dirai que je l'ai oublié. » L'expédient parut admirable. Le lendemain, les amis de M. Abauzit viennent le prendre et le mènent promener avec eux ; ils passent la journée ensemble, et le soir, ils le remettent chez lui, assez fatigué de sa journée, et content de trouver son lit et le repos. Son lit! il n'était pas fait, comme on sait... Le lendemain matin, il dit à Marguerite : « Marguerite, il paraît que vous avez oublié de faire mon lit ; tâchez de ne pas l'oublier aujourd'hui...—Eh bien ! demandèrent les amis lorsqu'ils vinrent le matin pour savoir le résultat. — Rien du tout, dit la gouvernante... Il m'a dit de ne pas l'oublier aujourd'hui. — Mais tu l'oublieras !... songe aux conditions !... » Le lendemain, même affaire. Le soir, M. Abauzit rentre encore fatigué d'une longue promenade, et trouve son lit dans le même état que le matin. En se levant, il appelle Marguerite : « Tu as encore oublié de faire mon lit, Marguerite ; je t'en prie, songes-y donc ! » Le matin, même enquête des amis, même réponse de la vieille gouvernante. C'était le second jour. Le soir, en arrivant devant son lit, M. Abauzit le trouve dans l'état où se trouve un lit fait ou plutôt défait depuis trois jours. Le lendemain matin, il appelle Marguerite. « Marguerite, lui dit-il, mais sans élever la voix, vous n'avez pas encore fait mon lit hier ; apparemment que vous avez pris votre parti là-dessus, et que cela vous parait trop fatigant ; mais, après tout, il n'y a pas grand mal, car je commence à m'y faire. » Touchée de tant de bonté, car ici ce n'est plus de la patience, et nous croyons que M. Abauzit l'avait devinée, Marguerite se jeta aux pieds de son maitre en fondant en larmes, et lui avoua tout... Est-ce que ce trait ne figurerait pas admirablement dans la vie de Socrate? Combien d'autres, à la place de M. Abauzit, auraient chassé, le même jour, la vieille gouvernante avec ses trente ans de service, et n'auraient jamais revu leurs amis prétendus, qui pouvaient se jouer de lui au point de faire des expériences sur son humeur et même sur son cœur! car c'est tout simplement indigne.

PÉDANTERIE. On entend par ce mot l'usage trop fréquent et déplacé de nos connaissances dans la conversation ordinaire, et la faiblesse qui fait mettre à ces connaissances une importance trop grande. D'après cette définition, les gens de la cour, les militaires, les hommes de tous les états, peuvent tomber dans le pédantisme, aussi bien qu'un philosophe ou un théologien : les femmes même encourront ce ridicule, si elles nous entretiennent trop longuement de leurs robes, de leur parure et de leur économie domestique. C'est ce qui fait que, quoique ce soit en général un procédé honnête et raisonnable de mettre les personnes avec qui l'on cause sur le sujet sur lequel elles sont le plus versées, un homme raisonnable détournera souvent les occasions de parler ainsi de ce qu'il sait le mieux, pour ne pas mériter le reproche de pédantisme de la part de ceux qui ne le savent pas si bien que lui. Mais il faut convenir que la pédanterie est encore plus communément dans le ton que dans la chose. Celui-là est pédant qui, se dressant sur ses pieds et élevant une voix magistrale et dure, dicte ses opinions et prononce ses décisions du ton dont le maître d'école parle à ses écoliers. C'est même de cette manière des instituteurs des enfants qu'a été fait le mot *pédanterie*. C'est un des défauts auxquels les gens de lettres sont le plus fréquemment sujets, et par lequel plusieurs d'entre eux, avec du mérite et des talents, parviennent à déplaire dans la société. De tous les défauts de la conversation, celui-ci n'est pas le plus commun. Les gens du monde y ont mis bon ordre. Comme, à leurs yeux, le savoir le plus réel est quelquefois ridicule, ou au moins déplacé dans la conversation, le pédantisme ou l'affectation du savoir l'est encore bien davantage. Notre nation a surtout en ce genre une si grande délicatesse, que, dans un grand nombre de sociétés, tout ce qu'on peut faire de mieux est de cacher qu'on est instruit. C'est le conseil que donnait à son fils lord Chesterfield. « Ne paraissez jamais, dit-il, ni plus sage ni plus savant que ceux avec qui vous êtes. Portez votre savoir comme votre montre, dans une poche particulière, que vous ne tirez point et que vous ne faites point sonner uniquement pour nous faire voir que vous en avez une. » Jacques Ier, roi d'Angleterre, voulait qu'un ambassadeur de France, qui assistait à son petit lever, lui parlât latin : et ce seigneur, à qui cette langue était devenue moins familière qu'à ce monarque, ayant lâché un solécisme, eut le désagrément d'essuyer de sa part, ainsi

que de celle des courtisans, les plaisanteries les moins ménagées. Piqué de l'aventure, et en sortant du palais, ayant rencontré Buchanan, ci-devant instituteur de Jacques Ier et qu'il estimait fort. « Parbleu! lui dit-il, mon ami, vous avez fait un grand pédant de votre élève. — Un pédant? répondit le poëte en levant les yeux au ciel, je bénis Dieu, monsieur l'ambassadeur, d'en avoir pu faire, au moins, quelque chose! »

PENDULE SAVANTE. Segrais s'était formé une société aussi agréable que choisie, et rassemblait chez lui les membres de l'académie de Caen. Il y écoutait volontiers, et parlait aussi avec plaisir quand ses confrères le désiraient; ils aimaient fort à l'entendre, et disaient de lui qu'il n'y avait qu'à le monter et le laisser aller. Mais cette espèce de pendule savante, pour emprunter leur comparaison, avait un double mérite, assez rare dans celles de son espèce, celui de répondre sans verbiage et sans écarts à ce qu'on lui demandait, et celui de s'arrêter quand on le jugeait à propos, ou quand elle jugeait elle-même qu'elle avait parlé assez longtemps.

PENSER TOUT HAUT. Lorsque vous serez assez heureux pour être admis dans une maison où se réunissent des gens généralement estimés, et que la maitresse du logis encouragera vos visites, conservez chèrement sa confiance en redoublant d'égards. Ne répétez jamais, en nommant les personnes, ce que vous leur avez entendu dire : c'est le moyen de savoir beaucoup. Les colporteurs de nouvelles sont assez peu considérés; on craint toujours d'être le héros de leurs histoires; on se cache d'eux, et leur véracité est souvent mise en doute. Vous aurez bientôt, si vous commencez par écouter au lieu de parler, acquis assez de discernement pour savoir dans quelles maisons il est permis de *penser tout haut*. Nous ne prétendons pas vous interdire ce plaisir, le premier de tous pour un honnête homme; mais nous vous avertissons que vous serez heureux si, dans le cours de votre vie, vous rencontrez trois ou quatre maisons semblables et que l'on veuille bien vous y accueillir.

PERSIFLAGE. Le persiflage est une sorte de plaisanterie qu'on peut regarder comme un des plus grands fléaux de la conversation, et par conséquent de la société. La bonne plaisanterie, celle qui n'offense point, mais qui se place à propos et naturellement, et qui n'est d'ailleurs qu'un trait fugitif, est un assaisonnement bien agréable de la conversation; mais elle est rare, et c'est à sa place qu'on a substitué le persiflage; « précisément, dit Swift, comme quand un habillement trop cher se met à la mode, ceux à qui leurs facultés ne permettent pas de se le procurer se contentent de quelque chose d'approchant, qui imite la mode tant bien que mal. » Le persiflage consiste à rendre un homme ridicule aux yeux de la société, sans qu'il s'en aperçoive, en tirant ce ridicule de ses discours et de ses opinions, ou des défauts de son esprit et de ses manières. Cette pratique est assurément peu conforme aux lois de la conversation, dont une des plus importantes est de ne rien dire que quelqu'un de la société puisse s'affliger qu'on ait dit : loi bien raisonnable, sans doute, puisqu'il n'y a rien de plus contraire au but qu'ont des gens qui se rassemblent, que de faire qu'ils sortent mal satisfaits les uns des autres en se séparant. Immoler quelqu'un, sans qu'il s'en doute, à la malignité d'une assemblée, c'est oublier que, lorsqu'on donne un ridicule, on acquiert un vice. Ce qui tue la gaieté, c'est l'esprit de dénigrement, la malignité des propos, l'usage cruel et plat des mystifications. Après ces explosions de la haine ou de la méchanceté, tout languit, tout paraît froid, insipide.

PERSONNALITÉ. La personnalité consiste à citer défavorablement des noms propres. C'est de tous les genres d'esprit le plus facile et le plus faux. Elle ridiculise une personne sans profiter à son auteur, qu'elle fait briller un instant. C'est un moyen de succès presque toujours accompagné de dangers pour celui qui l'emploie. Boileau a dit avec raison :

> C'est un méchant métier que celui de médire :
> A l'auteur qui l'embrasse il est toujours fatal,
> Le mal qu'on dit d'autrui ne produit que du mal.

L'usage des personnalités a pour conséquences d'aigrir

les esprits et de fomenter les disputes. C'est ordinairement lorsqu'on manque de bonnes raisons pour appuyer son opinion qu'on a recours aux invectives, aux reproches directs, que ceux à qui ils sont adressés repoussent assez souvent avec vivacité.

PETITS-MAITRES. Êtres frivoles qui veulent attirer et fixer l'attention par un ton avantageux, par un air libre, vif et léger, par une parure et des manières re-

cherchées. Les petits-maîtres sont plus nombreux qu'on ne pense; ils pullulent dans tous les états, dans toutes les conditions, et sont aussi ridicules par la manière dont ils jouent leur rôle emprunté que par le rôle même. L'esprit des petits-maîtres, de ceux que l'on appelle *agréables*, dit un écrivain, réunit toute la finesse et l'agrément des quolibets, la subtilité et la solidité de la charade, la profondeur du logogriphe, l'intérêt et le naturel de la gravelure, la gaieté sémillante du calembour, les ressources du ton affirmatif, et celles de l'ironie. Ils éprouvent, à la vérité, mille mortifications dans la société; ils sont persiflés dans les lieux publics, joués sur la scène; mais ils n'en paraissent que plus contents d'eux-mêmes, et sont très-flattés de ce que l'on daigne s'occuper de leur personne.

PHRASIERS. Il y a des gens qui s'imaginent que, pour être distingué des autres, pour s'élever au-dessus de ce qu'on appelle, classiquement parlant, *ignobile vulgus*, il faut éviter de parler comme tout le monde parle. Ils s'étudient à arrondir des périodes, à les saupoudrer de grands mots empruntés de l'arsenal oratoire ou du magasin académique; puis s'en vont, avec leurs provisions de phrases, courir les salons, les cercles, et se déchargent de leur pesant fardeau sur les épaules obligeantes d'auditeurs complaisants. Éternels discoureurs, ils ne parlent jamais, déclament sans cesse; et la chose la plus simple, la plus futile, une observation sur la pluie ou le beau temps, une plainte sur la boue de Paris, vont servir à ces messieurs de texte pour les plus fastidieuses dissertations. On peut appeler ces individus des bavards descriptifs, comme on a donné aux élèves de Delille le nom de poëtes descriptifs. Qu'on cherche dans la nature un être plus égoïste qu'un bavard qui fait des phrases! Quoiqu'il parle, la plupart du temps, pour ne rien dire, il exige la plus religieuse attention et commande le plus profond silence; il faut qu'il finisse sa phrase; et, fût-on surpris par un besoin subit, eût-on une affaire très-pressante, il faut subir jusqu'au dernier mot du malencontreux phrasier. C'est en vain que vous voudriez très-humblement le prier d'abréger sa période; c'est en vain que vous lui demanderiez un moment de trêve, ou que vous le supplieriez de vous faire grâce de deux mots; il est sans pitié; l'*æs triplex* cuirasse son cœur, et sa bouche entr'ouverte continue l'émission de longues paroles, de phrases traînantes, et de lieux communs d'une pédante verbosité. Un homme qui fait des phrases, qui parle d'une manière compassée avec tout le monde, et qui ne sait pas faire la part des conditions, des rangs et des caractères, est ordinairement un sot. Il a beaucoup lu et a beaucoup retenu; c'est le talent des niais, qui, n'ayant pas une idée qui soit de leur propre fonds, sont obligés d'avoir recours à l'imagination des autres; ils parlent constamment avec leur mémoire. Ces beaux parleurs sont presque toujours incapables d'écrire deux lignes qui aient le sens commun; mais faut-il jeter en avant les expressions les plus ronflantes, les mots d'une recherche d'autant plus ridicule, que la simplicité et la clarté sont les premières conditions de la conversation, vous les voyez, orateurs infatigables, accumuler les

redondances emphatiques, épuiser le vocabulaire de la prose poétique, et se perdre dans le labyrinthe du galimatias. L'homme d'esprit se garde bien de ce luxe indigent de mots, de ce misérable étalage de phraséologie; il parle à chacun le langage qu'il peut entendre. Instruit avec les gens éclairés, il raisonne avec les savants, plaisante avec les jeunes gens; sa politesse toute galante amuse le beau sexe, et il n'oserait employer un tour qui fit supposer de sa part le travail d'une phrase prétentieuse : car le tact des femmes ferait bientôt justice d'une impardonnable infraction aux règles du goût.

PHYSIONOMIE. Avant de commencer à parler avec quelqu'un, tâchez d'abord de comprendre le langage muet de sa physionomie, car la physionomie est, à peu d'exceptions près, l'expression du caractère et des sentiments qu'on éprouve. Si vous remarquez une teinte de tristesse sur la figure d'une personne, ne l'abordez pas avec un air riant et une parole gaie; et, *vice versâ*, si vous vous trouvez devant un visage épanoui qui annonce la belle humeur, gardez-vous de le rembrunir par les vapeurs d'une conversation sévère et sérieuse. Observez sur la physionomie de votre interlocuteur l'effet de vos paroles; cherchez à pénétrer ce qu'il éprouve; ne le perdez pas un instant de vue, et que vos yeux, constamment attachés sur lui, vous guident, pour ne pas vous compromettre par un mot qui pourrait déplaire, ou par la fatigue d'un trop long entretien. Quand votre interlocuteur se mouchera souvent, ou regardera d'un côté et d'un autre, au lieu de vous interrompre par un sourire ou par quelque monosyllabe approbatif, coupez court, et arrivez tout de suite au dénoûment. Si vous êtes embarrassé pour finir, et que vous ne soyez encore qu'à l'exposition, cherchez une excuse polie;

demandez un ajournement, qu'on ne vous refusera jamais, et cherchez un autre interlocuteur. De cette manière, vous n'aurez rien perdu dans l'esprit de celui que vous aurez quitté poliment. Soyez bref et mesuré avec des physionomies mélancoliques et sérieuses; abondant en paroles, mais sans prolixité, avec les figures ouvertes et sereines; ne vous faites pas faute de ris et de bruyante gaieté avec ces faces joufflues qui sont toujours disposées à l'hilarité. Considérée sous un autre point de vue, la physionomie est un des principaux mobiles de l'action. C'est à elle d'exprimer la gaieté ou la tristesse, l'abattement ou l'orgueil, la menace ou la prière, l'enthousiasme ou l'indignation. L'expression du visage en dit souvent plus que le discours le plus éloquent. Cependant il ne faut pas la faire trop agir, la changer sans cesse, car on risquerait de tomber dans le ridicule ou la difformité.

PLAINTES. Ne pourrait-on pas regarder comme un langage grossier et ridicule cette exagération que l'on met souvent dans le blâme comme dans la louange? Il semble que la véritable bienséance dans les paroles consiste principalement dans une certaine mesure d'expressions. Il vaut beaucoup mieux donner à penser plus qu'on ne dit, que d'outrer les termes et de courir le risque d'aller au delà de ce qu'on doit dire. Sous quelque rapport que ce soit, la plainte a toujours mauvaise grâce. Eloignez surtout de vos plaintes l'aigreur et l'animosité; que votre colère soit seulement le sentiment du mal qu'on vous a fait, et non pas de celui que vous voudriez faire; c'est le plus sûr moyen de mettre dans votre parti les personnes qui auraient peut-être pu balancer entre votre adversaire et vous. La bienséance ne s'oppose pas moins aux plaintes excessives que vous faites au premier venu contre ceux dont vous avez à vous plaindre, qu'aux louanges fréquentes et outrées que vous donnez mal à propos à ceux de qui vous attendez du bien.

PLAIRE (Moyen de). Pour plaire dans la conversation, il faut commencer par sonder le terrain; c'est-à-dire examiner les esprits de ceux avec qui on veut s'entretenir pour les mettre sur des matières qui sont à leur portée, qu'ils aiment et qu'ils savent le mieux. Ainsi, c'est un moyen assuré de plaire à un homme entiché de sa qualité, de lui donner occasion de parler de la noblesse de ses ancêtres; à un homme de guerre, de raconter les siéges et les combats où il s'est trouvé; à un négociateur, de parler des affaires qu'il a traitées; à un voyageur, des pays qu'il a vus, et de même des autres applications des hommes. Cela vient de ce qu'ils cherchent presque tous à paraître estimables par les avantages qu'ils croient avoir au-dessus du commun, et qu'ils aiment bien mieux ceux qui les applaudissent que ceux qui recherchent leurs applaudissements. Il faut donc que celui qui veut plaire emploie beaucoup moins sa dextérité à faire connaître les lumières de son esprit qu'à faire paraître l'esprit des autres, et à relever avec choix et avec délicatesse les choses qu'ils ont bien faites ou bien dites. Le sacrifice qu'il semble faire en cela de ses intérêts est un détour ingénieux qui lui abrége un long chemin, et qui lui fait faire beaucoup plus de progrès dans leur estime et dans leur amitié que tout ce qu'il pourrait leur dire de plus merveilleux. « Il faut toujours, dit madame Necker, faire parler les gens de ce qui les intéresse; c'est le seul moyen d'en tirer parti. L'homme qui nous est le plus inférieur, en général, nous est supérieur dans quelques branches des connaissances qui lui ont été spécialement nécessaires; il faut donc converser avec lui sur les sujets dans lesquels il a l'avantage, afin de nous élever un peu dans son entretien; car, en esprit comme en commerce, on perd quand on ne gagne pas. Si nous faisions parler les gens médiocres sur les choses qu'ils ignorent, la conversation serait pour nous un cours de trivialités et d'absurdités. C'est le conseil que Racine donnait à son fils : « Ne croyez pas, lui disait-il, que ce soient mes vers qui m'attirent toutes les caresses de la cour. Corneille fait des vers cent fois plus beaux que les miens, et cependant personne ne le regarde; on ne l'aime que dans la bouche de ses acteurs; au lieu que, sans fatiguer les gens du récit de mes ouvrages, dont je ne leur parle jamais, je me contente de leur tenir des propos amusants, et de les entretenir de choses amusantes. Mon talent avec eux n'est pas de leur faire sentir que j'ai de l'esprit, mais de leur apprendre qu'ils en ont. Ainsi, quand vous voyez monsieur le duc passer parfois des heures entières avec moi, vous seriez étonné, si vous étiez présent, de voir que souvent il en sort sans que j'aie dit quatre paroles; mais peu à peu je le mets en humeur de causer, et il me quitte encore plus satisfait de lui que de moi. »

PLAISANTERIE (Esprit de). On entend par là l'habitude de chercher à être plaisant dans la conversation, et l'espèce d'effort qu'on fait pour cela. Cette disposition de l'esprit prend beaucoup de formes diverses, quelques-unes fâcheuses, d'autres supportables, mais toutes, à notre avis, accompagnées de quelques inconvénients assez grands que l'on n'évite pas toujours, et qu'il faut pourtant éviter, sous peine de gâter plus ou moins la conversation. La première et la pire espèce d'esprit plaisant est celle de ces gens qui vont sans cesse cherchant, dans tout ce qui se dit, le côté qui peut prêter au ridicule, et qu'on trouve sans peine dans les choses les plus sérieuses. Ils flétrissent ainsi d'un mot ce qu'on dit de plus ingénieux et quelquefois de plus profond. Les contrastes sont la mine où ils puisent le plus, et on sait combien ce genre est facile. C'est surtout la manière de quelques gens du monde et de bonne compagnie, à qui on prête souvent plus d'esprit qu'ils n'en ont, d'après l'art qu'ils ont de déjouer l'esprit des autres. Comme ils n'aiment pas que l'esprit donne à personne cette sorte de considération, que l'opinion des hommes met quelquefois au-dessus de celle qui s'attache au rang ou à la richesse, ils brisent continuellement la conversation par la plaisanterie, lorsqu'ils s'aperçoivent qu'elle attache les écoutants à l'homme qui les amuse et les instruit. Pour cela ils épient au passage un mot qui puisse prêter à la plaisanterie, et déroutent dès lors la conversation. Avec ces gens, l'esprit sage qui avait un but s'en voit détourner sans cesse; et, contraint de marcher, il n'a point de terme où il puisse se flatter d'arriver. Il n'est rien de plus fatigant et de plus ennuyeux, quoique trop de gens prétendent que c'est là une agréable légèreté. C'est le caractère le plus marqué d'un petit esprit, à moins qu'il ne soit l'effet d'une espèce de politique que l'on remarque chez quelques gens du monde et chez quelques hommes de lettres même : les uns pour ne pas laisser traiter des sujets dont la discussion contrarie leurs intérêts ou leurs préjugés; les autres, pour ne pas laisser voir à la société leur ignorance sur la matière. On commence à se lasser de ces hommes qui, dans la société, font, pour ainsi dire, métier de plaisanterie; car bientôt ils sont au bout de leur rôle, qu'ils rendent rarement bien; puis, la répétition affadit les récits les plus divertissants : il y a si peu de plaisants originaux, trouvant dans leur fonds de quoi parer à cet inconvénient! Quant aux imitateurs, *servum pecus*, qui pourrait se résigner à entendre chaque jour des charges dont la gaieté, l'esprit et le sel de l'auteur ont disparu, ou sont tellement dénaturés, qu'on a peine à les y reconnaître. Défiez-vous surtout de ces loustics malhabiles qui commencent par vous dire : « *Vous allez rire;* » et qui eux-mêmes éclatent de rire à chaque mot qui sort de leur bouche. Leur plaisir, s'ils en éprouvent, n'est pas contagieux.

PLAISIRS. Dans les plaisirs, comme en tout, il faut rester maître de soi, et ne jamais se laisser entraîner à des cris, à des mouvements que de sang-froid on n'approuverait point. C'est surtout lorsqu'ils s'abandonnent aux amusements que l'on reconnaît les gens bien élevés, parce que l'habitude leur a donné un bon goût, une élégance, qui ne se dément jamais, et semble leur être si naturelle, qu'ils ne s'en départent dans aucune occasion. La force des habitudes est telle, que César, percé de coups et près d'expirer, étendit sa robe, afin que son corps fût trouvé décemment couvert. Si vous êtes invité dans une maison où ces grosses joies soient du goût des maîtres, ne prenez pas l'air désapprobateur, prêtez-vous aux jeux, mais trouvez des prétextes pour ne plus retourner dans cette maison; elle doit être fertile en catastrophes.

POÉTIQUE DU LANGAGE. Une des premières observations à faire dans la conversation, c'est l'état ou le caractère de l'éducation de la personne à qui l'on parle. Cicéron faisait de longs discours au peuple; mais il était plus concis quand il s'adressait au sénat. La poétique du langage qu'on doit tenir aux individus doit être fondée sur des principes bien différents. Il faut être court avec les gens du peuple, afin d'être plus clair; il ne faut pas embarrasser l'idée principale d'accessoires qui lui sont souvent étrangers, et l'on doit abréger aussi pour conserver un ton de dignité qu'on perd toujours en se rapprochant par trop de points : c'est ce qu'on nomme trivialement *commérage*.

POLITESSE. Pour désigner d'un seul mot le caractère des principales nations de l'Europe, on disait : le bon sens allemand, le flegme allemand, la gravité espagnole, la finesse italienne, et la politesse française. Lord Chesterfield écrivait à son fils, qu'un Français poli par l'éducation est le chef-d'œuvre de l'art et de la nature. Un autre auteur plein d'esprit a dit également : La politesse ramène ceux qu'a choqués la vanité. Il n'est point d'accommodement avec l'orgueil. La politesse est un lien que la société a établi entre les hommes étrangers les uns aux autres. La grossièreté dans le langage et dans les manières influe plus que l'on ne croit sur celle des sentiments et des actions. On s'accoutume à penser comme on parle, et bientôt on agit comme on pense : il n'y a pas loin de l'homme grossier à l'homme cruel. Si la politesse est la sauvegarde des relations entre les hommes, elle est de plus la garantie de la vertu des femmes. Une femme grossière dans son ton n'est plus une femme à nos yeux : elle a perdu tous ses charmes; elle a perdu son sexe. Au sein de la famille la modestie et la simplicité suffisent pour maintenir les égards qu'une femme a le droit d'exiger; mais, au milieu du monde, il faut davantage : l'élégance de son langage, la politesse de ses manières, font partie de sa dignité, et commandent à tout ce qui l'entoure le respect qui lui est dû.

POLITIQUE. La politique est maintenant en France la déesse du jour. Chacun s'en occupe; elle captive tous les esprits; et, depuis le cabinet du grave jurisconsulte et du profond diplomate jusqu'au boudoir d'une petite maîtresse, on s'occupe de la politique. Dans le temple du goût et de l'élégance, mollement assise sur son ottomane, on est étonné de voir la jeune beauté qui y règne interrompre une conversation parfois frivole peut-être, mais souvent vive, piquante et spirituelle, pour la remplacer par la froide politique. Aussitôt ses jolis traits prennent un air plus grave et presque soucieux; car, il faut le dire, la politique en général est peu favorable aux grâces; et, semblable à la Pythonisse, toute pleine du dieu qui l'oppresse, elle en est comme suffoquée. Dès lors, il n'est plus question ni du bal de la veille, ni du concert du jour, ni de la pièce nouvelle du lendemain; les intéressants riens de la mode sont également ajournés, et l'on cesse même de médire de ses rivales. Un poëte a critiqué ce travers dans une satire intitulée *Le Pour et le Contre :*

> Tout me semble marqué du sceau de la démence;
> Si je cherche les rangs, je vois des plébéiens
> Où ne devraient siéger que des patriciens.
> Le nouvel enrichi se croit économiste;
> L'apprenti gazetier s'érige en publiciste;
> Nos dames, pour parler sur la loi du budget,
> Le matin, dans leur lit, en lisent le projet,
> Et transforment, le soir, au bruit confus des langues,
> Un fauteuil de salon en tribune aux harangues.
> Les cafés, les comptoirs, les foyers, les bureaux,
> Sont peuplés de censeurs, de juges étourneaux,
> Citant, par contredit, Rome, Athènes et Sparte.
> Ma fille, à quatorze ans, raisonne sur la *Charte*,
> Et dans mon antichambre, un journal à la main,
> Du monde mon jockey veut régler le destin.

Gardez-vous de vous passionner pour la politique. L'esprit de parti, qu'un homme distingué appelait la *bêtise* de parti, fait dire les plus inconcevables absurdités, et pousse vers l'insolence les personnes les mieux élevées. On ne saurait répéter tout ce qui s'est dit en ce genre depuis 1789 jusqu'à ce jour. L'ineptie et l'atrocité alternaient, et, sans distinction de sexe, sans distinction de rang, parlaient par des bouches dont ne devaient sortir que des paroles de paix, des discours éloquents et remplis d'attraits. Nous ne discutons pas ici quelle opinion il vous convient d'adopter; mais, quand vous seriez prêt à vous armer pour la soutenir, quand le flambeau de la guerre civile devrait briller dans vos mains, nous vous enjoindrions de réserver vos forces pour le champ de bataille, et de ne point rendre témoins de vos fureurs les femmes, les filles et les paisibles habitants d'un salon. Si votre turbulence est partagée, et que chacun, à votre exemple, crie et gesticule, comme cela s'est vu plus d'une fois, attendez-vous à voir votre discussion ressembler à une querelle des halles, et disposez-vous à rompre avec une partie de ceux qui s'en seront mêlés.

PRÉJUGÉS. Les préjugés sont les maladies les plus fréquentes et les plus dangereuses de l'âme : on peut les appeler des opinions anticipées et formées sans examen, ou plutôt des surprises faites à un jugement investi de ténèbres ou séduit par de fausses lueurs. C'est une espèce de contagion qui, comme toutes les maladies épidémiques, s'attache surtout au peuple, aux femmes, aux sectes de diverses écoles, aux maîtres, aux disciples, et qui ne cède qu'à la force de l'âge, de la raison éclairée par l'expérience. Les préjugés ont leur source dans les passions qui dénaturent tous les objets : tout ce qui nous plaît nous paraît presque toujours vrai, juste, utile, solide et raisonnable. Ce sont ces maladies qui favorisent la superstition, enfantent et accréditent les erreurs populaires. Il est des préjugés de nations, d'états, de condition; resserrés dans de justes bornes, ils peuvent devenir utiles; mais, portés trop loin, ils ne sont qu'une source d'erreurs. Il y a aussi des préjugés universels, et pour ainsi dire inhérents à l'humanité. Le savoir même a ses préjugés comme l'ignorance : le superstitieux croit trop, et le savant trop peu. N'admettons rien sans examen; rejetons ce qui révolte la raison; confions-nous à ce qu'elle démontre, et suspendons nos jugements sur le reste : respectons toute opinion, fût-elle fausse, dès qu'elle contribue au bonheur de la société. Un préjugé utile est plus raisonnable que la vérité qui le détruit. Nous n'aurions point de préjugés si nous étions moins paresseux à examiner, si nous avions plus de bonne foi avec nous-même, et si nous étions moins dociles à recevoir des opinions toutes faites, pour nous épargner la peine d'étudier ou de réfléchir; mais nous sommes vains et paresseux, nous voulons paraître savoir ce que nous n'avons point appris, et cette disposition, qui multiplie les préjugés, en empêchera probablement la guérison complète chez les hommes. Si, pour plaire dans le monde, il faut respecter les préjugés d'autrui, il n'en est pas moins vrai que, pour éviter autant que possible le ridicule, on doit chercher à se défaire de ceux qu'on a. Secouez tout préjugé, et pensez d'après vous-même, c'est-à-dire interrogez-vous sur chacune de ces opinions qui sont en vous, sans que vous sachiez ni comment elles sont venues, ni d'où elles viennent; soumettez-les à un examen sévère, faites-les passer au creuset de la raison. Le préjugé ne peut loger que dans une tête où la raison ne fait que de rares et courtes visites.

PRÉSOMPTION. La présomption se pare quelquefois des talents et des vertus qu'elle n'a pas : plus souvent elle exagère les qualités louables qu'elle a réellement, et se plaît à leur donner une extension qui excède tellement les bornes, qu'elle fait souvent douter de leur réalité effective. Il est peu de personnes qui aient le bon esprit de se garantir de cette espèce d'amour-propre, et l'on a dit avec raison que chacun voulait ajouter une coudée à sa stature. Rien de plus insupportable, dans le monde, que ces gens qui ne doutent de rien, décidant de tout et surtout sans la moindre connaissance de cause, parce qu'ils ont la prétention de se croire infaillibles. Ce parti pris d'avance de ne tenir aucun compte des objections qui peuvent être présentées contre une opinion émise, détruit tout le charme des relations sociales : c'est le véritable cachet de la sottise. En effet, la présomption, c'est l'amour-propre porté au plus haut degré de ridicule.

PRÉTENTION A L'ESPRIT. Rien ne gâte plus la conversation que le trop grand désir d'y montrer de l'esprit : c'est un défaut auquel personne n'est aussi sujet que les gens d'esprit eux-mêmes, et dans lequel ils tombent encore plus souvent lorsqu'ils sont ensemble. Les hommes de cette espèce regarderaient leurs paroles comme perdues, s'ils avaient ouvert la bouche sans dire quelque chose de spirituel. C'est un tourment pour les assistants, ainsi que pour eux-mêmes, que la peine qu'ils se donnent et les efforts qu'ils font sans succès. Ils se croient obligés de dire quelque chose d'extraordinaire qui les acquitte envers eux-mêmes, et qui soit digne de leur réputation, sans quoi ils imaginent que les écoutants seraient trompés dans leur attente, et pourraient les regarder comme des êtres semblables au reste des mortels. Que de fois n'a-t-on pas vu deux hommes, qu'on avait réunis pour jouir de leur esprit, apprêter à rire à leurs dépens à toute une société ! Il faut convenir que ce travers est bien moindre, ou moins fréquent dans les sociétés polies, et surtout dans celles de la capitale, où l'esprit et la facilité de parler, qui en tient souvent la place, étant des choses beaucoup plus communes, ceux qui ont l'un ou l'autre peuvent plus difficilement s'en prévaloir. Mais l'envie de montrer de l'esprit nuit à la conversation dans un autre ordre de personnes. Les jeunes femmes et les jeunes gens qui entrent dans le monde en deviennent, tantôt d'une taciturnité rapide, tantôt d'un bavardage impertinent. En cherchant avec trop d'inquiétude ce qu'il faut dire, on ne trouve plus rien : une démarche étudiée perd toute sa grâce. S'abandonner au cours naturel de ses idées et au mouvement de son esprit, c'est là un sûr moyen de plaire dans la conversation, même pour ceux qui ont un talent médiocre et des connaissances peu étendues. Cette instruction est surtout utile aux femmes, qui parlent toujours bien lorsqu'elles parlent naturellement. Il y a un autre genre de prétention à l'esprit qui n'est pas moins funeste à la conversation : c'est celle que montrent beaucoup de gens, se donnant pour avoir des opinions toutes faites sur tous les sujets qu'on traite. Ils ont toujours pensé depuis longtemps ce que vous leur dites ; ils ont approfondi la matière ; ils n'ont rien à apprendre sur cela, et souvent c'est la première fois que quelque idée sur ce sujet s'est présentée à leur esprit. Le mal est qu'après s'être annoncés ainsi, obligés qu'ils sont de soutenir leur vanité par quelques observations, ils ne manquent pas, ou de répéter sous une autre forme ce que vous venez de leur dire, ou de le gâter par quelque fausse vue qu'ils y joignent, ou encore, ce qui est bien plus commun, de vous contredire à tort et à travers. C'est de ce défaut surtout que vient la grande difficulté qu'on éprouve à persuader dans la conversation. Tout le monde se pique d'apporter, dans la société, ses opinions toutes faites, parce que chacun veut se donner pour avoir lu, étudié et réfléchi sur les matières qu'on traite. Or, en se laissant convaincre, on craint de laisser voir qu'on n'avait pas réfléchi sur la question qu'on agite, et la vanité de paraître instruit éloigne de nous l'instruction. Il n'est pas besoin de dire que cette vanité, qui fait afficher une opinion arrêtée sur des questions qu'on n'a jamais examinées, est le grand caractère de l'ignorance ; car l'homme qui a beaucoup appris est celui qui sait le mieux qu'il a encore beaucoup de choses à apprendre, et celui-là encore ne rougit point de ne pas tout savoir. Au reste, cette faute est, il faut le dire, plus excusable encore dans les gens de lettres et dans ceux qui ont cultivé leur esprit avec plus de soin que dans la plupart des gens du monde. On demande plus aux premiers, et ils peuvent être plus honteux de n'être pas en état de répondre à l'idée qu'on a d'eux. Mais il est étrange que des gens qui n'ont jamais eu qu'une application passagère, à qui leur état ou les plaisirs de la société n'ont pas laissé le temps de s'instruire, et qui n'en ont jamais eu la volonté, aient la prétention d'avoir des idées faites et arrêtées sur des questions très-difficiles, et de savoir tout, sans jamais avoir rien appris. Ce travers prend aussi sa source dans une erreur bien grossière et bien commune, qui fait croire que toutes les connaissances qui n'ont pas, comme les sciences physiques et mathématiques ou les arts, un langage technique, et qui sont, par cette raison, l'objet naturel de la conversation, telles que la morale, la politique, l'administration, etc., sont, par cela seul, un champ ouvert à tout venant, où il peut combattre aussi bien que tout autre. Rien cependant n'est plus faux, par la grande raison qu'on ne sait que ce que l'on a étudié, et bien étudié. Quoiqu'on n'emploie ni formule algébrique, ni langage particulier en économie politique, en matière de gouvernement, l'homme du monde, ni même l'homme de lettres qui n'en a pas fait son étude, ne sont pas plus en état et en droit d'en parler avec autorité, et même d'avoir un avis, que sur des matières de médecine ou de chimie, ou pour prononcer quel est le plus grand géomètre de Clairaut ou de d'Alembert, de Lagrange ou de Laplace. On sent que cette observation comprend aussi les dames, qui sont si savantes aujourd'hui sur la distinction des formes de gouvernement et le droit de représentation, etc. On demeurera facilement d'accord de ce que nous venons de dire, d'après cette seule considération, que c'est précisément dans ces sciences qui n'ont pas un langage qui leur soit particulier, des formules propres, des instruments qui ne soient qu'à elles, que l'erreur se glisse plus aisément ; les termes en sont plus équivoques, plus mal définis, plus difficiles à définir ; et, tandis que le géomètre, armé de ses expressions algébriques, qui sont invariablement les mêmes dans toutes ses formules et dans toutes les parties de sa démonstration, a un moyen, pour ainsi dire, mécanique, d'écarter de lui le paralogisme, notre docteur en politique et en économie politique, prenant le même mot en deux ou trois sens différents, oubliant un ou deux des éléments nécessaires de la question, divague et s'égare après quelques pas, sans qu'on puisse ni se faire entendre de lui, ni lui faire entendre à lui-même ses propres décisions. Cette prétention de savoir ce qu'on n'a pas appris est plus communément le défaut de notre nation que d'aucune autre. Franklin a fait, sur ce

Franklin.

sujet, une observation piquante. Il disait qu'il y avait cette différence entre un Anglais et un Français que, lorsqu'on fait une question à un Français, il commençait toujours à vous répondre comme s'il savait fort bien ce que vous lui demandiez, et qu'en le prenant ensuite sur les détails, les circonstances, il lui arrivait souvent d'être forcé de convenir qu'il ignorait les plus importantes, et celle-là même qu'il aurait fallu savoir pour faire une réponse quelconque ; qu'à la différence du Français, l'Anglais, en pareil cas, disait facilement : *I don't know* (je n'en sais rien), réponse qu'on ne tire presque jamais d'un Français au premier coup. La vérité de cette observation frappe tous les jours davantage, depuis l'époque de la révolution de

1789. Ce défaut national nous semble empiré. L'esprit de liberté qu'on a prétendu nous donner a amené, dans les jeunes gens surtout, une assurance, une audace, un mépris des bienséances établies, un oubli des égards dus à l'âge et au savoir; enfin, une disposition à dominer dans la conversation, telle, qu'on peut assurer généralement que l'orateur écouté de chaque cercle, ou du moins celui qui vous force de l'écouter, est un jeune homme se croyant capable, non pas seulement de disputer, comme Pic de la Mirandole, mais de donner des leçons *de omni re scibili et quibusdam aliis*, c'est-à-dire de tout ce qu'on peut savoir et même de ce qu'on ne sait pas.

PRÉTENTION AU BEAU STYLE. La prétention au beau langage fait tomber une foule de gens dans des méprises singulières. Ne connaissant pas bien la valeur des termes, ils emploient souvent l'un pour l'autre. C'est ainsi que certaines personnes, sachant que le verbe *rappeler* ne doit jamais être suivi de la préposition *de*, ne manquent pas de dire : *Je me rappelle avoir été*, etc., tandis qu'il faudrait : *Je me rappelle d'avoir été*, etc. La préposition *de*, prohibée devant les noms, les prénoms, etc., est de rigueur devant le verbe *avoir*, comme on peut le remarquer dans nos meilleurs écrivains. D'autres ne font point de distinction entre *mortification* et *mystification*, et vous disent tristement, en se plaignant de l'impolitesse ou de la dureté d'un homme en place, il m'a *mystifié!* Ne dites point *sottises* pour *injures*; ces mots ne sauraient être synonymes. Celui qui dit une *sottise* manque d'esprit, de tact; il est *sot* dans ce moment, peut-être l'est-il toujours; mais il peut avoir beaucoup de bonnes qualités qui compensent cette imperfection. Celui qui dit une *injure* est colérique, grossier, mal élevé, et l'on doit fuir sa rencontre.

PROMENADE. Etes-vous dans une promenade publique, entretenez-vous de choses indifférentes, afin que la conversation ne soit pas mal interprétée par les personnes qui pourraient vous entendre. Gardez-vous aussi de prêter l'oreille à la conversation de ceux qui ne sont pas de votre société.

PRONONCIATION. La prononciation qu'on aime dans la conversation doit être correcte, claire, sans affectation, sans éclat de voix, ni trop lente, ni trop précipitée; en un mot, elle doit être en rapport avec l'objet que l'on traite, avec le sentiment que l'on veut exprimer ou exciter. Chaque passion, chaque affection a son expression naturelle, sa physionomie, son accent. Les sons de la voix répondent, comme les cordes d'un instrument, à la passion qui les touche et les met en mouvement. Ce n'est pas par de violents efforts qu'on parvient à se faire entendre, mais par une prononciation nette, distincte et soutenue. La bonne prononciation n'est pas moins nécessaire pour se rendre intelligible que pour parler avec grâce et avec noblesse. Or, elle sera telle si l'on donne à chaque syllabe le son que l'usage lui assigne; si l'on évite de faire entendre les finales qui doivent ne pas se prononcer; si l'on ne fait pas brèves les syllabes longues, et longues les syllabes brèves; en un mot, si l'on s'éloigne de tout accent vicieux, en se conformant à la prononciation de la bonne compagnie. Les causeurs scrupuleux et privilégiés soignent surtout les liaisons comme chose importante, car ils savent combien leur omission nuit à l'euphonie; combien elle fait croire aux gens peu bienveillants que c'est un voile sous lequel se glisse adroitement le doute ou l'ignorance, et cette opinion n'est pas toujours un préjugé. Ne sait-on pas, en effet, qu'il se rencontre des gens qui prononcent *avan-hier*, parce qu'ils n'osent dire *avant-hier* ni *avans-hier?* Une chose incontestablement vraie, c'est que si vous ne voulez pas parler distinctement et avec grâces, personne n'aura envie de vous écouter. La prononciation est en effet plus indispensable au discours que l'élocution; car enfin, avant de choisir ses expressions, il faut les faire entendre, et l'on ne peut y parvenir qu'imparfaitement si l'on prononce mal. On doit donc s'attacher à rechercher avec soin tout ce qui peut conduire à la connaissance des causes qui rendent la prononciation défectueuse et à la découverte des moyens les plus propres à remédier, soit aux vices de conformation des organes, soit à l'irrégularité de leurs actions.

PRONONCIATION (FAUTES CONTRE LA). Il est une foule de mots dont on prend comme à plaisir d'estropier la prononciation, et, chose déplorable, c'est précisément à Paris que l'on commet le plus d'infractions sur ce point. Même dans le plus grand monde, vous verrez une grande dame vous faire admirer les brillantes couleurs de la *belsamine;* une autre vous dira qu'elle a *ageté* une maison où un *siau*, ou bien qu'elle revient d'*Aisse-la-Chapelle* et qu'elle a été entendre la messe à l'église de Saint-Germain-l'*Ausserrois*. Celle-ci vous apprendra que sa *digession* est bonne; celle-là blâmera les jeux *d'hasard*, parlera de l'*ignomignie* de l'esclavage et plaindra les travers d'*Emélie*. Cette autre vous dira les beautés d'une statue *ékestre*, vous offrira du *bouli*, voyagera *incog-nito*, vous donnera un *fac-simil*, ne tarira pas sur l'histoire de l'empereur *Glaude* ou sur les dangers de trop manger du *creusson;* elle vous assurera que cela donne la *gastrique*, et prononcera *avrille* comme *vrille*, c'est *ein-manquable*. Enfin une autre souffrira bien un *échèk* et mat, mais elle voudra à toute force que le ministère ait éprouvé de rudes *échès*, absolument comme nos anciens, qui voulaient que l'on prononçât *agneau*, en parlant de l'animal vivant, et *aneau*, en parlant de sa chair dépecée : un quartier d'*aneau*. Que c'était joli! Mais le temps a fait justice de cette absurdité; il a trouvé qu'elle sentait trop le *mouton*. Puisse cette leçon corriger les personnes qui affectent de fausser la prononciation des mots pour se donner un air d'originalité, ce qui n'est que ridicule.

PROPRIÉTÉ DES TERMES. Elle consiste dans le choix des mots qui sont le mieux appropriés aux idées qu'on veut exprimer. Les mots étant faits pour exprimer les pensées doivent les rendre exactement et complétement. Ne dites donc ni un *louis d'or*, ni un *napoléon d'or :* ces deux monnaies ont toujours été de ce métal. Si vous trouvez dans plusieurs histoires des *écus d'or*, c'est qu'il y a eu des écus d'or et des écus d'argent. De deux expressions qui vous semblent synonymiques, choisissez celle que les gens communs n'emploient point. Ils ont retenu l'ancienne expression de *croisée*, qui provenait de ce que d'abord les châssis, formés de deux morceaux de bois disposés en croix et de quatre vitres, fermaient les ouvertures par lesquelles le jour éclaire les maisons. *Fenêtre* convient mieux. C'est sans doute par la même raison que l'on dit *pari* plutôt que *gageure*, et que l'on préfère le verbe *parier* au verbe *gager*. On parle d'une façon très-vulgaire quand on dit j'ai mangé *un fruit, un raisin :* c'est *du* fruit, *du* raisin qu'il faut dire. *Un fruit* ne se dit jamais; il faut spécifier, et dire *une pêche, une pomme, une poire, des fraises*, etc. Ne dites pas non plus *blanc comme un lait, comme un satin;* mais comme *du* lait, comme *du* satin. Il faut prendre garde aussi à l'altération du sens des mots. Dire que l'on va *en société*, pour dire que l'on va dans le monde, ne peut s'entendre que lorsqu'on est convenu d'employer cette tournure. *En société* s'entend de personnes unies par des relations d'intérêt. Si vous dites : j'étais *en société* avec telles personnes, cela signifie que vous avez formé une entreprise quelconque avec ces personnes, et que vous avez ensemble des relations d'affaires. Quand on parle de la *société*, on comprend tous les individus qui ne vivent point dans l'état sauvage; mais souvent on donne moins d'extension à ce mot, et l'on appelle *société* seulement celle qui est formée par des gens bien élevés. Mais, comme le remarque la marquise de Créqui, ceux qui disent la *bonne société* ne sont pas de la bonne compagnie. Rien n'est plus juste, et les étrangers seuls font exception à cette règle. Tout le monde finit par dire : *aller en soirée*, ce qui a si peu de sens, que l'on n'oserait dire : *aller en matinée, aller en jour, en nuit*, quoique ce fût très-logique si l'on admet *aller en soirée*. Moins de personnes confondent *mortifier* avec *fâcher;* cependant vous entendrez dire quelquefois : « Vous avez pris la peine de venir chez moi... je suis bien *mortifié* de ne m'y être point trouvé. » *Mortifié* signifiant *humilié*, on a été *humilié* d'être sorti, ce qui assurément ne peut arriver. Ne dites pas *se griser*, pour s'enivrer; *flâner*, pour muser; *décesser*, pour *ne ce-*

ser; *baffrer*, pour manger avec *avidité*. Ne dites pas davantage *sucrez-vous* pour sucrez votre café, etc., etc. Peut-être sera-t-on étonné du nombre de locutions que nous proscrivons, et de la peine que nous prenons de les signaler. Mais est-ce un soin inutile, et ne les entend-on pas tous les jours dans certaines sociétés plus ou moins bien composées?

PROVERBES. Les proverbes, qu'on a justement appelés la raison du peuple, font dégénérer la conversation en rabâchage quand ils sont trop fréquemment cités. Un proverbe mal appliqué est un grossier contre-sens. Il faut, autant que possible, placer le proverbe à la fin de ce qu'on peut avoir à dire, parce qu'il a la forme d'une conclusion. Il est nécessaire de faire comprendre, par la manière dont on cite un proverbe, qu'il est emprunté du dictionnaire du peuple, et on doit en prévenir l'auditoire par une petite périphrase : d'abord parce qu'il est des proverbes qui ne sont pas connus de tout le monde ; ensuite parce que les proverbes ont une forme dogmatique qui ferait passer un homme d'esprit pour un pédant ou pour un maître d'école ; ce qui est à peu près la même chose. Le souvenir de Sancho Pança, qui assommait Don Quichotte de proverbes, doit être toujours présent à l'esprit de quiconque aurait du goût pour une manie bien voisine du ridicule.

PRUDENCE. Faculté précieuse que la nature semble avoir donnée à tout être vivant, comme une boussole, pour le diriger et le conduire au milieu des orages qui agitent notre existence passagère. Gouvernail de l'âme, elle assigne de justes limites aux actions morales, et est la raison perfectionnée de l'être vivant. Combien de fois n'a-t-on pas à regretter d'avoir trop peu suivi les conseils de la prudence ! Combien d'hommes ne disent-ils pas : *Si on m'avait écouté, si on m'avait cru, nous n'aurions pas à déplorer les suites d'un pareil accident*, etc. Epicure lui-même ragardait la prudence comme le premier appui du bonheur de l'homme sur la terre. C'est la prudence qui fait que nous cherchons à conserver l'estime, la considération, surtout la bienveillance et l'amitié de nos semblables; c'est la prudence qui donne la direction la plus avantageuse aux mœurs sociales; elle a fait inventer les égards, les prévenances, la politesse dont nous usons envers tous les hommes qui entrent en communication avec nous; car nous désirons que nos semblables aient interêt à nous servir, et nous craignons de blesser ceux qui pourraient user de représailles envers nous ou envers nos proches. L'homme qui use avec excès de la prudence a une physionomie qui le caractérise ; l'air de la réserve se distingue sur son visage; mais quelquefois il manque de franchise : il est en général discret, taciturne; il ne s'explique jamais sur les personnes, de peur d'encourir l'animadversion de ses semblables; il calcule sa conduite, pèse ses actions, en apprécie d'avance les suites et les résultats; il ne se détermine que d'après des réflexions profondes ; il observe jusqu'à la minutie les habitudes, les usages; il est scrupuleux sur les égards que l'on doit au rang, à la naissance, il craint d'empiéter sur le domaine d'autrui ; il ne dépasse jamais le cercle de ses obligations et de ses devoirs; il n'est pas même une jouissance dont il ne redoute les conséquences fâcheuses pour sa tranquillité individuelle.

PRUDERIE. Les femmes ne doivent pas souffrir qu'on tienne devant elles des discours équivoques. On leur reprochera peut-être de la pruderie. On entend ordinairement par ce mot l'affectation d'une grande délicatesse sur certains sujets; mais nous ne voulons pas qu'elles affectent rien. Cette délicatesse, nous voulons qu'elles l'aient. Après tout, il vaut mieux être ridicule qu'inspirer du dégoût. Les hommes se plaindront de votre réserve ; ils vous assureront qu'avec une conduite plus libre vous plairiez davantage. Mais, croyez-le bien, en vous parlant ainsi, ils ne sont pas sincères. Nous convenons qu'en certaines occasions vous en seriez plus agréables comme société ; mais vous en seriez moins aimables comme femmes : distinction importante que beaucoup de femmes ne font point. Enfin, nous voulons bien que vous mettiez dans votre conversation de l'aisance et de l'ouverture ; mais nous voulons aussi que vous ne perdiez pas de vue les règles de la bienséance.

PURISME. L'affectation, en toutes choses, est la ridicule singerie de la grâce. Cette manie, ce travers d'esprit, quand il a pour objet la pureté minutieuse du langage, se nomme *purisme*. Il est sans doute louable de s'attacher raisonnablement à n'employer, soit en parlant, soit en écrivant, que des expressions convenables, que des phrases conformes aux règles de la syntaxe. Mais, si l'on pèse puérilement tous ses mots les uns après les autres, si l'on se constitue censeur impitoyable de tous les termes qui se croisent dans un entretien, si l'on épilogue sur les moindres paroles, on tombe dans le purisme, maladie qui tue les idées ; car l'attention exclusive qu'on donne aux mots doit nécessairement être préjudiciable aux opérations de l'esprit. Madame D... était une femme d'un esprit insupportable. Pour le malheur de ceux avec qui elle causait, elle avait étudié à fond toutes les grammaires connues; elle était d'un purisme qui tuait toute conversation : il fallait faire une attention scrupuleuse à ses moindres paroles. Madame de Genlis elle-même, si châtiée dans son langage, si pure dans sa diction, passait vingt fois par jour sous son scalpel. Toute la société de madame de Genlis l'avait en aversion. Le cardinal Maury et Millin racontaient des scènes incroyables de cette femme, qui ne parlait qu'un langage fleuri, et ne répondait à leur admiration que par de nouvelles découvertes dans les recherches du participe et du conditionnel. Un jour, cette femme, qui était grande, sèche et blafarde, entra dans la chambre de madame de Genlis; elle était extrêmement parée ; elle avait un bonnet avec des roses; elle se regarda dans la glace, puis elle dit avec un sourire qu'on ne peut rendre : « Savez-vous bien, madame, que j'ai encore de la peau ? — Mon Dieu ! madame, lui répond madame de Genlis, ce n'est pas étonnant : le temps enlaidit, mais il n'écorche pas. » Madame D... sourit avec une douce expression de pitié et un haussement d'épaules tout à fait gracieux. Puis, venant à madame de Genlis, elle lui dit comme on dirait à un enfant : « Mais ne savez-vous pas que la grammaire autorise à dire cette phrase, pour faire entendre qu'on a de l'éclat, *elle a de la peau, elle a du teint*... En vérité, pour une personne qui écrit et qui a de la célébrité, ne pas savoir ce que veut dire : *j'ai de la peau*..... c'est inconcevable. » Le fait est que cette peau, qui avait été fraîche et belle lorsque la dame avait vingt-cinq ans de moins, recouvrait des os malheureusement très-saillants; que ses dents, qui avaient été belles, étaient gâtées, etc. Du reste, revêche à la réplique, la supportant peu et même pas du tout, cette femme était d'un commerce quotidien impossible à supporter, s'étonnant à chaque instant d'elle-même, et n'admirant que son propre mérite.

QUALIFICATIONS, TITRES, etc. C'est faire

une fausse application de la politesse que de dire : *Monsieur le poëte, monsieur le savant, monsieur le philosophe, monsieur l'auteur, monsieur l'artiste.* Le mot *monsieur* n'est qu'un titre de bienséance que l'on donne indifféremment à l'homme connu comme à l'inconnu. Le mérite n'en a pas besoin, parce qu'il est le plus beau de tous les titres. Ce ne peut donc être que par ignorance ou par dérision que l'on tombe dans une pareille inconvenance. Piron, se trouvant un jour au même instant d'entrer, nous ne savons où, avec un seigneur de la cour : *Passez, monsieur le poëte*, lui dit ce dernier. Le poëte, qui sentit l'épigramme, obéit en disant : *Chacun son rang.* Il est difficile de donner une plus grande leçon avec plus de politesse et d'obéissance.

QUERELLE, QUERELLEURS. Il n'y a que les personnes sans éducation qui puissent chercher querelle ; l'honnête homme et qui a du bon sens se contente de répondre aux invectives par le silence et le mépris. Une personne d'une humeur quinteuse sera toujours un hôte fort désagréable, eût-elle d'ailleurs en partage un esprit et des talents supérieurs ; elle doit vivre à part, et épargner aux autres le fardeau de son ingrate humeur. Fuyez ceux avec lesquels il faut toujours se quereller, si l'on ne veut toujours céder ou se taire. M. de Sainte-Foix, soucieux, ayant de l'humeur, entre dans le café de Procope sur le midi, et se met dans un coin à réfléchir ; sur ces entrefaites arrive un garde du roi en petit uniforme, qui demande une tasse de café au lait et un petit pain ; et ajoute : *Cela me servira de dîner*. Le garçon apporte. Notre censeur moderne repart aussitôt : *Une tasse de café au lait et un petit pain, cela fait un fichu dîner ;* et le répéta tout haut plusieurs fois. Le garde du roi ne dit mot d'abord ; à la troisième ou quatrième fois il y trouva à redire. « Tout comme il vous plaira, monsieur le garde du roi, repartit Sainte-Foix, vous ne m'empêcherez pas de trouver *qu'une tasse de café au lait et un petit pain ne fasse un fichu dîner*. Oui, reprend-il avec chaleur, *une tasse de café au lait et un petit pain fait un fichu dîner*. Le garde du roi se lève et lui fait signe. De Sainte-Foix entendit ce que cela voulait dire, et il sort aussitôt ; tout deux mettent l'épée à la main, de Sainte-Foix fut blessé au bras ; tout blessé qu'il fût, il répète son dire : *Oui, monsieur, je soutiens toujours qu'une tasse de café au lait et un petit pain fait un fichu dîner.* Cette dispute fit quelque bruit ; à l'instant le monde s'attroupa dans la rue ; il vint deux gardes des maréchaux de France, qui s'attachèrent à chacun des combattants. Mais l'affaire n'en resta pas là. Le lendemain nos deux champions furent conduits au tribunal devant M le duc de Noailles, qui était doyen des maréchaux de France. Voici ce que de Sainte-Foix prononça brusquement : Monseigneur, je n'ai point prétendu insulter M. le garde du roi ; je le tiens pour un brave et honnête militaire ; mais Votre Grandeur ne m'empêchera pas de dire qu'*une tasse de café au lait et un petit pain ne soit un fichu dîner*. M. le maréchal de Noailles perdit sa gravité de juge et de doyen des maréchaux de France.

QUESTIONNEURS. Il n'y a pas, dans la société, de caractère plus importun, et souvent plus impertinent, que celui de questionneur ; et malheureusement il est très-commun. Le questionneur d'habitude manque ordinairement d'esprit ; il manque toujours de tact. Sa manière de montrer de l'intérêt et de la bienveillance est un interrogatoire ; il croit vous obliger beaucoup en vous faisant mille questions embarrassantes ; si vous éludez de répondre, il vous presse, vous poursuit, vous force de mentir. Un mot ne lui suffit pas ; il veut des explications, des détails ; en vain vous essayerez de changer de conversation, il ne le souffrira pas ; la fuite seule peut vous soustraire à cette espèce d'inquisition ; encore est-il capable de courir après vous, de vous barrer le chemin, de vous arrêter, de vous faire une scène, de vous demander tout haut s'il n'a pas fait quelque demande indiscrète. Tout cela avec une bonhomie parfaite ; car les questionneurs sont les meilleures gens du monde ; mais on aimerait mieux qu'ils fussent méchants ; on leur romprait du moins en visière, on les brusquerait sans remords. La Bruyère a dit : « Un questionneur est quelquefois un homme qui cherche à s'instruire ; mais plus souvent c'est un sot ou un fat qui veut interroger. » Voltaire disait un jour à un homme de Genève qui lui avait fourni l'idée et le modèle de l'interrogant bailli dans l'*Ingénu* : « Monsieur, je suis très-aise de vous voir, mais je vous avertis d'avance que je ne sais rien des choses sur lesquelles vous allez m'interroger. » Voltaire lui-même, étant très-jeune, questionnait souvent ; Boileau lui reprocha un jour avec aigreur cette espèce d'indiscrétion. Dans un âge plus avancé il avait pris les questionneurs dans une telle aversion, qu'il lui est arrivé plus d'une fois de se lever brusquement et de quitter la place. Franklin nous indique un moyen bien simple de nous débarrasser de ces importuns. Lorsque ce philosophe voyageait dans son pays et se trouvait embarrassé sur le chemin qu'il devait prendre, comme il savait combien étaient curieux et questionneurs les Américains, il avait coutume de dire à ceux auxquels il s'adressait : « Je m'appelle Franklin, je suis imprimeur, je viens de tel lieu, je désire aller à tel autre, quel chemin dois-je suivre ? » Par là il satisfaisait la curiosité de ces braves gens, et limitait la question de manière à empêcher toute espèce de question.

RADOTERIE. C'est une faiblesse dans le jugement, qui se fait remarquer par des discours insignifiants, vides de sens, ou par la manière dont on s'appesantit sur les mêmes objets, en rappelant longuement, sans règle ni mesure, leurs circonstances les plus inutiles et les plus minutieuses. La vieillesse, en affaiblissant nos organes, nous conduit à cet état. Quelquefois, le désir de raconter, mais le plus souvent la préoccupation produite par notre amour-propre, nous persuadent que ceux qui nous entendent prennent à ce qui nous regarde autant d'intérêt que nous-mêmes. On se flatte d'amuser, et de passer pour un homme d'esprit par la manière de raconter, ou d'une prudence et d'un courage rares, à raison des épreuves qu'on a subies ou des dangers auxquels on a échappé ; tout au moins se flatte-t-on d'être regardé comme un être spécialement protégé par la Providence.

RAILLERIES. Si la société n'est point une école pour exercer les pédants, elle n'est point non plus une arène à l'usage de ces gens malignement spirituels, qui se croient patentés pour insulter avec grâce. Quels que soient la finesse de leurs traits, le sel de leurs observations, le rire même qu'ils excitent en nous, nous ne refusons pas moins aux esprits caustiques et railleurs le nom de personnes polies, de personnes du bon ton, car la politesse, c'est la bienveillance. Or, ceux qui s'étudient sans cesse à troubler, à blesser les gens, en ne prenant d'autre précaution que de leur enlever le droit et le moyen de se plaindre ; qui sont à l'affût de la moindre erreur, pour l'amplifier, l'envenimer, la présenter sous le point de vue le plus ridicule ; qui s'attaquent lâchement à ceux qui ne peuvent leur répondre, ou s'exposent chaque jour, pour un sarcasme, à jouer leur vie et celle d'autrui dans un duel, ces gens-là, que sont-ils? Nous n'osons, en vérité, le dire. Un tel portrait, qui, certes, n'est pas chargé, rendrait à jamais la plaisanterie odieuse; mais plaisanter n'est pas ressembler à ces gens-là, grâce à Dieu. C'est s'en éloigner, au contraire; car la plaisanterie douce, gracieuse, légère, doit être partagée de bon cœur par ceux mêmes qui en sont l'objet; c'est une lutte amicale, enjouée, où jamais ne doivent apparaître la causticité, la défiance, le ressentiment. Dès que vous en apercevez l'ombre, la plaisanterie cesse en effet; cessez-en donc aussitôt l'apparence.

RAOUT. Il semblerait vraiment que le beau monde de Londres ait été jaloux du tumulte bruyant du peuple à la porte des spectacles. Qu'est-ce, en effet, qu'un *raout?* une grande assemblée de fashionables. La maîtresse de la maison prévient, longtemps à l'avance, ses amis, ses connaissances, et même ceux qu'elle n'a jamais vus, afin que la cohue soit complète; car c'est un des mille caprices de la mode de vouloir entasser dans un salon, comme dans une fourmilière, beaucoup plus de monde que le local ne peut en contenir. Vers les onze heures du soir, instant qu'on appelle le moment de la *haute marée*, les avenues de la rue sont remplies de voitures; les escaliers, le vestibule, les appartements, sont tellement encombrés de visiteurs allant et venant, que vous vous croyez toujours à la veille de faire le coup de poing pour vous introduire jusqu'à la salle principale, où milady prodigue ses sourires à tous ceux que le flot amène jusqu'à elle. Des tables de jeu sont dressées dans tous les coins et recoins des salles, au point qu'il reste à peine assez de place pour que les joueurs puissent même s'asseoir. Le café, le thé, la limonade, etc., circulent de tous côtés..... La confusion, le désordre, le pêle-mêle, tel est le vrai mérite d'un raout. Plus il y a de monde, plus on se presse, plus on se bouscule, plus la maîtresse de la maison est ravie. Qu'on se plaigne de la gêne, du bruit, de la chaleur et de mille autres désagréments, elle en éprouve autant de plaisir qu'un acteur en entendant les cris, les trépignements des spectateurs qui assistent à la représentation donnée à son bénéfice. Les maladresses des domestiques, la perte de quelque bijou, les exclamations répétées : *Oh! qu'il fait chaud!... On étouffe!... Je vais m'évanouir!...* etc., lui sont infiniment agréables, et si elle apprend qu'il y a du tapage dans la rue, que les domestiques de quelque pair se sont battus, que des équi-

pages se sont brisés, que quelqu'un a été volé à la porte... rien ne manque à son bonheur. En sortant, chacun s'écrie hors d'haleine : *Quelle belle, quelle magnifique, quelle délicieuse soirée!* et, le lendemain, on déploie avec empressement les larges feuilles du journal; on cherche de l'œil l'article intitulé : ***Fashionables parties***, et heureuse la dame qui y lit les détails circonstanciés de sa toilette, de sa parure, qu'elle a peut-être envoyés de sa main au journaliste! Voilà ce que c'est qu'un ***raout***. Le jeu est à peu près le seul plaisir qu'on y trouve. Des pertes considérables font la réputation de pareilles assemblées, et si un jeune héritier y est ruiné, la célébrité de la maison est pour jamais assurée.

RAPIDITÉ. Sans doute, il est bon que le discours procède rapidement, afin d'exciter dans l'âme d'autrui le plus grand nombre d'idées dans le moins de temps possible; néanmoins il y a une limite qu'il n'est pas permis de dépasser. Le trop grand empressement nuit à la clarté, comme le trop de lenteur annonce ou l'ignorance ou l'affectation.

RECEVOIR. Recevoir, ce n'est pas, comme beaucoup de gens l'entendent, donner un grand dîner par semaine, que bien, que mal. Recevoir, c'est avoir une maison ouverte; une maison où chaque soir on peut aller avec sûreté de trouver la maison habitée, éclairée, et les maîtres du logis disposés à vous accueillir avec bonne mine d'hôte. Il n'est pas d'absolue nécessité, pour cela, d'avoir un esprit supérieur, de descendre de Charlemagne ou d'avoir deux cent mille livres de rentes; mais il faut absolument de l'usage du monde, et surtout de l'éducation, et tout le monde n'est pas toujours pourvu de ces deux qualités-là. Lorsque Napoléon, plus calme et plus ramené à des idées d'intérieur, voulut une cour, il la voulut comme il voulait tout, immédiatement. Il sentit cependant que la chose était impossible. Le premier essai qu'il en fit le convainquit qu'on n'organise pas une société en quelques jours, comme on fait un régiment de conscrits. « Eh bien! il faut que vous me secondiez, dit-il aux dames de la cour. Vous tenez bien vos salons; il faut donner l'exemple. Vous autres femmes, ajouta-t-il, vous pouvez tout faire dans ce que je veux; vous êtes toutes jeunes et presque toutes jolies; eh bien! une jeune et jolie femme fait tout ce qu'elle veut. »

REFLEXIONS. Les réflexions, dans un récit, ne doivent être ni prodiguées, ni exprimées longuement, ni communes et triviales. Mais, quand elles viennent à propos, et qu'elles ont quelque chose de neuf et de piquant, elles ont le double mérite d'instruire et de plaire.

REGARDER. Parler sans regarder est d'un sot; c'est une preuve qu'on est sans inquiétude sur l'effet de ses discours, et qu'on ne cherche point à changer de conversation, de ton ou d'idée, selon qu'on déplaît ou qu'on ennuie.

RELIGION. La religion est de sentiment plutôt que de raisonnement. Les dogmes de foi les plus importants sont suffisamment clairs. Fixez votre attention sur ceux-là, et ne disputez jamais sur les autres. Si vous vous jetez dans ce chaos, vous ne pourrez jamais vous en tirer; votre caractère s'en altérera, et nous sommes bien trompé si le cœur même ne s'en ressent. Éloignez de vous tous les livres et toutes les conversations de nature à ébranler votre croyance sur ces grands points de la religion qui servent à régler la conduite, et sur lesquels sont fondées vos espérances d'une éternelle félicité dans une vie à venir. Ne vous permettez jamais de mêler le ridicule aux discours qui ont la religion pour objet, et n'autorisez pas les autres à prendre cette liberté, en paraissant vous amuser de ce qu'ils disent. Cette froideur suffira seule pour arrêter en votre présence les personnes bien élevées. Évitez toute grimace et toute ostentation dans les pratiques de la religion; elles sont le masque ordinaire de l'hypocrisie, et elles montrent toujours la faiblesse et la petitesse de l'esprit. Ne faites point de la religion un sujet de conversation dans les sociétés mêlées. Lorsqu'on se jette sur cette matière, cherchez à détourner le discours. En même temps, ne souffrez jamais qu'on insulte à vos sentiments religieux par aucune plaisanterie grossière; et si cela arrive, montrez le même ressentiment que vous auriez si l'on vous insultait personnellement de toute manière. Mais le meilleur moyen d'écarter cet inconvénient est de vous tenir toujours vous-même dans une réserve modeste sur ce sujet, et de ne jamais attaquer les sentiments religieux de personne. Si l'on soulève une proposition religieuse qui froisserait le plus cruellement vos opinions, gardez le silence. La mission de convertir ne vous a pas été donnée; écoutez l'impie, l'athée, le fanatique, avec un égal sang-froid. Plaignez-les tous, et fuyez-les. Si vous savez mesurer l'abîme vers lequel ils marchent, remerciez Dieu, qui vous le découvre, et invoquez sa toute-puissance pour qu'ils l'aperçoivent à leur tour; mais ne les excitez point par votre opposition, et ne contribuez pas à leur faire offenser le Dieu que vous reconnaissez et que vous aimez.

REMPLISSAGE. Sans doute, c'est un privilége de la conversation de passer brusquement et sans préparation d'une idée à une autre; mais il ne faut pas en abuser. Que de gens qui, non-seulement plantent partout, à tort et à travers, la même phrase, et font un abus plus que fatigant du même mot qu'ils croient élégant ou spirituel, mais qui oublient trop souvent de respecter leurs auditeurs, en répétant à chaque période la même tournure, la même locution, comme : ***Il faut vous dire...; A propos, je vous dirai...; Au reste, apprenez que...; Ce n'est pas pour dire...***, etc., etc. On doit prendre garde de ne jamais parler sans penser. Beaucoup de gens, n'ayant rien à dire, jettent dans la conversation des mots de remplissage, comme pour servir de liaison à ce qu'ils ont à dire dans la suite; mais ces mots, n'ayant point de sens, ne font qu'attester davantage leur stérilité. On ne se corrige de ce défaut que par une grande attention, car elle empêche que le fil de la conversation n'échappe, et tout homme d'esprit qui est à la suite d'une idée sent rarement les siennes se tarir.

RÉPERTOIRE. Il y a des gens qui possèdent trois ou quatre anecdotes plaisantes, quelques saillies qu'ils improvisent, sans changements et sans corrections, depuis vingt ans, dans le même salon : ceux-là sont les comédiens presque sans répertoire. D'autres se contentent du rôle de muets, parce qu'ils n'ont rien à dire, et généralement on les préfère aux premiers. Mais voyez avec quelle attention on écoute cet homme qui vient de commencer un récit! On rit d'avance de ce qu'il va dire; on admire par anticipation les paroles qui vont sortir de sa bouche : cet homme a un répertoire nombreux et varié. Il a dans sa mémoire des amusements et des joies pour toutes les espèces de public auxquels il peut avoir affaire; il a dans son esprit des ressources pour chaque rencontre; jamais il n'est au dépourvu, et il acquitte sans retard toutes les lettres de change que la société peut tirer sur lui. C'est un homme riche de faits, de souvenirs, d'histoires, de chroniques, il a dévoré quinze ou vingt mille volumes, assisté aux représentations remarquables; il sait l'histoire scandaleuse de la cour et de la ville, de l'aristocratie comme de la classe bourgeoise; enfin, il a un répertoire. Affaire de mémoire, dira-t-on. Soit; mais enfin il faut apprendre pour savoir, et un homme du monde, tout aussi bien qu'un académicien, doit apprendre, étudier, non pour faire des livres, mais pour rendre sa conversation agréable, spirituelle, amusante. C'est aussi un dépôt qu'il transmet religieusement à la société; et il ne serait pas difficile de prouver qu'entre un savant en *us* et un homme aimable, il n'y a, comme on dit, que la main.

L'Art de se conduire dans toutes les circonstances de la vie. — LA MANSARDE.

RÉPÉTITIONS. Ce n'est point assez de prendre de bonnes habitudes de langage, il faut encore éviter avec soin le retour périodique de certaines locutions. Rien n'est plus fastidieux. On peut et on doit se répéter souvent quand on écrit, mais jamais quand on parle; car l'attention du lecteur est beaucoup plus distraite que celle de l'auditeur de conversation. Un député, qui a fait souvent imprimer ses opinions, disait constamment : ***Jésu tort;*** assurément il savait fort bien qu'on dit : ***J'ai eu tort;*** mais *jésu* faisait un peu d'effet d'abord, et il ne disait jamais autrement. A un jeu nommé la bouillotte, il n'annonçait six piques qu'en ajoutant : ***Qui s'y frotte s'y pique;*** et cette répétition de la devise qu'avait prise le duc René et qu'a conservée la ville de Nancy, le rendait insupportable. « Je me suis souvent rencontrée, dit madame de Brady, avec un homme de finance millionnaire qui, lorsqu'on lui demandait à table s'il mangerait d'un mets, répondait, en envoyant son assiette : ***Pas extrêmement beaucoup fort;*** il ne s'est jamais lassé de faire cette réponse, et ne la variait pas. » C'est également une infraction au bon ton que se permettent ceux qui, à table, ont toujours une maxime applicable à chaque mets qui parait ou qu'ils vous présentent, et qui vous disent, par exemple : *Les épinards sont le balai de l'estomac; le vin est le lait des vieillards, il ôte un écu de la poche du médecin; le cresson est la santé du corps*, etc.

RESERVE. La réserve, ou pour mieux dire la circonspection, est une attention réfléchie et mesurée sur la façon de parler, d'agir et de se comporter dans le commerce du monde, pour contribuer à la satisfaction des autres plutôt qu'à la sienne propre. Toutefois, la circonspection s'applique principalement au discours : elle consiste, suivant son sens littéral, à regarder attentivement autour de soi, avant de parler, afin d'éviter de rien dire qui puisse compromettre, blesser ou scandaliser quelqu'une des personnes présentes. La circonspection, dans ce sens, est toujours un devoir, mais surtout quand on parle devant des enfants : *Maxima debetur puero reverentia*. Charles V, roi de France, chassa de sa cour un seigneur qui avait tenu des discours trop libres en présence du jeune prince Charles, son fils aîné, et dit à ceux qui étaient présents : « Il faut inspirer aux enfants des princes l'amour de la vertu, afin qu'ils surpassent en bonnes œuvres ceux qu'ils doivent surpasser en dignités. » Lorsque Voltaire avait pour hôtes et pour visiteurs, dans son château de Ferney, l'élite des hommes composant la coterie philosophique, et qu'il voulait s'entretenir en toute liberté avec eux sur toutes sortes de sujets, et notamment sur la religion chrétienne, l'objet continuel de ses sarcasmes, il avait soin de renvoyer tous ses gens et de recommander qu'on tînt les portes de ses appartements exactement fermées. « Si ces gens-là sont doux et honnêtes, disait-il, c'est grâce à leurs préjugés religieux; nous devons donc respecter ces préjugés, si nous ne voulons convertir ces agneaux en bêtes féroces toujours prêtes à nous dévorer. » Pourquoi Voltaire n'avait-il pas la même circonspection dans ses écrits? De toutes façons, sa gloire et son repos n'auraient pu qu'y gagner.

RESPECT. Le respect est un sentiment que l'on doit éprouver pour les autres et pour soi-même. Il consiste à s'observer dans ses discours et dans ses gestes, qui doivent être réfléchis et mesurés selon les circonstances dans lesquelles on se trouve. On doit du respect à plusieurs hommes réunis ensemble, lorsqu'ils forment un tribunal, une académie, une masse quelconque, même dans une salle de spectacle; on doit du respect à un vieillard, à un prêtre, à une femme, à un fonctionnaire public, à un homme célèbre; on en doit à ses parents, au malheur. On sent d'après cela que rien ne doit être plus diversifié que la manière de témoigner du respect; mais, parce que votre maintien en annonce, il n'est pas de votre devoir d'en éprouver. Vous satisfaites aux convenances par un extérieur posé et quelques formes, mais sans que l'on puisse vous accuser d'hypocrisie; il n'y aura d'accord entre vos pensées, vos discours et vos actions, que lorsque vous serez en présence de personnes vertueuses. On peut être vieux, puissant, faible, revêtu d'un caractère sacré, et ne mériter que le mépris; mais les lois sociales, la prudence et la charité chrétienne, vous interdisent de le témoigner. C'est là, nous l'avouons, une des plus insupportables contraintes que l'on puisse s'imposer : aussi vous engageons-nous à éviter autant que vous le pourrez l'approche des gens auprès desquels cette espèce de dissimulation est indispensable. La princesse de Soubise ayant écrit à madame de Maintenon, et signé *avec respect*, la marquise termina sa réponse par cette phrase : « A l'égard du *respect*, qu'il n'en soit point question entre nous; vous n'en pourriez devoir qu'à mon âge, et je vous crois trop polie pour me le rappeler. »

RESPECT DU AUX PRÉJUGÉS. Sans doute, toute erreur est chose mauvaise. Un préjugé, résultant nécessairement de la sanction donnée par le temps à une erreur, doit être condamné au tribunal de la raison. Telle est la règle générale. Mais s'ensuit-il qu'il faille embrasser tous les préjugés dans une proscription commune? Nous ne le pensons pas. La sagesse humaine consiste à ne pas chercher l'impossible, et, comme il existe des vérités qui ne sont pas toujours bonnes à dire en tous temps, en tous lieux, dans toutes les circonstances, à moins de refaire le monde, on doit reconnaître, sinon la nécessité absolue, au moins l'utilité de certains préjugés, encore bien que l'erreur les ait engendrés. L'illusion est assurément un préjugé, mais qui voudrait enlever aux malheureux mortels la magie de leurs consolations, quelque trompeuses qu'elles soient? D'ailleurs, tout le monde a ses préjugés, et quel est l'homme qui pourrait se dire exempt d'erreur? L'expérience que nous avons des bornes de notre raison doit nous rendre un peu plus tolérants pour les préjugés des autres. Les jeunes gens se tromperaient donc grossièrement s'ils pensaient qu'il leur est permis de heurter de front les préjugés qui règnent dans telle ou telle société, et que c'est le caprice ou la mode qui nous impose l'obligation de les respecter. Une vérité qu'on nous dit nous fait plus de peine que cent que nous nous dirions à nous-mêmes; on est moins humilié du fond des vérités, que flatté de savoir se les dire. Ce qui vient d'autrui blesse toujours un peu, et il y a très-peu de gens pour qui la vérité ne soit pas une sorte d'injure. Le propre de la vérité c'est de combattre tous les vices et toutes les erreurs; dès lors, il ne faut pas s'étonner de voir s'armer contre elle toutes les passions et tous les préjugés. D'ailleurs, est-ce un bien bon moyen de convaincre quelqu'un que de commencer par blesser son amour-propre? Mais, sans parler de ces jugements erronés, reconnus tels, sapés, ébranlés, mais encore respectés de la société qu'ils tourmentent, nous devons prémunir nos lecteurs contre ces préventions antisociales de nation à nation, de ville à ville, de quartier à quartier; contre cette disposition malveillante qui remplit la bouche d'un Français de malignes observations contre un habitant de Londres; qui change, pour une Parisienne, le nom *provincial* en synonyme de gaucherie et de mauvais ton; et qui, dans les salons de la Chaussée-d'Antin, ne fait pas plus de grâce aux personnes logées au Marais, d'autant plus que les gens du Marais, les provinciaux, les Anglaises, ne se font pas faute de rendre préventions pour préventions, dédains pour dédains. En résumé, que les jeunes gens n'oublient pas que quiconque veut s'élever au-dessus des préjugés finit par braver les bienséances, et qu'un préjugé utile est plus raisonnable que la vérité qui le détruit.

RIEURS. Un rieur de profession, un homme dont la physionomie est continuellement contractée par une joie convulsive, est l'être le plus triste qu'on puisse rencontrer. Méfiez-vous de lui; à peine vous aura-t-il vu, à peine aurez-vous échangé quelques paroles avec lui, qu'il vous regardera comme son ami intime; il lui suffira de vous avoir parlé une fois, pour qu'il vous serre la main avec une impertinente familiarité; à la deuxième rencontre il vous tutoiera, et à la troisième il vous embrassera sur les deux joues : alors plus de moyens de l'éviter; sa gaieté vous poursuivra, vous atteindra dans la rue, chez vous; vous l'entendrez rire d'un quart de lieue; les éclats de sa gaieté sont aussi bruyants que ceux d'une trompette ou d'un cornet... Il y a loin de cette gaieté douce et paisible, dont un sourire aimable est l'expression, aux transports d'une gaieté qui s'exhale en cris et en mouvements désordonnés. L'homme de bonne compagnie est toujours fidèle aux règles du goût, et une aventure plaisante ou un mot piquant, une naïveté échappée à la sottise, ne l'entraînent jamais au delà des convenances. Les gens qui rient de tout ressemblent aux Tyrinthiens, qui étaient les plus grands rieurs de l'antiquité. « Ces derniers, dit l'abbé Barthélemy dans le *Voyage d'Anacharsis*, fatigués de leur légèreté, eurent recours à l'oracle de Delphes : il les assura qu'ils guériraient si, après avoir sacrifié un taureau à Neptune, ils pouvaient, sans rire, le jeter à la mer. Ils s'assemblèrent sur le rivage; ils avaient éloigné les enfants; et, comme on voulait en chasser un qui s'était glissé parmi eux : *Est-ce que vous avez peur*, s'écria-t-il, *que j'avale votre taureau?* A ces mots, ils éclatèrent de rire, et, persuadés que leur maladie était incurable, ils se soumirent à leur destinée. »

RINCE-BOUCHE. Les usages sont des lois tant qu'ils conviennent; le jour où d'autres exigences nécessitent d'autres usages, eh bien! ils s'établissent et remplarent les anciens... Mon Dieu!... c'est la marche commune. Nous avons admis chez nous une coutume anglaise, tout aussi mal appliquée à nos manières que beaucoup d'autres : c'est celle de laver ses mains et de se rincer la bouche à table. En Angleterre, c'est une chose simple, parce que les femmes se lèvent de table au dessert; mais, pour nous, il est choquant au dernier point de voir un homme faire sa toilette à côté d'une femme. Dans certaines grandes maisons, toute cette toilette se fait sur des buffets où les femmes trouvent ce qui leur est nécessaire, ainsi que les hommes, et, selon nous, cet usage est infiniment préférable.

RIRE. Il y a plusieurs sortes de rires : d'abord le rire insipide; c'est celui des gens qui rient de tout, sans rien éprouver; on peut dire de ces gens-là qu'ils rient comme les prairies, les moissons, et mille autres choses inanimées auxquelles la poésie accorde la faculté de rire, et qu'elle appelle *riantes*. Le rire le plus commun et le plus grossier est le rire aux éclats; c'est celui de la grosse joie; ceux qui rient de cette manière peuvent servir à rappeler ces paroles de l'Ecclésiaste : « J'ai dit, touchant le ris, qu'il est insensé; et, touchant la joie, à quoi sert-elle?» Savoir rire à propos et avec mesure est un art que peu de gens possèdent, et qu'on n'acquiert qu'avec l'expérience et l'habitude du monde. L'homme de bonne compagnie sourit volontiers lorsqu'il entend un bon mot ou une saillie spirituelle; mais lorsque lui-même paye son tribut à la société, il se garde bien de rire avant ou après le trait ingénieux qu'il vient de lancer au milieu d'un cercle; quand tout le monde applaudit en riant, lui seul reste impassible, et même semble reculer humblement devant cet unanime suffrage. On dirait qu'il regrette presque d'avoir de l'esprit, tant il y a de modestie et d'abnégation personnelle sur sa physionomie.

RUE. Il ne faut parler dans la rue qu'aux personnes que l'on connait bien, et encore est-il nécessaire d'observer si leurs affaires leur permettent de s'arrêter un moment avec vous. On peut juger si une personne est d'humeur à échanger quelques mots, à son air, à sa marche, à sa manière de saluer. Si elle passe rapidement, en soulevant à demi son chapeau, et en vous adressant un bonjour bref et concis, ajournez votre entretien, et gardez votre compliment pour une meilleure occasion. Si vous rencontrez une demoiselle seule, contentez-vous d'un salut respectueux; vous en ferez autant à l'égard d'une dame, à moins que vous n'ayez quelque motif honnête ou quelque prétexte plausible pour vous arrêter et suspendre votre marche. Alors abordez, chapeau bas, l'air respectueux, et dites tout ce que la politesse et votre goût peuvent vous suggérer sur le bonheur de la rencontre. Le hasard amène-t-il devant vous un homme à qui vous avez des obligations ou à qui vous voudriez en avoir, ne craignez pas de lui parler; placez un remerciment ou une supplique entre une félicitation et un hommage; mais que le tout soit fait le plus succinctement possible, et terminé par des excuses sur la liberté grande, sur l'extrême licence du très-humble et très-obéissant serviteur. Rencontrez-vous un provincial nouvellement débarqué, évitez, par votre air affairé, les digressions sur les merveilles de la capitale et les longues phrases flanquées d'exclamations admiratives; dites-lui que vous êtes désespéré de ne pouvoir vous arrêter plus longtemps avec lui; donnez-lui votre adresse au faubourg Saint-Honoré, si vous demeurez au faubourg Saint-Germain; ou plutôt dites que vous partez pour la Californie par le prochain départ, et courez encore. Le hasard vous met-il face à face avec un bavard, malheur à vous! On peut échapper à un bavard de salon, il ne s'agit que de lui faire défendre sa porte; mais nous ne connaissons pas le moyen de s'y soustraire lorsqu'il vous rencontre dans la rue. En vain vous voulez feindre de ne pas l'apercevoir; il vous a vu, lui! et, accourant à vous, il vous retiendra pendant une heure sous une gouttière, pour vous parler de la conspiration de la rue des Saussaies ou des chefs-d'œuvre de l'exposition. Quel parti prendre alors? s'armer de patience, car la fuite est impossible, à moins que vous n'abandonniez à votre bourreau le collet de votre manteau, un revers ou un bouton de votre habit.

SAILLIE (Esprit de). Faculté par laquelle l'esprit saisit certains rapports bizarres, spirituels, plus ou moins piquants, plus ou moins délicats, qui surprennent et excitent souvent les rires des plus impassibles par leur caractère plaisant, et même parfois l'admiration par leur finesse ou par leur délicatesse. Si Piron, le prince de la saillie, qui s'était enivré un jour de vendredi-saint, répond aux reproches qu'on lui adresse à ce sujet : *Quand la Divinité succombe, il est bien permis à l'humanité de chanceler*, il fait assurément une réponse très-spirituelle, quoique peu chrétienne, car il établit, par un sophisme fort habile, un rapprochement entre lui, qui ne fait que chanceler, le vendredi-saint, et la Divinité, qui succombe le même jour. Si, au spectacle, à Beaune, il répond au parterre qui crie que l'on n'entend pas : *Ce n'est pourtant pas faute d'oreilles*, c'est qu'il établit un rapprochement que tout le monde saisit aussitôt. Si, abattant les chardons qu'il rencontre autour de la ville, dans une promenade, on lui en demande le motif, et qu'il réponde : *Je coupe les vivres aux Beaunois*, c'est par suite du même rapprochement. Si, un autre jour, il fait écrire sur les bancs des promenades de la ville : *Ces bancs sont faits pour s'asseoir*, c'est qu'il établit encore un rapprochement entre les Beaunois et des gens sans intelligence. S'il dit à un évêque qui lui demande : Monsieur Piron, avez-vous lu mon mandement? *Non, monseigneur; et vous?* c'est qu'il le compare aux évêques qui font composer leurs mandements et se donnent pour en être les auteurs. S'il dit à un homme de peu d'esprit, qui critique un ouvrage médiocre : *Cet ouvrage, monsieur, devrait vous paraître fort beau!* c'est qu'il le compare à l'ouvrage critiqué. Si, fatigué du ton hautain et suffisant du fermier général la Popelinière, dans une discussion vive, il lui dit en le quittant : *Adieu, monsieur, allez cuver votre or*, c'est qu'il le compare à un ivrogne plein de vin. Lorsqu'à un auteur qui lui demande un sujet sur lequel personne n'a travaillé et ne travaillera jamais, il répond : *Faites votre éloge*, ne le compare-t-il pas à un homme dont il n'y a rien de bon à dire. Quand Voltaire, au sortir de la première représentation de sa *Sémiramis*, qui avait été mal accueillie, lui demande ce qu'il pense de sa pièce, et que Piron lui répond : *Je pense que vous voudriez bien que je l'eusse faite*, c'est qu'il établit un rapprochement entre la mortification que devait éprouver Voltaire et le plaisir que ressent un rival; ce n'était pas généreux, mais c'était malin et spirituellement dit. Un auteur lui présentant une tragédie sur laquelle il le prie de lui donner son avis, Piron se borne à retrancher la lettre *n* des formules, *fin* du premier acte, *fin* du deuxième acte, etc., ce qui faisait *fi* du premier acte, *fi* du deuxième acte! Un autre auteur lui lisait une tragédie où il avait employé beaucoup de vers qui ne lui appartenaient pas. Piron se découvrait la tête à tout instant;

l'auteur impatienté de ses salutations lui en demanda la raison : *C'est*, lui dit Piron, *que j'ai l'habitude de saluer tous les gens de ma connaissance*. Nous avons emprunté, sans choix, tous ces exemples de l'esprit de saillie au héros du genre, tels que nous les avons trouvés réunis dans un dictionnaire historique, pour prouver que ces pensées sont bien, comme nous l'avons dit, des comparaisons, des rapports, des rapprochements, des antithèses, aperçus et établis entre deux ou plusieurs choses.

SALIVE. Il est des personnes chez qui la salive est tellement abondante, qu'elle rend la prononciation difficile. Elles doivent s'accoutumer à l'avaler avant de commencer à prendre la parole.

SALON. Un salon doit être considéré comme un théâtre, où l'on est appelé à jouer un rôle devant un public qui applaudit ou qui siffle, selon qu'il trouve l'acteur bon ou mauvais : il faut donc s'observer en observant les autres, et se composer un maintien, une allure, un langage, qui soient analogues aux localités. Si vous vous trouvez dans un salon de finance, et que les hommes de bourse, les banquiers, les spéculateurs y dominent, vous y remarquerez une espèce de laisser-aller, d'abandon, sur lesquels on peut se régler; mais il est bien nécessaire de ne pas s'oublier, parce que la tolérance d'un Turcaret est souvent très-susceptible, et pourrait vous rappeler à l'ordre d'une manière un peu cavalière. Du reste, le salon de la finance est le premier qu'un apprenti de société doive fréquenter, attendu que sa timidité naturelle peut y trouver de la bienveillance et des encouragements. Le ton sévère et presque solennel est d'une nécessité absolue dans le salon de l'aristocatie; la parole doit y être rare : peu de mots, répétition fréquente des titres, joints aux noms avec accompagnement de la particule nobiliaire; force saluts, voilà ce que réclament les cercles où les marquis, les barons, les chevaliers, etc., apportent le tribut de leur vanité héraldique. Le salon de la bourgeoisie veut plus de prétention, d'afféterie, que de politesse véritable. Les femmes y sont plus exigeantes qu'ailleurs : là il faut s'occuper d'elles spécialement, et les hommes, au contraire, y sont très-accommodants, et sourient facilement à un mauvais jeu de mots et à un calembour.

SALUTATIONS. Vous devez le salut à celui qui vous salue dans quelque condition qu'il se trouve. C'est se manquer à soi-même que de ne pas le rendre. La politesse qui n'agit que par intérêt ou par politique cesse d'être estimable sans pour cela cesser d'être utile. Elle flatte la vanité de celui qui en est l'objet, sans qu'il en soit peut-être plus estimé lui-même. L'inférieur salue son supérieur parce qu'il en a besoin ou parce qu'il le craint. Le mendiant salue l'habit, parce qu'il demande l'aumône à celui qui le porte. S'il était vêtu comme lui, il le laisserait passer sans le saluer. Un jour, le maréchal de Catinat se promenait dans sa terre, en réfléchissant, comme c'était sa coutume. Un jeune fat l'aborde, le chapeau sur la tête, tandis que Catinat l'écoutait le chapeau à la main, et lui dit : « Bonhomme, je ne sais à qui est cette terre, mais tu peux dire au seigneur que je me suis donné la permission d'y chasser. » Des paysans qui n'étaient pas loin riaient aux éclats. Le jeune chasseur leur demanda d'un ton insolent de quoi ils riaient : « De l'insolence avec laquelle vous parlez au maréchal de Catinat, » répondirent-ils. Le jeune homme se retourne aussitôt le chapeau fort bas, s'excuse auprès du maréchal sur ce qu'il ne le connaissait pas. « Je ne vois pas, dit Catinat, qu'il soit besoin de connaître quelqu'un à qui l'on parle, pour lui ôter son chapeau. » Et il lui tourna le dos.

SARCASME. Chez un peuple penseur le sarcasme est moins dangereux, il n'attaque que les surfaces. Chez un peuple léger, il pénètre dans le vif, et fait des blessures mortelles. Tout dire est le secret qui conduit à tout entreprendre. Georges de Trébisonde se lassa un jour des sarcasmes de Pogge, et y répondit par des soufflets. Une lutte à coups de pied et à coups de poing s'engagea entre eux, et il en résulta un duel qui n'eut heureusement aucune suite fâcheuse. Des paroles, comme on le voit, on en vient souvent aux coups, et quelquefois à pis encore. Le fait suivant en est la preuve : le roi Louis IV, d'Outre-Mer, avait deux médecins; l'un s'appelait Déroldus, et fut depuis

Georges de Trébisonde et Pogge.

évêque d'Amiens, l'autre, que Richer ne nomme pas, était né à Salerne. Tous deux entamèrent un jour une discussion qui dégénéra bientôt en querelle, et le Salernitain, furieux, résolut de se venger sur son adversaire. Un jour qu'il se trouvait avec lui à table chez le roi, il oignit de poison l'ongle de l'un de ses doigts, et le plongea dans la poivrade où tous deux trempaient leurs morceaux. A peine Déroldus eût-il goûté de cette sauce, qu'il se sentit malade, et reconnut qu'il était empoisonné. Mais, grâce à la thériaque dont il fit usage, il fut hors de danger au bout de trois jours. S'étant trouvé de nouveau à table avec son ennemi, il cacha du poison entre son index et son petit doigt, et le répandit sur les mets destinés à son confrère, qui, empoisonné à son tour, épuisa inutilement toute sa science pour se guérir; il se vit bientôt en danger de mort, et fut obligé d'implorer la pitié de Déroldus. Celui-ci, se laissant fléchir par les prières du roi, consentit à lui donner des soins, et le guérit, mais imparfaitement et à dessein, de telle sorte que le mal se rejeta sur l'un des pieds du Salernitain, qui fut obligé de subir une amputation.

SATIRE. On ne fera peut-être jamais à aucune satire une réponse plus mortifiante que celle de Fontenelle à un auteur qui, ayant besoin de lui, venait s'accuser humblement de l'avoir outragé dans une brochure : « Monsieur, lui dit Fontenelle, vous me l'apprenez. »

SAVOIR-VIVRE. Feindre d'estimer les autres plus qu'ils ne valent, et de nous apprécier moins que nous ne valons, voilà tout le savoir-vivre, a dit La Rochefoucauld. Madame Geoffrin s'était exercée à lire dans le cœur humain; elle connaissait à fond les mœurs et les usages du monde. Le savoir-vivre était pour elle la science suprême, et on aurait pu lui demander des conseils pour bien analyser les hommes, les femmes plus encore peut-être, comme aussi pour ne s'écarter dans aucun cas des règles de la prudence. Elle ne se laissait jamais entraîner, et les âmes sensibles jusqu'à l'ardeur auraient pu être tentées de la plaindre d'avoir mis ainsi son existence au régime : mais c'est qu'elle soignait son bonheur comme sa santé.

SERVICES. Il est de la dernière impolitesse de trop faire valoir ses services, et l'on n'est point pardonnable de les reprocher. Celui qui oblige sans délicatesse n'a plus droit à la reconnaissance.

SILENCE. Le silence est souvent un langage muet plus expressif que la parole; l'éloquence même l'emploie avec sublimité. Rien n'exprime mieux le refus que le silence, comme le prouve le trait suivant de Plutarque. Un ambassadeur de la ville d'Abdère haranguait fort longuement Agis, roi de Sparte, en faveur de ses concitoyens. « Eh bien! seigneur, quelle réponse voulez-vous que je leur fasse? dit-il à Agis. — Que je t'ai laissé dire tout ce que tu as voulu, sans jamais dire un mot, » répondit le Spartiate. Les Anglais connaissent bien le prix du silence, et en font un grand usage. Un membre de la chambre des communes disait que le *parler gâte la conversation* (*to speak spoils the conversation*). Si la suffisance et la sottise pouvaient prendre cela à la lettre! Vers la fin du dix-septième siècle, il se forma à Londres un club du *Silence*. La loi fondamentale était de n'y jamais ouvrir la bouche. Le président était sourd et muet; comme les autres, il parlait des doigts, et encore n'était-il permis de déployer cette éloquence mécanique que fort rarement, et dans les occasions importantes. Après la fameuse journée d'Hochstedt, un membre, transporté de patriotisme, osa annoncer de vive voix la nouvelle de cette victoire; aussitôt il fut renvoyé, à la pluralité des suffrages, qui, selon l'usage de l'ancienne Rome, se donnaient en pliant les pouces en arrière. Ce club a probablement donné à l'abbé Blanchet l'idée de son joli conte de l'*Académie silencieuse*, que nos lecteurs nous sauront gré de reproduire ici: « Il y avait à Amadan une célèbre académie, dont le premier statut était conçu en ces termes: *Les académiciens penseront beaucoup, écriront peu, et ne parleront que le moins qu'il sera possible.* On l'appelait l'*Académie silencieuse*, et il n'était point en Perse de vrai savant qui n'eût l'ambition d'y être admis. Le docteur Zeb, auteur d'un petit livre excellent, intitulé: *le Bâillon*, apprit, au fond de sa province, qu'il vaquait une place dans l'Académie silencieuse. Il part aussitôt, il arrive à Amadan, et, se présentant à la porte de la salle où les académiciens sont assemblés, il prie l'huissier de remettre au président ce billet: *Le docteur Zeb demande humblement la place vacante.* L'huissier s'acquitta sur-le-champ de la mission; mais le docteur et son billet arrivaient trop tard, la place était déjà remplie. L'académie fut désolée de ce contre-temps; elle avait reçu, un peu malgré elle, un bel esprit de la cour, dont l'éloquence vive et légère faisait l'admiration de toutes les ruelles, et elle se voyait réduite à refuser le docteur Zeb, le fléau des bavards, une tête si bien faite, si bien meublée! Le président, chargé d'annoncer au docteur cette nouvelle désagréable, ne pouvait presque s'y résoudre, et ne savait comment s'y prendre. Après avoir un peu rêvé, il fit remplir d'eau une grande coupe, mais si bien remplie, qu'une goutte d'eau de plus eût fait déborder la liqueur; puis il fit signe qu'on introduisît le candidat. Il parut avec cet air simple et modeste qui annonce presque toujours le vrai mérite. Le président se leva, et, sans proférer une seule parole, il lui montra d'un air affligé la coupe emblématique, cette coupe si exactement pleine. Le docteur comprit de reste qu'il n'y avait plus de place à l'académie; mais, sans perdre courage, il songeait à faire comprendre qu'un académicien surnuméraire n'y dérangerait rien. Il voit à ses pieds une feuille de rose, il la ramasse, il la pose délicatement sur la surface de l'eau, et fait si bien qu'il n'en échappe pas une seule goutte. A cette réponse ingénieuse, tout le monde battit des mains, on laissa dormir les règles pour ce jour-là, et le docteur Zeb fut reçu par acclamation. On lui présenta sur-le-champ le registre de l'académie, où les récipiendaires devaient s'inscrire eux-mêmes. Il s'y inscrivit donc, et il ne lui restait plus qu'à prononcer, selon l'usage, une phrase de remercîment. Mais, en académicien vraiment silencieux, le docteur Zeb remercia sans dire mot. Il écrivit en marge le nombre 100, c'était celui de ses nouveaux confrères; puis, en mettant un zéro devant le chiffre, il écrivit au-dessous: *Ils n'en vaudront ni moins ni plus* (0100). Le président répondit au modeste docteur avec autant de politesse que de présence d'esprit. Il mit le chiffre 1 devant le nombre 100, et il écrivit: *Ils en vaudront dix fois davantage* (1100). » Un seigneur allemand priant un jour madame Dacier de s'inscrire sur l'album où, dans le cours de ses voyages, il recueillait le souvenir des personnages célèbres, après une longue hésitation, elle traça enfin son nom avec ce vers de Sophocle:

Le silence est la parure des femmes.

Ce précepte du tragique grec, madame Dacier était plus disposée à le suivre qu'à imiter la loquacité des héros d'Homère. Cette réserve dans la conversation tenait à un fonds de modestie innée qui ne l'abandonnait pas plus dans les circonstances importantes que dans les détails ordinaires de sa vie.

SINGULARITÉ. La singularité se pique d'agir d'une manière contraire aux usages reçus dans la société, et veut se faire remarquer par un contraste aussi choquant. Elle atteint, il est vrai, communément son but; mais elle reconnaît souvent que ce n'est pas impunément que l'on viole les lois de la bienséance et de l'honnêteté.

SOCIÉTÉS. Le jeune homme doit rechercher les sociétés où il est toujours sûr de trouver des modèles de bienséance, de politesse, de grâces, de tact et de bon ton; où l'on est poli sans affectation, gai sans licence; où l'on sait louer sans flatterie, blâmer sans aigreur; car nulle part ailleurs l'homme bien élevé n'est plus à son aise, parce qu'il s'y trouve à sa place. On dit parfois que l'homme poli est faux; mais d'abord qu'est-ce que la politesse? C'est l'art de ne choquer aucune bienséance, de ne heurter aucune opinion, de ne blesser ni humilier aucun amour-propre, de ne manquer à aucun devoir de société, de savoir enfin rendre chacun satisfait de soi et des autres. Est-ce là de la fausseté? Non, car la fausseté consiste à ne pas agir comme l'on parle, à se moquer en arrière de la personne que l'on flatte en face, à promettre des services à ceux que l'on ne veut pas obliger, et même à les desservir sourdement; voilà ce que c'est que la fausseté. Or, telle n'est point la politesse. L'homme le plus grossier peut être faux; c'est un vice du cœur, et non l'effet du bon ton, que l'on ne peut acquérir que par une bonne éducation.

SOIRÉES. C'est par abus que l'on nomme *soirées* les assemblées tumultueuses, mieux désignées par le mot *raout*. La soirée est une division du temps où chacun, ayant ordinairement rempli ses devoirs, cherche des délassements. Il n'en est pas de plus satisfaisant, de plus délicat et de moins dispendieux que celui qu'on trouve dans la conversation des personnes instruites et spirituelles qui se plaisent à se réunir, à cette heure où les affaires ne les préoccupent plus. Les raouts ont besoin de danse, de musique, de cartes; les soirées n'existent qu'entre gens bienveillants les uns envers les autres. Les uns en font le charme par leurs connaissances, les autres par un esprit naturel, gai et fin. Quelques-uns parlent, quelques autres écoutent, et ces derniers, quand ils ont du sens, trouvent que la meilleure part leur est échue en partage. Quelle différence de ces réunions calmes et paisibles à ces réunions tumultueuses dont le jeu est le seul plaisir! Quelquefois, il est vrai, on y danse, et le bal est suivi d'un grand souper; mais il y manque toujours ce qui fait le délice de la danse, la grâce et la gaieté. Quant à la conversation, que voulez-vous qu'elle devienne dans de semblables tohu-bohu? Elle n'y est nullement générale; chacun s'entretient avec son voisin ou sa voisine; personne ne s'avise de s'emparer d'une phrase isolée pour en faire la matière d'une discussion; personne n'amène une de ces anecdotes dans lesquelles le narrateur, visant à l'effet, triomphe d'attirer sur lui toute l'attention. En un mot, on peut dire de ces bruyantes réunions ce que madame de Staël disait des sociétés allemandes. « On perd un certain temps pour la toilette nécessaire dans ces grandes réunions; on en perd en restant trois heures dans les salons; et il est impossible, dans ces assemblées nombreuses, de rien entendre qui sorte des phrases convenues. C'est une habile invention de la médiocrité pour annuler les facultés de l'esprit que cette exhibition journalière de tous les individus les uns aux autres. S'il était reconnu qu'il faut considérer la pensée comme une maladie contre laquelle un régime régulier est nécessaire, on ne saurait rien imaginer de mieux qu'un genre de distraction à la fois étourdissant et insipide. Une telle distraction ne permet de suivre aucune idée; il transforme le langage en un gazouillement qui peut être appris aux hommes comme à des oiseaux »

SOTS. Lorsque vous vous trouverez dans la société des sots, ne leur montrez d'esprit que ce qu'il en faut pour leur plaire, et jamais pour gêner leur amour-propre, car cette espèce d'hommes, intérieurement et profondément jalouse de l'éclat du talent qui les humilie, ne pardonne aux hommes supérieurs qu'à proportion de l'indulgence que ces derniers éprouvent, et du soin même qu'ils ont de lui cacher cette indulgence. Fontenelle et Lamotte, lorsqu'ils se trouvaient dans des sociétés peu faites pour eux, n'avaient ni la distraction ni le dédain que la conversation pouvait mériter; ils laissaient aux prétentions de la sottise en tout genre la plus libre carrière, et la plus grande facilité de se montrer avec confiance, sans lui faire jamais craindre d'être réprimée, sans lui faire même soupçonner qu'ils la jugeassent Mais Fontenelle, toujours peu pressé de parler, même avec ses pareils, se contentait d'écouter ceux qui n'étaient pas dignes de l'entendre, et songeait seulement à leur montrer une apparence d'approbation, qui les empêchait de prendre son silence pour du mépris ou de l'ennui. Lamotte, plus complaisant encore, ou même plus philosophe, se souvenant de ce proverbe espagnol, *qu'il n'y a point de sot de qui le sage ne puisse apprendre quelque chose*, s'appliquait à chercher, dans les hommes les plus dépourvus d'esprit, le côté favorable par lequel il pouvait les saisir, soit pour sa propre instruction, soit pour la consolation de leur vanité; il les mettait sur ce qu'ils savaient le mieux, et leur procurait sans affectation le plaisir d'étaler au dehors le peu de bien qu'ils possédaient; il en tirait le double avantage, et de ne jamais s'ennuyer avec eux, et surtout de les rendre heureux au delà de leurs espérances. S'ils sortaient contents d'avec Fontenelle, ils sortaient enchantés d'avec

Fontenelle.

Lamotte: flattés que le premier leur eût trouvé de l'esprit, mais ravis de s'en être trouvé bien plus au second. Puisse cet exemple de charité philosophique servir de leçon à ces hommes durs et intraitables, dont l'orgueil intolérant repousse les sots avec une morgue humiliante, qui, en les éclairant inhumainement sur ce qu'ils sont, leur laisse toujours assez de génie pour chercher et trouver le moyen de se venger!

SOUFFLEUR. La société présente diverses espèces d'originaux, parmi lesquels on remarque ce qu'on peut appeler un *souffleur*. C'est l'homme qui ne laisse pas finir la phrase à la personne qui parle, et veut à toute force lui fournir des mots et des expressions, comme si elle ne pouvait les trouver elle-même; ridicule et impertinent tout à la fois, il ne voit pas que son procédé est une blessure pour l'amour-propre, et que, lors même qu'il aurait affaire à un sot, il ne saurait être bien venu de lui avec de pareilles offres de services. Les accepter serait avouer sa sottise ou son impuissance; et quel est l'homme qui consentirait à reconnaître publiquement qu'il ne peut pas parler sans avoir auprès de lui un dictionnaire?

SUBTILITÉS. Qu'aucune subtilité d'avocats, ni aucune mauvaise distinction de casuistes, n'affaiblissent en vous, le moins du monde, les notions simples du bien et du mal que la saine raison et le sens commun suggèrent à tous les hommes pour leur conduite. Cependant, comme ces subtilités des sophistes accommodent parfaitement les passions des hommes, ils acceptent volontiers l'indulgence, sans se donner la peine de découvrir la fausseté du raisonnement, et, en effet, le plus grand nombre est incapable de le faire; aussi voit-on ces pernicieux raffinements se multiplier et s'étendre d'une manière prodigieuse. « J'ai vu, dit lord Chesterfield, un livre intitulé: *Quid libet ex quo libet*, ou l'art de prouver une chose quelconque par telle raison qu'on voudra choisir; ce qui n'est pas si difficile qu'il semblerait d'abord, si l'on abandonne seulement certaines vérités simples et évidentes pour tout le monde, et si l'on se livre à la recherche des difficultés les plus subtiles, aux écarts d'une imagination échauffée, et à des raisonnements purement spéculatifs. Le docteur Berkeley, évêque de Cloyne, homme fort estimable, plein d'esprit et de lumières, a composé un livre pour prouver qu'il n'y a point de matière, et que tout ce que nous voyons n'existe qu'en idée; que vous et moi, nous nous imaginons manger, boire et dormir; que c'est une pure imagination de croire que nous avons de la chair et du sang, des bras, des jambes, un nez, une bouche, etc.; mais que réellement nous ne sommes que des esprits. Ses arguments, à strictement parler, sont de telle nature qu'on ne saurait y répondre: cependant je suis si éloigné d'en être convaincu, que je suis déterminé à continuer de boire, de manger, de me promener et d'aller à cheval, pour entretenir dans un aussi bon état qu'il me sera possible cette *matière*, dont je m'imagine si faussement que mon corps est composé. » Le sens commun, qui, à vrai dire, n'est pas trop commun, est le meilleur sens que nous connaissions. Attachez-vous-y, il vous fournira toujours les meilleurs conseils. Lisez et écoutez, pour votre amusement, des systèmes ingénieux, des questions délicates, agitées subtilement, et avec tous les raffinements que des imaginations échauffées peuvent suggérer; mais ne les considérez que comme des exercices pour l'esprit, et retournez toujours vous mettre d'accord avec le bon sens. De quelles extravagances l'homme n'est-il pas capable, quand une fois sa raison asservie et enchaînée est menée en triomphe par l'imagination et les préjugés!

SUFFISANCE. Elle est toujours prête à s'admirer et à manifester le sentiment de cette admiration par des discours également vains et emphatiques. Le suffisant juge de tout, s'attache à la superficie, sans rien approfondir; il décèle son ignorance par un ton dédaigneux et décidé, qui le rend insupportable dans la société.

SUJETS DE CONVERSATION. Quand vous parlez, que ce soit sur une matière que vous connaissez bien; n'imitez pas ces gens qui choisissent de préférence les sujets auxquels ils sont le plus étrangers. Que de fois n'a-t-on pas vu des hommes qui auraient pu dire d'excellentes choses sur les sciences ou sur les arts, et qui parlaient exclusivement de chasse et de chevaux. D'autres, qui avaient passé presque toute leur vie à cheval ou dans les bois, se hasardaient dans les spéculations les plus abstraites, ou voulaient trancher de l'érudit. On veut être universel. C'est le moyen d'ennuyer, et de tomber dans des erreurs grossières; car on ne marche point d'un pas ferme sur un terrain que l'on ne connaît pas. Pourquoi donc, quand nous nous trouvons réunis, ne parlerions-nous pas de ce que nous savons bien, de ce qui nous occupe nous-mêmes tous les jours? Pourquoi le savant, dans un langage simple et méthodique, ne mettrait-il pas la société où il se trouve au courant des découvertes nouvelles, et de la marche de ces sciences qui travaillent à l'instruction et au bonheur de l'espèce humaine? Pourquoi l'artiste, l'avocat, le médecin, ne choisiraient-ils pas dans leurs observations personnelles ce qui peut exciter la curiosité générale? Nous ne disons pas qu'on ne puisse de temps en temps se permettre quelques excursions sur les terres de ses voisins; mais nous aimerions qu'en général on parlât de ce que l'on sait, et de ce que l'on a vu, sans cependant tomber dans un défaut qu'on ne pardonne jamais, celui de trop occuper de soi. Outre les idées que chacun peut puiser dans son état et dans son genre de vie particulier, il y a de vastes sujets qui appartiennent à tous. Telles sont les grandes idées de justice, d'ordre, de morale, sur lesquelles la société repose, et qui doivent revenir dans l'entretien habituel des citoyens; les découvertes de l'industrie, qui pourvoit aux besoins et aux agréments de l'existence journalière; enfin les beaux-arts et la littérature, ce luxe de la vie sociale, ce lien commun qui rapproche les hommes de toutes les classes, en donnant à leur intelligence des jouissances pures et paisibles. Les affaires publiques viendraient naturellement se placer parmi les objets d'un intérêt général, si l'on consultait en parlant, non ses passions et ses intérêts, mais sa conscience et sa raison.

SUJETS FRIVOLES. On se tromperait gravement si l'on croyait que des sujets frivoles fussent seuls capables de soutenir une conversation; c'est au contraire ce qui la fait tomber : il n'y a que les idées sérieuses qui puissent lui donner une vie durable. Faute de cet aliment, elle se traîne quelque temps comme par artifice; mais bientôt elle tombe et s'éteint, parce qu'elle porte dans sa frivolité même un germe de mort.

SUPPOSITIONS, RAPPROCHEMENTS, etc. Les deux écueils de cette forme de langage sont totalement opposés : l'un est la trivialité, l'autre est l'enflure. La supposition, mode déjà vieilli, et parfois trop naïf, a pour but d'augmenter la force de raisonnement, de porter la conviction chez la personne qui vous écoute. Quand elle est réglée par la raison, par l'usage et le goût, c'est bien; mais que de fois le contraire n'arrive-t-il pas! La supposition est tout à fait inconvenante si, dans le cours d'une discussion, vous engagez une personne respectable à se mettre à la place d'un malappris, d'un fou, d'un voleur; si vous supposez qu'elle soit dans une situation honteuse ou même ridicule. Ainsi, par exemple, il est de la dernière inconvenance de dire : *Si vous étiez ce mauvais sujet; je suppose, madame que vous eussiez commis cette bassesse; que l'on se moquât de votre nez, de votre bouche*, etc. Les suppositions ne sont pas moins inconvenantes, lorsque, satisfait d'éviter des comparaisons choquantes, on s'avise de désigner quelqu'un de méprisable, en rapprochant son extérieur de celui d'une personne de la société, comme lorsqu'on dit : *Ce malheureux est de votre taille, monsieur; il a vos traits, votre physionomie*, etc. Un homme qui avait perdu son procès, entre dans un café et s'écrie : « Les hommes sont de grands coquins, il le faut avouer! » Un original, qui se trouva là, prend la parole et lui dit : « Monsieur, vous ne songez pas que je suis compris dans le nombre des hommes; votre propos insulte à ma probité; par conséquent suivez-moi. » En effet, ils sortent; l'homme au procès perdu fut tué.

SUSCEPTIBILITÉ. La susceptibilité est un vice de caractère qui nous rend insupportables aux uns et aux aux autres, et qui dépouille la société de toute espèce d'agrément. La susceptibilité est héréditaire chez les habitants des petites villes : elle les saisit au berceau pour les conduire à la tombe. En rivalité continuelle les uns avec les autres sur la fortune, la naissance, le plus ou le moins d'importance de la position, ils s'observent à chaque mot, ils s'épient à chaque geste, et tirent des inductions sur la manière dont on entre, s'assied, se pose et se retire. Leur vie ne se compose que de brouilles, de raccommodements, et, grâce à la susceptibilité qui les caractérise, ils font même des rapports de l'amitié une sorte de petite guerre continuelle, toujours sur le qui-vive pour vérifier si on leur a rendu juste ce qu'on leur doit, ou ce qu'ils s'imaginent qu'on leur doit. La susceptibilité ne se nourrit que de petitesses : aussi est-elle ordinairement exclue des capitales. Là, affaires, intérêts, tout a de la grandeur, et cette dernière se glisse dans les idées comme dans les habitudes. Le trait suivant prouve avec quelle susceptibilité d'amour-propre l'auteur de *Gil Blas*, Lesage, conservait son indépendance et sa dignité d'homme de lettres. La duchesse de Bouillon, qui tenait chez elle un bureau d'esprit, avait réuni une brillante et nombreuse assemblée pour entendre la lecture de *Turcaret*. Lesage, dont on jugeait ce jour-là un procès important qu'il perdit, ne put arriver aussitôt qu'il l'avait annoncé. La maîtresse de la maison lui reprocha son peu d'exactitude : « Madame, lui répondit-il en se retirant, je vous ai fait perdre deux heures; je veux vous les faire gagner. Je n'aurai pas l'honneur de vous lire ma pièce. »

TACITURNITÉ. Athènes et Sparte ne se ressemblaient guère sous le rapport de la conversation. Les Athéniens étaient tellement possédés de la manie de parler, qu'ils faisaient de longues dissertations sur des riens, ils vous expliquaient doctement et gravement en combien de manières on peut faire une culbute; ils parlaient à haute voix en public, ils disputaient dans les rues, s'arrêtaient dans les marchés, et se retiraient sous les portiques pour y résoudre des problèmes de la façon la plus bruyante. Plaute les dépeint portant dans les plis de leurs manteaux plusieurs volumes pour pouvoir, au besoin, écraser leurs adversaires sous le poids des citations. Quant aux Spartiates, c'était tout le contraire. Nul peuple n'ayant porté aussi loin que les habitants de la Laconie l'habitude de la brièveté du langage, cette brièveté même a été caractérisée par le mot de *laconisme*. Il suffisait quelquefois aux Lacédémoniens d'un monosyllabe pour répondre à un long discours. Ainsi, Philippe, roi de Macédoine, leur ayant écrit que *si* jamais il entrait sur leur territoire, il y mettrait tout à feu et à sang, *si* fut toute leur réponse. Ils écrivaient aussi des lettres fort laconiques, c'est-à-dire impertinentes. Mais, dès qu'ils furent battus à Leuctres, ils commencèrent à allonger un peu plus leurs phrases. C'est moi, disait Epaminondas, qui, en leur déliant la langue, leur ai appris à être plus polis. Une des singularités anglaises les plus innocentes et qui prêtent le plus aux scènes comiques, c'est, en effet, cette *humour* de taciturnité qui a fourni à Ben Johnson le personnage de Morose dans une de ses comédies. L'exagération de cette humour imperturbable était, dit-on, fort amusante dans le duc de Devonshire et son frère le comte Georges. Ces deux nobles lords passaient des mois entiers sans se dire une parole, n'exprimant que par gestes ou par un simple regard leurs émotions les plus vives. C'est ainsi qu'ils parcouraient l'Europe dans la même chaise de poste depuis un an, lorsque, arrivant un soir dans une auberge d'Allemagne. ils furent prévenus, après le souper, qu'on ne pouvait leur offrir qu'une chambre à trois lits, et dont l'un était déjà occupé. Ils ne firent aucune observation, et se déshabillèrent sans bruit; mais, avant de se coucher, les deux frères furent curieux de voir ce que contenait le troisième lit, dont les rideaux étaient soigneusement fermés. Le duc les entr'ouvrit doucement, et son frère se contenta de suivre d'un coup d'œil le mouvement de son bras; puis ils se glissèrent entre leurs draps et dormirent d'un profond sommeil. Le lendemain, après avoir déjeuné et soldé le compte, le duc ne put enfin s'empêcher de dire à son frère : « Georges, vites-vous hier soir ce cadavre dans le lit? — Oui, » répondit son frère. Et ils montèrent gravement en voiture pour continuer leur voyage. Convenez qu'ils perdirent peut-être une effrayante histoire par une telle opiniâtreté de silence. Ce n'est pas sans raison que l'on blâme la taciturnité, surtout chez les jeunes gens, car, si la réserve est nécessaire pour ne pas lâcher des paroles imprudentes, il ne faut pourtant pas la pousser au point de rester tout à fait muet. On s'ennuie beaucoup avec ces personnes indolentes, qui ne prennent point part à la conversation, qui ne sentent pas ce que l'on dit de fin et de plaisant, et qui ne savent répondre que *oui* et *non*. La taciturnité peut avoir sa source dans une défiance excessive de soi-même. Ce défaut se rencontre assez ordinairement chez des personnes d'un caractère aimable, mais qui manquent d'éducation et d'habitude; c'est une faiblesse qui mérite de l'indulgence, au moins dans les premiers temps, bien qu'elle soit nuisible à la société, en la privant d'un certain nombre d'idées utiles. Nous disons dans les premiers temps, car avec un peu d'expérience on acquiert bien vite la connaissance des forces des autres et des siennes propres, et alors toute défiance doit disparaître, à moins qu'elle ne soit unie à la stupidité. Un mince savoir et beaucoup de vanité produisent également la taciturnité. Il y a des gens qui n'osent pas contredire par cela seul qu'ils ne peuvent souffrir qu'on les contredise. Leur patience n'est qu'un orgueil timide, et leur silence n'est que de la prudence. Esprits rétrécis, qui, n'ayant aucune opinion, restent muets, pour faire croire qu'ils en ont une! L'orgueil peut aussi parfois s'allier à un mauvais caractère, le silence n'est alors que l'effet de la méchanceté. En sortant d'une société où ils n'ont pas même proféré une seule parole, certaines gens passent en revue tout ce qui s'est dit, tout ce qui s'est fait, dans le but de critiquer les discours les plus indifférents. Observateurs malveillants, leur silence est un véritable espionnage toujours prêt à abuser de l'avantage que les âmes fausses et froides ont sur la franchise et la vérité. On demandait un jour à M. Fontanes, célèbre mathématicien, ce qu'il faisait dans les assemblées, où il était toujours taciturne: « J'observe, dit-il, la vanité des hommes pour la frapper dans l'occasion. » Joli métier pour un philosophe!

TALENT DE PARLER. Le talent de parler tient le premier rang dans l'art de plaire; c'est par lui seul qu'on peut ajouter de nouveaux charmes à ceux auxquels l'habitude accoutume les sens. C'est l'esprit qui non-seulement vivifie le corps, mais qui le renouvelle en quelque sorte; c'est par la succession des sentiments et des idées qu'il anime et varie la physionomie; et c'est par les discours qu'il inspire que l'attention, tenue en haleine, soutient longtemps le même intérêt sur le même objet.

TERMES FAVORIS, PARASITES, etc. Madame Necker observe ingénieusement que ces termes favoris et souvent répétés, dont on sème la conversation, servent, pour l'ordinaire, d'enseigne à l'humeur des gens. « Ainsi, dit-elle, les menteurs ont pour expression habituelle : *Vous pouvez m'en croire, c'est la vérité;* les bavards : *en un mot, pour en finir;* les orgueilleux : *sans me vanter*, etc. » Cette piquante observation est des plus fondées, et, par conséquent, nous devons bien prendre garde de mettre les gens dans la confidence de nos défauts. Mais, indépendamment de ce motif, il nous faut éviter avec soin les mots parasites, parce qu'avec le temps on prend l'habitude de les multiplier à un point vraiment effrayant. Ils embarrassent, inondent nos discours, détournent l'attention des personnes qui nous écoutent, et nous rendent importuns, ridicules, sans que nous puissions nous en apercevoir. Si des termes habituels, d'ailleurs non répréhensibles, peuvent devenir si fâcheux, quels résultats ne produiront pas, lorsqu'ils sont familiers, ces tours surannés, ces expressions triviales, ces grossières transitions : *se mettre dans le cas; par-dessus le marché; ce n'est pas l'embarras; au bout du compte*, etc.

TÊTE-A-TÊTE. Un auteur a dit que c'était l'écueil des sots. Il est, en effet, plus difficile à soutenir que de prendre part à une conversation générale. Avec une femme, abstenez-vous de toute discussion grave ou scientifique; l'anecdote du jour, les modes nouvelles, la chute ou le succès d'une pièce, pourront faire les frais d'un tête-à-tête qui n'aura pas d objet spécial. Si vous causez avec une mère de famille, parlez-lui de ses enfants, cela l'intéresse toujours. Avec un homme, sondez d'abord le terrain pour savoir à qui vous avez affaire; basez ensuite la conversation sur la connaissance que votre interlocuteur vous aura donnée de ses goûts et de son esprit. S'il s'agit d'un enfant, cherchez le moyen de l'amuser.

THÉATRE. A quelque théâtre que vous vous trouviez, quelle que soit la place que vous occupiez, au Théâtre-Français comme au Cirque-Olympique, à l'Opéra comme au Vaudeville, ne vous chargez pas d'être le mentor ou le cicerone de votre voisin ou de votre voisine pour les noms des acteurs, actrices, danseurs ou danseuses, chevaux ou juments chargés des rôles principaux. Ne hasardez de discussion littéraire que dans l'entr'acte, et qu'avec une personne qui vous paraîtra avoir quelque connaissance et quelques idées en littérature dramatique. N'analysez jamais un vaudeville, un mélodrame ou un mimodrame; abandonnez la critique de ces pièces de fabrique aux courtauds de boutique, aux habitués d'estaminet, aux garçons épiciers, et aux petits clercs de notaires, d'avoués et d'huissiers. Si vous entendez une bêtise bien grosse, bien ronflante, au Cirque, à la Gaieté ou à l'Ambigu-Comique, un couplet militaire au Vaudeville, ou une niaiserie musquée au Gymnase, restez muet, impassible; si par hasard vous êtes trop fatigué de l'admiration d'un voisin imbécile, et des pamoisons d'un enthousiasme burlesque, contentez-vous de hausser les épaules. Quand il s'agit d'une pièce du Théâtre-Français ou d'un grand opéra, attendez la fin de la représentation pour juger l'œuvre du démon; que votre critique soit faite avec mesure, de manière à ne pas être entendu de tous vos voisins, et à ne pas choquer les opinions qui pourraient différer de la vôtre Évitez les façons ridicules, les raisons impertinentes des beaux fils du jour : *C'est mauvais! C'est détestable! C'est admirable! C'est sublime! Rococo! Absurde! Perruque!* et autres gentillesses de ce genre, qui ne prouvent que beaucoup d'ignorance et de fatuité chez les aimab'es fashionables de Paris et de la banlieue.

TIMIDITÉ. Les personnes peu habituées au monde doivent être en garde contre l'excessive timidité, car non-seulement elle paralyse leurs moyens, les rend gauches, leur donne l'air presque niais, mais encore peut les faire accuser d'orgueil par les gens qui ne savent point que l'embarras prend souvent les formes du dédain. Combien de fois n'arrive-t-il pas aux personnes timides de ne pas saluer, de répondre bas ou mal, d'omettre mille petits devoirs de société, et de manquer à mille attentions aimables, faute d'oser! Ces attentions, ces devoirs, on s'en acquitte *in petto*, mais qui peut leur en savoir gré? Un aplomb convenable, ne dégénérant point en assurance, encore moins en audace, en familiarité, est donc une des qualités les plus désirables dans le monde. Pour l'obtenir, il faut observer le ton, les manières des personnes polies et bienveillantes, les prendre pour guides, et, sous leur direction, faire de continuels efforts pour vaincre sa timidité.

TOAST. L'usage de porter des *santés*, inventé sous Auguste, est arrivé jusqu'à nous, sous les auspices bizarres de la franchise et de la flatterie, de la politesse et du mensonge. Tombé en désuétude pendant quelque temps, il reprend aujourd'hui faveur; et, dans la meilleure compagnie, on porte des toasts, malheureusement plus gais que sincères.

TOILETTE. La mise est l'homme. Ce n'est pas dans le luxe des vêtements, dans la richesse des bijoux, que consiste la toilette. Une élégance exquise, une parfaite harmonie, lui donnent seules du charme. Il y a des gens qu'un rien pare; il y en a d'autres qui se mettraient inutilement en quatre pour se distinguer du commun des martyrs. Un homme bien chaussé et bien coiffé peut se présenter partout. Cet aphorisme, presque devenu proverbe, est faux. Eussiez-vous le chapeau le mieux fait, le gilet le mieux taillé, la cravate la plus belle et les gants les mieux cousus, que cela ne ferait pas de vous l'homme le mieux habillé. C'est la tournure, c'est la manière de porter la toilette, qui en font tout le prix. En général, une grande simplicité dans la mise est préférable à toute recherche, et il ne faut pas confondre le soin de soi-même avec la recherche de la coquetterie. Le jour de l'entrevue de Napoléon et d'Alexandre sur le Niémen, Murat et le général Dorsenne arrivèrent en même temps pour prendre place derrière l'empereur : Murat, comme à son ordinaire, chamarré de broderies, de fourrures, d'aigrettes; Dorsenne, avec cette tenue élégante, recherchée, mais sévère, qui faisait de ce beau général le modèle de l'armée. Napoléon, apercevant Murat dans cet accoutrement, lui dit : « Allez mettre votre habit de maréchal; vous avez l'air de Franconi. » Puis il salua affectueusement Dorsenne. Cette leçon de toilette ne fut pas perdue pour l'armée. Celui-là seul à qui elle s'adressait ne la mit pas à profit. La mode est une vieille coquette qu'il serait très-dangereux de heurter de front, mais à laquelle cependant on ne doit pas faire trop de concessions. En dépit du proverbe, l'habit fait très-souvent le moine. A voir marcher un homme, il serait facile de dire son pays, son état, le quartier qu'il habite, et le temps qu'il a mis à sa toilette. Chez les femmes surtout, les raffinements bien entendus de la toilette prolongent la jeunesse et la fraicheur, en affermissant la santé. Plaire est l'unique affaire de leur vie; un tact particulier, une espèce de sixième sens leur révèle tout ce qui est propre à les embellir; aussi est-il aussi rare de voir une femme habillée sans goût que de rencontrer un homme parfaitement bien mis. Pour la toilette, comme pour l'esprit, l'affectation est mortelle. Tout l'art consiste à savoir allier à l'élégance une originale simplicité. Les modes ont eu leurs révolutions, leur anarchie, leurs catastrophes; mais la propreté la plus recherchée a toujours été la base de la toilette. Le Français est le peuple du monde qui s'habille le mieux; nos modes ont souvent affermi les conquêtes de nos armes. Aussi le Parisien, cet être d'un goût si exquis, d'une prévoyance si rare, d'un égoïsme si délicat, d'un esprit si fin, d'une perception si déliée, servira-t-il constamment de modèle à ses voisins; ils ne peuvent qu'être tributaires de son génie, car, lorsqu'il leur emprunte quelque nouveauté, c'est pour l'embellir en lui imprimant son cachet gracieux.

TON. Non-seulement il faut mesurer son ton aux différentes convenances de son caractère, de son état, de sa position, de ses habitudes et de son âge; il faut presque un ton différent avec chaque personne, d'après la diversité de ses rapports avec elle, et ce changement doit être tout naturel. Le tact ou l'instinct qui fait prendre l'unisson de chaque société, de chaque situation, de chaque moment, peut seul indiquer le bon ton. C'est le caméléon qui doit prendre la couleur des lieux qu'il traverse et des objets qu'il approche; et ceux même qui tiennent, pour ainsi dire, le diapason de la société, doivent toujours se mettre au niveau des choses, et modifier leur ton selon les circonstances.

TON (Le bon). Le bon ton est la langue du bon goût. En vain toutes les académies s'assembleraient pour en faire le dictionnaire particulier, toutes les académies ne pourraient pas plus le saisir et le fixer que la langue des oiseaux. Autant il observe les convenances, autant il se plait à déjouer les règles. Il échappe à toute espèce d'art, et n'obéit qu'au sentiment. C'est un accord d'instinct qui s'établit tout naturellement entre le maintien, la voix, les manières, les expressions, et même l'ordre des idées, d'après le rapport de notre situation habituelle et ceux de notre situation du moment, c'est-à-dire, d'après les convenances générales de notre existence, de notre caractère, de notre âge, et les convenances particulières relatives aux personnes et aux circonstances que l'on rencontre. Ennemi de toute affectation, il ne prend l'accent d'aucun état, d'aucune classe, ni d'aucun rôle. Et, comme l'eau, qui, pour être bonne, ne doit avoir aucune saveur, le bon ton, pour être pur, doit être simple, constamment simple et toujours distingué; il abandonne les locutions vulgaires et les phrases usées, les vieux jeux de mots, les finesses rebattues, les tournures trop communes, sans aborder néanmoins ces mots nouveau-nés, souvent éphémères, qui, vains d'une origine scientifique comme d'une fortune inespérée et toute audacieuse de jeunesse, sont les parvenus du langage. Le bon ton est toujours à une égale distance du néologisme et des lieux communs. Lui seul connait bien les bornes de la gaieté, les limites de la facilité, l'assurance convenable, la mesure des plaisanteries, l'étendue qu'on peut donner à chaque sujet, sans s'appesantir sur aucun, et le degré d'épaisseur qu'exige le voile de la décence. Lui seul ôte à la malignité son poison pour ne lui laisser que son sel. Lui seul sait rendre la louange indirecte et sauver la fadeur à force de légèreté, tantôt par des contrastes piquants, tantôt par des contre-vérités dont la rudesse apparente fait souvent la délicatesse. Le bon ton apprend aussi bien à discuter qu'à parler, à satisfaire chacun par une attention obligeante, à ne pas interrompre les autres dans la crainte de perdre son idée : il apprend enfin que ce qu'il faut pour qu'on vous trouve aimable, c'est moins d'être content de vous, que d'être content de soi avec vous. Il apprend encore à ne pas parler comme un livre, et surtout comme une grammaire. Il vous défend de bien écrire en causant, et vous prescrit même dans l'occasion certaines fautes indispensables. Les jeunes gens se plaisent à confondre le bon air avec le bon ton, parce que c'est là leur partie; mais le bon air tient trop à la plus grande ennemie du bon ton, la vanité. Celui-ci demande pourtant une certaine élégance dans les manières; et, quand le bon air se trouve de lui-même, tant mieux; mais, dès qu'on le cherche, cela ne vaut plus rien. Si le bon air tient lieu du bon ton aux jeunes gens, le bon ton tient lieu du bon air aux gens d'un certain âge. C'est la différence de la figure à l'esprit. Dans la première jeunesse, la diversité des tons frappe moins, et, sans en avoir un mauvais, on ne peut être encore assuré sur le bon. C'est le grand usage du monde, l'habitude de comparer tous les tons, qui, tout naturellement, finit par ramener au meilleur, quand on est né pour le sentir. Madame de Montesson ne voulait jamais qu'on parlât politique chez elle, mais ce qu'elle exigeait avant tout d'une personne qui lui était présentée, c'était un bon ton. « Je l'ai vue à cet égard, dit madame d'Abrantès, d'une extrême rigueur, et me refuser de recevoir un général, qui depuis est devenu maréchal, duc, et tout ce qu'on peut être. C'était le général Suchet. — Non, non, ma chère petite, me dit-elle lorsque je lui en parlais..... Je vous aime, mais je n'aime pas tous vos grands donneurs de coups de sabre; votre général ne me convient pas. — Mais, madame... je vous assure qu'il ne jure pas comme le colonel S***... Elle me regarda et se mit à rire. — Vous êtes une maligne petite personne, me dit-elle, ah! il ne jure pas!... Eh bien! je crois, Dieu me pardonne, que je l'aimerais mieux que ses révérences éternelles et ses compliments mielleux... Non, non, il m'ennuierait... Elle le refusa longtemps, et, si plus tard elle le reçut, je réponds que c'est malgré elle. »

TON DE LA BONNE CONVERSATION. Le ton de la bonne conversation est coulant et naturel; il n'est ni pesant ni frivole; il est savant sans pédanterie, gai sans tumulte, poli sans affectation, galant sans fadeur, badin sans équivoque. Ce ne sont ni des dissertations, ni des épigrammes; on y raisonne sans argumenter; on y plaisante sans jeux de mots; on y associe avec art l'esprit et la raison, les maximes et les saillies, l'ingénieuse raillerie et la morale austère. On y parle de tout, pour que chacun ait quelque chose à dire, on n'approfondit point les questions de peur d'ennuyer; on les propose comme en passant, on les traite avec rapidité : sa précision mène à l'élégance; chacun dit son avis, et l'appuie en peu de mots; nul n'attaque avec chaleur celui d'autrui; nul ne défend opiniâtrément le sien; on discute pour s'éclairer, on s'arrête avec la dispute; chacun s'instruit, chacun s'amuse, tous s'en vont contents; et le sage même peut rapporter de ces entretiens des sujets dignes d'être médités en silence.

TON TRANCHANT. Les personnes modestes sont presque toujours prises au mot dans le monde : voilà pourquoi le ton tranchant est devenu de mode. « Ma réputation, disait Duclos, n'a commencé que du moment où j'ai dit que j'avais de l'esprit. » Montesquieu cite un exemple remarquable du ton tranchant. Il parle de deux savants qui avaient une grande célébrité. « Leur conversation, dit-il, me parut admirable. La conversation du premier, bien appréciée, se réduisait à ceci : *Ce que j'ai dit est vrai, parce que je l'ai dit;* la conversation du second portait sur autre chose : *Ce qu'on dit n'est pas vrai, parce que je ne l'ai pas dit.* » Nous croyons devoir conseiller aux jeunes gens de prendre l'habitude de s'exprimer dans les termes d'une modeste défiance et d'éviter tout ce qui pourrait donner à leur opinion un air d'assurance dogmatique. « Un quaker de mes amis, dit Franklin, ayant eu l'obligeance de m'avertir qu'on me regardait généralement comme fier, que l'orgueil se montrait fréquemment dans ma conversation, que je ne me contentais pas d'avoir raison dans une discussion, mais que je devenais arrogant et même insolent, ce dont il me convainquit en m'en citant plusieurs exemples, je résolus de chercher à me guérir de ce vice ou de cette folie, comme du reste, et j'ajoutai l'*humilité* à ma liste, donnant à ce mot un sens étendu. Je ne puis me vanter d'avoir réussi à acquérir réellement cette vertu; mais j'ai du moins beaucoup gagné, quant à son apparence. Je me suis fait une loi de m'interdire toute contradiction directe des opinions d'autrui, ou toute assertion positive en faveur des miennes. Je me suis même prescrit de m'abstenir de toute expression dénotant une façon de penser fixe et arrêtée, comme *certainement, assurément, indubitablement, sans aucun doute*, etc., et j'ai adopté à la place *je présume, j'imagine, il me semble que telle chose est ainsi*, ou bien *cela me paraît ainsi*. Quand un autre avançait une proposition qui me semblait une erreur, je me refusais le plaisir de le contredire brusquement, et de démontrer sur-le-champ l'absurdité de ses paroles, et, dans ma réponse, je commençais par observer qu'en certains cas, en certaines circonstances, son opinion pourrait être juste, mais que, dans l'occasion présente, *il me paraissait, il me semblait que la chose était différente*, etc. Je reconnus bientôt l'avantage de ce changement dans mes manières : les conversations dans lesquelles je m'engageai en devinrent plus agréables. Le ton modeste avec lequel je proposais mes opinions leur procurait un plus prompt accueil et moins de contradictions. J'éprouvais moins de mortification lorsque je me trouvais dans mon tort, et j'amenais plus facilement les autres à abandonner leur erreurs et à se joindre à moi lorsqu'il m'arrivait d'avoir raison. » Le but principal de toute conversation étant d'instruire ou d'être instruit, de plaire ou de persuader, il serait à désirer que les hommes sensés et ayant de bonnes vues ne diminuassent pas les moyens qu'ils ont de faire le bien, en prenant un ton décisif et tranchant, qui manque rarement de déplaire, qui tend à faire naître une opposition, et à nous empêcher d'atteindre la fin pour laquelle la parole nous a été donnée. Si vous désirez instruire les autres, le ton positif et dogmatique que vous prendrez en énonçant votre sentiment fera naître l'envie de vous contredire, et empêchera qu'on ne vous écoute avec confiance. D'un autre côté, si vous voulez trouver dans les autres à gagner et à vous instruire, il ne faut pas en même temps vous donner comme définitivement fixé à votre opinion actuelle; les gens modérés et de bon sens, qui n'aiment pas les querelles, vous laisseraient dans vos erreurs sans vous y troubler. En adoptant une telle marche, rarement vous parviendrez à plaire à vos auditeurs, et à obtenir leur concours pour ce que vous désirez. L'abbé de Polignac, à une figure, à une élocution et à des manières extrêmement distinguées, joignait l'art de présenter ses idées avec tant de modestie et de noblesse, que le pape Alexandre VIII, qui goûtait infiniment le caractère et l'esprit de ce jeune ecclésiastique, lui dit un jour à la fin de leurs entretiens particuliers : « Je ne sais comment vous faites; vous paraissez toujours être de mon avis, et c'est moi qui finis par être du vôtre. » Après la négociation qui concernait les quatre fameux articles du clergé de France, le même abbé repassa en France pour en rendre compte à Louis XIV. Le roi, après lui avoir accordé une longue audience, s'expliqua sur lui d'une manière en apparence contraire au jugement du pape, mais qui ne peignait pas moins bien le négociateur honoré de la confiance de tous deux. « Je viens, dit-il, d'entretenir un homme, et un jeune homme, qui m'a toujours contredit, sans que j'aie pu me fâcher un moment. » La raison n'a jamais plus d'empire que lorsqu'elle s'offre à nous non comme une loi que l'on doit suivre, mais comme une opinion que l'on soumet à notre examen. Aussi dans les cercles de Philadelphie payait-on une amende toutes les fois qu'on se servait d'une expression dogmatique et décisive. Les hommes les plus intrépides dans leur conviction étaient contraints d'employer les formules du doute et de prendre dans leur langage l'habitude de la modestie, qui, alors même qu'elle ne s'arrêterait qu'aux paroles, aurait déjà l'avantage de ne pas blesser l'amour propre d'autrui; mais qui, par suite de l'influence qu'exercent les paroles sur les idées, finit toujours par s'étendre à nos opinions mêmes. « Le ton positif et tranchant, dit Sterne, est une absurdité. Si vous avez raison, il diminue votre triomphe; si vous avez tort, il ajoute à la honte de votre défaite. »

TRAVERS. L'amour-propre est si vif chez certaines personnes, qu'elles ne craignent pas de se donner quelque ridicule plutôt que de rester inaperçues. C'est ainsi qu'elles déguisent le timbre de leur voix et prennent une petite voix flûtée; d'autres mangent les dernières lettres d'un mot. Ce sont là autant de travers qu'il faut éviter avec soin.

TRIVIALITÉS. Un discoureur qui ne disait que des choses triviales, et qui, néanmoins, les débitait d'un ton d'importance, adressant la parole à Fontenelle, le savant académicien, las de l'entendre, l'interrompant : « Tout cela est très-vrai, lui répondit-il, très-vrai; je l'avais même entendu dire à d'autres. »

UNIFORMITÉ. Craignez de vous contredire, mais n'allez pas tomber dans la monotonie. L'uniformité est mortelle en conversation. On rencontre dans la société des hommes qui sont atteints d'une tristesse éternelle : si cette tristesse est dans leur âme, on doit les plaindre et les consoler; mais souvent c'est une habitude qu'ils ont prise, c'est une tournure qu'ils ont donnée volontairement à leurs idées, et, dans ce cas, c'est un travers à éviter. Un défaut bien différent et beaucoup plus commun, c'est de plaisanter sans motif, c'est de rire à tout propos, de tourner tout en raillerie et en persillage. Cet enjouement obstiné cache souvent, ou du moins fait soupçonner l'absence d'idées sérieuses et la sécheresse du cœur. Quelquefois, en effet, ces gens à bons mots, qui ne peuvent vivre qu'au milieu des ricanements qu'ils excitent, sont, dans l'intérieur de leur vie privée, d'une humeur insupportable, et font payer à leur femme et à leurs enfants l'intérêt de cette gaîté passagère qui amuse le monde. Evitez ces deux excès. La vie est un mélange de peines et de plaisirs, de bons et de mauvais jours : soyez varié comme elle dans votre conversation ; montrez-vous tour à tour triste ou gai, sérieux ou enjoué, selon le sujet et la circonstance.

USAGE DU MONDE. La politesse et l'usage du monde consistent à savoir s'oublier soi-même, à s'occuper des autres, à saisir les occasions de les faire valoir, à leur témoigner le désir de les obliger, de leur plaire ; à leur montrer de la douceur, de la complaisance et des égards; à persuader surtout qu'on se compte pour rien, puisqu'il faut paraître surpris et reconnaissant des attentions les plus simples et des compliments les plus communs. Il serait bon d'avoir tous ces sentiments, et l'homme qui les éprouverait serait de tous les hommes le plus poli, et certainement le plus aimable ; mais l'exigence de la société se borne à retrouver les apparences de tant de qualités, et c'est ce qui rend inexcusables à ses yeux ceux qui les négligent.

VANITÉ. La vanité est un dérèglement de l'âme qui la porte à étaler sans cesse des avantages réels ou imaginaires, avec efforts continuels pour les faire admirer. Elle aime à s'entourer de partisans, d'admirateurs; elle ne s'attache qu'à l'écorce des objets, et ne pénètre point au delà de cette première enveloppe. L'homme vain est très-susceptible sur l'étiquette, il en fait une étude sérieuse ; il est toujours plus occupé à se prévaloir de la considération attachée à son rang ou à sa fortune qu'à s'en rendre digne. Plus resserrée dans son objet, elle est moins révoltante, moins audacieuse que l'orgueil, mais elle porte sur des motifs plus légers, plus frivoles; l'étymologie de son nom suffit pour la caractériser. L'homme vain ne recevra qu'une récompense aussi vaine que lui. Un jeune homme se vantait d'avoir, en peu de temps, appris beaucoup de choses, et d'avoir dépensé mille écus pour payer ses maîtres. Quelqu'un de ceux qui l'écoutaient lui dit : « Si vous trouvez cent écus de tout ce que vous avez appris, je vous conseille de les prendre. »

VELOURS. On ferait une histoire bien curieuse des origines de certains mots bizarres, accrédités dans la langue. Espèce de bâtards engendrés par le caprice d'une bouffonnerie, ou par la combinaison d'événements singuliers, ils finissent par se faire légitimer, et par entrer dans la grande famille du dictionnaire. Voyez un peu si l'on peut rien comprendre aux idées changeantes du public, à son incroyable mobilité. Après avoir semblé prendre sous sa protection spéciale le mot *cuir*, pour exprimer gaiement une insulte à la grammaire, il cherche bien vite, pour dérouter les grammairiens, et les faiseurs de dictionnaires, une dénomination qui paraît reproduire une idée tout à fait opposée. Le *velours* est venu disputer la place au *cuir*, malgré la disparate surprenante qu'offre la première de ces expressions; si jamais mots ont *hurlé* ensemble, ce sont sans doute les mots *velours* et *cuir* : l'un annonce une étoffe moelleuse, dont la douceur est le premier mérite ; l'autre une peau corroyée, dont la dureté désagréable résiste au toucher ; et cependant on les emploie l'un et l'autre pour exprimer la même idée, c'est-à-dire pour signaler un outrage aux lois de la grammaire, aux règles du langage.

VIN DE CHAMPAGNE. Le vin de Champagne n'autorise pas les cris d'une joie bruyante, mais il les tolère. Il est permis de déraisonner une fois ; c'est lorsqu'on a vidé trois ou quatre verres d'aï. Si vous savez chanter, proposez-vous pour égayer l'auditoire buveur par quelque refrain bachique, mais que ce soit sans prétention et sans avant-propos sur la faiblesse de votre voix, sur votre inexpérience. On ne demande pas que vous soyez un Duprez ou un Levassor, mais un convive aimable; et, quand même vous chanteriez du nez, vous n'obtiendriez pas moins un succès complet, et il ne tiendra qu'à vous de vous croire, jusqu'au lendemain matin, le premier chanteur du monde.

VISITE. Ne croyez pas vous distinguer de la foule en dédaignant d'anciens usages dont vous n'avez pas mûrement examiné l'origine et les résultats. Vous entendrez répéter que les visites sont ennuyeuses, qu'il faudrait les supprimer, et autres lieux communs, que l'on rebat plus en ce siècle peut-être que dans ceux qui l'ont précédé. Ne vous y arrêtez point, et faites des visites. Elles sont un lien social, et cela seul suffit pour décider un homme qui se destine à vivre dans le monde, dont il est fort maladroit de se laisser oublier. Vous devez une visite à celui qui a déjà rempli envers vous ce petit devoir de société. Il n'y a qu'un homme vain qui se dispense d'acquitter cette dette de politesse. La vanité dans ce cas est pire que la sottise. Il n'est pas facile de déterminer la durée d'une visite ; mais il est probable que l'on ennuie quand on est ennuyé. Jugez vous-même par les fréquents silences, par la figure allongée de la maîtresse de la maison, par ses yeux tournés vers la pendule, par quelque ordre donné à voix basse, de l'opportunité de votre retraite, et hâtez-vous de sortir. Ne craignez point de rester quand vous ne remarquez aucun de ces signes. Si vous n'êtes pas un fat vaniteux, vous ne vous tromperez jamais sur le désir que l'on vous témoignera de prolonger votre visite. Dans le doute, n'hésitez pas à vous en aller ; il vaut mieux exciter les regrets que l'impatience. Dans les visites de *circonstances*, vous devez vous attendre à ce que la circonstance qui vous a amené soit le sujet de la conversation. Prenez donc votre parti à l'avance, pour entendre parler longtemps de la même chose, et rappelez-vous cette maxime : « Riez avec ceux qui rient ; pleurez avec ceux qui pleurent. » Ce n'est point hypocrisie, c'est bonté de cœur qui vous rend sensible à ce qui touche le prochain. On vous dira qu'il n'est pas au pouvoir de l'homme de se rendre sensible ; on vous trompera. A force de s'exciter aux sentiments vertueux, on parvient à les éprouver. Quand vous avez reconnu qu'une chose était bien, ne vous dites jamais que vous ne parviendrez pas à la faire : essayez, persévérez avec courage, et vous réussirez. Si nous ne faisions de bien que celui vers lequel nos penchants nous entraînent, nous risquerions d'en faire très-peu, et il dépendrait des innombrables caprices de notre esprit. Quand la visite est terminée, on doit se retirer, non pas comme une femme, même de bon ton, s'en irait aujourd'hui, en courant et saluant, soit de la tête comme un sous-officier prussien, soit en traînant ou avançant une jambe et donnant une main qu'on vous secoue avec force (1), mais en marchant doucement, soit pour échapper sans être vu, afin d'éviter de faire événement, et pour cela on saisit le moment où il entre une nouvelle visite, soit pour bien développer l'élégance de sa taille, qui alors a tous ses avantages, en prenant congé de la maîtresse de la maison, lorsqu'on ne peut l'éviter. Madame de Montesson avait des coutumes qui, après le temps de la révolution, devaient sembler étranges. Par exemple, elle ne se levait pour personne, ne rendait pas de visites, si ce n'est à ceux qu'elle aimait et qui lui plaisaient; elle ne reconduisait jamais, excepté pour témoigner qu'elle ne voulait plus revoir la femme qu'elle reconduisait. Une femme, amie de M. de Saint-Far, connut madame de Montesson à Plombières, où elle alla en 1803. Cette femme crut qu'il suffisait d'avoir rencontré madame de Montesson aux eaux pour aller chez elle à Paris. La chose déplut à la maîtresse de la maison, qui la reconduisit jusqu'à la porte de son salon. L'autre, qui ne connaissait pas cette coutume princière, raconta à son ami, M. de Saint-Far, ce qui lui était arrivé, en ajoutant : « C'est extraordinaire ! elle a été froide d'abord, et puis, tout à coup, quand je m'en vais, elle me fait une politesse qu'elle n'avait faite à personne. Elle m'a reconduite. — Comment, dit Saint-Far, elle vous a reconduite? — Oui, sans doute ! — Eh bien ! n'y retournez pas... » Et il expliqua la chose; cette femme était furieuse.

VOLUBILITÉ. La première, la plus grande faute contre l'art de prononcer, c'est la volubilité. En parlant trop vite, on bredouille, on produit des sons inarticulés, inintelligibles, et c'est, de tous les défauts de la prononciation, sans contredit, le plus insupportable. On sait très-bien que prononcer trop lentement, et, comme on dit, *s'écouter parler*, est un travers qui semble dénoter l'orgueil ou la nonchalance, et qu'en certains cas il faut activer la parole; mais on ne doit jamais la précipiter, même dans les sujets qui demandent une expression brève. Outre son inconvénient physique, le bredouillement a d'autres inconvénients moraux : il suppose l'étourderie, la loquacité, la sottise.

VOYAGES. La bienséance des voyages n'est point aussi rigoureuse que celle de la société. Elle ordonne seulement que l'on ne cause nulle gêne à ses compagnons, qu'on leur soit agréable, qu'on leur réponde poliment s'ils vous parlent; mais elle vous laisse libre d'ailleurs de lire, de dormir, de regarder au dehors, de garder le silence, etc. Un voyageur paraîtrait peu aimable, si, connaissant la route, il ne s'empressait d'indiquer les beaux sites, de satisfaire aux questions faites à cet égard : enfin, il mériterait le nom d'imprudent et de babillard, s'il causait avec ses voisins d'un moment comme avec des connaissances intimes.

(1) « Un homme d'un mérite supérieur, dit la duchesse d'Abrantès, et qui joint à ce mérite un esprit spécialement fin et d'une nature à la Sterne, M. Dupin, le président de la chambre, me disait un jour en parlant de ces mains secouées, façon de s'aborder aussi grossière que ridicule, mais en usage enfin, et voilà ce qui lui déplaît avec raison, qu'il fallait nommer cela des *patinades*. »

VOYAGEURS. A beau mentir qui vient de loin. C'est en effet là le privilége de tous les voyageurs. Méfiez-vous donc des récits qu'ils vous font, et craignez d'être pris pour leur dupe. Un voyageur qui disait avoir parcouru les quatre parties du monde racontait que, parmi les curiosités qu'il avait rencontrées, il en était une dont aucun auteur ne faisait mention. Cette merveille, disait-il, était un chou si grand, si élevé, que, sous chacune de ses feuilles, cinquante cavaliers armés pouvaient se ranger en bataille, et faire l'exercice militaire sans se gêner le moins du monde. Quelqu'un qui l'écoutait ne s'amusa point à réfuter cette rêverie, mais dit avec un grand sang-froid, qu'il avait aussi voyagé, et qu'il avait été jusqu'au Japon, où il n'avait pas vu sans surprise plus de trois cents ouvriers qui travaillaient à fabriquer un chaudron, et cent cinquante hommes occupés dedans à le polir. « Mais à quoi pouvait servir cet énorme chaudron? dit le voyageur. — C'était sans doute, lui répondit l'autre aussitôt, pour faire cuire le chou dont vous venez de nous parler. »

YEUX. La puissance de la physionomie réside surtout dans les yeux. Les principaux écueils à éviter sur ce point, c'est d'abord de ne pas les tenir fermés, de ne pas froncer ou remuer sans cesse les sourcils. Il faut avoir soin de ne pas laisser ses yeux s'égarer d'un objet à l'autre, ou de les tenir continuellement fixés sur le même objet. Celui dont le regard serait toujours immobile et fixe ne produirait pas plus d'effet que s'il tournait le dos à ses auditeurs. Si vous avez les yeux petits, privés de cils et bordés de rouge, portez des lunettes à verres azurés : on peut avoir de mauvais yeux; il est ridicule de les avoir vilains.

www.ingramcontent.com/pod-product-compliance
Ingram Content Group UK Ltd.
Pitfield, Milton Keynes, MK11 3LW, UK
UKHW020930180726
13838UKWH00002B/862

9 782329 313887